CAÍDA LIBRE

ALI
HAZELWOOD

CAÍDA LIBRE

Traducción del inglés de Nerea Gilabert y Patricia Sebastián

CONTRALUZ

Título original: *Deep End*

Esta edición ha sido publicada mediante acuerdo con Berkley, un sello de Penguin Random House Publishing Group, una división de Penguin Random House LLC.

Primera edición: enero 2025
Sexta reimpresión: febrero 2026

Diseño de colección: Estudio Sandra Dios

PAPEL DE FIBRA CERTIFICADA

Calle Valentín Beato, 21
28037 Madrid
www.contraluzeditorial.es

ISBN: 978-84-19822-54-3
Depósito legal: M. 114-2025
Printed in Spain

Este tiene que ser para las AmsterdAMAS

Querido lector:

Te agradezco, de nuevo, que hayas escogido uno de mis libros. Creo que este es mi favorito de todos, ¡y me alegro mucho de poder compartirlo con el mundo! Antes de que te sumerjas entre sus páginas, quiero que sepas que en esta historia se exploran, de manera pactada y consentida, ciertas prácticas sexuales no convencionales, en concreto, los intercambios de poder. Si decides seguir adelante, espero que disfrutes de la experiencia.

Con cariño,

Ali

PRÓLOGO

Todo comienza cuando Penelope Ross se inclina sobre la mesa de madera maciza del restaurante, levanta el dedo índice y proclama:

—Décimo círculo del infierno: encuentras al amor de tu vida, pero el sexo con esa persona es lo más regulero del universo.

Delante de todo el equipo de salto de Stanford.

A las once y cuarto de la mañana.

Durante el *brunch* de celebración por mi vigésimo primer cumpleaños.

Hace cuatro segundos estábamos hablando, sin cortarnos un pelo, de nuestros problemas digestivos, y el cambio de tema tan brusco me deja a cuadros. He estado aprovechando mi recién adquirido derecho a pimplar, pero no hay alcohol suficiente en el mundo que impida que suelte un:

—¿Qué?

Me ha faltado un pelín de tacto. Por suerte, mi escepticismo queda sepultado por las reacciones del resto del equipo: la tos de Bree, que se atraganta con la bebida; la exclamación ahogada de Bella, y el incrédulo «creía que Blomqvist era el amor de tu vida» de Victoria.

—Así es —asiente Pen.

Le doy un buen trago a la mimosa. Sabe bastante peor que el zumo de naranja a palo seco, pero el efecto del champán lo compensa con creces.

—Pen, cari… —Bree se limpia las salpicaduras de *espresso* martini de las gafas con el dobladillo de la camiseta de su hermana, Bella, que no pone ninguna pega. Cosa de gemelas, digo yo—. ¿Cuánto has bebido?

—Media jarra o así.

—Ah. Igual deberíamos…

—Pero *in mimosa veritas.* —Pen se inclina aún más. Baja la voz y hace un gesto como de barrido—. Chicas, estoy abriéndome con vosotras. Mostrándome vulnerable. Estamos compartiendo un momento especial.

Victoria suelta un suspiro.

—Te quiero a morir, Pen, y te acompañaría hasta el mismísimo Mordor, en serio, pero de especial no tiene nada.

—¿Por qué?

—Porque estás inventándote rollos.

—¿Por qué dices eso?

—Porque Blomqvist es el puto amo.

Me acomodo en el asiento, medio piripi, y me obligo a pensar en Lukas Blomqvist, algo que no hago muy a menudo. La gente supone que todo lo relacionado con las piscinas y el agua me apasiona, pero no es así. Los únicos deportes que me resultan mínimamente interesantes son el salto de trampolín y el salto en tierra (o, como lo llaman los profanos, «gimnasia artística»). El resto se me escapan. El mundillo de los deportes acuáticos es superamplio. Soy incapaz de seguirles la pista a todos los equipos de waterpolo de Stanford, conque a los nadadores ya ni te cuento.

Sin embargo, cuesta no fijarse en Blomqvist. Puede que por el mogollón de medallas que tiene en su haber. O los récords mundiales. Por no mencionar que, si la capitana de mi equipo es parte de una pareja a la que conoce todo Cristo, lo suyo es que sepa quién es el otro integrante. Y Pen y Blomqvist llevan saliendo desde hace la tira. No me extrañaría que sus padres los hubieran prometido al nacer para fortalecer las relaciones diplomáticas entre Suecia y Estados Unidos.

Cierro los ojos y desempolvo el vago recuerdo que conservo de él. Bañador negro. Tatuajes. Pelo corto y revuelto de color castaño. Envergadura por encima de la media. La imponente e inusual constitución de cualquier otro nadador de primera división.

Victoria tiene razón. Podemos decir, sin temor a equivocarnos, que sí, Blomqvist es el putísimo amo.

—No he dicho que no lo sea. Es un buen tío, es solo que no… —Pen esboza una mueca, lo que contrasta con su habitual desparpajo. Se me hace tan raro que ni siquiera los efectos de la mimosa me permiten obviarlo.

Resulta que Pen es una chica de diez. Admirable e inspiradora. Una de esas personas que sabe, de forma instintiva, cómo hacer sentir cómodos a los demás. De las que te recuerda que bebas agüita y te ofrece un coletero cuando se te pega el pelo a los labios. De las que nunca se olvida de tu santo. Podría estar haciendo talleres de crecimiento personal hasta los cincuenta y pedirle a un equipo de analistas de datos que me reprogramase por completo y, aun así, seguiría sin tener ni un tercio de su encanto, porque un carisma como el suyo procede de los pares de bases alojadas en los cromosomas. Pero ahora está mordiéndose los padrastros de las uñas como si acabara de sufrir su primer episodio de ansiedad social y, la verdad, no me hace ninguna gracia.

—Es que no es… lo que quiero. Y viceversa, la verdad —murmura.

—¿Y qué quieres? —Menos mal que está aquí Victoria para formular las preguntas que yo no me atrevo a hacer. La integrante extrovertida y sin filtro que todo equipo necesita.

—Jolín, pues… ya sabes, a veces… —Pen suelta un gemido.

Me pongo rígida, de pronto preocupada.

—¿Acaso Blomqvist está obligándote a…?

—No. Joder, no. —Niega con la cabeza, pero no debo de parecer demasiado convencida, porque añade—: No. Jamás se le ocurriría. —Las demás han desconectado ya de la conversación; las gemelas están discutiendo sobre cuál es la bebida de cada una y Victoria, haciéndole un gesto a la camarera—. Luk no es así, pero… ¿cómo le dices a un tío que buscas otra cosa?

¿Por qué me pregunta a mí? ¿Acaso llevo escrito en la frente «una vez le pedí a alguien que me azotara»?

No sería ninguna mentira, la verdad.

—Los escandinavos son muy abiertos de mente, ¿no?

—Eso creo. Desde luego es muy abierto en cuanto a... —Pero no termina la frase porque un grupito de camareros aparece y empieza a cantar una versión desafinada del *Cumpleaños feliz*, y luego un montón de cosas suceden a la vez.

Soplo la vela medio torcida del *coulant* de chocolate que acaban de traerme. Las chicas sacan las cuerdas elásticas para entrenar que me han comprado entre todas. Me pongo superblandita al pensar que he encontrado a un grupo de personas majísimas pese a ser introvertida hasta la médula. Victoria anuncia que tiene que ir al baño. Pen recibe una llamada de su tía. Bree me pregunta qué asignaturas he cogido para otoño.

Son muchas cosas en muy poco tiempo. Al final, no llegamos a retomar el tema y me quedo sin descubrir el misterio de la insatisfactoria vida sexual de Penelope Ross y Lukas Blomqvist..., aunque es mejor así. Sea cual sea el problema, lo más probable es que se trate de una chorrada. Que a ella no le guste la marca de condones que compra él. Que él se quede frito sin darle mimos después de echar un polvo. Que los entrenamientos los dejen tan molidos que ninguno quiera ponerse encima. No es cosa mía, así que me olvido del asunto sin darle más importancia.

Hasta que, unas semanas después, todo cambia.

CAPÍTULO 1

La actividad de tercero que más me agobia da comienzo un miércoles por la mañana, un par de semanas antes de que empiece el cuatrimestre de otoño. La tengo apuntada de diez a once en el Google Calendar: una palabra que pesa más que la suma de sus letras.

Terapia.

—Esto es un tanto inusual —comenta Sam durante nuestro primer encuentro, con la voz desprovista de toda crítica o curiosidad. La neutralidad parece dominar todas las facetas de su vida: su traje pantalón beis, su moderado apretón de manos, el elegante y atemporal aspecto de una persona que podría tener entre cuarenta y setenta años... Sé que acabamos de conocernos, pero ¿sería muy precipitado por mi parte decir que quiero ser ella?—. Tenía entendido que el Departamento Deportivo de Stanford contaba con un equipo de especialistas en psicología del deporte.

—Así es —digo repasando con la mirada las paredes de su despacho. Los diplomas superan en número a las fotos personales: cuatro diplomas, cero fotos. Es posible que Sam y yo ya seamos la misma persona—. Son fantásticos. Han estado tratándome estos últimos meses, pero… —Me encojo de hombros con la esperanza de transmitirle que la culpa de que la cosa no haya cuajado es mía—. Hace unos años tuve algunos problemas…, nada que ver con el salto de trampolín. En aquel momento, la terapia cognitivo conductual me vino bien y, como es tu especialidad, mi entrenador y yo hemos pensado que no estaría de más volver a probarla. —Sonrío como si tuviera plena confianza en el plan. Ojalá.

—Entiendo. ¿Y qué problemas trataste con la…?

—Nada que tuviese que ver con los deportes. Fui por… temas familiares. La relación con mi padre. Pero todo eso está ya resuelto. —Pronuncio las palabras con tanta rapidez que cuento con que Sam cuestione lo que sin duda es una verdad a medias y una explicación chapucera, pero ella se limita a perforarme con la mirada, evaluándome.

Centra toda su atención en mí, y yo me revuelvo en la silla, notando, como de costumbre, los músculos doloridos. Su presencia no resulta especialmente tranquilizadora, pero he venido para que me ayude con mis problemas, no para que me coja de la mano y me cante una nana.

—Comprendo —dice al fin. Lo que más me gusta de los psicólogos que usan un enfoque cognitivo conductual es que no se andan con chorradas. *Mira, esto que haces te perjudica. Voy a enseñarte a* no *hacerlo, tu seguro me pagará una pasta y luego cada una se irá por su lado. Cuéntame todos tus traumas, que yo pongo los clínex*—. ¿Y seguro que quieres estar aquí, Scarlett?

Asiento con gesto enérgico. Puede que no me apetezca nada experimentar la agonía de tener que enseñarle a alguien las partes más blanditas de mi interior, pero no soy la típica poli gruñona de una serie de los ochenta que reniega de los psicólogos. Ir a terapia es un privilegio. Tengo la suerte de disponer de ella. Y, sobre todo, me hace falta.

—Reconozco que no sé gran cosa sobre el salto. Parece una disciplina muy compleja.

—Lo es. —Muchos deportes de competición requieren de un delicado equilibrio entre la resistencia física y la mental, pero el salto... El salto es, sin lugar a dudas, el más jodido de todos.

—¿Te importaría darme más detalles?

—Claro. —Carraspeo y bajo la mirada a mis mallas y mi camiseta de compresión. Negro y rojo escarlata. *Equipo de Natación & Salto de Stanford: El poder del Árbol.* Está claro que quienquiera que haya diseñado la equipación pretende que nuestra identidad se reduzca a nuestro desempeño atlético. *Que no se os olvide: sois la puntuación que sacáis*—. Saltamos de cosas. Caemos en la piscina. Y entremedias hacemos piruetas.

Quería hacerla reír, pero Sam no es muy dada al cachondeo.

—Supongo que eso no es todo.

—Hay un montón de normativas. —Pero no quiero aburrirla ni complicarle las cosas—. Soy atleta de primera división de la NCAA, la Asociación Nacional de Atletas Colegiados. Compito en dos pruebas. En una se salta desde el trampolín, una tabla de fibra de vidrio que rebota —imito el vaivén de la tabla con la palma de la mano— y tiene una altura de unos diez pies. Tres metros. —«Lo mismo que un avestruz», me recuerda la voz de mi primer entrenador.

—¿Y cuál es la otra?

—La plataforma. Esa mide treinta y tres pies. —Diez metros. Dos jirafas.

—¿Esa no rebota?

—No, es estática.

Hace un ruidito con la boca cerrada.

—¿Se puntúa igual que la gimnasia artística?

—Más o menos, sí. Un jurado califica las pruebas y resta puntos según los errores que cometan los participantes.

—¿Y cuántos saltos ejecutas en cada competición?

—Depende. En realidad... el número de saltos da igual. —Me muerdo el interior de la mejilla—. Lo que importa es el grupo.

—¿El grupo?

—El... tipo de salto, para que me entiendas.

—¿Y cuántos grupos hay?

—Seis en total. —Jugueteo con la punta de mi coleta—. Hacia delante. Hacia atrás. Inverso. Con tirabuzón. En equilibrio sobre las manos.

—Ya veo. En tu correo, me comentaste que habías estado recuperándote de una lesión, ¿no es así?

Ir a terapia es un privilegio, sí, pero me revienta.

—Correcto.

—¿Y cuándo te lesionaste?

—Hará unos quince meses. Cuando estaba acabando primero. —Aprieto los puños bajo los muslos, a la espera de que me pida que le cuente los detalles más escabrosos. Tengo la lista ya preparada.

Sin embargo, Sam me ahorra el mal trago.

—¿No has dicho que hay seis grupos de saltos?

—Sí. —El cambio de tema me deja a cuadros y bajo la guardia.

Es un desliz de proporciones épicas.

—Y esta lesión tuya, Scarlett…, ¿tiene algo que ver con el hecho de que solo hayas enumerado cinco?

CAPÍTULO 2

—La has cagado pero bien —dice Maryam durante la primera semana de clases, y lo único en lo que soy capaz de pensar aparte del zumbido de desesperación que me inunda los oídos es en que merezco una compañera de piso más comprensiva. La he ayudado un montón de veces a limpiar las manchas de sangre del uniforme de lucha libre, ¿en serio no piensa mostrarme ni una pizca de compasión? Al menos podría cortarse un poco a la hora de criticarme, digo yo.

—Tengo sangre alemana —replico—. Mi madre nació allí; esto debería dárseme bien.

—Tu madre murió cuando tenías dos años, Vandy. Y tu madrastra, la que te crio, es de un poblacho perdido de Misisipi.

Qué borde. Aunque no le falta razón.

—Mi composición genética…

—Es irrelevante y no te proporciona ventaja alguna a la hora de aprobar Alemán —dice con el desdén propio de alguien bilingüe.

No recuerdo qué parte concreta del cerebro controla la capacidad de aprender idiomas, pero la suya funciona a todo trapo. Una maravillosa fuente de energía renovable capaz de abastecer a un país europeo de los pequeños.

Entretanto:

—Se me da fatal —me quejo. ¿Y por qué debería dárseme bien?—. Me parece un despropósito que las facultades de Medicina exijan conocimientos lingüísticos de una lengua extranjera.

—De despropósito nada. ¿Y si decides unirte a Médicos Sin Fronteras y tu capacidad para salvar a un paciente pasa por saber si «escalpelo» en alemán es masculino, femenino o neutro?

Me rasco la nuca.

—*¿Die skalpellen?*

—Pumba, paciente muerto. —Maryam niega con la cabeza—. La has jodido, amiga mía.

La culpa es también de mi tutor académico. «Haz primero los cursillos de preparación», me dijo. «Te harán falta para aprobar el examen de acceso a la Facultad de Medicina», añadió. «Es la mejor opción», concluyó.

Y yo le hice caso, porque lo único que pretendía era estar preparada al cien por cien. Porque soy atleta universitaria y mi horario es un cruce entre una torre de Jenga y un manual de Shibari. ¿Actividades espontáneas? Solo si están acordadas de antemano. El día que terminé el instituto tracé un plan a quince años y mi intención ha sido siempre la de ceñirme a él: ganar varios títulos de la NCAA, entrar en Medicina, especializarme en Traumatología y Ortopedia, prometerme y casarme. Ser feliz sí o sí.

Naturalmente, el plan se fue al traste cuando en primero y segundo decidí coger una asignatura de bioquímica sin tener en cuenta que las ciencias nunca han sido mi punto débil. Y ahora, en tercero, mi nota media peligra. Psicología es increíblemente ambigua. El dativo alemán me atormenta en sueños. La asignatura de Lengua Inglesa y Composición pretende que escriba de forma convincente y lógica sobre temas de lo más peliagudos y enrevesados: poesía, los aspectos éticos de la fumigación, el número máximo de mandatos de las autoridades gubernamentales, si las personas existen cuando no las vemos…

Las cosas me resultan más fáciles cuando encajan perfectamente en la categoría que les corresponde. Blanco o negro, bien o mal, inorgánico o con base de carbono. Este curso está compuesto de tonos grises y canicas esparcidas por el suelo. Y para rematar, por debajo hay un charco de aceite en forma de clase de Alemán.

Antes era una estudiante de sobresaliente. Lo tenía todo bajo control. Mi objetivo en la vida era alcanzar la perfección. Ahora mismo, mi única preocupación es no cagarla a lo grande. ¿No sería maravilloso que consiguiera arreglármelas para no decepcionar una y otra vez a todos los que me rodean?

—Pues cámbiate a otro idioma —sugiere Maryam, como si no hubiera considerado ya todas las vías de escape.

—No puedo. Son como las tejas de los tejados: todos se solapan con alguna otra cosa.

Como con las sesiones matutinas de ejercicio. O con el entrenamiento de por la tarde. O con cualquiera de las tropecientas mil actividades por las que Stanford me reclutó. Se supone que este año debo desarrollar al máximo mi talento como atleta. Si aún es posible, claro. Si es que alguna vez lo he tenido.

Eso creía yo cuando estaba en el instituto de mi poblacho perdido (en Misuri, aunque ya paso de corregir a Maryam). Fui olímpica en la categoría juvenil, integrante del equipo nacional y medallista mundial juvenil, y un puñado de entrenadores de primera división se tiraron los trastos a la cabeza intentando reclutarme para sus respectivas universidades. Era de las atletas mejor valoradas. Todos los entrenadores que he tenido desde los seis años me vendieron la moto a base de bien: «Esto se te da fenomenal, Vandy», «vas a ser una estrella, Vandy», «tienes muchísimo potencial para el salto, Vandy». Y yo me lo tragué todo como una pardilla... hasta que llegué a la uni y me di de bruces con la realidad.

Y fue un tortazo de los buenos.

Está claro que mi cerebro ha decidido hacerme un favor, porque no recuerdo nada de los treinta segundos que me cambiaron la vida. Por suerte, el descalabro está grabado y cualquiera puede echarle un vistazo, puesto que ocurrió durante la final de saltos de la NCAA. Viene con comentario y todo.

—Acabamos de ver a Scarlett Vandermeer, de la Universidad de Stanford, medallista olímpica de bronce en la categoría juvenil. Sin duda, la estrella revelación de la temporada, a punto de conseguir un nuevo récord en plataforma. Antes del salto que acabamos de presenciar, claro.

—Sí, ha intentado ejecutar un doble mortal y medio hacia dentro en posición carpada. Esta mañana, durante los preliminares, ha logrado llevarlo a cabo sin problema; de hecho, ha sacado una puntuación de ochos y nueves, pero esta vez algo se ha torcido desde el principio.

La cosa siempre se tuerce cuando una menos se lo espera.

—Sí, está claro que ha sido un salto nulo y la puntuación de los jueces va a ser de cero. No solo eso, sino que, además, ha caído en mal ángulo, así que esperemos que no se haya hecho daño.

A lo que mi cuerpo dijo: sigue soñando.

Tiene gracia, aunque de un modo muy poco divertido. Recuerdo perfectamente lo mucho que me enfadé —con el agua, conmigo misma, con mi cuerpo—, pero no el dolor. La chica del vídeo que sale cojeando de la piscina es una doble que me robó el cuerpo. La larga trenza que cuelga por encima del bañador rojo pertenece a una impostora. ¿Los hoyuelos que se le forman al sonreír? De lo más siniestros. ¿Y por qué el huequito que tiene entre las paletas es idéntico al mío? La cámara sigue sus pasos torpes, sin dejar de enfocarla en ningún momento, ni siquiera cuando el entrenador Sima y sus ayudantes se acercan corriendo para ayudarla.

—Vandy, ¿estás bien?

La respuesta es ininteligible, aunque al entrenador le encanta contarles a los demás lo que le contestó la chica: «Sí, pero me va a hacer falta un ibuprofeno antes del próximo salto».

Resulta que tenía razón. Iba a hacerle falta un ibuprofeno antes del próximo salto. Y varias cirugías. Y rehabilitación. ¿El recuento final?

Una conmoción.

Un tímpano perforado.

Torsión del cuello.

Desgarro del labrum del hombro izquierdo.

Una contusión pulmonar.

Un esguince de muñeca.

Otro de tobillo.

Una sensación densa y pesada me oprime el pecho siempre que veo el vídeo y me imagino lo que debe de haber pasado... hasta que recuerdo que la chica soy yo.

No hay ni un solo tío con el que haya hecho *match* en las aplicaciones de ligoteo que no me haya dicho: «El salto de trampolín es más o menos como la natación, ¿verdad?». Sin embargo, al igual que el boxeo, el *hockey* sobre hielo y el *lacrosse*, el salto es un deporte de contacto. Cada vez que nos zambullimos en el agua, el impacto resuena en nuestro esqueleto, en nuestros músculos y órganos internos.

Chúpate esa, NFL.

—Tienes que hacerte a la idea de que tal vez no puedas volver a saltar —me advirtió Barb antes de la operación. Cuando tu madrastra es una cirujana ortopédica de primera, cuesta bastante tacharla de agorera—. Queremos que recuperes toda la movilidad del hombro.

—Ya lo sé —dije, y me puse a llorar como una descosida, primero en sus brazos y luego sola, en la cama.

Pero Barb se pasó de prudente y yo tuve mucha suerte: la recuperación no quedaba descartada. Durante el segundo curso estuve de baja. Me dediqué a descansar. Me tomé la medicación. Seguí una dieta antiinflamatoria.

Me centré en la terapia física, los estiramientos y la rehabilitación con la misma diligencia que una monja al recitar sus plegarias por la noche. Visualicé mis saltos, soporté los dolores y acudí a los entrenamientos igualmente; vi practicar al resto del equipo mientras el olor a cloro me inundaba las fosas nasales. La resplandeciente superficie azul de la piscina se encontraba a apenas unos metros de distancia y, aun así, resultaba inalcanzable.

Y entonces, hace dos meses, me dieron permiso para volver a entrenar. Y ha sido…

En fin. Digamos que no estoy yendo a terapia por gusto.

—Se me ha ocurrido cómo solucionar tu problema con los idiomas.

Le echo a Maryam una mirada recelosa, pero me inclino hacia delante, toda ojos, oídos y esperanza.

—Vas a decirme que me dé un baño de ácido, ¿verdad?

—Hazme caso y apúntate a Latín.

Me pongo en pie.

—Me marcho.

—¡Te vendrá de lujo cuando Médicos Sin Fronteras te mande a la antigua Roma!

Salgo dando un portazo y me voy a entrenar cuarenta minutos antes de lo previsto para no estrangular a mi compañera de piso.

Nos emparejaron en primero, y no sé por qué, pero, a pesar de la mala baba de Maryam y mi incapacidad para reponer el papel higiénico cuando se acaba, nos negamos a vivir separadas. El año pasado nos mudamos juntas (¿por iniciativa propia?) a un piso fuera del campus universitario y hace nada renovamos (¿por iniciativa propia?)

el contrato de alquiler, condenándonos así a pasar veinticuatro meses más en compañía de la otra. Lo cierto es que vivir juntas resulta sencillo y nos exige muy poco esfuerzo emocional. Y cuando eres como yo (ambiciosa, perfeccionista y obsesionada con el control), dar con alguien como ella es un tesoro.

Un tesoro bastante cutre, pero, bueno, me conformo.

El Centro de Deportes Acuáticos Avery tiene las mejores instalaciones en las que me he preparado. Cuenta con una plataforma de saltos y cuatro piscinas exteriores, donde entrenan todos los equipos acuáticos de Stanford. Por suerte, hoy no hay ni un alma en el vestuario femenino, un fenómeno que no sucede muy a menudo: las nadadoras se han ido ya a entrenar y las saltadoras todavía no han venido a cambiarse. A los jugadores de waterpolo los han exiliado hace poco a otro edificio, para regocijo de muchos.

Me pongo el bañador y una camiseta y unos pantalones cortos por encima. Programo la alarma del móvil y me siento en el incómodo banco de madera mientras reflexiono acerca de mis decisiones vitales. Al cabo de diez minutos, el teléfono empieza a vibrar y yo me pongo de pie sin haber conseguido llegar a ninguna conclusión ni quedarme más tranquila. Me dirijo a la lavandería a por una toalla limpia, cuando oigo una voz conocida.

—... no funciona —está diciendo Penelope.

La veo en el pasillo, a pocos metros de distancia, pero ella no repara en mí.

—Para nada —prosigue con voz llorosa. La misma que puso durante el encuentro amistoso que se celebró en Utah, cuando la cagó con un salto carpado hacia delante y se dio un planchazo en plan ardilla voladora. Perdió el primer puesto y acabó novena—. En nuestro caso no.

El tono de su interlocutor es más sosegado y profundo. Menos afligido. Lukas Blomqvist está plantado frente a Pen, desnudo de cintura para arriba y de brazos cruzados, con las gafas de natación alrededor del cuello y el gorro colgando de los dedos. Debe de haber acabado de entrenar hace nada, porque sigue chorreando. Me cuesta interpretar la leve arruga que le cruza el ceño: no sé si está enfurruñado o es la cara que ponen todos los suecos normalmente. No distingo lo que dice, pero da igual porque Pen lo interrumpe.

—... no hace falta llegar a eso si...

Otra réplica en voz baja y grave. Retrocedo. Esta conversación no me incumbe. Y tampoco me hace tanta falta la toalla.

—Es lo mejor. —Pen se acerca a él—. Y lo sabes.

Blomqvist toma una profunda bocanada de aire; sus hombros suben y lo hacen parecer aún más alto. Me fijo en la tensión de su mandíbula, en la repentina inclinación de cabeza, en la enorme musculatura de su brazo.

Amenazador. Intimidante. Terrorífico. Eso es lo que me parece. Veo a Pen a su lado, alterada y menuda, y algo me hace clic en el cerebro.

Me importa un pito que no sea asunto mío. Me acerco a ellos sin quitarle la vista de encima a Blomqvist. Me tiemblan los dedos, así que cierro las manos. Puede que el chico sea cuatro veces más fuerte que Pen y yo juntas y que esto sea una pésima idea, pero aun así pregunto:

—Pen, ¿va todo bien?

CAPÍTULO 3

Mi voz resuena en las baldosas del suelo. Pen y Lukas me miran perplejos.

Trago saliva y me obligo a insistir:

—¿Necesitas ayuda, Pen?

—¿Vandy? No sabía que estabas… —Tuerce los labios sorprendida, pero entonces debe de reparar en la mirada de desconfianza que estoy lanzándole a Lukas, porque abre los ojos como platos—. Madre mía, qué… Ay, no. No, Lukas no… Solo estábamos… —Deja escapar una risa entrecortada ante el malentendido y se vuelve hacia su novio con expresión divertida.

Pero Lukas no aparta los ojos de mí.

—No pasa nada, Scarlett —dice.

No es que esté dispuesta a creer sus palabras a pies juntillas, pero no parece molesto ni enfadado porque yo haya supuesto que es una amenaza para Pen.

Además, veo que se sabe mi nombre de pila. Pese a que toda la comunidad deportiva lleva llamándome Vandy desde que tenía seis años. Qué cosas.

—No pretendía inmiscuirme —digo sin mostrarme arrepentida. Puede que en este tipo de situaciones me pase de susceptible (bueno, vale, soy un saquito de nervios con patas y estoy siempre a la que salta), pero tengo mis motivos. Prefiero hacer el ridículo y pecar de exagerada, que… sea cual sea la alternativa—. Solo quería asegurarme de que…

—Ya lo sé —responde Lukas en voz baja sin dejar de clavarme su mirada azul—. Gracias por preocuparte por Pen.

El leve tono de alabanza que desprende su voz me provoca un cortocircuito en el cerebro. Para cuando me recupero, al cabo de un instante, está dándole a Pen un afectuoso apretón en el hombro antes de pasar junto a mí para marcharse. Contemplo el movimiento de los amplios músculos de su espalda hasta que tuerce la esquina. Me fijo en los pelitos cortos casi secos que le asoman por la nuca y en las ondulaciones de tinta negra que le recubren el hombro izquierdo y le bajan por el brazo hasta la muñeca. No acabo de distinguir las siluetas: ¿árboles, tal vez?

—Joder —dice Pen.

Vuelvo la mirada hacia ella y la veo pasándose una mano por la cara.

Está claro que me he pasado de la raya.

—Perdona, no quería meterme donde no me llaman…

—No es cosa tuya, Vandy. —Sus ojos verdes relucen por las lágrimas, a punto de desbordarse. Estaba dispuesta a poner el cuerpo para proteger a Pen si era necesario, pero ¿los lloros? No creo que pueda gestionarlos.

—¿Quieres que... llame a Victoria? —Las dos son estudiantes de último año y es con quien mejor se lleva del equipo. A ver, no hay mucho donde elegir: las gemelas son uña y carne y van más a lo suyo, y a mí casi no me ha visto el pelo—. ¿O que le diga a Lukas que vuelva?

—¿Llamarme para qué? —Victoria aparece con un batido morado en la mano y unas gafas de sol estilo aviador puestas. Tiene el pelo oscuro y rizado, corto a los lados y más largo por detrás; una aberración de peinado que a ella le queda *espectacular*—. Ya os lo dije: no pienso participar en el asesinato de ninguna otra araña... Pero ¿qué...?

Todo ocurre rapidísimo. Pen rompe a llorar. Victoria ahoga un grito, sobrecogida. Las voces del equipo de waterpolo inundan el pasillo. Antes de que me dé tiempo a despedirme y dejar atrás lo que quiera que esté ocurriendo, las tres acabamos embutidas en una sala de equipamiento.

La puerta se cierra con fuerza por detrás de Victoria.

—¿Qué leches ha pasado?

Alterna la mirada entre Pen (a la que observa con preocupación) y yo (a quien parece querer... ¿matar?). De pronto, siento una pizca de compasión por Lukas. Igual la gente no debería ir por ahí fulminando a los demás con la mirada, después de todo.

—Me he peleado con Luk. —Pen se seca la mejilla con el dorso de la mano.

—Ay, cari, ¿por qué?

—Os dejo para que habléis tranquilas —murmuro, y me dispongo a abrir la puerta.

Pen me coge la mano.

—No, quédate. No quiero que pienses que Luk sería capaz de... —Toma una profunda bocanada de aire. Yo me remuevo inquieta y pienso en lo mucho que me gustaría estar en el vestuario o en una bañera de hidromasaje o en una fábrica de muñecas de porcelana siniestras... En cualquier sitio menos aquí—. Jamás se pondría violento ni me insultaría. Es la mejor persona que... Es que nos hemos...

—Joder, ¿es por lo de la ruptura? —pregunta Victoria con una actitud mucho menos compasiva.

No es asunto mío. No es asunto mío. Ni de coña es asunto mío.

Pero Pen asiente con la mirada llorosa.

—Oye... —Victoria suspira, como si ya hubieran hablado del tema—. Corazón. Cariño mío. Lo pillo, Lukas y tú lleváis juntos desde que teníais doce años y...

—Quince.

—... os estrenasteis juntos y ahora te apetece probar una polla sin circuncidar.

Pen sorbe por la nariz.

—En realidad, casi ningún sueco está...

—No hace falta que des detalles. A lo que iba: ¿se te ha ido la puta olla o qué?

Victoria ha sido siempre muy directa, cosa que admiro, pero creo que ahora se ha pasado un poco. Y Pen parece opinar lo mismo, porque su carita de pena se transforma en una expresión ceñuda.

—Se supone que tienes que estar de mi parte.

—Lo estoy. Y como alguien que está de tu parte y lleva dos años de cita en cita, te aconsejo que no lo dejes escapar. No sabes la de gilipollas que hay por ahí sueltos. Lukas es un tío majo, listo y buenorro que baja la tapa del váter y no ha pillado nunca ninguna venérea. Los chicos así no abundan, te lo digo yo.

—Pero no soy feliz. Y él tampoco está satisfecho con nuestra relación.

—Venga ya, Pen. Si te dijo que le daba igual no hacer esas cosas…

—Se está conformando. Igual que yo. Si seguimos juntos, acabaremos casándonos, comprándonos una casa en las afueras y teniendo un par de críos bilingües a los que no entenderé. Y siempre nos preguntaremos qué nos perdimos. Me quedaré sin saber qué se siente cuando eres joven y estás soltera, y él será un amargado por haber tenido que renunciar a las guarradas esas que le gustan, a lo de dar azotes y atar a la gente y ponerse en plan sargento.

Me quedo tiesa. No debería estar aquí, pero soy incapaz de marcharme porque los pies me pesan un quintal y toda la sangre del cuerpo se me ha agolpado en las mejillas.

—Lo entiendo. —Victoria está perdiendo la paciencia—. Pero debes decidir…

Se oye un fuerte golpe en la puerta y las tres nos sobresaltamos.

—Eh, ¿hay alguien ahí?

Victoria exclama:

—¡Sí, un momento!

—Me he dejado la mochila dentro, así que os agradecería que os llevarais la orgía a las duchas.

Victoria pone los ojos en blanco, pero abre la puerta. Pasamos por delante de la chica de la mochila. Victoria, con expresión desafiante; Pen, secándose las últimas lágrimas, y yo, evitando a toda costa el contacto visual. La conversación se reanuda, pero las gemelas aparecen y se acercan a nosotras.

—¿Dónde estabais? —pregunta Bella.

Yo entro en pánico, pero Victoria improvisa sobre la marcha y le cuenta que estábamos buscando una toalla desaparecida, ya que a ella no le hace falta prepararse con tres días de antelación para soltar una trola. Después de eso, nos vamos todas juntas a calentar, igual que una familia bien avenida.

Sigo como un tomate. El corazón me va a mil y no dejo de darle vueltas a la cabeza. Lo único que me viene a la mente es que Pen siempre se ha portado conmigo de diez.

Tras mi tercera operación, cuando Barb tuvo que volver al trabajo al cabo de una semana para evitar que su sector médico sufriera un colapso, Pen vino a verme todos los días. «Así me aseguro de que la chunga de tu compi de piso no está haciéndose cinturones con tu piel», decía ella con un guiño, pero lo cierto es que es una persona amable y bondadosa por naturaleza. Una vez, después de mi primer encuentro amistoso, se sentó conmigo para recordarme que un par de entradas escandalosas en el agua no me convertían en mala saltadora, que a veces tenemos demasiadas cosas en la cabeza y que ella había pasado por lo mismo: había experimentado aquel torbellino de pensamientos sobre la plataforma, cuando parece que estás en la cuerda floja y eres incapaz de confiar en tu cuerpo. El momento en el que pierdes la concentración, el pánico se apodera de ti y la cagas antes incluso de empezar.

Sus palabras me ayudaron mucho aquel otoño. Estaba en primero, no tenía ni idea de nada y todo me venía grande, pero Penelope Ross, medallista de campeonatos del mundo y de los Juegos Panamericanos, ganadora de la NCAA, me cogió la mano y me dijo que ella se había sentido como yo.

Pienso en ello durante la clase de pilates, durante el entrenamiento en seco y mientras subo los tropecientos escalones de la plataforma de salto. Pienso en ello mientras estiro cada uno de los músculos de mi cuerpo, tratando con sumo cuidado mi tierno y ridículo hombro, el que según todos mis médicos está curado, y aun así en mis pesadillas se resquebraja como una copa de champán al menos dos veces a la semana.

Para cuando acaba el entrenamiento, he tomado ya una decisión. Y mientras el resto del equipo charla en los vestuarios, yo me acerco a Penelope, cojo aliento con fuerza y le pregunto:

—¿Podemos ir a tomar un café? Solas tú y yo.

CAPÍTULO 4

Pensaba que quizá me costaría decirlo en voz alta, sobre todo porque nunca lo había hecho, al menos no con alguien que no estuviera… íntimamente involucrado en el tema. Aun así, las palabras brotaron de mi boca con la misma facilidad con la que me subo al trampolín. Sin interrupciones ni tartamudeos, fluidas como el corte de un cuchillo sobre el agua. Me imagino una mesa con siete jueces sonrientes levantando los cartelitos al mismo tiempo, todos con un diez.

«Máxima puntuación, señorita Vandermeer. Este acto de divulgación de su expediente sexual ha sido ejecutado con una impecable precisión. Venga, ahora a las duchas».

Para ser sincera, me siento bastante orgullosa. Por desgracia, Pen no parece muy entusiasmada con la idea.

—¿De verdad te van esas cosas? —Parpadea y pasea la mirada por el Coupa Café.

Las clases han empezado esta semana y el campus está demasiado lleno. Hay mochilas colgando de hombros bronceados, cantimploras decoradas con pegatinas y una nueva cohorte de estudiantes de primero que se dividen en dos grupos: invencibles y aterrorizados. Yo empecé formando parte del primero, pero no tardé nada en pasar al segundo.

Pen apoya los codos en la mesa de madera tras comprobar que tenemos suficiente privacidad.

—Te gusta lo mismo que a Luk.

—Bueno, yo no estaría tan segura.

—Pero has dicho que…

—Los fetiches y el BDSM tienen muchísimas vertientes.

—Entiendo.

—Hasta esta mañana, nunca había hablado con Lukas. No tengo ni idea de qué le gusta.

—¿Quieres saberlo? Le gusta…

—No, no es… —Me aclaro la garganta. Empiezo a arrepentirme—. Eso está fuera de los, eh…, límites de esta conversación.

—Ah.

—No deberías sentirte obligada a explicar lo que vosotros dos… Pero, el día que lo hablaste con Victoria, yo también estaba presente —en contra de mi voluntad— y me di cuenta de que ella no parecía muy dispuesta a escuchar ni a, eh…, ser comprensiva.

—Un eufemismo digno de admirar. Por favor, continúa.

—Solo quería ofrecer mi ayuda como persona con experiencia en… esto.

—¿Y con «esto» te refieres a…?

—Una relación estable en la que solo una de las partes tiene este tipo de fetiches. A buscar algo que se adapte a los gustos de los dos y que tenga el consentimiento expreso de ambos. Si es lo que quieres, claro —añado con una leve sonrisa.

Se apoya en el respaldo de la silla para estudiarme y me imagino lo que debe de estar viendo: un pelo oscuro y húmedo, unos ojos oscuros y cautelosos, y una historia sexual inesperadamente oscura también. Nunca le he dado muchas vueltas a por qué me excita lo que me excita; podrían ponerme en la platina de un microscopio y etiquetarme como «desviada sexual» y yo ni me inmutaría. Aun así, me alegra percibir más curiosidad que condena en la inclinación de cabeza de Pen.

—Luk quiere estar al mando. ¿Es eso lo que tú también quieres o...?

Niego con la cabeza.

—Lo contrario, en realidad.

—Ah. —Se enrosca un mechón de su melena caoba en el dedo.

El color de su pelo fue lo primero que me llamó la atención cuando la vi en el equipo universitario. También me fijé en su belleza y en su generosidad. Cuando estamos de competición, los atletas solemos evitar mirarnos a los ojos entre salto y salto. Pen no. Ella siempre tenía una sonrisa amable. Nunca era arrogante a pesar de que nos sacaba mucha ventaja a las demás. Fue la abanderada en los Juegos Olímpicos Juveniles. Primero tenía el pelo rosa, después se lo tiñó de azul. Sus fans le regalaban pulseritas de la amistad. Siempre llevaba la manicura hecha. La encontraba extremadamente guay. Nunca dejará de intimidarme, aunque solo sea un poquito.

—¿Cómo lo descubriste?

—¿Cómo descubrí el qué?

—Lo que te gustaba.

Pasa un hombre que se parece mucho al profesor fascista que este año le han asignado como adjunto al doctor Rodríguez, el que me descontó un punto en el examen final de Química Orgánica por escribir mal la fecha. Seguro que le encantaría meter las narices en esta conversación.

—Siempre lo supe, más o menos. O sea, no es que a los trece años ya estuviese buscando ofertas de máscaras de látex en eBay, pero, en cuanto empecé a ser consciente y a interesarme por el sexo, siempre... fantaseé con ciertas ideas. —Me encojo de hombros y decido no añadir: «Me hacía sentir bien. Me hace sentir bien».

—Comprendo. —Pen asiente, pensativa—. ¿Y cómo acabaste haciéndolo en la vida real?

—Mi novio del instituto y yo salimos unos tres años.

Me salto la parte sobre que éramos vecinos, luego mejores amigos en primaria y después nos enamoramos. Confiaba en él y fue una conversación fácil, tan fácil como todo lo demás con Josh. Todo excepto esa llamada durante el primer año de universidad. Su tono apagado mientras me explicaba: «No es solo por ella... La verdad es que la distancia me mata. Y puede que nuestras personalidades sean demasiado diferentes para que esto dure, ¿no te parece?». Aquello sí que fue difícil.

—Simplemente le dije qué cosas me interesaban.

—Y a él... ¿también le interesaban?

Me tomo un momento para formular la respuesta adecuada.

—Las mismas cosas no. Por eso pensé que mi experiencia quizá podía ayudaros a ti y a Lukas. —Porque Lukas Blomqvist es un pervertido. Lukas «he ganado el oro en las Olimpiadas y soy el nadador favorito de todo el mundo además de un caramelito escandinavo que bate récords» Blomqvist. Hay que ver cómo es la vida…

—¿Y cómo enfocaste la situación?

—Le dije lo que creía que podía gustarme. Josh hizo lo mismo. Vimos en qué coincidíamos. —El diagrama de Venn resultante no incluía muchas cosas, pero, bueno, algo es algo.

—Esto es tan *Cincuenta sombras de Grey*, Vandy.

—¿Verdad? —Cruzamos miradas y compartimos una sonrisa como diciendo «menudo cuadro». Pero ella parece mucho más tranquila que antes.

—¿Sabrías explicarme por qué te gusta que otra persona esté al mando?

Eso mismo me pregunto yo.

—Son muchas cosas mezcladas. —La tranquilidad que me aporta poder negociar previamente una interacción social. Recibir instrucciones específicas sobre lo que debo hacer. Esa paz y estabilidad en medio del interminable caos de mi cerebro. La satisfacción de hacer algo bien, de que me digan que lo he hecho bien. Desconectar del resto del mundo y dejarse llevar. Y sí: no estoy segura de por qué soy así, pero la línea entre el dolor y el placer siempre ha sido difusa en mi cerebro y me siento bien cuando alguien en quien confío me pellizca los pezones.

A veces es así de simple—. Para mí, tiene que ver con la libertad.

Ella resopla.

—¿La libertad de... tener a alguien que te diga lo que debes hacer?

—Sé que suena contradictorio, pero suelo darle demasiadas vueltas a las cosas. Me paso la vida intentando no meter la pata y eso acrecienta mis miedos. —*¿Estoy ocupando demasiado espacio? ¿Te aburro? ¿Te decepciono? ¿Preferirías estar en otro sitio, con otra persona?*—. Me abruma estar constantemente preguntándome si lo estoy haciendo bien.

—¿Haciendo bien el qué?

Me río.

—Si te soy sincera, yo tampoco lo tengo claro. El sexo, supongo, pero también lo de ser un ser humano funcional. —Me encojo de hombros porque ese es el problema, ¿verdad? No hay una forma correcta o incorrecta de existir. La vida real no viene con manual de instrucciones. Por suerte, el sexo sí. El tipo de sexo que a mí me gusta, al menos—. Si alguien con quien me siento segura lleva las riendas...

—Te gusta que esté estructurado.

—Es una buena forma de decirlo. —Sonrío—. No puedo hablar por Lukas ni por la gente que se decanta más hacia el extremo... dominante. —La palabra se queda flotando entre nosotras. Suena raro decirlo en voz alta. La verdad es que yo tampoco me siento del todo cómoda hablando con terminología propia del BDSM. Como con cualquier otra comunidad, me surgen muchas dudas sobre si tengo lo que hace falta para ser considerada un miembro de pleno derecho. Las etiquetas hay que ganárselas y mis bolsillos siempre parecen estar demasiado vacíos para pagar la cuota correspondiente—. Pero está claro que, si les gusta, es por algo.

—Desde luego. ¿Tu novio y tú seguís juntos? —Entorna los ojos—. Siento que sé muy poco de ti.

Qué casualidad. Yo también sé muy poco de mí.

—No, lo dejamos.

—¿Y el chico con el que sales ahora...?

—No salgo. Con nadie, me refiero.

—¿Tiene algo que ver con tus gustos?

—No, no creo. —Al menos, no del todo.

El argumento que me gusta emplear conmigo misma y con quien sea que pregunta (Barb, sobre todo) es que estoy demasiado ocupada y centrada en mi carrera como para salir con alguien. Pero mi fase célibe ha durado tanto que ya no sé si es voluntaria, y prefiero no mencionar que, después de lo que pasó con mi padre, estar con hombres me hace sentir incómoda.

—Sospecho que no debería preguntarlo así, pero de verdad que no sé de qué otra manera formularlo, así que voy a soltarlo y ya. ¿Tu ex te hacía daño? Durante el sexo, quiero decir.

Asiento.

—A veces. Un poco.

—¿Y te parecía bien?

—Sí, desde luego. Todo estaba acordado de antemano. Había muy buena comunicación entre nosotros y teníamos una palabra de seguridad.

—Dios mío, no puede ser más *Cincuenta sombras*. ¿Alguna vez te sentiste…?

—¿Me sentí cómo?

—¿Como si estuvieras tirando setenta años de feminismo por la borda? —Hace una mueca de culpabilidad, pero no es nada que yo no me haya planteado.

—Para mí, ser sexualmente sumisa no tiene mucho que ver con la igualdad de género. No estoy renunciando a mis derechos. Josh siempre paraba cuando yo se lo pedía, y viceversa. —Vuelvo a encogerme de hombros—. Entiendo que hablar de estas cosas puede dejarnos en una posición muy vulnerable. A ti e incluso a Lukas. Además, la gente con este tipo de fetiches a veces tenemos mala reputación, como si fuéramos intrínsecamente agresivos o depredadores.

—Sé que tú no lo eres —me aclara abriendo las manos—. No soy ninguna mojigata, lo juro. Y tampoco creo que Luk sea retorcido o esté mal de la cabeza por querer hacer estas cosas.

Siento un verdadero alivio.

—Me alegro.

—Es más bien que a mí no me va.

—Estás en todo tu derecho. —Me rasco la nuca, donde he olvidado ponerme loción antes de meterme en el agua. Hola, erupción causada por el cloro, ¡cuánto tiempo!—. Y si le has dicho a Lukas que no te interesa explorar esa dinámica sexual y él insiste, es una enorme señal de alarma que…

—Esa es la cuestión, no me ha presionado en ningún momento. Lo intentamos. Porque era…, bueno, era obvio que él quería. Así que me ofrecí. —Agarra el vaso de café con leche y hielo con la mano, pero no llega a beber. En realidad, aún no lo ha tocado—. Pero es que lo odio. Odio que me digan lo que debo hacer. Tener que pedir permiso. Ya oigo constantemente los comentarios del entrenador Sima sobre mis técnicas de salto, no quiero escuchar «estás haciendo esto o lo otro muy bien, Pen» mientras follamos. —Pone los ojos en blanco—. Menuda chorrada paternalista. No te ofendas.

Creo que nunca me había sentido menos identificada con las palabras de otra persona.

—No me ofendo. ¿Le dijiste que no lo habías disfrutado?

—Sí. E inmediatamente dejó de proponerlo. Nunca más volvió a sacar el tema. Pero aún lo desea. Lo sé.

Esta conversación está tomando un giro que se aleja de ser un cursito de iniciación a los fetiches para acercarse más a una columna de revista sobre consejos sexuales. Puede que no sea la más indicada para ayudar.

—Así que ha tomado la decisión de anteponer su relación contigo y tu bienestar a sus preferencias sexuales, lo cual es loable y…

—Y una estupidez. —Pronuncia esa palabra con un suspiro de frustración. Se inclina para acercarse más y observo el verde intenso de sus ojos—. Lo quiero. De verdad que sí. Pero… —Traga saliva. Endereza la postura—. También quiero otras cosas. Quiero ir a una fiesta y poder ligar. Quiero hacerlo sin sentir que estoy traicionando a alguien. Quiero pasármelo bien. —Respira hondo—. Quiero acostarme con otras personas. Descubrir cómo es.

Todo eso me suena tan apetecible como afeitarme las axilas con un abrelatas. Pero Pen no es igual que yo. Es divertida y extrovertida. Sabe conciliar la vida personal y la profesional. Sabe qué hacer y cuándo hacerlo. A todo el mundo le cae bien Pen.

—¿Cómo se siente Lukas al respecto? ¿Está enfadado? ¿O celoso?

Pone los ojos en blanco.

—Luk tiene demasiada autoestima para permitirse sentir algo tan rastrero como eso.

El verdadero «quién pudiera».

—¿Y tú? ¿Tendrías celos si se acostara con otras personas?

—Lo cierto es que no. Lukas y yo nos conocemos desde hace mucho. Nos queremos. Sinceramente, aunque rompamos, sospecho que volveremos a coincidir en un futuro. Estamos hechos el uno para el otro.

¿De dónde saca esta gente las reservas inagotables de confianza? ¿Del tesoro enterrado al pie del arco iris?

—Estáis hechos el uno para el otro... ¿excepto por el sexo, que es bastante «regulero»?

—No es... El sexo es bueno. —Por primera vez en esta conversación tan digna de causar rubor, Pen se ruboriza—. Luk es una persona muy tenaz. Lo que pasa es que... —El móvil le vibra haciendo temblar toda la mesa. Pen se interrumpe a mitad de frase y le echa un vistazo, distraída. Luego vuelve a mirarlo con más detenimiento—. Mierda.

—¿Qué pasa?

—El grupo de estudio de Comercio Internacional. Me había olvidado de que habíamos quedado. —Se levanta de un salto y recoge sus cosas a toda prisa. Se traga el café con leche en un tiempo récord y tira el vaso a la papelera de reciclaje—. Lo siento. Sé que es de muy mala educación pasarme veinte minutos desahogándome y…

—No te preocupes. Ve donde tengas que ir.

—Vale. Mierda, tengo que correr hasta casa de Jackie.

Su voz se apaga mientras sale escopetada de la cafetería y me quedo sola, contemplando lo rara que se ha quedado la tarde, lo absurdo que ha sido ponerme en esta situación y lo enigmático de la relación entre Penelope Ross y Lukas Blomqvist.

Entonces Pen vuelve corriendo y se detiene junto a mi silla.

—Eh, Vandy.

Levanto la vista.

—¿Te has dejado algo?

—Solo quería decir… —Su sonrisa se ensancha. Eso me hace darme cuenta de lo tensas que han sido sus otras sonrisas hasta ahora—. Gracias por tomarte el tiempo de hablar conmigo. Por ser tan guay y no juzgarme. Me alegro de que estés recuperada y de vuelta en el equipo.

Apenas consigo asentir antes de que salga corriendo otra vez. Me quedo pensando si alguien más ha pronunciado alguna vez la palabra «guay» refiriéndose a mí.

CAPÍTULO 5

A la semana siguiente, empiezo a hacerme una idea de cómo está la situación en el terreno académico.

Con Lengua Inglesa y Composición no está todo perdido (a mi profesor no le importa si mis opiniones son válidas, solo que las defienda con convicción). Psicología no es tan descabellada como pensé que sería en un principio (existe un método para comprender la locura del comportamiento humano). Biología Computacional es pan comido (aunque el sempiterno ceño fruncido del doctor Carlsen resulta un poco inquietante). Y luego está Alemán. Un pantano mortífero infestado de tiburones, tarántulas y *currywurst* con vida propia dispuestos a acabar conmigo.

—¿No ofrecen tutorías para gente… poco dotada para los idiomas? —pregunta Barb durante nuestra llamada semanal, después de que yo me pase media hora vomitando mi discurso de propaganda antigermánica por pura desesperación.

—Nada que se pueda adaptar a mi horario. Debería haberme apuntado a clases de repaso antes. —Allá por la época en la que estaba en el útero—. Pero creo que me las apañaré. —Saqué un dos sobre diez en la primera práctica y un tres en la segunda. ¡Un hurra por las tendencias al alza!

—Seguro que sí, Scar.

Después de dejar a papá, después de librar una batalla campal para ganar la custodia, después de recuperar nuestra vida, Barb decidió que debíamos mudarnos a St. Louis, donde consiguió trabajo como directora del Departamento de Cirugía Ortopédica, un puesto que dirige como una verdadera autócrata. Su trabajo es incomprensiblemente exigente, le pagan una cantidad exagerada de dinero y está tan ocupada que una de mis profesoras de secundaria sospechaba que era una niña que se había fugado de su casa y vivía sola en secreto.

Ella es, sin duda, la razón por la que quiero dedicarme a la medicina. Es un tópico, lo sé, pero todo tiene una explicación. Siempre me he decantado por la ciencia, pero no fue hasta que empecé a hacer mis deberes en la consulta de Barb cuando me di cuenta de lo admirable que es su trabajo. Lo mucho que marca la diferencia. El alcance de sus conocimientos y lo importante que es su papel.

—¿Por qué no pueden atender a tu paciente el doctor Madden o el doctor Davis? —le pregunté una vez cuando me dijo que al final no podríamos vernos ese día.

—Porque —bajó la voz hasta hablar en susurros— el doctor Madden es un hijo de... fruta, y el doctor Davis es tan sumamente incompetente que nunca estoy segura de si está del lado del paciente o de la enfermedad. La señora Reyes lleva sufriendo mucho tiempo. Merece ser tratada por alguien que no sea mediocre y se lo tome en serio, ¿no te parece?

Por aquel entonces solo tenía catorce años, pero fui capaz de ver que ese planteamiento tenía todo el sentido del mundo. No solo estaba orgullosa de lo increíble que era Barb, sino que me moría de ganas de convertirme en una doctora que no fuera mediocre y se tomara a la gente en serio.

Y aquí estoy ahora. Soñando con sufrir un fallo hepático que me libre de presentarme al examen de acceso a la Facultad de Medicina.

—Por cierto —me dice Barb—, el otro día me encontré con el entrenador Kumar.

Siento un escalofrío. Fue mi entrenador en el instituto.

—¿Qué tal está?

—Bien. Te manda saludos. Me preguntó por ti.

—¿Y le mentiste diciéndole que soy doce veces campeona de la NCAA y aspirante olímpica?

—Lo pensé, pero luego recordé que existen registros públicos de esas cosas. En internet, me refiero. De los que puedes encontrar haciendo una búsqueda rápida en Google.

Suspiro.

—¿Notaste si estaba avergonzado? ¿Estoy deshonrando a mi antiguo club?

—¿Qué? No. No eres una abogada defensora de los delitos de guante blanco que está en nómina de una gran farmacéutica, Scarlett. Sufriste una lesión grave. Todo el mundo te apoya.

Me muero de ganas de volver a decepcionarlos.

—¿Y qué tal está el amor de mi vida?

—Actualmente ocupada con su labor de lamer basura.

—Una labor de extrema importancia.

—Espera, creo que quiere hablar contigo.

Pitufa, la mezcla de *husky* y carlino que me encontré un día en el *marketplace* de Facebook, donde la anunciaban como una perra de «mal carácter» (falsedades, calumnias) y «con la manía de escaparse» (esa parte no la puedo negar), aúlla su amor por mí e intenta lamerme la cara a través del teléfono de Barb. Le hablo poniendo voz de bebé durante otros quince minutos y después me voy a entrenar.

Es pretemporada, lo que significa que toca acondicionarse. Perfeccionar habilidades. Saltos, inmersiones, posiciones del cuerpo, rotaciones, correcciones... Horas en el gimnasio, en la piscina de saltos, en la sala de musculación, y luego más horas en casa, en clase, en la cama, sin dejar de escuchar esa vocecita de mi cabeza que dice que, por mucho que entrene, es posible que no sirva de nada.

Soy una buena atleta. He revisado suficientes veces las grabaciones de mis saltos para saberlo. Mi cuerpo por fin vuelve a estar fuerte y saludable. Mi mente, en cambio...

Mi mente me odia. A veces. Sobre todo cuando estoy subida a una plataforma, diez metros por encima del resto de mi vida.

Porque diez metros de altura es mucho, pero la gente no se da cuenta hasta que tarda más de cincuenta escalones en subir a una torre. Llegan a la cima, miran hacia abajo y, de repente, les entran náuseas. Es un edificio de tres plantas. Una mansión que se extiende entre el agua y tú. En diez metros pueden ocurrir muchas cosas, entre ellas que un cuerpo acelere a cincuenta kilómetros por hora y que el agua se vuelva tan difícil de romper como la cáscara de huevo más dura del universo.

En la plataforma, los castigos son rápidos y despiadados. El margen de error es nulo. Una mala inmersión no es solo humillante, sino también el fin de la carrera de un deportista. Una mala inmersión es la última inmersión.

—La piscina cierra a las ocho, Vandy, pero sobre todo tú no tengas prisa, ¿eh? —me insta el entrenador Sima.

Sonrío con las palmas apoyadas en el borde rugoso de la plataforma y levanto lentamente las piernas para hacer el pino. Me duelen los hombros, el tronco, los muslos, pero es ese dolor tan satisfactorio que significa que estoy controlándolos. Me quedo ahí, formando una línea recta perfecta, solo para demostrarme a mí misma que soy capaz de hacerlo. Tengo lo que hay que tener. Es un alivio observar el mundo desde otra perspectiva. Me resulta liberador ver lo insignificantes que parecen los demás desde aquí arriba, tan pequeños e irrelevantes.

—¡Ninguna prisa! ¡Para nada me estoy aburriendo como una ostra!

Resoplo y dejo que el resto del salto fluya: posición carpada, medio giro, una voltereta, otra. Entro en el agua formando solo un puñado de burbujas. Cuando vuelvo a la superficie, el entrenador está agachado junto a la piscina.

—Vandy...

Me subo al borde y me llevo la mano al hombro. No duele. No sangra. Sigue intacto.

—Dígame.

—Ese salto ha sido digno de la NCAA.

Me escurro el agua de la trenza.

—El problema es que no es el salto que te he pedido —añade.

Miro a mi alrededor. ¿Dónde habré dejado la toalla?

—Vandy. Mírame.

Lo hago. Tengo que hacerlo.

—Puedes seguir haciendo los saltos con los que te sientes cómoda, sí, pero no podemos quedarnos ahí. —Me da golpecitos entre los ojos con un nudillo, como si estuviese inspeccionando un coco en el supermercado—. Tienes que trabajar lo que pasa aquí dentro.

—Lo sé.

—Entonces hazme caso y no cambies el dichoso salto cuando estés ahí arriba. —Suspira y menea la cabeza—. No te preocupes, niña. Tenemos tiempo. Ve a cambiarte. Esta noche os quiero ver a todos en mi casa. —La barbacoa. La tradición anual para fomentar el espíritu de equipo. Me guiña el ojo y sus patas de gallo se multiplican por diez—. No hay fiestas como las del entrenador Sima.

Por desgracia, es cierto. Porque las fiestas del entrenador Sima son obligatorias.

Me dirijo a los vestuarios y echo un último vistazo al salto de trampolín que las gemelas practican juntas. Cuando vivía en St. Louis, también hacía salto sincronizado, pero en el equipo de Stanford solo somos cinco, así que yo soy la rarita que se queda fuera. Bella y Bree compiten juntas (¿dos atletas que son idénticas y que, a su vez, realizan exactamente el mismo salto? A los jueces les encanta). Pen y Victoria son compañeras desde hace tres años y se compenetran muy bien. Quizá el año que viene haya nuevas reclutas y a una la emparejen conmigo. O tal vez me muera sola sobre un charco de lágrimas, agarrada a unos apuntes sobre el pretérito perfecto del alemán. ¿Quién sabe?

Victoria me lleva en coche a casa de los Sima y me pone al día sobre un caso de peste bubónica en humanos que se ha confirmado hace poco. Somos las últimas en llegar y las dos únicas pringadas que aparecen sin acompañante.

—Genial, esto no es más que un anticipo de cómo van a ser mis días de Acción de Gracias durante los próximos cincuenta años —refunfuña antes de sonreír y abrazar a la señora Sima.

Charlo un rato con Leo, el hijo de trece años del entrenador, que es tan antisocial como yo, hasta que finge acordarse de que tiene deberes y se va a su habitación. Entonces me giro para ir en busca de algo de beber y me doy contra un muro.

Y con muro me refiero a Lukas Blomqvist.

Si lo ponemos al lado del resto de los nadadores de primera división, no destaca demasiado. La mayoría son altos. También musculosos. Y muchos de ellos, guapos. Las proporciones de Lukas (hombros anchos, brazos y torso largos, manos y pies enormes) son básicamente un molde del prototipo básico. Es decir: no es por su aspecto por lo que mi cerebro cortocircuita.

—Perdón. —Soy físicamente incapaz de esbozar una sonrisa. Parálisis temporal del nervio facial, lo llaman. Pero no pasa nada porque él tampoco sonríe.

Su mirada me impide moverme.

—Tranquila.

Tiene una voz agradable, profunda y resonante. Me resulta familiar, pero solo un poco, como un anuncio en medio de un pódcast: la he oído antes, pero no estaba prestando atención. Debe de ser una consecuencia de que haya orbitado en la periferia de mi vida durante los últimos dos años, ya que la piscina donde entrenan los nadadores está enfrente de la de saltos.

—¿De dónde has sacado eso? —Señalo la bebida isotónica que lleva en la mano y que, en comparación con sus dedos, parece de tamaño infantil. Hace un gesto con la barbilla hacia una nevera que podría haber localizado yo sola. Si no fuera tonta, claro—. Ah, ya. Gracias.

Lukas asiente una sola vez. Me pregunto si habrá venido con Pen y si habrán resuelto sus problemas, pero no la veo por ningún lado. Él y yo llevamos, curiosamente, los mismos vaqueros y la misma camiseta gris del equipo de natación y saltos de Stanford. La única diferencia es que él va descalzo. ¿Por qué va descalzo por el patio de mi entrenador? Además, ¿por qué se me queda mirando así? ¿Y yo por qué le aguanto la mirada?

No puedo apartar la vista y creo que es por sus ojos. Son inquisitivos. Atentos. Abstraídos. De un azul sobrenatural. En algún lugar del mar Báltico, un bacalao salpica la superficie de un agua de ese preciso color y...

¿Pen le habrá hablado de mí? ¿Le habrá dicho lo que me contó sobre él? ¿Por eso parece tan...? No sé. ¿Curioso? ¿Absorto? Algo.

—¿Qué decías del Open de Suecia, querido? —pregunta la señora Sima.

Lukas se gira hacia ella y me doy cuenta de que he interrumpido su conversación. O, más probablemente, el interrogatorio que ella le estaba haciendo. A lo largo de los años, me he visto obligada a participar en varios de esos interrogatorios, y no son moco de pavo.

—¿Cuándo has dicho que se celebra?

—El año que viene. La semana después de la NCAA.

—Madre mía. Y tendrás que asistir si quieres clasificarte para los Juegos Olímpicos de Melbourne, ¿verdad?

—No, ya me clasifiqué en el campeonato del mundo.

—Tiene ese acento tenue típico del norte de Europa. Ni siquiera estoy segura de en qué letras se le nota más, pero de vez en cuando lo capto.

—Ah, es verdad, que fue a principios de año. Y ahí ganaste, así que oficialmente el año que viene te vas a Australia, ¿no?

Asiente, indiferente, como si participar en las Olimpiadas no fuera gran cosa. Su cara es... Esa mandíbula me recuerda a unos acantilados y la hendidura de su barbilla es de película. Podría ser el Capitán América.

O el Capitán Suecia. O yo qué sé.

—Es fantástico, querido. Esperemos que Penelope también se clasifique. Se llevó el bronce en los Juegos Panamericanos el verano pasado, pero cometió varios errores.

Típico zasca de la señora Sima. Le encanta insinuar que las del equipo de salto solo somos un grupo de chicas sin talento, eternamente indignas de las habilidades como entrenador de su marido. Se lo rebatiría, pero, justo en mi caso, no estoy segura de que se equivoque.

Lukas, por suerte, no tiene tantos reparos.

—Todavía se estaba recuperando de una lesión.

—Ah, ya. Sí, claro. —Una risa nerviosa—. Bueno, pero tú ganaste todas las carreras, ¿no? —Él se limita a responder con un gruñido—. Seguro que tu madre está muy orgullosa de ti.

No hay respuesta, pero la tinta de los tatuajes de Lukas se mueve como si estuviera tensionando los músculos. Tal vez la relación con su madre sea tan buena y poco controvertida como la mía con mi padre.

—¿Irá a verte a Melbourne? —La cara de Lukas podría ser un megalito en la isla de Pascua—. Seguro que se muere de ganas de estar ahí para animarte.

Percibo un tic repentino en la mandíbula de Lukas, como si estuviera a una pregunta más de explotar. *Vamos, señora Sima. No hace falta hablar sueco para ver que está incómodo.*

—Si fuera uno de mis hijos, llevaría a toda la familia a…

—Por cierto, Lukas —interrumpo—, Pen te estaba buscando hace un momento.

Sus ojos se encuentran con los míos.

—¿En serio? —Ni siquiera termina de ser una pregunta. Sabe que es mentira.

—Sí.

Vuela, pajarito. Sé libre.

—Disculpe —dice en dirección a la señora Sima.

Me sirvo un poco de leche de coco, pero cuando echo un vistazo para asegurarme de que ha escapado sano y salvo, veo que sigue centrado en mí y...

Quizá Pen le ha hablado de nuestra conversación y por eso se muestra tan interesado. ¿Querrá charlar conmigo? ¿Desahogarse? ¿Encontrar a alguien que simpatice con su caso? ¿Quiere tener una charla de pervertido a pervertido?

Tal vez debería convertirme en consejera de parejas. Es una buena alternativa a estudiar Medicina. Quizá ahí no exijan dominar un idioma extranjero.

—¡La primera tanda está lista! —grita el entrenador desde la zona de la barbacoa—. ¡Servíos vosotros mismos!

Me como la hamburguesa de pollo despacio, en silencio, mientras las conversaciones fluyen a mi alrededor. Pen se sienta frente a mí. Es el centro de atención, la reina de la simpatía y las anécdotas graciosas. Lukas está a su lado, con los brazos cruzados sobre el pecho. Habla poco y solo sonríe de vez en cuando. Parece un tío tranquilo y reservado. Juntos son exageradamente guapos, a un nivel que desafía toda lógica. Yo no me considero fea, ni mucho menos, pero pasé una época de llevar ortodoncia y tener brotes de acné constantes. No hace tanto de eso, en realidad. Estos dos es evidente que siempre han sido igual de pibones. Da hasta rabia, la verdad.

Por primera vez, todas las integrantes del equipo tenemos más de veintiún años. El entrenador reparte cerveza casera murmurando algo sobre que más vale que este sea nuestro último trago de alcohol de la temporada. Me lo imagino removiendo y fermentando el líquido en la misma bañera en la que Leo descubrió lo que era la masturbación y decido pasar. Lukas y Victoria, que han venido en coche, solo se toman un botellín. Las gemelas se toman dos cada una y comentan que es mucho más fuerte que la cerveza normal. Pen... no estoy segura de cuántas lleva. Creo que ella tampoco. Su risa suena un poco fuerte, pero sigue siendo encantadora.

Después de cenar, me voy al patio con Bree, Bella, Devin y Dale, donde intento que no se me note lo alucinada que me deja que dos gemelas monocigóticas estén saliendo con otro par de gemelos monocigóticos.

¿Lo planearon de antemano? ¿Cómo se conocieron? ¿Una pareja encontró el amor y propició que la otra empezara la relación? ¿Harán guarradas entre ellos? Y, ¿por qué me interesa tanto la vida privada de otras personas? Muy atrevido por mi parte, teniendo en cuenta que me gusta que me aten como a una bolsa de malla llena de limones. Siento una oleada de alivio cuando Pen viene tambaleándose hacia mí para «robaros a Vandy un segundo» y me susurra:

—Un poco raro, ¿verdad? Gemelas saliendo con gemelos.

—Justo estaba pensando lo mismo y me sabía fatal.

—Lo sé, yo también.

—Soy consciente de que no es muy apropiado, pero estaba pensando que si cada pareja tiene un hijo...

—¡Serán gemelos cuaternarios!

—¡Madre mía, sí!

Chocamos los cinco como si hubiéramos descifrado el genoma humano y acabamos en la parte trasera de la casa, andando hacia unos columpios que el entrenador debió de instalar cuando sus hijos eran pequeños.

—¿Va todo bien? —le pregunto cuando nos sentamos. Me balanceo un poco probando la robustez de la estructura.

—Sí. —Suelta una risita. Tiene los ojos vidriosos—. Excepto que la cerveza del entrenador me está pegando fuerte. Necesitaba un poco de silencio. Me ha dado la sensación de que tú también.

¿Cuándo no?

—¿Quieres que busque a Lukas y le pida que te lleve a casa?

—Dios, qué gran idea. —Hago ademán de levantarme, pero ella me detiene y agarra el móvil—. Le mandaré un mensaje. De todas formas, solo ha venido porque yo le dije al entrenador que venía.

—Ah. ¿Es que al final habéis...?

—¿Roto? Sí. Ahora soy un alma libre. —Arrastra un poco las palabras. No parece muy feliz.

—¿Quieres, mmm..., hablarlo?

No sé si estoy preparada, pero la idea de que Pen quiera confiar en mí me despierta una sensación agradable en el pecho. Entre mi lesión y mi incapacidad para dejar de trabajar hasta alcanzar la perfección (es decir, nunca), no he hecho muchos amigos en la universidad. Ni antes.

—¿Quiero? —se pregunta a sí misma con una risa temblorosa y forzada. Luego fija la mirada en algún punto detrás de mí y repite más alto—: ¿Quiero?

Me doy la vuelta. Lukas está andando hacia nosotras y lo primero que pienso es que no hacía falta que viniera hasta aquí. Iba a entregarle a Pen en la mismísima puerta del coche.

Pero sus pies descalzos no vacilan. El sol crea un halo alrededor de su pelo corto cuando pregunta:

—¿Te llevo a casa?

Pen se lo queda mirando con cariño y en silencio durante un momento largo. Tan largo que empiezo a preguntarme si no estará mucho más borracha de lo que creo.

—Vandy, nunca te he presentado a mi exnovio, ¿verdad?

Y lo segundo que pienso es: está claro que la ruptura ha sido complicada y que ha dejado una herida que todavía no ha sanado. Y yo prefiero quedarme al margen.

—Ya nos conocemos. —La mirada impasible de Lukas se clava en mis ojos—. Coincidimos el día en que vino a Stanford para las jornadas de reclutamiento.

No lo recuerdo, pero asiento de todos modos, contenta de no haberme levantado para estrecharle la mano.

—Ah, qué guay. —Se encoge de hombros—. Sí, Luk, puedes llevarme a ca… —Pen se detiene de repente, con un grito ahogado que se convierte en una sonrisa maníaca que me provoca cierta inquietud—. Dios mío, chicos. ¡Acabo de tener la mejor idea del puto mundo! —Mira a Lukas, a mí, a Lukas otra vez.

Seguro que va a soltar algo ridículo que solo le puede parecer buena idea a alguien que va borracho. Vayamos a Taco Bell. Gastémosles una broma a nuestros profesores del insti. Afeitémonos las cejas. Estoy buscando argumentos para disuadirla de ir a un karaoke cuando, de repente:

—¡Vosotros dos deberíais follar!

CAPÍTULO 6

Aprieto la cadena del columpio con tanta fuerza que se me queda marcada en la mano.

Me quedo mirando a Pen boquiabierta. Luego me giro hacia Lukas, que parece tan sorprendido como yo.

Sin embargo, él se recupera enseguida, se cruza de brazos y esboza una media sonrisa.

—Pen —la regaña con dulzura, como si su ex fuera una niña pequeña algo traviesa, un gatito al que han pillado comiéndose el paquete de chuches—. Venga, te llevo a casa.

Ella lo ignora.

—¡No, no, es perfecto!

—No me digas.

—Sí. ¡Sí! ¿No lo ves? Dios mío. Claro que no. Es que no lo sabes. —Se ríe y hace un gesto incoherente. Lleva la cara impecable, no se ha maquillado después del entrenamiento, pero ahora sus mejillas están sonrojadas. ¿Es posible que el entrenador haya puesto MDMA en la cerveza?—. Luk, por favor, no te enfades, pero… tuve que contarle a Vandy tus preferencias en la cama. Porque todo era un lío y necesitaba hablarlo con alguien. Lo siento, ¿vale? —se disculpa, aunque Lukas no parece particularmente molesto ante la idea de que yo esté al tanto de sus asuntos privados. Hasta que—: Pero la cosa es que... ¡a Vandy le gusta lo mismo que a ti!

Y ahí es cuando me doy cuenta de que no.

Pen no le había contado lo mío a Lukas. Porque él vuelve la cabeza hacia mí y se queda mirándome con los labios entreabiertos, como si de repente me hubiera transformado en algo nuevo. Algo que entiende al instante.

Le aguanto la mirada, incapaz de respirar.

Pen, mientras tanto, continúa:

—Así que vosotros dos deberíais... Bueno, nadie debería acostarse con nadie si no quiere. Pero como aquí todos estamos solteros, he pensado que...

Lukas aparta sus ojos de los míos.

—Pen —dice con firmeza, exudando una especie de paciencia condescendiente y cargada de tolerancia—. Nos vamos.

Ella frunce el ceño.

—¿Qué pasa? ¡A mí me parece que es una gran idea!

—Por supuesto. —Lukas suena tan imperturbable que aumenta mi angustia. ¿Por qué no se está muriendo de vergüenza? ¿Es que estoy acaparando yo toda la que existe?—. Venga, te llevo a casa.

—¡No! Luk, a ella sí que le gusta. Sabe jugar a *Dragones y mazmorras.*

Él suspira. Yo me he perdido. Y entonces caigo.

Mazmorras. Esos sitios con potros, cadenas y cuerdas...

Dios mío. No debería ser testigo de las bromas sexuales de la pareja de oro de la liga de natación universitaria.

—Es una buenísima idea —insiste mientras se balancea en el columpio, un poco inestable—. ¡Piénsalo bien!

—De acuerdo. Rebobinemos un poco. —Lukas asiente como si realmente estuviera contemplando la posibilidad—. Tú y yo rompemos y una semana después me vienes con recomendaciones sobre a quién debería follarme. —Posa los ojos en mí. Fríos. Calculadores—. Y haces lo mismo con Scarlett. Porque eres así de buena persona, ¿no?

—Es que estaba pensando que molaría si todos pudiéramos...

—¿Ser felices y comer perdices con nuestro follamigo asignado de oficio?

—Luk —Pen se envalentona—, como poseedor de media docena de récords mundiales, eres una figura pública, la gente te conoce, no puedes hacerte un perfil en una aplicación de citas y escribir en la bio la lista de perversiones que te gustan así como si nada.

—Y tú te has propuesto facilitarme el proceso emborrachándote y ofreciéndome a tu compañera de equipo. Quien, por cierto, lleva más de un minuto sin respirar.

Tiene razón. Inspiro un poco de aire.

—Venga, Luk. Sé que crees que está buena. Tú mismo me lo dijiste.

Silencio.

—Y veo cómo la miras.

Un zumbido de incomodidad nace de la parte posterior de mi cráneo.

—¿Cómo la miro?

—Ya sabes cómo.

Lukas se vuelve a cruzar de brazos.

—¿Algo más que deba saber sobre la dirección que ha de tomar mi vida sexual? ¿Dónde tenemos que quedar Scarlett y yo? ¿Qué haremos primero?

Pen se pone en pie de un salto. Se balancea hacia Lukas y le clava el dedo índice en un pectoral.

—Luk, si no entiendes mi visión... —Estalla en carcajadas—. En fin, da igual. Vámonos a casa. —Pasa por su lado y se pone a andar, pero después de unos quince metros se deja caer al suelo y se tumba boca arriba para tomar el sol—. ¡Chicos, me encanta esta hora del día!

Lukas niega con la cabeza y suspira profundamente, con sus largos pies asomando entre la hierba. Y ahí, en el subir y bajar de sus hombros, por fin lo veo. La tensión de una relación cuando se acaba. Me imagino las conversaciones nocturnas, los mensajes de texto incesantes, las peleas que han llevado a la ruptura.

—No debería haberme contado que a ti te... sin tu permiso —le digo—. Quizá sería buena idea pedirle que no vaya aireándolo por ahí.

Es un poco presuntuoso suponer que este apuesto deportista con la nacionalidad de un país que tiene sanidad pública pueda necesitar mi consejo. Pero recuerdo la forma en que papá nos trataba a Barb y a mí. Cómo nos desgastaba y nos iba despojando de todas las capas, una a una, hasta que nuestros deseos e inquietudes dejaban de tener importancia y el mundo giraba en torno a él. La capacidad de decir que no es algo que nunca daré por sentado.

—No me molesta —contesta con un tono casi reconfortante.

Hay un «no te preocupes» implícito en sus palabras. Tiene una presencia firme, tranquilizadora. Da la sensación de poder enfrentarse a cualquier problema, y solo con eso ya me imagino lo bueno que debe de ser en..., bueno, en todo eso que nos ha llevado a vivir esta humillante situación.

—No tenía ni idea de que soltaría algo así —confieso.

—Ya. Has puesto cara de estar a punto de desmayarte.

—Ha faltado poco.

Intercambiamos una media sonrisa. Más bien solo una mirada, en realidad.

—Estoy bastante seguro de que ni siquiera Pen sabía que iba a soltar algo así. Y dudo que mañana se acuerde.

—Aun así..., lo siento. Le conté a Pen mi experiencia pensando que os ayudaría, pero no pretendía meterme en vuestros asuntos o...

—Luuuk, ¿podemos irnos ya a casa? —me interrumpe Pen.

Él se muerde el interior del labio. Me mira una última vez.

—Adiós, Scarlett.

Le digo adiós con la mano y lo miro mientras se marcha. Sus pasos son relajados y el pelo castaño parece casi dorado bajo la luz del sol poniente. Cuando él y Pen desaparecen tras girar por una esquina de la casa, inclino la cabeza hacia atrás para mirar el cielo. Intento apartar de mi mente esa pregunta: «¿Dónde tenemos que quedar Scarlett y yo?», la pronunciación casi perfecta, las oes cerradas, las eses delatoras. Dejo que el corazón se me ralentice hasta alcanzar un ritmo normal y me digo a mí misma que, dentro de unas cuantas décadas, cuando esté frágil y consumida en una residencia de ancianos y la enfermera programada con IA que me esté dando de comer coles de Bruselas me pregunte: «¿Qué es lo más disparatado que le ha pasado en la vida?», mi cerebro, instantáneamente, recordará esta conversación.

Aunque no tengo ni idea de lo equivocada que estoy.

CAPÍTULO 7

—Perdona, ¿qué has dicho?

Sam y yo nos quedamos en silencio muchas veces durante las sesiones. El motivo es que me hace preguntas peliagudas que soy incapaz de contestar y se niega a continuar hasta que recibe una respuesta.

Supongo que así funciona la terapia.

—Te he preguntado si esto te había pasado antes.

—¿Y con «esto» te refieres a…?

—Al bloqueo.

—Ya. —Niego con la cabeza—. No, nunca.

—¿Ni siquiera a menor escala?

—No.

Baja la mirada a su cuaderno.

—He investigado un poco. Parece ser que la parálisis psicológica es un fenómeno bastante habitual entre los atletas. Incluye la pérdida repentina de habilidades que ya tenías dominadas. —Recita la última parte como si estuviera leyendo la definición de un manual de psicología—. ¿Coincide esta descripción con lo que estás experimentando tú?

Prolongo el silencio todo lo que puedo antes de asentir. A lo mejor si no lo digo en voz alta, no se hará realidad.

—Lapsus mental —respondo finalmente—. O entrar en punto muerto. Así lo llamamos los saltadores.

CAPÍTULO 8

PENELOPE: Te vas a reír

PENELOPE: Esta mañana me he despertado con un dolor de cabeza épico y no entendía por qué. Luego me he acordado de lo que pasó anoche y he querido lanzarme por el balcón

PENELOPE: Me porté como una imbécil. Creo que solo me tomé dos copas… No sé ni cómo pillé semejante castaña. Y no es excusa. Lo siento mucho, Vandy

Y tanto que debería sentirlo.

SCARLETT: Me da que la cerveza casera del entrenador es bastante más fuerte que la normal. Las gemelas iban muy pedo también y al final me tocó a mí conducir de vuelta

PENELOPE: Uy, como se enteren en la NCAA, seguro que se ponen a dar palmas

SCARLETT: En fin, te agradecería que en el futuro no fueras por ahí aireando mi vida personal

PENELOPE: No volverá a pasar, te lo juro! De normal no soy tan capulla, en serio. Jolín, encima soy tu capitana, lo que hice es cien por cien acoso sexual y tienes todo el derecho a denunciarme

SCARLETT: Tranqui, esta vez te perdono. Además, toda esta movida nos vendrá genial cuando volvamos a jugar al Yo nunca

PENELOPE: JAJAJA y al de Dos verdades y una mentira

PENELOPE: «Hago pis en la piscina», «odio el tomate», «una vez pillé tal cogorza que intenté liar a mi ex con mi compi de equipo»

SCARLETT: Teniendo en cuenta que estos ojitos te han visto comer tomate, me dejas bastante preocupada

PENELOPE: Echan la tira de cloro!

SCARLETT: Voy a hacer como si no hubiera leído nada. No vuelvas a mencionarlo nunca

SCARLETT: Lukas está cabreado?

PENELOPE: Lo he llamado esta mañana para pedirle perdón, pero le ha quitado importancia al asunto. Es imposible cabrear a Lukas, no hay ser humano en el universo más estoico que él

Hace unos días yo habría dicho lo contrario: que era uno de esos tipos ariscos que te aplica la ley del hielo, de los que se enfada a la primera de cambio. Pero no era más que un presentimiento derivado de mi creencia de que los hombres pueden ser aterradores e impredecibles.

No todos, estoy segura. Tal vez ni siquiera la mayoría. Pero teniendo en cuenta mi pasado, no puedo evitar desconfiar de ellos hasta que me demuestran que son buena gente. No obstante, parece que a Lukas Blomqvist no se le puede poner ni un pero.

No tengo ni idea de cómo es en realidad, aunque después de la barbacoa en casa del entrenador se ha convertido en una especie de pensamiento intrusivo y, en lugar de ponerme a estudiar la estructura sintáctica del alemán, acabo... recopilando información sobre él. Tirando, principalmente, de mis propios recuerdos.

Por más que intento hacer memoria, no me suena haberlo conocido durante las jornadas de reclutamiento, aunque hay fragmentos de él desperdigados aquí y allá, como el confeti que se te queda pegado al pelo tras una fiesta de Nochevieja. No tenía la intención de conservarlos, pero ahora me alegro de poder examinarlos a conciencia.

Pienso en la noche de Halloween de mi primer año, cuando unos chavales se colaron en la zona de saltos para lanzar huevos y papel higiénico a la piscina. Lukas, que ya por aquel entonces era capitán, ofreció la ayuda del equipo masculino para limpiarla. Cuando sus compañeros empezaron a poner pegas, bastó un leve movimiento de cejas para hacerlos callar.

O en aquella vez que un tío confundió la lona para cubrir la piscina con el suelo y se cayó dentro con la ropa puesta y la mochila. Una imagen aflora a mi mente: la del brazo tatuado de Lukas sacándolo del agua. El mismo brazo con el que el año pasado separó a dos alumnos de último curso que estaban de gresca y los inmovilizó contra la pared para cantarles las cuarenta.

Y luego, las cosas que ha comentado Pen de pasada alguna vez. Como que le habían ofrecido contratos publicitarios, pero él se había negado a «vender champú y batidos de proteínas». Las publicaciones de aniversario en el Instagram de mi amiga, con fotos de ambos a lo largo de los años: Lukas, grandote y serio; Pen, con una sonrisa de oreja a oreja. El tono despreocupado de ella al mencionar que nunca había ido a Suecia a visitarlo: «Es que estoy hasta arriba, ¿sabes?».

No me viene nada más a la cabeza, pero da igual. Porque ahora que Pen ha intentado embutirnos en este extraño triángulo, ahora que soy consciente de su presencia, lo veo en todas partes. Recorriendo el borde de la piscina. En la sala de recuperación, con los fisioterapeutas. En la de musculación, levantando pesas absurdamente grandes. En esas reuniones coñazo de los sábados que tienen lugar detrás de la torre de saltos..., aunque ahí siempre se queda callado. Los nadadores se dan ánimos unos a otros y comentan sus logros de la semana, pero Lukas Blomqvist, ganador de cinco medallas olímpicas de oro (dos son por pruebas de relevos, lo que le resta un pelín de omnipotencia), nunca tiene nada que comentar.

Puede que esté pasando por una mala racha. A lo mejor se le da fatal hablar en público. O igual es que los suecos son así y ya está.

Nunca me he molestado en analizar a fondo la relación entre los miembros del equipo de natación, pero parece llevarse bien con sus compañeros. Lo llaman Sueco, y no Seco, como pensaba yo al principio. Caigo en la cuenta mientras hago dominadas en la sala de musculación y me quedo colgada en la barra durante unos segundos, riéndome, sin aire, hasta que Bree me pregunta si estoy sufriendo una crisis nerviosa.

Lo pillo empujando a la piscina al otro chaval sueco del equipo y suelto un resoplido burlón cuando lo único que emerge del agua es una mano haciendo una peineta.

Lo veo pasear por el campus con otros dos atletas olímpicos de último curso: Hasan, un chico inglés muy simpático que me pidió salir en primero, y Kyle, una de las promesas de la natación estadounidense, cuya pinta es la del típico fiestero unineuronal que te encuentras en cualquier fraternidad.

Lo observo nadar. Al principio, por curiosidad. Y luego, porque no consigo apartar la mirada, estupefacta ante el hecho de que los dos estemos compuestos de la misma materia —carbono, hidrógeno, oxígeno— y, aun así, su cuerpo sea capaz de hacer eso.

Lo más probable es que sea un buen tío o persona o líder o nadador o la palabra que esté de moda ahora en la NCAA. A veces nos cruzamos e intercambiamos un saludo con la cabeza. Una sonrisa socarrona. Una mirada de «¿te acuerdas cuando tu ex quiso ponernos a follar?». No obstante, la mayor parte del tiempo parece demasiado centrado en sus cosas como para prestarme atención.

Igual que yo. Veinte horas de entrenamiento a la semana más las clases, los deberes, la preparación del examen de acceso a Medicina y cierta actividad imprescindible si entre tus propósitos se encuentra lo de seguir viva más de un par de meses. «Dormir», que lo llama el entrenador. Me han hablado maravillas, me encantaría probarlo alguna vez.

—Hemos elegido los peores deportes —me recuerda Maryam mientras cenamos. Nos quedamos mirando, desanimadas, los platos de espaguetis, plenamente conscientes de que tenemos por delante al menos tres horas de deberes—. ¿Lucha libre? ¿Salto de trampolín? Ni están financiados como toca ni viene nadie a vernos. Imposible hacerse famosas. Joder, me duelen hasta los ojos, ¿y para qué?

—Al menos tú tienes la opción de meterte en la WWE.

—Puede. Aunque me haría falta un nombre artístico.

—¿Qué tal la Roca?

—¿No está pillado ya?

—Nop, todo tuyo.

Pero el esfuerzo merece la pena. El entrenamiento pliométrico. Las extenuantes sesiones de brazo, pierna y abdominales. Los ejercicios de visualización. Estoy en forma, sobre todo teniendo en cuenta que el año pasado no competí. Estoy muy...

—¿Me tomas el pelo, Vandy? —me pregunta el entrenador Sima el viernes por la tarde, una semana después de la barbacoa. Aparece de repente mientras estoy secándome y me da un susto de muerte—. ¿Qué ha sido ese último salto?

—Un doble mortal y medio hacia atr...

—¿Y qué te he pedido que hicieras?

Retrocedo un paso. El entrenador Sima no me da miedo; por mucho que refunfuñe y reniegue, es un buenazo. Lo que me tiene cagada, sin embargo, es lo que está a punto de decirme.

—Lo siento. —Desvío la mirada un instante. Cuando vuelvo a mirarlo, la expresión de sus ojos se ha suavizado.

—¿Qué tal te va con la psicóloga?

—Estamos... —Aprieto la toalla de microfibra—. Estamos haciendo avances. Se lo prometo.

Examina mi rostro para ver si estoy contándole la verdad.

—Bien, de acuerdo. —Asiente sin estar convencido—. Tú no te rindas, ¿vale? Y si necesitas algo, me avisas.

Me invade una oleada de alivio cuando veo que se da la vuelta para criticar la ejecución del salto sincronizado de Pen y Victoria. Cada una coge impulso a una altura diferente. Completan los tirabuzones a destiempo. Y hacen de todo menos clavar el carpado.

—A ver, que me quede claro, vosotras dos estáis intentando llevar a cabo el mismo salto, ¿no? —espeta el entrenador.

Me ahorro la leída de cartilla; tras cambiarme de ropa y coger una barrita de proteínas del quiosco, me voy a estirar.

La fisio me dio una rutina de ejercicios para evitar que el hombro me la juegue de nuevo. Una sesión de hora y pico, tres veces a la semana. Cuando me dijo que, si me los saltaba, volvería a sufrir otra lesión, quise morirme allí mismo, pero lo cierto es que han empezado a gustarme. Son ejercicios suaves y lentos, una oportunidad para tratar con cariño a mi cuerpo. Para aprender a escucharlo y no sobrepasar mis límites físicos. Cuando termino, es ya de noche y todos se han marchado. Paso mi tarjeta por la puerta del vestuario, pero por más que lo intente, esta no se abre.

Y lo intento muchas veces.

Me lo he dejado todo dentro, las llaves de casa, el portátil y la cartera. Maryam se ha ido a un torneo de lucha y no volverá hasta dentro de un par de días. Me sabe mal llamar a Pen, pero los capitanes de equipo tienen llaves físicas de las de toda la vida.

—Hola —saludo cuando coge el teléfono. Oigo ruido de fondo; espero que siga en el campus.

—Ey, ¿todo bien?

—Más o menos. —Me parece oír música—. La puerta del vestuario ha vuelto a ponerse tonta y todo el personal se ha marchado a casa.

—Mierda. Espera, te... Dame un segundo.

Lo que me llega a continuación son sonidos amortiguados, como si Pen estuviera tapando el micrófono del móvil con la tela de la camiseta. Capto un breve intercambio entre ella y una voz grave y masculina, pero solo distingo dos palabras: «otra» y «persona».

—¿Vandy? Oye, ¿te importa... te importa llamar a Luk? ¿O a alguno de los demás capitanes? Todos tenemos llaves.

«Pero ¿Lukas no está contigo?», estoy a punto de preguntar. Se me enciende la bombilla antes de que abra la boca.

—Ah. —Guardo un silencio demasiado largo—. Sí, claro —digo sin intención de ponerme en contacto con él. En primer lugar, no tengo su número. Y en segundo, no me sale del higo. Ya me han metido bastante en sus rollos de pareja sin yo quererlo. No pienso llamar a Lukas solo porque Pen esté...

—Mira, voy a mandarle un mensaje con tu número y le explico la situación, ¿vale?

Mierda.

—No quiero molestarlo.

—Es el capitán. Para eso está. Tú quédate ahí, que llegará en un periquete.

Al cabo de treinta segundos, mientras me estoy planteando ahogarme en la piscina, el móvil me suena con la llegada de un mensaje de un número desconocido.

CAPÍTULO 9

NÚMERO DESCONOCIDO: Voy de camino

Contemplo el abismo que conforman esas tres palabras y el abismo me devuelve la mirada. Vaya que si me la devuelve.

¿Lukas sabe por qué no viene Pen?

Me apoyo en la pared con los ojos cerrados y respiro hondo varias veces. Esto acabará pronto. Vale la pena pasar el mal trago para poder irme a casa y ponerme hasta el culo de fideos chinos.

Seré valiente. Seré lo que haga falta con tal de comer fideos.

Lukas llega menos de diez minutos después con el pelo húmedo cayéndole sobre la frente y un par de llaves colgando del dedo. Se acerca a grandes zancadas, con toda la parsimonia de alguien que está en paz con el universo. Lo observo contemplarme, sin saber muy bien cómo apartar la vista.

Dato curioso del día: va calzado.

Caigo en la cuenta de que uno de los dos debería decir algo («Hola» o «¿qué tal estás?» o «me has jodido la noche, caraculo»), pero por alguna razón inexplicable que no está del todo relacionada con los nervios ni la incomodidad, ninguno abre la boca durante una eternidad. Hasta que:

—¿Quieres que lo abramos ya? —pregunta.

Intensa. Así diría que es su voz. Grave, tal vez.

—¿El qué?

—El melón.

Trago saliva. ¿Se refiere a...?

—Ese que tiene una mordaza de bola alrededor.

Se me escapa una carcajada.

—Conque una mordaza de bola, ¿eh?

Se encoge de hombros.

—La verdad es que no es mi rollo.

Me contengo para no decir: «Ni el mío», porque... se la trae floja. Aun así, la tensión del ambiente se disipa.

—A lo mejor el melón... ¿tiene los ojos vendados?

Él asiente despacio.

—Y está atado.

—Y haciendo lo que se le dice.

Parece que eso le gusta más.

—Qué melón tan bueno...

Me pongo como un tomate. Huyo del peso de su mirada.

—En fin. Vale. Me alegro de que hayamos superado el bochorno de estar al corriente de las perversiones sexuales que le van al otro pese a haber intercambiado apenas cuatro palabras.

—No sé qué es lo que te va —dice. Casi parece que esté callándose algo. Un «todavía». Un «pero me encantaría saberlo». Un «por desgracia». O igual es cosa de su entonación. Su lengua materna es el sueco.

Carraspeo.

—Gracias por venir.

—De nada. —Abre la puerta y me la sostiene, asegurándose de mantener las distancias, cosa que le agradezco. El pasillo está vacío y él es un tiarrón de casi dos metros. No me hace mucha gracia—. Te espero aquí.

—No hace falta.

—La puerta se atasca desde los dos lados.

—No pasa nada, estaré bien.

Se me queda mirando sin moverse y... vale. Él gana. Gracias. Hay que ver lo plasta que es la gente educada y decente que se preocupa por los demás. Me apresuro a recoger mis cosas. *Piensa en la cena*, me digo. *Tu recompensa. Tu paraíso.*

Resulta que Lukas tenía razón. La puerta tampoco se abre desde dentro. Tengo que llamar y pedir que me deje salir, como si fuera mi carcelero particular.

—Qué mierda —murmuro.

—Les enviaré otro correo a los de mantenimiento —Una frase mucho más elegante que «te lo dije».

Dejo la mochila en el suelo para hacerme una coleta y, al levantar la cabeza, lo encuentro mirándome. Con mi mochila cargada al hombro.

—No hace falta que...

—Vamos.

Caminamos hacia la salida. Los silencios no me incomodan normalmente (he tenido que acostumbrarme a ellos, ya que no se me da bien romperlos), pero este en concreto me pone de los nervios. Quizá porque no puedo dejar de pensar en Pen. En la voz masculina que he oído. En las cosas que puede que Lukas no sepa.

—Lo siento, habría llamado a otro de los capitanes, pero...

—No pasa nada, Scarlett.

Su tono es franco y firme y no admite más sumisión por mi parte, así que me callo y echo un vistazo a su perfil. Me fijo en la pelusilla que le recubre la mandíbula, como si llevara un tiempo sin afeitarse: típico de nadadores que no han empezado todavía la temporada, aunque a él le da aspecto de modelo de revista y no de zarrapastroso. Me fijo en sus pecas, que no deberían quedarle tan bien como le quedan. Me pregunto si en Suecia se lo considera guapo o un tío del montón. ¿Es una de esas situaciones donde sale ganando con el cambio? ¿Donde un tres en Estocolmo equivale a un diez en Estados Unidos?

—¿Qué te pasa en el hombro? —pregunta.

—Nada. —La respuesta me sale automática: manifiesto mis deseos al universo y, además, como toda deportista que se precie, me niego a admitir la realidad. Más calmada, añado—: ¿Cómo sabes que me pasa algo?

Me lanza una mirada entre perpleja y displicente. Y entonces tuerce las comisuras de la boca.

—Vale. Se me había olvidado.

—¿El qué?

—Que no te acuerdas de haberme conocido.

Me pongo roja. ¿Tanto se nota?

—Tendría que haberme presentado —prosigue—. Soy nadador.

—Eh..., ya lo sé.

—Del mismo equipo que tú, de hecho.

—Lo sé.

—De esos que va con gorro y bañador.

—Que ya lo sé.

Lo fulmino con la mirada, pero él ni se inmuta.

—¿Por qué no paras de masajearte el hombro?

¿Eso hago?

—Creía que las cirugías habían salido bien y ya estabas recuperada.

¿Cómo sabe…? Pen debe de habérselo contado.

—Salieron bien. Y sí que estoy recuperada.

Salimos de Avery y Lukas mantiene las distancias, dejando un poco más de espacio de lo habitual, como si supiera que me asusto a la mínima. A lo mejor no quiere que me sienta amenazada, ya que es de noche y me encuentro en compañía de un reputado pervertido sexual. Aunque yo soy igual de pervertida y la plaza está a reventar de gente con pinta de ir a pasárselo bien.

Los observo con cierta envidia, aunque lo de maquillarme y arrastrar el culo hasta un bar me parece más agotador que un decatlón: un sentimiento del todo normal y apropiado para una chica de veintiún años, claro que sí.

A todo esto, Lukas podría estar donde le diera la gana. Tiene el mundo a sus pies, pero acabo de jorobarle el viernes por la noche.

—Te desgarraste el labrum, ¿verdad? —pregunta.

Asiento.

—Lo tengo casi curado. Aunque hoy lo he forzado más de la cuenta. —Cuesta acostumbrarse a un cuerpo nuevo. Nuevos límites. Nuevas reglas—. ¿Y tú? ¿Te has lesionado alguna vez?

—La espalda, aunque hace ya mucho. Nada grave todavía. —Todavía. Como si fuera solo cuestión de tiempo. El agua es traicionera—. Acércate —ordena.

Lukas se detiene detrás de mí. Me vuelvo hacia él con el ceño fruncido.

—¿Por qué?

—Porque acabo de pedírtelo, Scarlett.

Puede parecer extraño, dadas mis... inclinaciones, pero me repatea la gente que me da órdenes sin ninguna autoridad para ello. No obstante, hay algo en el tono serio y pragmático de Lukas que me produce el efecto contrario a una señal de alarma, de manera que le hago caso y me acerco un paso. Su aroma me envuelve; jabón, cloro y algo cálido.

¿Y ahora qué?

Acerca las manos: me agarra la muñeca con una y el hombro con la otra. Son implacables, además de otras cosas en las que no voy a pensar. Me maneja con facilidad, me da la vuelta y me inmoviliza la muñeca contra la parte baja de la espalda, asegurándose, con gesto firme pero cuidadoso, de que no doblo la columna, y...

Madre mía, qué bien les sienta a mis músculos el estiramiento. Estoy en una nube.

Cierro los ojos y dejo escapar un leve gemido. Esto podría marcar un antes y un después en cuanto a estiramientos en pareja se refiere, mientras la antigua compañera de Lukas anda por ahí, «estirando» con...

—¿Por qué estás tan nerviosa, Scarlett?

—¿Yo? Qué va. —Mentira.

—¿Es porque no estás cómoda conmigo…?

—No, es…

—¿O porque crees que no sé dónde está Pen?

Se me encoge el estómago. Intento volverme hacia él, pero me sujeta con fuerza.

—Tranquila —dice con voz calmada—. Sabes que no tienes que sentirte culpable por nada de esto, ¿verdad? Te has visto arrastrada sin tú quererlo. Aunque me alegro de que no perdieras ninguna neurona cuando te quedaste sin aire la semana pasada.

Se me escapa una risa ahogada. Es tan franco y directo que cuesta no dirigirse a él con la misma actitud.

—¿Sabes dónde está? —le pregunto en voz baja.

¿Cómo ha conocido Pen al otro chico? Somos atletas de primera división. Estamos siempre agotados. Y no se nos da demasiado bien socializar con otros alumnos. A lo mejor se ha metido en alguna aplicación de citas. O se ha enrollado con otro nadador.

—No se lo he preguntado —responde Lukas.

—¿No quieres saberlo?

—No.

—¿Y te… parece bien?

—¿Que mi ex se acueste con otra persona? ¿Qué más da lo que me parezca a mí? —Sus palabras podrían estar cargadas de reproche y autocompasión, pero es un tío transparente al cien por cien. Solo detecto perplejidad.

Pen y él eran perfectos el uno para el otro. Chica extrovertida y chico reservado. Chico cascarrabias y chica alegre. Cálida una y gélido el otro. Me recuerdan un poco a Josh y a mí, salvo porque yo era la Lukas de la relación.

—Habéis cortado hace nada. ¿En serio no estás celoso?

—Nop.

—¿Es porque eres sueco?

—¿Puede? No sé, les preguntaré a mis hermanos. Igual me sacan de dudas.

Capto una sonrisilla por el rabillo del ojo, lo que me tranquiliza lo suficiente como para preguntarle:

—¿Aún sientes algo por ella?

No es para nada asunto mío. Pero él me contesta de todas formas.

—Claro. Hemos pasado por mucho.

En realidad, eso no responde a mi pregunta, aunque sí se hace eco de lo que dijo Pen. Me pregunto qué es lo que los mantiene unidos. ¿Un pacto de sangre? ¿Un fiambre en el maletero del coche? ¿La misma red de espionaje?

Debería decirle que me encuentro mejor, que ya puede parar, pero mi hombro está experimentando un centenar de miniorgasmos. Razón por la cual le suelto la pregunta que lleva rondándome la cabeza varios días.

—Si Pen no... Si no hubieseis cortado, ¿habrías seguido practicando sexo vainilla toda tu vida?

Farfulla algo para sus adentros.

—Dicho así, suena... —Exhala una carcajada. Sigue sin soltarme.

—¿Patético?

—Frustrante. —Una pausa—. Pero sí, habría seguido así.

—¿Porque la querías mucho?

—Porque asumí un compromiso con ella.

Eso suena más a cabezonería que a nobleza, pienso. O tal vez lo digo en voz alta, porque se ríe entre dientes y yo me pongo roja.

—Lo que quiero decir es que no creo que conformarse con una vida sexual mediocre solo por compromiso te convierta de forma automática en mejor persona que Pen, quien…

—Ya sé lo que querías decir, Scarlett. —Lo que está haciéndome en el trapecio con el pulgar me gusta tanto que se me olvida la vergüenza.

El tema es que las novelas eróticas de mafiosos me gustan tanto como a cualquier chavalita con traumas paternos; mi atracción por los hombres ficticios que montan pollos de padre y muy señor mío figura entre mis peores defectos. Pero los celos nacen más de la inseguridad que del amor, y el hecho de que Lukas albergue sentimientos por Pen sin ser posesivo con ella me tiene intrigadísima.

Su aplomo y seguridad en sí mismo me resultan sorprendentemente maduros. Los chicos del campus parecen…, pues eso. Chicos. Sin embargo, Lukas puede que ya sea un hombre.

—¿Y qué? —digo—. ¿Vas a…? —Me suelta por fin. Mi hombro me insta a que me ponga de rodillas y le pida que continúe, pero hago caso omiso y me vuelvo hacia él—. ¿Salir con otras personas? ¿Amordazarlas con una de esas bolas o… hacer lo que sea que te gusta hacer?

La sonrisa permanece en la comisura de sus labios.

—Aún me lo estoy pensando.

—¿Por qué?

—Es complicado.

—Estás soltero. A mí me parece bastante sencillo, ¿no?

—No sé. Dímelo tú.

—Seguro que, si esta noche vas a un bar, ligas con quinientas tías.

—Con quinientas.

—Bueno..., con muchas. Con unas cuantas.

Asiente como si yo tuviera toda la razón, pero a continuación me pregunta:

—¿Y qué hay de ti?

—¿De mí?

—¿Sales con alguien?

—Ah. No.

—Entonces puedes follarte a quien quieras.

Noto una extraña y efervescente sensación de calor en el vientre. Se me extiende por el pecho.

—Supongo que sí.

—Podrías ir a un bar. Y ligar.

—¿Con quinientos? —Sonrío.

Él no.

—Siendo realistas, no. Pero con unos cuantos. Con muchos. Podrías buscarte a alguien que te dé lo que necesitas.

Más calor.

—Sí. Podría.

—¿Y vas a hacerlo?

—No es tan...

—¿Sencillo?

Se lo he puesto a huevo. Me mezo sobre los talones e intento pensar en una respuesta ingeniosa, pero tengo el cerebro hecho papilla.

Curva los labios.

—No creo que la cita de Pen fuera lo que te estaba poniendo nerviosa.

—Ya, pues yo creo que sí.

—Hemos aclarado ya el tema y sigues igual. —Ladea la cabeza—. ¿Te pongo nerviosa yo? ¿O los hombres en general?

La Virgen. ¿Este tío dice siempre lo que piensa? ¿Cuenta las cosas tal y como las ve? Debería guardarse algo para sí, ¿no?

—Tengo que irme —digo, y dejo la mano extendida hasta que Lukas me devuelve la mochila. Pero incluso entonces, permanezco plantada frente a él varios segundos, hasta que me doy cuenta de que estoy esperando que diga algo más.

Que me haga otra pregunta, tal vez.

Que me pida…

Ay, la leche. Los desvaríos de borracha de Pen se me deben de haber colado en la corteza prefrontal.

—Gracias otra vez. Te agradezco en serio que hayas venido.

—Te acompaño a casa.

¿Y qué? ¿Nos ponemos a charlar como si nada sobre las exigencias del deporte universitario? Creo que no me apetece. Y prefiero no pensar en lo que le apetece a él.

—No hace falta, gracias. Buenas noches, Lukas.

Me alejo, pero tras unos pasos, echo una mirada por encima del hombro y veo que sigue ahí plantado, con las manos en los bolsillos de los vaqueros e iluminado por las farolas. Invencible. Áureo. Y enfocado completamente en mí.

—Espero, de verdad, que pases buena noche —murmuro. Lo digo en voz demasiado baja como para que me oiga, pero aun así le deseo... cosas buenas. Mira que es raro sentir afinidad hacia un hombre con el que no he intercambiado más de doscientas palabras.

Me doy la vuelta, pongo rumbo a casa y me quedo dormida antes de cenar. Cuando me despierto a primera hora de la mañana, muerta de hambre, descubro que me llegó un correo poco después de medianoche. En el asunto pone: «Lo que necesitas». Y en el cuerpo:

> Si decides probarlo, debería ser conmigo.

CAPÍTULO 10

El lunes por la mañana, nos torturamos con una sesión de entrenamiento de fuerza. El entusiasmo de Pen inunda todo el vestuario, pero Victoria no soporta madrugar y es un ogro a primera hora.

—Son las seis y cuarto de la mañana —dice entre gruñidos—. Intentemos reducir al mínimo las muestras desproporcionadas de felicidad.

—Eh, venga ya. Hoy va a ser un buen día.

—Creo que la palabra que buscas es «horrible».

—Pero tenemos entrenamiento de salto sincronizado. —Pen se acerca a Victoria a hurtadillas y le da un beso en la mejilla—. Sé que te gusta.

—Lo que me gusta es vegetar en el sofá mientras noto cómo mi cuerpo se pudre y sucumbe a la entropía.

Victoria y yo somos, en teoría, la misma persona: dos promesas del deporte que camelaron al entrenador Sima y luego no llegaron a desarrollar su potencial. Yo me lesioné, pero el talento de Victoria simplemente… se desvaneció. Se le juntó todo: mala suerte, ansiedad a la hora de competir, habilidades que no resultaron ser lo que prometían… y, al final, se quedó fuera del campeonato de la NCAA.

Su mala uva perpetua fue la máscara que adoptó cuando su rendimiento deportivo comenzó a irse a pique. Lo sé porque hace unas semanas la oí confesar que necesitaba que su última temporada saliera bien para poder despedirse a lo grande.

En cuanto a Pen…, siempre está como unas castañuelas, pero no pienso ponerme a especular a qué se debe la euforia de hoy, ya que no es asunto mío. Me guardo la reflexión en el mismo rincón del cerebro donde metí el correo de Lukas: *Pésima idea, es el ex de mi capitana, puede que solo quiera vengarse de ella, ponerla celosa, pésima idea, qué cosas le gustan, qué necesito yo, pésima idea.*

Me centro en el entrenamiento. En las preguntas del entrenador Sima sobre mis «problemillas» y en sus peticiones para que deje de «cambiar de salto a última hora. ¿Te crees que estás en un taller de improvisación?». Presencio el tira y afloja entre Pen y Victoria, una con aire de *golden retriever*, y la otra, de gato negro, asombrada ante su insólita amistad.

Me despierta mucha curiosidad. Mi excompañera de salto sincronizado y yo teníamos buena relación, aunque ella me sacaba varios años. Competimos juntas apenas una temporada, pero, al margen de eso, tampoco teníamos demasiadas cosas en común. Nunca he sufrido acoso ni me han marginado y siempre me he llevado bien con casi todo el mundo. Por desgracia, pocas veces conecto lo bastante con la gente como para que me consideren algo más que una conocida. Y mi «mejor amigo», Josh, lleva más de un año sin hablarme, naturalmente.

La siguiente hora la dedico a atender en clase, aunque no puedo evitar torcer el morro al final, cuando Otis, el ayudante del doctor Carlsen, me devuelve los deberes de la semana pasada. Se supone que Biología Computacional debía ser mi santuario este semestre y, sin embargo, aquí me tienes, repasando las páginas sin ver ni rastro de la nota. Miro con disimulo al tío que tengo sentado delante, el del remolino en el pelo del tamaño de un cachalote.

5, pone en tinta roja en su trabajo. *Aún está a tiempo de dejar la asignatura. AC*

Don remolino se tapa la cara con las manos. Busco, desesperada, una frase igual de motivadora en mi trabajo y, al final, la encuentro en la parte inferior de la penúltima página.

Venga a verme después de clase. AC

Me invade una oleada de calor, luego de frío, y finalmente me pongo a sudar. Todos los alumnos sabemos que solo hay una falta lo bastante grave como para que un profesor te llame a su despacho.

El plagio.

La Peor Infracción. La que equivale a una expulsión.

Están a punto de acusarme de plagio. Lo cual no he hecho. Lo cual puedo demostrar.

Aún tengo el archivo de Word. Puedo pasarlo por el programa de detección de plagio. Lo habría hecho ya si el doctor Carlsen, un señor del Paleolítico al que se la suda la capa de ozono, no nos exigiera que entregásemos los trabajos en papel.

Me dirijo a su despacho como una flecha. Todas las puertas del Departamento de Biología se encuentran abiertas de par en par, salvo la del doctor Adam J. (¿Joputa?) Carlsen, que está entornada y, por lo tanto, técnicamente no puede considerarse cerrada. Hecha la ley, hecha la trampa.

Llamo a la puerta hecha un flan; estoy cabreada, sí, pero sobre todo cagada de miedo. Mi rendimiento deportivo, las demás asignaturas, el examen de acceso a la Facultad de Medicina, mi falta de vínculos sociales significativos, la borde de mi compañera de piso, la relación a distancia con mi perra... Todos los aspectos de mi vida son un desastre o un drama o escapan a mi control. Todos menos la Biología Computacional de los cojones. No puedo permitir que me eche de la asignatura.

El doctor Carlsen me mira tres nanosegundos y vuelve a concentrarse en su monitor.

—Mi horario de atención son los jueves de...

—Soy Scarlett Vandermeer.

Su expresión es un «me la suda» apenas disimulado.

—Me ha pedido que viniera a verlo.

«Y a mí me la sigue sudando».

—Estoy en su clase de Biología Computacional.

—Ah, sí, pase. Siéntese, por favor.

No quiero quedarme a solas con este hombre inflexible y aterrador. Dejo la puerta abierta de par en par y aparco el culo en la silla.

—Puedo demostrarlo.

—¿El qué?

—Que no he plagiado el trabajo.

Frunce el ceño.

—Pues claro que no.

Anda.

—Aunque necesito saber si lo ha hecho usted sola.

—¿A qué se refiere?

—Os pedí que eligierais un problema científico y emplearais la biología computacional para resolverlo. Sugirió la utilización del *deep learning* para clasificar distintos tipos de células pancreáticas y, además, enumeró y describió las redes neuronales correspondientes. ¿Fue idea suya? Es una pregunta sencilla: sí o no. No me haga perder el tiempo.

¡Será posible! Frunzo el ceño ante tamaña desfachatez. La sangre se me agolpa en las mejillas. Pues claro que fue idea mía. ¿A quién narices iba a pedirle que…?

—Ya veo que sí. —Parece… ¿contento?—. ¿Le interesaría seguir adelante?

—¿Qué?

—Con el algoritmo de *deep learning.* ¿Le gustaría participar en un proyecto de investigación?

—¿Por eso…? ¿Por eso me ha pedido que viniera a verlo?

Asiente.

Me hundo en la silla. Debo de pasar un buen rato regodeándome por haber esquivado las acusaciones de plagio, porque vuelve a insistir:

—El proyecto de investigación.

—Ah, sí. —¿Quiero participar? Mi estudiado plan académico incluía hacer prácticas de investigación el verano que viene para así pedirle a mi tutor que me escribiera una carta de recomendación. A las facultades de Medicina les encantan esas cosas—. ¿Puede?

—Puede. —Levanta una ceja desconcertado, como si la falta de decisión fuera un concepto totalmente desconocido para él.

—Bueno, también soy atleta y este semestre…

Su ceja expresa a la perfección lo que está pensando: *¿Te he preguntado?*

Nop, no me ha preguntado nada. Lo siento.

—Sería estupendo, pero no sé si soy lo bastante buena para… —Mi voz se apaga, ya que se pone a escribir algo en un pósit y luego me lo tiende.

Es cuadrado y de color naranja. Arriba, en la esquina, hay un mensaje impreso que reza: «Viva el *pumpkin spice*». En la parte inferior aparece una taza de café sonriente con corazoncitos. En medio hay una dirección de correo escrita a mano.

—Si decide participar, póngase en contacto con mi compañera.

—¿Sabrá quién soy?

—Sí —contesta. No me da ninguna explicación. Tengo tantas preguntas que tardo demasiado en decidirme por una—. Ya puede marcharse —dice más seco que una institutriz victoriana.

Me escabullo a toda prisa hacia la puerta y luego me detengo.

—¿Doctor Carlsen?

Se pone a teclear sin dar muestras de haberme oído.

—El trabajo no tenía nota.

Vuelve a posar la mirada en mí con una expresión de auténtica perplejidad.

—¿Va a ponérmela?

—Señorita Vandermeer, ha planificado un estudio digno de posgrado y descrito con todo detalle sus dificultades y posibles soluciones, demostrando un dominio del tema muy superior al ochenta por ciento del claustro de profesores. La mayoría de sus compañeros han copiado sus trabajos de la Wikipedia y se han olvidado de borrar los hipervínculos. Si su propuesta no se encontrara más en consonancia con la investigación de mi compañera y esta no fuera increíblemente... persuasiva, la ficharía para mi laboratorio.

—Ah.

Me pinchan y no sangro.

—Le aseguro que la nota es... —parece angustiado. Me juego un brazo a que le encantaría mandar a tomar viento las guías de evaluación— irrelevante.

—Si no le importa, me gustaría que me pusiera un sobresaliente.

La boca se le contrae.

—Hablaré con Otis.

Sonrío. Esta vez, el doctor Carlsen se despide con la cabeza. El gesto le queda muy poco natural; es como si alguien le hubiera escrito una lista de buenos modales en uno de esos pósit naranjas y él hubiera elegido un elemento al azar. En fin, menos es nada.

Aunque me muero de hambre, tardo lo mío en llegar al comedor, ya que estoy ocupada escribiéndole un correo electrónico a una tal doctora Olive Smith.

CAPÍTULO 11

—Volvamos un segundo a hablar de ese tipo de salto que has mencionado antes. El de por dentro.

—¿El hacia dentro?

—Eso. —Sam suspira, como si estuviera empezando a perder la paciencia consigo misma por no haber memorizado aún los términos. La verdad es que me resulta entrañable—. Una vez más, disculpa.

—No te preocupes. Los nombres son raros.

—Así que, cuando se produjo la lesión, estabas realizando un salto hacia dentro, ¿correcto?

Tengo que poner todo mi empeño en no retorcerme al escuchar la palabra. Sospecho que Sam toma nota de este tipo de cosas.

—Correcto.

—Según tengo entendido, tu lesión está completamente curada.

—Así es.

—¿Queda algún resquicio de dolor que te dificulte ejecutar este tipo de saltos?

Ojalá pudiera asentir. Ojalá. En lugar de eso, alargo la respuesta todo lo que puedo y esta vez me resulta imposible quedarme quieta.

—No.

CAPÍTULO 12

—Odiaba el día de las fotos en el insti y odio el día de las fotos en la uni. Otra cosa no, pero consistente sí que soy.

Dudo que Victoria, o cualquier otra persona, haya pronunciado alguna vez palabras más dignas de mi aprobación, aunque Pen se encoja de hombros y diga con alegría:

—Pues a mí me parece divertido.

Es jueves, ya hemos terminado el entrenamiento. Todo el equipo se viste de etiqueta y se agolpa alrededor del espejo del vestuario, ese tan poco favorecedor que por arte de magia ilumina todos los poros al mismo tiempo. Tenemos por ahí una superficie reflectante, dos lámparas de techo, tres enchufes mal colocados, cuatro tenacillas de pelo, cinco saltadoras y veinte minutos para engañar al mundo y hacerle creer que somos algo más que una maraña de pelo empapado de cloro.

—Si esto es divertido, menuda mierda de diversión —murmura Victoria. Se vuelve hacia Bree y Bella, que están discutiendo sobre técnicas de delineado para los ojos—. ¿Es que ninguna de las dos podéis dejar que la otra haga lo que le dé la gana? —suelta. Las gemelas parecen tan furiosas e indignadas que me sorprende que no se desintegren hasta dejar un montoncito de elastano en el suelo—. Vale, bueno, ¿cómo os vais a maquillar vosotras? —nos pregunta a Pen y a mí.

Tengo horquillas entre los dientes, pero señalo el rímel.

—Me he planteado la opción de llenarme el cuerpo de purpurina con el único objetivo de ver qué cara pone el entrenador —contesta Pen—, pero creo que volveré a hacerme el *look* natural que llevé el fin de semana pasado cuando salí a cenar.

—¿Tuviste una cita con Blomqvist?

—Eh..., sí. Eso es.

—Menos mal que has dejado atrás esos delirios sobre que querías romper con él.

—Ya... —Pen se aclara la garganta.

Bree ahoga un grito.

—Espera, ¿te estabas planteando romper con Lukas?

Veo que al final se han hecho la raya al estilo ojo de gato.

—Bueno..., me lo planteé un poco.

—¿Por qué?

Se encoge de hombros.

—Las ganas de estar soltera. La emoción de tener a alguien yéndote detrás. Esas cosas.

—Quizá en otra vida fuiste el flautista de Hamelín —murmura Victoria.

—No lo descartes. —Pen sonríe y me dedica una mirada cómplice.

No se le da muy bien mentir y no sé qué me sorprende más: que haya decidido ocultarlo o que las demás no se estén dando cuenta.

Lo cierto es que, dada la reacción de Victoria hace un par de semanas, entiendo que no quiera contarlo. Además, todo el campus sabe quiénes son ella y Lukas. Tal vez estén pensando en cómo anunciarlo.

Como de costumbre, Pen se las apaña para ser la primera en terminar de arreglarse, ayudar a las demás a que la base de alta cobertura quede natural y llevarnos a la sala de prensa a tiempo. Con las palmas de las manos sudadas, me coloco entre la pantalla verde y las candentes luces de estudio y sigo las instrucciones del fotógrafo. «Sonríe, enseña los bíceps, abre los brazos, echa las piernas hacia atrás, salta». Eso dará a los mal pagados responsables de redes sociales material suficiente si alguna vez gano una competición, lo cual es improbable teniendo en cuenta que esta mañana he intentado hacer el salto hacia dentro y he acabado tirándome de bomba bajo la atenta mirada de decepción del entrenador.

Quizá escriban un artículo de interés sobre la bazofia en la que se ha convertido mi carrera deportiva. Mi foto acabará en una de las lustrosas revistas que envían a todos los antiguos alumnos de Stanford para promover el espíritu escolar y solicitar donaciones. *Os presentamos a la chica a la que un equipo de neurólogos expertos en su campo ha diagnosticado con la llamada «enfermedad del cerebro hecho papilla». Dadnos dinero.*

Incluso después de alejarme de las luces estroboscópicas, sigo sintiéndome vulnerable. La mayor parte del tiempo que paso despierta llevo bañadores con la zona de la entrepierna peligrosamente estrecha. Cuando se trata de deportes acuáticos, no hay inseguridades que valgan. Los atletas que nos dedicamos a esto, día sí y día también, mostramos nuestro cuerpo bajo la luz del sol, brillante e implacable, y todas y cada una de nuestras imperfecciones están expuestas y listas para ser inspeccionadas. Sin embargo, en la piscina, mi cuerpo es una máquina: lo único que importa es lo que es capaz de hacer. Aquí me siento expuesta de una forma casi obscena. Como un trozo de carne a punto de ser seccionado, pinchado y desmontado por partes.

Por no mencionar que últimamente no he sido capaz de hacer gran cosa. Ser una buena atleta, una buena estudiante, alguien que rozaba la perfección... Esos eran mis pilares. Ahora que me cuesta sacar adelante casi todo lo que hago, ¿sigo teniendo una identidad? ¿O no soy más que un conjunto de piezas que se van a vender por separado en liquidación?

—¿Vandy? —Pen me roza con la mano. Veo el esmalte de uñas rojo granate sobre mi piel. Me empuja un poco para que vuelva hacia la pantalla verde y nos entrega a todas unas gafas de sol con forma de corazón. Me pone las mías en la nariz—. ¡Fotos de equipo!

El fotógrafo se aclara la garganta.

—Ya hemos...

—¡No tenemos ninguna que sea divertida!

El hombre se rasca la nuca.

—No creo que el departamento haya aprobado usar accesorios...

Pero Pen es una avalancha de encanto, es difícil resistirse y rechazarla. A las fotos con gafas de sol les siguen las de los sombreros con lentejuelas y las de las poses de *Los ángeles de Charlie.*

—¡Otra como si fuéramos un grupo de música de los noventa, por favor!

Y al final todos acabamos riendo, fotógrafo incluido, y me siento más a gusto.

«Si pasaras más tiempo con tus amigas», la suave voz de Barb resuena en mis oídos, «les darías menos vueltas a las cosas».

Vale. Sí. Tiene razón.

—Vandy, ¿quieres venir a cenar conmigo después? —me pregunta Pen—. Tengo que quedarme un rato porque van a hacernos una entrevista a todos los capitanes, pero serán quince minutos como mucho.

—¿Ha ocurrido algo?

—¿Por qué? —Esboza una sonrisa amable—. ¿Crees que si quiero pasar un rato contigo es porque ha ocurrido algo?

—No, es que… —supongo que eso revela el estado de mi vida social— tengo una reunión después y… —Miro el móvil. El tiempo vuela cuando te pones a recrear la foto de los Beatles en Abbey Road—. La verdad es que ya llego tarde. —Me da mucha pena tener que decir que no, pero Pen no pierde la sonrisa.

—¿Qué tal mañana, después del entrenamiento?

Probablemente sea patético que un gesto tan simple como este me haga sentir tanta alegría.

—Me encantaría.

Al otro lado de la sala, el equipo masculino de natación pasa por su propio calvario. Cuando me cruzo con ellos al salir veo que están forcejeando los unos con los otros entre risas.

—¡Tú a la derecha!

—¡Lo tenemos, lo tenemos!

Lukas está en medio con otros tres nadadores intentando sujetarle mientras un cuarto sostiene la bandera estadounidense detrás de él. La sueca, azul y amarilla, está en el suelo.

La cámara hace clic y estalla un cántico patriótico de los Estados Unidos. Todos ríen, incluido Lukas. Un estudiante de segundo año (¿Colby?) se une a Kyle para rodearle los hombros con la bandera. Más risas, más gritos. Los movimientos bruscos y la gente hablando alto pueden ser un detonante para mí, así que doy un paso atrás. Respiro hondo.

—¿Cuánto dinero quiere a cambio de borrar esa foto de la faz de la tierra? —le pregunta Lukas, ya liberado, al ayudante del fotógrafo.

—¿Cuánto le puedo sacar a una medalla de oro olímpica si la fundo?

—No lo sé, tío, pero es toda tuya.

—Trato hecho.

Lukas niega con la cabeza. En medio de ese movimiento, el azul de sus ojos capta mi mirada.

El tiempo se ralentiza.

Curioso, paciente, se para.

Mi aliento se queda atrapado en algún punto de mi tráquea.

«Debería ser conmigo».

Me obligo a esbozar una breve sonrisa y, tras darme la vuelta, echo a correr y cruzo el campus con el corazón palpitando por algo más que el esfuerzo. Llego a la reunión dos minutos antes de que empiece, pero, al asomarme por la puerta del despacho, veo que la conversación ya está animada.

La doctora Smith (Olive, aunque nunca la llamaré así por mucho que insista) no parece mucho mayor que yo, pero habla como si poseyera cientos de años de conocimientos sobre la biología de las células del cáncer de páncreas. Su despacho es una mezcla de caos y aromas otoñales. Los mismos pósits que vi en la mesa del doctor Carlsen aquí están pegados en la mayoría de las superficies, garabateados con letras apenas inteligibles. *Revista Lancet. Cargar práctica 405. Baby shower de Anh. Papeleo del seguro. Cita con el veterinario. Entregar resumen antes de que acabe el plazo. Llamar al responsable del programa. Y si hay telarañas???*

Tengo la sensación de que todo el Departamento de Biología funciona a base de estos minúsculos papelitos.

—¡Siento como si ya te conociera después de leer tu trabajo! —me dice entusiasmada antes de citar pasajes enteros.

Después me presenta a uno de sus estudiantes de máster, Ezekiel. («Si me llamas cualquier cosa que no sea Zach, te denunciaré a Recursos Humanos»). Es un chico alegre, relajado, encantador. La doctora Smith ha aceptado ser la tutora de mi proyecto, pero su calendario parece una pesadilla.

—Así que, si no puedes localizarme, Zach está aquí para ayudarte.

—No dudes en pasarte por mi despacho. Siempre estoy ahí metido. Es como si no tuviera vida. —Su sonrisa es amable, pero el combo «hombre desconocido» más «reunión a solas» no es santo de mi devoción.

—Soy atleta, así que es probable que haga la mayor parte del trabajo por la noche. Mi horario es poco flexible.

La doctora Smith sonríe.

—¡Una atleta! Ya sois dos.

Me giro hacia Zach.

—¿Tú eres...?

—Él no, pero el otro estudiante que participa en el proyecto sí. Ha sido quien se ha encargado de recoger y clasificar las primeras muestras de células. También ha hecho un estudio preliminar sobre los algoritmos. —Ladea la cabeza—. ¿Por casualidad no serás del equipo de natación?

Se me revuelve el estómago.

—De salto.

—Ah, son deportes diferentes, ¿verdad? Bueno, os vais a llevar muy bien igualmente. Él es... —Alguien llama a la puerta con unos golpecitos suaves. Ella gira la silla—. Adelante.

La puerta se abre y veo cómo la doctora Smith alza un poco la vista. Y luego un poco más. Y un poco más. Sonríe, justo cuando percibo un olor a jabón de sándalo y cloro que me resulta familiar.

—Lukas, justo estábamos hablando de ti. Te presento a Scarlett Vandermeer.

CAPÍTULO 13

El pasillo que da al despacho de la doctora Smith está en silencio. Cambio el peso de un pie a otro y miro las paredes blancas empapeladas con viejos carteles que anuncian conferencias, la pizarra de corcho con propuestas para estudiar en el extranjero y los folletos de «Se necesitan participantes». El resplandor del atardecer las ilumina desde una de las ventanas.

En general, los cuatro hemos tenido una conversación bastante fluida. Mi tímido «Lukas y yo ya nos conocemos». Su voz grave al añadir: «Los de salto y natación estamos en el mismo equipo». La doctora Smith respondiendo encantada: «¡Es perfecto, entonces!». Zach intentando ser gracioso: «¿Hay algo en el agua que convierte a la gente en biólogos o qué?». «Daño cerebral inducido por el cloro», he murmurado. Todos se han reído.

Excepto Lukas, que simplemente se me ha quedado mirando.

Los tres nos hemos quedado charlando aquí fuera unos minutos. Al principio hemos hablado sobre cuándo será nuestra primera reunión para comentar la investigación, luego ya solo era Zach de cháchara con Lukas. Me recuerda a Josh, esa adorable mezcla de guapo y empollón. Gafas de montura gruesa. Alto y delgado. Con una melena negra tupida. Un sarcasmo modesto pero siempre presente. Debe de tener unos pocos años más que nosotros, pero parece un niño al lado de Lukas, y no por la diferencia de tamaño.

Camino a su lado, en silencio, mientras hablan de no sé qué deporte. Lukas debe de percatarse de mi cara de no estar entendiendo nada, porque me dice:

—El Fantasy de la Premier League.

Asiento, fingiendo que esa secuencia de palabras tiene sentido para mí. Entonces Zach se marcha y nos quedamos solos.

Los dos estamos con el atuendo del día de la foto: pantalones de chándal negros, sudadera roja con capucha y el dibujo del árbol de Stanford, la mascota de la uni. Incluso llevamos la cremallera subida hasta la misma altura, y me encantaría hacer un chiste sobre ello, pero no estoy segura de que ni siquiera a mí me haga gracia, así que me limito a inclinar la barbilla hacia arriba y a mirarlo fijamente, mucho más rato del que las normas sociales considerarían aceptable.

Un calor agradable se extiende por todo mi cuerpo, aunque se me concentra en el vientre.

—Bueno —digo.

—Bueno —repite él.

—Así que…

—Así que… —Su voz tiene un deje de diversión. Las arrugas alrededor de sus ojos lo confirman.

¿Cómo hemos pasado de no tener la más mínima interacción durante dos años a esto? Su presencia me resulta tan... abrumadora. No estoy segura de cómo expresarlo mejor; este hombre está agresiva e inflexiblemente presente. Es como una orden a la que hay que prestar atención.

Todo rastro de humor desaparece de su cara.

—El correo electrónico que te mandé...

El corazón me da un vuelco.

«Debería ser conmigo».

—No tenía ni idea de que íbamos a colaborar en un proyecto, de haberlo sabido, no te lo habría mandado. Si te sientes incómoda, puedo pedir que me cambien. Podemos decirle a Olive...

Olive. Casi me da un escalofrío.

Él se da cuenta.

—¿Qué pasa?

—Nada, que... la has llamado por su nombre. —Me mira confundido—. Su nombre de pila. —Ladea la cabeza.

—¿Tienes pensado llamarla doctora Smith todo el semestre?

—Por supuesto.

Se le curvan las comisuras y parece que se lo está pasando pipa. Porque lo mío es digno de circo, claro.

—¿Qué? —pregunto a la defensiva.

—Realmente te gusta venerar a las figuras de autoridad, ¿eh?

Ahogo un grito de indignación. Y luego... luego me río.

—¿En serio?

Se encoge de hombros y se apoya contra la pared que tiene detrás cruzando una pierna sobre la otra con indiferencia. La posición de su torso, las manos en los bolsillos… Es la viva imagen de la relajación. Casi parece desganado.

Yo, en el lado contrario del pasillo, me recuesto contra la pared. Imito su pose. Es la tercera vez que estamos juntos a solas y creo que voy a ascenderle a la categoría de Solo Un Poco Intimidante. Suelo tardar más en conceder esos honores.

—Conque así es como vamos a hacer las cosas, ¿no? —pregunto con calma.

—¿Así cómo?

—Reconociendo abiertamente que sabemos demasiado sobre las preferencias sexuales del otro cada vez que nos veamos.

—A menos que te moleste. ¿Quieres que finja que no sé lo pervertida que eres?

—Tú eres tan pervertido como yo.

—Uy, no.

Enarco una ceja.

—Mucho más —añade—. Te lo aseguro.

Me río. Meto las manos en los bolsillos del pantalón de chándal, igual que él. Nuestras miradas se encuentran y se enganchan.

—¿Sabes qué? Que tienes razón. Lo mejor es aceptarlo.

—Perfecto.

—A uno de nosotros le pone… ¿dar azotes?

—Y a la otra llamar a la gente doctor y doctora.

—No somos más que un bicho raro como cualquier otro.

—Nada que merezca la pena comentar.

Intercambiamos una sonrisilla. Un gesto íntimo.

—Tal vez Pen tenía razón —reflexiono.

—¿Y estamos hechos el uno para el otro?

Asiento. Es una broma, pero su mirada se oscurece.

—No lo sabremos hasta que lo probemos —dice en voz baja, y el calor del vientre se reaviva, me sube por la espalda y me sonroja.

«Debería ser conmigo».

Bajo la cabeza, de repente embelesada por los cordones de mis zapatos.

—¿Cuánto tiempo llevas investigando?

—Llevo un par de años trabajando con Olive. La doctora Smith.

—¿En serio? ¿En qué te estás especializando?

—Biología Humana.

—¿Para entrar en Medicina?

Asiente. Me imaginaba que más bien sería de los que quieren estudiar Empresariales o Contabilidad. Es a lo que se dedican muchos nadadores. Un interesante diagrama de Venn.

—Yo también —respondo sin que me pregunte. Luego me arrepiento. Lo más seguro es que ni siquiera le importe.

—Me lo imaginaba.

¿Por qué? ¿Acaso me vio el otro día en un rincón del recinto Avery babeando sobre los apuntes de la prueba de acceso? Ni confirmo ni desmiento que se me llegara a escapar algún ronquido.

—Tranqui —dice leyéndome la mente—, lo sé porque fuimos juntos a clase de Física el año pasado. Y a la de Química Orgánica también. Solíamos coincidir en el aula.

—¿En serio?

Se limita a sonreír, como si mi nula capacidad para acordarme de él le pareciera entrañable.

—Nunca... No me di cuenta de que estabas ahí.

—Lo sé. —Suelta una risa cargada de desprecio hacia sí mismo. Su expresión se suaviza—. Las pasaste canutas, ¿no?

—¿Qué quieres decir?

—No parecía que estuvieses atravesando un buen momento.

—Qué va. —Siempre he sido muy buena estudiante. O lo era—. Saqué sobresalientes en ambas asignaturas y...

—No hablo de las notas, Scarlett.

Me abrazo a mí misma.

—De todas formas, estaba bien.

Suelto las palabras por reflejo, provenientes de esa parte de mí que no soporta admitir la de veces que en el último año he necesitado encerrarme en el baño para tomarme un respiro. Pero Lukas me mira con algo parecido a la comprensión. Como si él también hubiera pasado por lo mismo y me entendiera.

—¿Y tú? —pregunto—. ¿Te sentirás raro si trabajamos juntos? Soy amiga de Pen. Y estoy al tanto de tu...

—¿Desviación sexual?

Las palabras suenan fantásticas en su boca.

—Ajá, eso.

—Nah. —Niega con la cabeza sin tener que pensárselo ni un segundo—. Es una mujer increíble, por cierto.

—¿Pen?

Sonríe.

—Ella también, pero me refería a Olive. Es la mejor en lo suyo. Me ayudó bastante cuando hice la solicitud para entrar a la Facultad de Medicina.

Él está en el último curso. Debió de empezar a solicitar plazas a principios de año, y eso sin dejar de lado la natación, las competiciones, las clases, el proyecto de investigación y la novia. Además de ser Lukas Blomqvist, el dios del estilo libre, también es una especie de semidiós a la hora de prepararse para estudiar Medicina. Qué rabia me da.

—¿De dónde sacas tiempo para hacer tantas cosas además de entrenar? —pregunto medio pensando en voz alta.

—¿De dónde lo sacas tú?

Resoplo.

—Yo no soy medallista olímpica.

—Las medallas tienen poco que ver con lo duro que uno entrena.

¿En serio? Da la sensación de que no debería ser así. Eso confirmaría que mi incapacidad para conseguir una solo se debe a un fracaso moral por mi parte. No me esforcé lo suficiente, por eso me quedé corta.

No obstante, es difícil reflexionar sobre este tema ahora, con él tan concentrado en mí, mirándome a la cara como si lo viera todo. Bajo los últimos rayos de sol del día, nos estudiamos el uno al otro, sin pestañear, absortos desde nuestro respectivo lado del pasillo. Una mujer se interpone entre nosotros y murmura:

—Disculpad.

Nuestros ojos no la siguen.

—No lo es —digo al fin.

Lukas traga saliva. Se endereza un poco.

—¿Qué?

—Incómodo. Para mí. Hacer el proyecto juntos. Si a ti no te resulta raro.

Un segundo de silencio. Se aparta de la pared y yo hago lo mismo.

—Vamos —dice—. Pillemos algo para cenar. Te pondré al día con lo que llevo hecho hasta ahora.

—No hace falta. Seguro que tienes cosas mejores que hacer.

—Lo cierto es… —noto la presencia de su mano entre los omóplatos. El suave roce de su pulgar en lo alto de la columna. Apenas me toca, pero le sirve para guiarme en dirección a las escaleras. Es como si me susurrara adónde ir— que no tengo absolutamente nada mejor que hacer.

CAPÍTULO 14

En Stanford hay un comedor exclusivo para los deportistas, pero somos tantos que tampoco dista mucho de ser como un comedor normal. Estamos en plena hora punta de la cena, lo que significa ruido y aglomeraciones. Lukas, que es un poco más alto que la mayoría de la gente, localiza una mesa libre, me dice que me agarre a él y nos abre paso hasta ahí con los platos y las bebidas de ambos en su bandeja.

Me miro los dedos, cómo aprietan la tela de su sudadera. Es como si fuéramos amigos. Como si tuviera derecho a orbitar a su alrededor. Disocio brevemente y me imagino narrando este momento a los entrenadores de natación de mi antiguo club. *Entonces Lukas Blomqvist pidió arroz con salteado de verduras, dio las gracias a la señora que le puso de más y, cuando la multitud se separó para dejarle paso como las aguas del mar Rojo durante el éxodo…*

—¿Todo bien? —pregunta.

Digo que sí con la cabeza, tomo asiento frente a él y cojo mi plato. Yo soy una glotona (la alternativa no es sostenible teniendo en cuenta mi régimen de entrenamiento), pero, aun así, no puedo evitar contemplar la montaña de comida de su plato con cara de estupefacción. Al final desvío la mirada. Seguro que los periodistas le preguntan por su dieta cada dos por tres. Debe de ser molesto que todo el mundo sienta curiosidad por saber cómo se mantiene una máquina tan veloz como su cuerpo. Intrusivo en el mejor de los casos, cosificador en el peor.

—No tienes pinta de estar bien —añade.

Me obligo a ensartar unos macarrones con el tenedor.

—¿Qué me decías antes sobre la línea celular?

Hablamos del proyecto durante veinte minutos. Le apasiona y está claro que ha sido un trabajo hecho con cariño, pero también está claro que se ha atascado y que crear algoritmos no es su fuerte.

—Es porque estás usando una red recurrente —le explico.

—Hay un elemento secuencial…

—Pero son datos geográficos.

Se echa hacia atrás, tamborileando con los dedos sobre la mesa.

—¿Tú qué harías, entonces?

—Red neuronal convolucional, desde luego. Será mil veces mejor.

—Mil.

—Bueno, muchas veces mejor. Es un método de retroalimentación anticipada. Y las capas de agrupación y de filtrado… —Sus cejas me indican que no me está siguiendo—. Espera.

Saco un rotulador de la riñonera y miro a mi alrededor en busca de un folleto o un trozo de papel donde escribir. No encuentro nada. Me planteo usar el dorso de la mano.

La de Lukas, sin embargo, es mucho más grande.

—Mira. —Me inclino sobre la mesa y le agarro la muñeca—. Aquí está la entrada, ¿no? —Empiezo justo debajo de su pulgar y sigo con el resto del modelo—. Pasas a la primera capa, la convolucional, que recoge características espaciales. Luego, a la de agrupación. Y entonces hay otra que...

Oigo voces estridentes y el chirrido de sillas arrastrándose. Instintivamente me aparto. Cuando levanto la vista, tres personas se han unido a nuestra mesa y Kyle Jessup está sentado a mi lado.

—Luk, cabrón de mierda. —Me roba una uva de la bandeja de Lukas—. Te has ido con la excusa de tener que hacer no sé qué y me has cargado a mí el muerto de lidiar con el entrenador Urso y la interminable historia de las corcheras.

—Me dijo que las nuevas corcheras estaban listas.

—Ya, eso es lo que te dijo a ti. En cuanto has desaparecido, se ha retractado.

Lukas se masajea el puente de la nariz.

—Hablaré con él mañana.

—Ya que estás, coméntale el tema del panel táctil y... —Se calla a media frase y se gira hacia el nadador que se ha sentado junto a Lukas, Hunter no sé qué. Está tosiendo tan fuerte que la gente se nos queda mirando—. ¿Qué coño te pasa, H?

—He tragado como tres litros de agua durante ese juego con los cubos. Ahora, además de los putos huevos, también me duele la barriga.

Lukas le da una fuerte palmada en la espalda.

—He aquí un deportista de élite.

Me lo está diciendo a mí con complicidad en los ojos, como si yo fuera una amiga con la que hace bromas. Eso provoca el desafortunado efecto secundario de que los demás se fijen en mí.

El cambio en el foco de atención es físico, tangible.

—¿A quién tenemos aquí? —pregunta Kyle—. Pensaba que eras Pen.

No me sorprende. Somos de complexión similar. Las que nos especializamos en salto de plataforma tendemos a ser más altas y delgadas. Ambas tenemos el pelo largo. Y... eso es todo.

Bebo un sorbo de agua para tranquilizarme. Con el morro pegado a la botella, digo:

—Sorpresa.

—La pequeña Scarlett Vandermeer. Cuánto tiempo sin verte.

Me obligo a sonreír. Kyle grita mucho, pero siempre ha sido amable conmigo.

—Hola.

—¿Cómo estás, Vandy? Echaba de menos esos hoyuelos.

No te pongas tensa.

—Y yo echaba de menos esa... —escudriño sus facciones propias del Medio Oeste en busca de algo que destaque— ¿nariz?

Hunter estalla en una carcajada.

—¡Tu puta nariz! —Me aplaude y casi se cae de la silla, como si yo fuera un bufón que no deja de soltar bromas tronchantes.

Dios, qué escándalo. Tengo que concentrarme mucho para no dar un respingo.

—Se refería a que mi nariz es bonita, imbécil. —Kyle también se ríe, pero le da una patada a Hunter por debajo de la mesa.

—Tío, igual por eso eres tan lento en el agua. Tu nariz pesa demasiado.

—Soy más rápido que tú.

—Esta mañana no lo has sido.

—Me estoy recuperando de una lesión y lo sabes.

—Eh. —Lukas corta la discusión—. ¿Podéis ir a comer a otro lado, capullos? —Formula la frase como una petición, pero en realidad no es una pregunta.

Empiezan a levantarse mientras Kyle murmura:

—¿Por qué?

—Scarlett y yo tenemos cosas que hablar.

—¿Y no podemos escucharlas?

—No.

Kyle finge poner cara de estar dolido.

—Acabas de herir mis sentimientos, hermano.

—Después les canto el *Sana, sana, culito de rana*, hermano.

—Me muero de ganas, cabr…

—¿De qué cosas tenéis que hablar? —pregunta una voz femenina.

Levanto la vista y… creo que es Rachel. Se había sentado al otro lado de Kyle, por eso no me había fijado en ella. La recuerdo vagamente de mis jornadas de reclutamiento. Nadó de espalda. Larga distancia. Antes tenía el pelo largo y rubio, ahora se lo ha cortado al estilo *pixie*.

Creo que es amiga de Pen. La sonrisa no se refleja en sus ojos.

—Biología —responde Lukas.

—¿Estáis haciendo un proyecto juntos o algo así?

—O algo así.

—Ah, qué bien. —Desplaza la mirada hacia el dorso de la mano de Lukas, donde le he dibujado el modelo—. ¿Y dónde está Pen?

Su tono es… no del todo insinuante, pero hace que me ardan las mejillas. Me detengo a mitad de sorbo y abro la boca para explicarme. Sin embargo, antes de que pueda soltar algo que me convierta en una paria social («No es lo que parece y aunque lo fuera ellos dos ya no están juntos y fue idea de Pen y además yo no pedí nacer dejadme en paz vale»), Lukas se encoge de hombros.

—Ni idea.

Rachel quiere insistirle, pero Kyle le pasa un brazo por encima de los hombros.

—Vamos, nos han echado. Nos vemos en casa, Sueco. —Y se la lleva.

Hunter se señala la nariz, me hace un gesto entusiasta con el pulgar, le lanza un beso a Lukas y se va.

Me trago un suspiro de alivio y me aferro con fuerza al tenedor.

—¿Así que Kyle y tú vivís juntos? —le pregunto mirando el plato. Como Lukas no responde, levanto la vista.

Se recuesta en el respaldo de la silla, dejando su plato olvidado, y me estudia. La serenidad de su mirada me resulta familiar. También la curva que forma su boca. Está observando algo, sacando conclusiones. Siento un calor y una tensión en el vientre.

—Creía que solo te pasaba conmigo —dice—. Pero es con los hombres en general, ¿verdad?

—¿El qué?

—Te ponemos nerviosa.

Se me escapa el tenedor y cae en el plato con un estruendo que es engullido por el ruido de fondo.

—¿Cómo lo...?

—Antes, en el pasillo, no parabas de poner barreras entre tú y Zach. Como mi cuerpo, por ejemplo. Y luego tu cara al hablar con Kyle y Hunter. Se nota enseguida si uno se preocupa de prestar atención.

Noto el corazón en la garganta. *¿Eso significa que tú te preocupas de prestarme atención a mí?* Me parece una pregunta razonable. Él y yo hemos interactuado muy pocas veces, todas ellas por causa de fuerza mayor: puertas que no funcionan, coincidencias académicas, Penelope Ross...

Deberíamos preguntarnos qué coño estamos haciendo, pero, en lugar de eso, para mi disgusto, digo:

—Tuve ciertos problemas con mi padre cuando era pequeña. No me... No fue para tanto, pero... —Respiro hondo. Silencio la voz en mi cabeza que grita: *Deja. De. Sincerarte. Con. Lukas. Blomqvist*—. Simplemente no me gustan los ruidos fuertes. Ni los espacios con demasiada gente. Ni...

No es que las mujeres no puedan ser escandalosas, pero los hombres me resultan tan imprevisibles con sus voces graves, sus movimientos bruscos y sus actitudes alborotadoras… Los atletas masculinos, además, suelen ocupar mucho espacio. Sé que es injusto por mi parte, pero mis problemas no son racionales. Mi psicóloga del instituto no paraba de utilizar palabras como «respuesta al trauma» y «TEPT», términos que me parece que me están grandes. Siento como si no tuviera derecho a apropiarme de ellos. Les corresponden a los periodistas de guerra y a los médicos de urgencias, no a chicas con padres de mierda que eran muy mandones y les decían que nunca llegarían a nada.

«En conclusión», me dijo un día la psicóloga, «para determinar si lo llevas bien, te tienes que preguntar: ¿mi trastorno me está impidiendo vivir una vida plena?». Y sé cuál es la respuesta.

—Funciono como tengo que funcionar —digo levantando la barbilla y desafiándolo con la mirada.

Es innecesario.

—No lo dudo.

—Vale. Mejor.

Se pone otra vez a comer, rápido pero meticuloso, y sus ojos no se apartan de mí.

—Sé que parece… —empiezo a decir. ¿Realmente quiero hablar del tema?

—¿Que parece qué?

—Que alguien a quien le gusta lo que a mí me gusta no debería ser tan… miedica.

A Josh esto nunca dejó de sorprenderle. «¿Los hombres autoritarios y agresivos que te encuentras en el día a día te dan miedo, pero quieres follar con alguien autoritario y agresivo?». No me juzgaba, pero tampoco llegó a entenderlo nunca.

Lukas termina de masticar y se limpia la boca con una servilleta.

—En realidad, aún no sé qué te gusta —señala. Noto que se me forma un nudo en el estómago—. Aparte del fetiche de llamar a la gente doctor y doctora, claro. —Me doy la vuelta para ocultar mi sonrisa—. En cualquier caso, no. No creo que tenga sentido mezclar la violencia cotidiana con las cosas que nos van a ti y a mí. De hecho, creo que no hay ningún tipo de relación entre ambas. —Su mirada es firme—. Lo que a nosotros nos gusta se basa en la confianza. Somos nosotros quienes tomamos la decisión de participar. Y no parece que tú tuvieses la capacidad para tomar ninguna decisión cuando te pasó lo que sea que te pasó de pequeña, ¿me equivoco?

No. Ese calor espeso vuelve a brotar, esta vez en mi pecho. *Lo has entendido. Gracias por entenderlo.* Y:

—Gracias por pedirles a tus amigos que se fueran para que no estuviera incómoda.

Asiente. No finge que eso no es exactamente lo que ha hecho.

—Gracias a ti por quitarme de encima a la señora Sima para que no tuviera que hablar de mi madre.

«Se basa en la confianza», ha dicho. No traicionaré la suya preguntándole por qué no quiere hablar de ese tema.

—La primera distracción corre de mi cuenta, pero la siguiente pienso cobrártela.

Oigo cómo suelta una carcajada y dejo que un cómodo silencio nos envuelva durante el resto de la comida.

CAPÍTULO 15

Esa semana, siguiendo las directrices que me han proporcionado amablemente mis valientes predecesores (es decir, gente que consiguió entrar en la Facultad de Medicina y vivió para contarlo), termino de escribir el primer borrador de mi carta de presentación.

Y lo mando derechito a la papelera de reciclaje a golpe de ratón. También me planteo la posibilidad de coger un cohete y lanzarme de cabeza al Sol. Según Maryam, la carta es un pestiño de proporciones épicas.

—«Ansío seguir los pasos de mis héroes, como Hipócrates de Cos… Gracias a eso descubrí que mi bacteria preferida era la *Bordetella parapertussis*… Y al ver la escena donde muere la reina Amidala, tomé la decisión de convertirme en médico para asegurarme de que la gente como ella sobrevive y puede ver crecer a sus mellizos con sensibilidad a la Fuerza…» —Maryam me mira con los ojos desorbitados—. ¿Quién eres tú y qué has hecho con Vandy?

Agarro un cojín y se lo tiendo.

—¿Te importaría taparme las vías respiratorias durante los próximos noventa segundos, porfa?

—En serio, ¿qué es todo este sinsentido? ¿Has secuestrado a algún crío sin estudios y lo has obligado a escribirte la carta a punta de pistola? ¿Has usado una IA? ¿Qué instrucciones le has dado, «escríbeme una redacción equivalente al olor a choto»?

Suelto un gemido y me dejo caer en el sofá.

—¿Tanto te cuesta creer que las palabras no son lo mío?

—No me lo creería ni aunque fueras una mantis religiosa analfabeta. —Resopla—. Y nada de esto es verdad. Tú sé sincera y ya está: «Hola, me llamo Vandy McVandermeer y soy una universitaria neurótica y perfeccionista que, aunque rinde a las mil maravillas y conoce desde los nueve años el funcionamiento del sistema osteomuscular, sigue sin ser capaz de reponer el rollo de papel cuando toca. Uno de mis pasatiempos favoritos es quedarme mirando sin pestañear los sobresalientes de mi expediente académico. Quiero ser médico porque adoro a mi madrastra. Y porque soy una obsesa del control y es lo más parecido a dominar la vida y la muerte que voy a experimentar. Salvo que me haga con los códigos de lanzamiento de los misiles nucleares. ¿No sabrán por casualidad si hay alguna vacante para ese tipo de puesto?».

Podría escribir eso. Podría ser sincera. Pero si tiro por ahí, me tocará reconocer la nota bajísima que tengo ahora mismo en Alemán, lo mal que he estado rindiendo últimamente y mi nula capacidad para controlar nada.

El sábado, de camino al entreno, maldigo mi estreñimiento lingüístico. Existen servicios estudiantiles a los que podría solicitar ayuda, pero su tarea consiste en pulir y sacar brillo a los textos, no en reformularlos de arriba abajo, que es lo que a mí me hace falta. Podría preguntarle a Barb, pero ella estudió hace casi tres décadas. Quizá Lukas me deje echarle un vistazo a su carta de presentación… Tengo su número. Y su correo, claro está.

«Debería ser conmigo».

Nah, mejor no.

El recinto Avery es más grande que mi antiguo instituto (una zona de salto, tres piscinas y tropecientas estructuras satélite) y hoy está a reventar. Sigo el sonido de los vítores y la música hasta la piscina de competición, donde diviso al entrenador Sima, que mira al público con cara de mala uva.

—¿Y esto? —pregunto.

—Guerra de natación.

—Ah, sí. Siempre se me olvida que existen.

—Normal. Son innecesarias de narices.

La inquina que le tiene el entrenador al equipo de natación es legendaria y se debe, principalmente, a que reciben muchos más recursos que el equipo de salto. Aunque no le falta razón: las competiciones interuniversitarias son una pérdida de tiempo.

—¿Queda mucho?

—Es un puñetero pentatlón.

Significa que se lleva a cabo una carrera de noventa metros con cada estilo de nado, más los combinados individuales. Creo. No lo tengo del todo claro. Y además me la sopla.

—¿A qué hora acaba?

—Por lo visto, van a tirarse aquí todo el día.

Le doy una palmadita en el hombro.

—Ea, ea.

—El resto del equipo de salto está allí. —Señala a la zona de debajo de las gradas—. Querían ver el combinado. Al parecer, lo de pedir que empecemos el entrenamiento a la hora que toca es muy de dictador. —Levanta la voz, como si alguien más aparte de mí pudiera oírle—. Comenzaremos con los ejercicios en seco en cuanto acabe, ¡y no sabes las ganas que tengo! —Le doy una última palmadita y me voy con las demás—. ¡Como lleguéis tarde, os pongo a correr! —exclama a mi espalda. Siempre anda amenazando, pero es todo de boquilla.

Pen se emociona muchísimo al verme, una reacción a la que no estoy acostumbrada salvo que se trate de Barb o Pitufa. Le pide a la nadadora que está a su lado que me haga hueco y luego se me cuelga del brazo. Ayer cenamos solas ella y yo. Hablamos durante horas sin mencionar los saltos ni a Lukas Blomqvist. Aunque no fue nada del otro mundo, entra en el top cinco de mis mejores momentos en Stanford.

Qué narices, en el top tres.

—Creo que es la primera vez que te veo en una competición de natación —comenta Pen.

—Creo que llevaba sin acudir a una desde que estaba en el instituto. Y encima, la que me llevó después a casa fue la madre de uno de los chicos que hacía estilo dorsal.

Se echa a reír.

—A ver, es que tienes muchas clases y... —Se interrumpe, como si se hubiera acordado de algo—. ¡Me he enterado de lo del proyecto con Luk! Te va a venir genial a la hora de solicitar plaza en la Facultad de Medicina.

—Eso espero. —Un par de ojos recelosos afloran a mi mente—. ¿Te…? ¿Te lo ha contado Rachel?

—¿Rachel? ¿Qué Rachel, Hale o Adrian? —Frunce el ceño—. Pero no, me lo dijo Luk. ¿Por?

«Por nada», estoy a punto de contestar. Pero es Pen y… yo qué sé. Me fío de ella. Es una sensación visceral.

—La otra noche Lukas y yo estábamos juntos en el comedor y ella me miró como si estuviera haciendo algo mal.

—¿Mal en qué sentido…? Ah. —Abre mucho los ojos. Y entonces se ríe—. Nah, Rachel es un poco arisca. En primero me trataba como si fuera una intrusa en las fiestas de natación o como si mi mera existencia distrajera a Luk. —Me da un golpecito con el hombro—. Además, está soltero. Y fui yo la que se pilló una borrachera y se puso en plan alcahueta con los dos, ¿recuerdas?

—Mmm. —Entorno los ojos—. Nop, se me había olvidado. No lo tengo grabado a fuego en el cerebro ni nada.

Se echa a reír.

—No te preocupes por Rachel. No sabe nada del asunto.

Un cúmulo de tensión del que no era consciente se disuelve en mi interior.

—¿Pero se lo dirás? —Me acuerdo de las preguntas de Victoria el día de las fotos—. ¿Lukas y tú pensáis contar que habéis roto?

Suspira.

—Por ahora, eres la única que lo sabe. Es que todavía estamos intentando gestionar el tema de no ser pareja; la gente se ha montado con nosotros una película de Disney y sé que armarán un jaleo de no te menees cuando se enteren. Ya sabes lo mucho que les gusta cotillear a todos en la villa deportiva. —Pone los ojos en blanco—. Además, nuestros círculos sociales se solapan. No queremos incomodar a nadie, más que nada porque seguimos siendo mejores amigos y estamos siempre juntos. Si te soy sincera…, ser vista como la novia de Lukas me viene muy bien. En primero, antes de que todos supieran que éramos pareja, muchos tíos se ponían como un basilisco cuando los rechazaba. La existencia de Luk es un repelente instantáneo de babosos.

Cuando una es tan guapa y popular como Pen… entiendo que sea un problema.

—Por no hablar de que los suecos son muy suyos para estas cosas —añade.

—¿A qué te refieres?

—Pues a que es muy reservado. De los que no suelta prenda nunca. Aún me acuerdo de la vez que un periodista de la ESPN le preguntó si tenía novia.

—¿Qué dijo?

—«¿Tiene alguna otra pregunta relacionada con la natación? Que yo sepa, usted es periodista deportivo». Así, sin sulfurarse. —Lo imita a la perfección, clavando incluso el acento. Conoce a Lukas como si lo hubiera parido—. Tenía dieciséis años y fue la última vez que alguien le preguntó sobre su vida privada. No veas qué incómodo.

Sí, pero menuda envidia. Aunque Lukas tiene nuestra edad, parece haberse saltado la fase donde a uno le corroen las inseguridades. Es resuelto. Decidido. Sabe lo que quiere y cuándo y dónde lo quiere. Fijo que escribió su carta de presentación para la Facultad de Medicina en veinte minutos.

—Es buena gente —añade más seria, con la mirada clavada en la piscina—. Sé que parece... distante, y rara vez se molesta en desplegar su encanto, pero es un tío genial. —No sé si yo lo describiría como «distante», pero, antes de que tenga la oportunidad de comentárselo, Pen añade—: Merece disfrutar de su vida sexual y dar rienda suelta a su lado viciosillo.

Los nadadores se dirigen a las plataformas de salida y el público empieza a aplaudir. Le pregunto:

—¿Y tú? ¿Estás..., eh..., disfrutando de tu vida sexual y dando rienda suelta a tu lado modosito?

Se vuelve hacia mí y se inclina.

—He conocido a un chico...

Se oye un silbido ensordecedor y Pen se levanta de un salto. Sus gritos de: «¡Ánimo, Luk! ¡Venga, venga, venga!» se desvanecen entre los vítores de la multitud. El estruendo repentino me sobresalta y cojo aliento para tranquilizarme.

Lukas gana la carrera, aunque sin sacarle demasiada ventaja a Kyle. No palmea el agua, ni se pone a bailar en las corcheras ni hace ninguna de las chorradas que me vi obligada a presenciar en mi club juvenil y que me quitaron para siempre las ganas de salir con nadadores. Se limita a esquivar el intento (¿jugueton?) de Kyle de hacerle una aguadilla y sale de la piscina. Pen me coge la mano para irnos a entrenar y…

Nop. Nos dirigimos al área de la piscina.

—Ahí está. —Pen agita la mano—. ¡Luk!

Lukas está hablando con otro nadador, pero lo despacha con un abrazo rápido antes de que lleguemos. Pen le dedica una sonrisa de oreja a oreja.

—¡Enhorabuena!

Él asiente. Si se alegra de haber ganado, no da muestras de ello.

—¿Puedes parar de ser el mejor en todo? —bromea Pen, y levanta los brazos para abrazarlo.

—Estoy chorreando.

—Como si te hubiera importado alguna vez.

No se inclina, así que le toca a Pen estirar los brazos para envolverlo. Desvío la mirada de forma automática, con las mejillas encendidas. Ya vuelvo a estar metida en medio de esta no-pareja. No debería estar aquí. *Vete al entrenamiento. Pen irá enseguida.* Pero me ha traído ella. Y es mi amiga. Y Lukas y yo estamos en un proyecto juntos y… *Scarlett, no hace falta que seas siempre tan rara, leches.*

Espero un par de segundos y vuelvo a mirarlos. Está claro que he subestimado la duración del abrazo. Pen tiene los brazos alrededor del cuello de Lukas, pero él no le devuelve el gesto. En su lugar, lo encuentro mirándome por encima del hombro de ella.

No sonríe. La expresión de su mirada es oscura, seria e intensa y…

—Eres un puñetero máquina. —El entrenador del equipo masculino le da a Lukas una fuerte palmada en el hombro. Pen se separa de él y yo exhalo aliviada—. ¿Has visto los parciales? Y encima ibas sin el bañador de competición; increíble. No sé qué le estás dando de comer, Pen, pero sigue así.

—Come él solito, entrenador Urso.

—Y también hago pipí en el baño de los mayores —suelta Lukas, inexpresivo.

Retrocedo un paso cuando el entrenador saca un iPad y empieza a analizar cada detalle de la ejecución de Lukas, puesto que no quiero interrumpir la conversación. Aprovecho la oportunidad para estudiar a Lukas, por una vez, sin que él me estudie también a mí.

La natación y el salto son deportes hermanos por pura conveniencia. Para ambos se necesita una piscina, un vestuario y metros de nailon, pero las similitudes acaban ahí. Lo único que hace falta para darse cuenta es echarles un buen vistazo a los atletas.

El salto requiere equilibrio y la capacidad de ejercer el control sobre rápidas sucesiones de movimientos. La natación consiste en reducir la resistencia provocada por el agua para aumentar la velocidad. Todos estamos musculados, pero cada deporte tiene sus exigencias, y la constitución de los nadadores suele ser distinta a la de los saltadores. Y Lukas…, en fin. Lukas es uno de los nadadores más rápidos del mundo. Y su físico está a la altura.

Desde un punto de vista racional, sé que no es nada del otro mundo. Me crie dentro de una piscina y he estado rodeada de dorsales duros y trapecios torneados desde antes de que fuera lo bastante mayor para entender lo que era el sexo. «El culo de ese tío tendría que estar en un museo», decía alguien, y yo asentía, impasible, con ganas de experimentar esa misma atracción, pero sin sentirla en el estómago.

Sin embargo, al mirar a Lukas, creo que lo entiendo. Al fijarme en su pelo despeinado después de quitarse el gorro, en la anchura de su muñeca cuando se la envuelve con las gafas de agua, en los tatuajes que le recorren el hombro, el tríceps, el antebrazo... Creo que es un bosque. El cielo nocturno estrellado. Nieve. Algo que sobrevuela la curvatura de su bíceps. No veo ni rastro de los cinco anillos entrelazados, como ocurre con el cien por cien de los demás atletas olímpicos que he conocido. Asiente, pensativo, a algo que está diciéndole el entrenador, pasándose la mano por la mandíbula, y sí.

Vaya que si lo entiendo.

Pero tal vez sea solo la afinidad que siento por él. A lo mejor Pen me ha hackeado el cerebro y estoy imaginándome el uso que podría darle a toda esa fuerza. Igual he alcanzado por fin la pubertad a la vetusta edad de veintiuno.

«Debería ser conmigo».

—En resumen —le dice el entrenador Urso a Pen—, este chaval ha mejorado en casi un segundo su récord del verano en combinado individual. Nunca había progresado tan rápido.

Pen sonríe al instante y le da un apretón a Lukas en el brazo.

—¿Qué es eso? —pregunta el entrenador Urso, señalándole a Lukas el dorso de la mano.

Es un hombre corpulento de mediana edad que se aferra como puede al poco pelo que le queda. Todo el mundo lo aprecia mucho y lo considera el mejor a la hora de desarrollar el talento de los atletas. Por lo que cuenta Pen, también es un zumbado.

Igual por eso parece que Lukas esté suplicándole clemencia al universo. Coge la toalla que le lanza un alumno de segundo y le da las gracias con un asentimiento de cabeza.

—Mi mano, entrenador. Nada más.

—No… ¿Qué tenías escrito?

—No me acuerdo.

No es el modelo que le dibujé, ¿verdad? No, no puede ser. Se lo dibujé hace días.

—Pues intenta hacer memoria, chavalín —insiste el entrenador Urso—. Ya lo tenemos.

—¿El qué? —Lukas se seca el vientre, perplejo.

Chavalín, pienso estupefacta, fijándome en la hendidura con forma de V de su zona abdominal.

—Las circunstancias perfectas. Hay que recrearlas para ganar.

—Ah, ya.

—¿Te acuerdas del ritual de la suerte de la temporada pasada?

—¿Se refiere a lo de llevar una tirita de las princesas Disney en el pie durante un año?

—Por eso ganaste el campeonato del mundo y el de la NCAA.

—El entrenamiento no tuvo nada que ver.

—¿Me estás vacilando, Blomqvist? Ya sabes que no lo distingo. En cualquier caso, ya está. Tenemos nuestro ritual de la suerte. Ya no nos hace falta nada más. *Ad majo-*

ra, chaval. —El entrenador le hace el típico saludo militar y se aleja. Luego se da la vuelta y lo apunta con el dedo como si fuera una pistola—. La mano. Que no se te olvide hacerle una foto.

Lukas niega con la cabeza y se seca la cara con la toalla.

—Te obligará a llevar la mano pintarrajeada en cada competición —comenta Pen.

—Sip.

—¿Qué es, por cierto? Parecen recuadros y garabatos.

—Más o menos.

Mierda.

—Pues nada, que tengas suerte. —Tras ponerse de puntillas y apoyarle una mano en el pecho para no perder el equilibrio, le da un beso en la mandíbula. Me fijo en que Lukas no se agacha para ponérselo más fácil—. Si no nos vamos ya, al entrenador Sima le dará un infarto.

Lukas asiente. Levanta la mirada hacia mí.

—Adiós, Scarlett.

Me he puesto roja. No sé por qué.

—Sí, adiós. Y... enhorabuena.

Su sonrisilla torcida es casi íntima. Breve. Pero permanece conmigo durante toda la tarde, como un perrito faldero, y no me hace ninguna gracia. No hay razón para ello. Intento concentrarme en lo que me cuenta Pen, en el calentamiento, en mis ejercicios de tronco, pero estoy distraída. El entrenamiento en seco es el que menos me gusta y los saltos mortales en el foso de colchonetas se vuelven un rollazo enseguida. Centrarse en la parte aérea de un ejercicio tiene sus beneficios, pero a qué precio.

—Si quisiera saltar de un trampolín y aterrizar en una colchoneta, me habría hecho gimnasta —murmura Victoria con cara de asco cuando termino de ejecutar una serie de mortales inversos.

—Al menos el entrenador no ha sacado las cuerdas con trócola.

—Ni el cinturón para piruetas. —Finge que le dan arcadas y se dirige a hacer sus ejercicios.

Solo tenemos cuatro zonas de salto, así que me toca tomarme un descanso obligatorio. Bebo un poco de agua. Saco el móvil y le escribo un mensaje a un número que no tengo guardado en la agenda.

SCARLETT: Porfa, dime que en los últimos dos días otra persona te ha dibujado en la mano una red neuronal convolucional

La respuesta es instantánea.

NÚMERO DESCONOCIDO: Insinúas que me dejo pintarrajear por cualquiera que sepa un poco de computación? Como un pendón?

SCARLETT: Cómo es que aún no se te ha borrado?

NÚMERO DESCONOCIDO: Alguien que yo me sé usó rotulador permanente

Mierda.

NÚMERO DESCONOCIDO: Parece ser que este año me vas a hacer falta

Y me cago en todo.

SCARLETT: Me estás diciendo que voy a tener que dibujarte una RNC en la mano antes de cada competición?
NÚMERO DESCONOCIDO: Nah

Menos mal.

NÚMERO DESCONOCIDO: Solo en las internacionales. Y en la Pac-12. Y en las de la NCAA

La leche.

SCARLETT: En serio quieres que te recuerde tan a menudo que la biología computacional se me da mejor que a ti?
NÚMERO DESCONOCIDO: Sí. Me van las mujeres más inteligentes que yo

El corazón me da un brinco.

SCARLETT: No estoy preparada para formar parte de tu ritual de la suerte. Demasiada responsabilidad. Y si pierdes y el rey de Suecia se cabrea conmigo?
NÚMERO DESCONOCIDO: El sistema de gobierno de mi país es la democracia parlamentaria
SCARLETT: Tú eres de ciencias. No eres supersticioso, verdad?
NÚMERO DESCONOCIDO: A lo mejor sí

Suspiro.

SCARLETT: Por un lado, quiero mofarme de ti. Pero por el otro, ejecuté el peor salto de mi vida un día después de que alguien me birlara mi toalla de colorines

Me dispongo a reconocer que no es una prueba demasiado concluyente en lo que respecta a la eficacia de los rituales deportivos, cuando un grito me sobresalta.

Suelto el móvil y echo a correr en dirección al chillido. Cuando llego al trampolín portátil del fondo, el alma se me cae a los pies. Victoria está tirada en el suelo. Tiene los ojos llenos de lágrimas y el tobillo torcido en un ángulo extraño.

CAPÍTULO 16

Algo que no se me va de la cabeza durante los siguientes días es lo que dijo Bella justo después de que el entrenador Sima cogiera en brazos a una desconsolada Victoria y se la llevase al interior del centro de deportes acuáticos.

«Acababa de comprarse un champú anticloro. Le hacía muchísima ilusión que su pelo no fuera a parecer un estropajo este año».

Pienso en ello durante los entrenamientos y las comidas, al hacer los deberes de Alemán y cuando me pongo a discutir con Maryam por los ciclos de la lavadora. Pienso en el tono resignado y abatido de Bella. En cómo se sentó en el banquillo del entrenador y apoyó la mejilla en el hombro de su hermana. Yo me senté también, me acerqué las piernas al pecho y descansé la barbilla sobre mis rodillas. Contemplé la piscina de saltos vacía mientras los molestos vítores de la guerra de natación y la brisa vespertina me erizaban la piel.

—¿Y qué tal está? —pregunta Sam el miércoles por la mañana.

Me sabe mal dedicar la sesión a hablar de algo que no tiene nada que ver con los saltos hacia dentro, pero es que no pienso en otra cosa.

—No lo sé. Su familia ha venido a verla. El entrenador Sima no nos ha dado demasiados detalles. Me... Está en último curso.

Y ya está. Tras esas cuatro palabras, quedan implícitas muchas otras; a Sam deben de escapársele la mayoría, pero el significado tácito pesa sobre el equipo. Se notó ayer durante el lúgubre entrenamiento. Y hoy, en el vestuario, donde ninguna ha abierto la boca.

—¿Te preocupa que la lesión la deje sin competir esta temporada?

—Espero que no. —Incluso estando al cien por cien, Victoria nunca ha destacado. No es como Pen, quien seguramente se dedicará al salto de forma profesional después de graduarse. Su única opción era aferrarse a la esperanza de que la próxima temporada saliera mejor. Pero si no hay próxima temporada...—. Espero que no —repito.

—¿Sois buenas amigas?

—No sé si ella me considera amiga. A mí me cae genial.

Sam parpadea, como si hubiera tomado nota mental de lo que acabo de decir para volver a ello más tarde. Otro tema más en el que hurgar, fantástico.

—¿Cómo te hace sentir el hecho de que se haya lesionado?

—Pues... es un asco.

—Cierto —conviene ella—, pero no has contestado a mi pregunta. ¿Qué sientes tú?

La parte de la terapia en la que me toca a mí hablar es la que menos me gusta. Una faena, ya que todas las sesiones son así.

—Me entristece pensar que a lo mejor le duele. Me cabrea que le haya pasado a ella. Y deseo con todas mis fuerzas que se recupere.

—¿No sientes miedo?

—¿Por?

—Has sufrido una lesión muy grave. Y ahora le ha pasado lo mismo a tu amiga. ¿Confirma esto tus temores?

—Las circunstancias de su accidente fueron completamente distintas. Victoria ni siquiera estaba en la piscina.

—¿Y no refuerza la idea de que el salto es intrínsecamente peligroso?

—Victoria se tropezó con una colchoneta; podría haberle pasado lo mismo yendo por la calle.

—¿Lo que dices es que los peligros que entraña el salto no te dan miedo?

Estoy empezando a hartarme un poco de estas preguntas.

—El salto conlleva riesgos. Lo que digo es que conocía dichos riesgos antes de que Victoria o yo nos lesionásemos.

—No obstante, antes de tu lesión no sufrías ningún bloqueo mental. Algo debe de haber cambiado.

—Ya lo sé, pero… —¿Pero? Me quedo boquiabierta unos segundos y luego cierro la mandíbula de golpe. Aprieto los labios y le lanzo a Sam una mirada feroz. He caído en la trampa, como una huerfanita de cuento infantil que acaba en el matadero tras seguir un rastro de migas rancias—. Cuando salto, no lo hago preocupada por si me lesiono.

—No lo dudo, Scarlett. No creo que el miedo a lesionarte sea la causa de tus problemas. —Sam ladea la cabeza—. Pero si hacerte daño no es lo que te preocupa, entonces, ¿de qué tienes miedo?

CAPÍTULO 17

Esa noche, tenemos la primera reunión para el proyecto de la doctora Smith en la Biblioteca Green. Al llegar, busco los correos de Lukas para confirmar que no me he equivocado de sitio y aparecen dos resultados: la conversación que hemos intercambiado con Zach para quedar y el otro.

«Lo que necesitas».

Un ligero rubor se me extiende por las mejillas.

No he vuelto a leer el correo desde que me lo envió. No me hace falta, ya que lo tengo grabado en la corteza occipital. No pretendía memorizarlo, pero se me quedó en la sesera tras un único vistazo. Podría marcarlo como no leído, pero acabaría tirándome de los pelos, puesto que soy incapaz de funcionar con normalidad a menos que me haya deshecho de todas las notificaciones de todos mis dispositivos. Podría archivarlo. Mandarlo a la papelera. Marcarlo como *spam*.

Tampoco es que vaya a contestarle. Sería superraro y…

Noto un golpecito en la parte carnosa del brazo.

—La sala está por aquí, trol —dice una voz grave por encima de mi oreja izquierda.

Las largas piernas de Lukas no aflojan el paso, y, para cuando llegamos arriba, estoy sin aliento… e intentando dilucidar si la última palabra ha sido una alucinación.

—Ja —dice sujetando la puerta.

—¿Qué?

—Jadeas mucho para ser alguien que se tira todo el día subiendo escaleras.

Su mirada refleja una expresión amable y juguetona. Una oleada de calor me recorre al tiempo que saludo a Zach y entro en la sala. No es demasiado grande; tiene tres sillas, un escritorio y un proyector. Está claro que mi vida social es un asunto digno del museo de los horrores, porque hacía tiempo que no me lo pasaba tan bien como en la reunión que tiene lugar a continuación.

—Sabes un montón de redes neuronales, ¿eh? —me dice Zach durante el descanso.

Tal vez sean las maravillas de los algoritmos de *deep learning*, pero mi cerebro ha catalogado al chico como razonablemente inofensivo. Estoy lo bastante tranquila como para quitarme los zapatos y que sus chistes malísimos de estadística no paramétrica me hagan gracia de verdad. Lukas se ha ido a rellenar nuestras botellas de agua a la fuente de fuera. Ha dejado la puerta abierta y se ha asegurado de hacerme saber que podía verme a través de las puertas de cristal.

Es lo que tiene el hecho de que te tengan calada. Menudo calvario.

—Hice un par de cursos por internet —le explico a Zach, apoyando los pies descalzos sobre la silla de Lukas para estirar los músculos isquiotibiales—. Y estuve en el club de bioinformática del instituto. Y el año anterior a graduarme fui a un campamento de investigación sobre biología computacional.

—Deportista y empollona. Qué nivel.

Me río pegada a las espinillas y estiro el cuerpo todavía más, cogiéndome los dedos de los pies.

—Me encanta coleccionar arquetipos estudiantiles.

—Pues por mí no te cortes. Está claro que se te da genial. —Señala la pizarra blanca, donde he dibujado el recorrido hacia delante y hacia atrás de mi red—. ¿Estás en último curso?

—En tercero.

—¿Y qué tienes pensado hacer cuando acabes? —Se echa a reír al ver mi mueca de dolor—. ¿Vas a ser saltadora profesional?

—Qué va. Quiero entrar en la Facultad de Medicina.

—¿Has hecho ya el examen de acceso?

—Este finde.

—Lo tienes todo controladísimo.

—Ojalá. Mi carta de presentación da vergüenza ajena. Y creo que mis trabajos de Alemán son el equivalente a prenderle fuego a una bandera alemana.

Lukas vuelve y me tiende mi botella de agua.

—¿Vas a Alemán?

—Por desgracia para todos.

Antes de que pueda apartar los pies de su asiento, me rodea los tobillos con una mano. Me levanta las piernas, se sienta y, a continuación, hace descender mis pies sobre su regazo.

Lo miro desconcertada. Luego le miro la mano y él relaja el agarre en torno a mi pantorrilla izquierda. Tiene las uñas cortas y romas. Los dedos largos y envolventes.

Una oleada de calor me trepa por las piernas.

—¿Por qué? —pregunta.

Levanto la mirada de golpe hacia él. *¿Qué haces?*

—¿Por qué cogiste Alemán? —repite impasible.

Las mejillas me arden.

—Pues...

Mueve las piernas, me ordeno. *No está inmovilizándote.* De hecho, se ha arrellanado en el asiento. Mis batacazos académicos solo le interesan a medias. Está acariciándome el tobillo con la yema del pulgar; el cloro le ha dejado áspera la piel. ¿Acaso es consciente de lo que hace?

—A las facultades de Medicina les interesa que estudiemos idiomas —digo con voz rasposa. En realidad es más bien un graznido.

—¿Te interesa a ti? —Me perfora con la mirada. Deja caer el peso de la mano de forma implacable sobre mi piel, como si ese fuera su sitio.

Apenas consigo dirigirle un gesto de negación con la cabeza. Decirle «no, no me interesan los idiomas» me resulta tan imposible como plantarme de un salto en el espacio. El pulso me late, pesado, en los oídos. Entre las piernas.

—Igual deberías apuntarte a Noruego —bromea Zach. La mesa le tapa lo que está ocurriendo—. Así Lukas podría echarte una mano.

—Sueco —corrijo de forma automática. Lukas me envuelve el talón en una prolongada caricia.

—Ay, coño... Perdona, tío.

—Tranquilo. Es la misma península. —Noto la enérgica y habilidosa presión de su pulgar en el arco del pie. Me muerdo el labio inferior con fuerza.

Zach, al que parece gustarle cotillear sobre los planes de futuro de todo aquel que conoce, pregunta:

—¿Volverás allí cuando acabes la uni?

—Ya veremos.

—Tu novia vive aquí, ¿verdad? Espera, ¿tú no salías con una saltadora? —Vuelve la mirada hacia mí—. No eres tú, ¿no?

—No. —Carraspeo. Me concentro en apaciguar la respiración mientras Lukas mete la mano por el dobladillo de mis mallas.

Zach asiente de todas formas.

—Vale. —Se echa a reír. Y, tras un silencio incómodo, añade—: ¿Y tú qué? —Me señala con el lápiz—. ¿Sales con algún nadador?

—¿Yo? Pues...

De pronto, la mano de Lukas es un grillete en torno a mi tobillo, como si tuviera que sujetarme, retenerme y controlarme. Mi cerebro cortocircuita. Seguro que todos (Lukas, Zach, la bibliotecaria que regenta el mostrador de recepción en el piso de abajo) son capaces de oír los latidos erráticos de mi corazón.

—No —responde Lukas sin quitarme los ojos de encima. Su voz suena grave y tranquila. Su mano es un cepo y...

Así tengo programado el cerebro. Así está escrito en mis neuronas: me encanta la fuerza con la que me agarra.

Lo grandote que es. La facilidad con la que podría subyugarme. Podría obligarme a hacer muchas cosas, y ser consciente de ello me produce una sensación de anhelo en el vientre. Sin embargo, no me hará nada a menos que yo abra la veda, y esa reconfortante certeza incrementa todavía más mi deseo.

No se trata de algo reprobable desde un punto de vista moral. No hay víctimas ni nadie sale herido, aunque quizá sí sea un poco turbio. Es, como mínimo…, joder, no sé ni cómo llamarlo. Heteronormativo. Convencional en cuanto al género. Retrógrado. Estereotípico. Banal. Lo odio.

Me encanta.

—¿Con un saltador? —bromea Zach con cierta torpeza, y me veo obligada a rebobinar la conversación y dar con los fragmentos extraviados. Quiere saber si estoy saliendo con un nadador o un… Ah.

—Nop —digo, y Zach asiente como si le gustara mi respuesta. Se disculpa con un «ahora vuelvo» en voz baja y Lukas y yo nos quedamos solos. Sus caricias vuelven a ser suaves. Abro la boca para preguntarle qué está haciendo, por qué lo hace ahora, por qué aquí, pero… no he separado los labios ni un milímetro.

Me limito a mirarlo fijamente, con los pulmones y el corazón a mil.

—Intentaba averiguar si estabas soltera —me dice. Sigue trazando suaves patrones sobre mi piel.

Trago saliva. Recupero la compostura.

—Ya lo sé.

—¿Sí? ¿En serio?

La verdad es que no. Pero no porque esté empanada; la culpa es de sus manos.

—No soy boba.

Hace un ruidito sin despegar los labios. A estas alturas, lo conozco lo bastante como para saber que no está dándome la razón.

—¿Te acuerdas de Kent Wu?

—Pues no… Espera. ¿Era nadador?

—De fondo. Estilo mariposa. Iba a cuarto cuando tú te uniste al equipo.

—Me suena, sí.

—Intentó pedirte salir dos veces.

—¿Qué? —Frunzo el ceño—. ¿Cómo…? ¿Y tú cómo lo sabes?

—Éramos buenos amigos. Aún lo somos. —Tamborilea con los dedos sobre mi empeine—. Te echó el ojo. Hablamos del tema.

¿Hablaron del tema? ¿Y eso qué significa? Lo más probable es que Lukas esté confundiéndolo con otra persona. La relación entre los equipos de natación y salto es más endogámica de lo que estamos dispuestos a reconocer, más que nada porque nuestros caóticos horarios se compaginan lo suficiente como para colar entre medias algún que otro polvete.

—Estás confundiéndolo con Hasan. Me pidió salir cuando todavía estaba con mi ex, hace un millón años…

—¿Un millón?

—Dos. Hace dos años. —Me muerdo el interior de la mejilla—. Te lo tomas todo al pie de la letra.

Contrae los labios.

—Y tú tiendes a exagerar.

—Es una figura retórica llamada…

—Hipérbole, sí. —Me acaricia la piel con el pulgar y yo estoy a un pelo de estremecerme. Parece sopesarme como si fuera un kilo de carne—. Lo de Kent fue después de lo de Hasan. Hacia final de curso.

—No…

—Te acuerdas. Porque no te diste cuenta. Tranquila, Kent está prometido. El otro día recibí la invitación a la boda.

Aparto la mirada. La piel de Lukas sigue irradiando calor, igual que la sensación líquida que me recorre la columna, pero las connotaciones de lo que acaba de decir me producen un nudo en el estómago.

—No soy boba —repito.

—No. Solo te aseguras de pasar desapercibida. Te centras en las cosas que eres capaz de controlar e ignoras el resto tanto como puedes, procurando no sobrepasar los límites para que tu vida no se venga abajo, ¿me equivoco?

Exhalo.

—Solo porque Pen te haya contado una cosa sobre mí que nunca debería haberte contado, no significa que me conozcas —digo con una firmeza que me enorgullece. Pero Lukas no se muestra arrepentido, sino que mis palabras parecen hacerle gracia. Veo un atisbo de esa sonrisa torcida suya y no…

—¿Qué, seguimos? —pregunta Zach.

Hago lo que debería haber hecho hace cinco minutos: aparto los pies y me siento encima de ellos.

—Sí. —Sonrío a Zach sin mirar a Lukas ni esperar a que siga mi ejemplo.

CAPÍTULO 18

Durante el entrenamiento matutino del jueves, después de haber practicado ya hasta la extenuación todos los demás saltos básicos, me planto en el borde del trampolín de tres metros, con la cabeza agachada, los ojos cerrados y tres palabras aporreándome el interior del cráneo.

Hacia dentro.

Encogido.

Hacia dentro.

Encogido.

Hoy está nublado. Hay un poco de niebla. La brisa matutina me acaricia los músculos, completamente en tensión, y me provoca escalofríos.

Levanto los brazos por encima de la cabeza y los dejo caer, inertes, a los lados. Hago girar los hombros para relajarlos y, tras inspirar profundamente, me coloco de nuevo en posición. De espaldas.

El número es el 401C.

Uno de los saltos más simples y aburridos.

Lo aprendí cuando tenía siete u ocho años y apenas pesaba lo suficiente para conseguir la altura que me permitía adoptar la posición encogida. El grado de dificultad es tan bajo que dejé de hacerlo en el instituto. «El jurado no te daría la máxima puntuación», había dicho el entrenador Kumar.

Y ahora aquí estoy. Con los deltoides temblándome y el corazón en la garganta. Al borde de las lágrimas.

«Si hacerte daño no es lo que te preocupa, entonces, ¿de qué tienes miedo?».

La voz de Sam es tan insistente y atronadora que solo conseguiré acallarla de una forma: me elevo y la ráfaga de aire sofoca cualquier otro sonido. El agua se traga todas mis dudas.

Cuando salgo de la piscina, veo a Bree tendiéndome la toalla.

—Ha sido un salto genial. En serio, Scarlett, tu entrada al agua es de las mejores que he visto. Apenas salpicas.

Me seco la cara con una sonrisa. Es la gemela más maja. La seria y reservada Bella sigue siendo un misterio para mí.

—Y has estirado del todo los dedos de los pies. Me encanta tu salto hacia atrás encogido.

Hacia atrás.

Encogido.

Casi se lo digo. Casi le confieso que no es el salto que pretendía ejecutar. Los entrenamientos son un jaleo; siempre hay varias saltadoras en la piscina y no tengo claro que alguien más aparte de los entrenadores se haya dado cuenta de que, en los dieciséis meses que han pasado desde mi lesión, no he conseguido poner en práctica ni un solo salto hacia dentro.

—Ven, Vandy. —El entrenador Sima me hace un gesto y yo me dirijo hacia él, mentalizándome para recibir un (¿amable?) recordatorio de que, si no consigo ejecutar un salto hacia dentro antes de que empiece la temporada, ya puedo ir despidiéndome de competir. «No intento meterte presión; bastante tienes ya encima... ¿Qué tal va la terapia?».

«Si hacerte daño no es lo que te preocupa, entonces, ¿de qué tienes miedo?».

—¿Has acabado ya los ejercicios? Ven a mi despacho un momento.

El corazón se me sube a la garganta. No es que el entrenador sea discreto precisamente. Le encanta burlarse de nosotras y hacernos pasar vergüenza. Cada crítica, corrección y diálogo se lleva a cabo en público.

El despacho es para cuando las cosas se ponen muy feas.

Tras asentir, impotente, me envuelvo con una toalla y lo sigo al interior. Me hace una seña para que tome asiento y cierro los ojos mientras él rodea su mesa. Para cuando se acomoda en la silla, yo ya me he tranquilizado casi del todo.

—Mira, Vandy, te va a costar asimilar lo que voy a decirte.

Trago saliva, pero tengo la boca seca.

—Ya lo sé —digo—. Lo sé y... estoy trabajando en ello. Mi psicóloga me ha enseñado unos ejercicios mentales que...

—¿Ejercicios? Ah, eso. No, tranquila. Quería comentarte otra cosa.

Frunzo el ceño.

—¿El qué?

—Victoria se queda fuera. Ya es oficial.

Me miro el regazo y tomo una profunda bocanada de aire; parpadeo para reducir la presión que noto en la parte posterior de los ojos. Sabía que podía ocurrir, pero oír las palabras en voz alta resulta tan devastador que me quedo sin aire unos segundos.

—¿Competirá el año que viene?

El entrenador niega con la cabeza. No me sorprende. Victoria podría estar de baja esta temporada y volver para un quinto año, ya que seguiría teniendo certificación NCAA, pero tendría que retrasar su graduación y en la *startup* donde hizo prácticas en verano ya le han ofrecido trabajo.

—La lesión es muy grave, Vandy.

Pues ya está. Victoria se ha pasado la vida entrenando; varias horas al día, todas las semanas, todos los meses del año. Se ha pasado la vida yendo de aquí para allá para participar en las competiciones. Ha acumulado un sinnúmero de moraduras y madrugones y ha tenido que decir mil veces: «Lo siento, no puedo quedar este finde». Y todo ha acabado por culpa de un puñetero hueco entre un trampolín móvil y una colchoneta.

Parpadeo unas cuantas veces. No tengo derecho a llorar. No he sido yo la que se ha lesionado.

—¿Lo saben las demás?

—Pen se lo está contando a las gemelas.

A las gemelas y... a nadie más. Porque solo quedamos cuatro. Es como si un tiburón nos hubiera arrancado una extremidad de cuajo. Aprieto la mandíbula.

—Es injusto de cojones.

—Esa lengua, Vandy. —Se recuesta en la silla y se pasa una mano por la cara. Me pregunto cuántas veces ha presenciado una situación como esta. Cuántas carreras se han visto truncadas. Cuántos saltadores han acabado con el corazón roto y no han llegado a desarrollar su talento—. Y sí, es la hostia de injusto.

Trago saliva y recupero la compostura. La que está sufriendo ahora mismo es Victoria, no yo.

—¿Sabe dónde está? Me gustaría ir a verla y…

—Vandy, te lo he contado aparte por una razón. Quiero que consideres la posibilidad de hacer pareja con Pen en salto sincronizado.

—¿Qué?

—No os queda demasiado tiempo para entrenar juntas, pero la cosa podría salir bien. A las dos se os da mejor la plataforma que el trampolín y tenéis casi la misma altura y complexión. Eso a los jueces les chifla.

—Mi salto hacia dentro…

—Oye. —Me mira fijamente—. Si para cuando empiece la temporada sigues sin poder ejecutar los saltos hacia dentro, tendremos problemas mucho más graves que el salto sincronizado.

Tiene más razón que un santo.

—No tienes que decir que sí. Ya sabes que Pen cumple de sobra en todas sus pruebas individuales y no le hace falta hacer sincro. Pero creo que tenéis potencial.

—¿Y qué pasa con…? No me hace ninguna gracia reemplazar a Victoria.

—Esto no es como cuando hay que sustituir a la vocalista de un grupo. Pen y tú ejecutaréis ejercicios propios. No estás reemplazando a nadie; ambas empezaréis de cero.

Me froto las sienes.

—Aun así, ¿cómo va a sentarle a Victoria todo esto?

Una triste sonrisa asoma a su rostro demacrado y redondo.

—La elección no es entre Victoria y tú, Vandy. Eres tú o nadie más.

CAPÍTULO 19

Es sábado y me toca darle caña al examen de acceso a la Facultad de Medicina.

Sin embargo, salgo del aula sintiendo que es el examen el que me ha dado caña a mí. Después, me tumbo boca abajo en el sofá mientras Maryam va apilando cada vez más libros de texto sobre mi culo. («JengAno, el juego de moda de este otoño»). No parece que se me esté dedicando el respeto que merezco después de pasar por semejante experiencia traumática.

No tendré los resultados hasta dentro de un mes, pero mi cerebro ha cortocircuitado tantas veces durante el examen que no creo que me haya salido muy bien. Podría volver a presentarme, pero las universidades igualmente verían la mala nota que he sacado en este, y la próxima convocatoria es en enero, durante la temporada de competiciones… ¿Por qué no recuerdo nada de lo que he puesto en la parte de análisis crítico y argumentación? Es un claro episodio de fuga disociativa. Mi cerebro no se acuerda, pero seguro que me he desmayado y he acabado restregándome contra el supervisor para rascar un par de puntos extra.

Siento como si mi cráneo estuviese lleno de avena, de la instantánea, apta para microondas. Sin embargo, en un sorprendente giro de los acontecimientos, tengo planes para esta noche.

—Eso es bueno, te distraerá y dejarás de pensar en el examen —dice Maryam con un brillo maligno en los ojos y una risita cuando ve que frunzo el ceño.

Sabe que sumarle agotamiento social a mi agotamiento académico solo va a dificultar aún más mi capacidad de permanecer lúcida. Seguro que está deseando pillarme dándole un morreo a la fregona en el pasillo.

—¿Por qué tienes cara de haber donado un trozo de páncreas al museo de órganos? —me pregunta Pen cuando me subo a su coche.

—Es una buena manera de definir cómo me siento ahora mismo.

Se echa el pelo hacia el otro lado de la cabeza.

—¿A que sí? Este año estoy haciendo varias asignaturas de escritura creativa.

Vamos a la fiesta de cumpleaños de las gemelas, que se celebra en casa de los gemelos Shapiro, con quienes siguen saliendo, por cierto. El coche de Pen es un acogedor revoltijo de vasos de granizados, envoltorios de barritas de proteínas y unos doce animales de ganchillo mal hechos colgando del retrovisor.

—Me los teje mi prima pequeña, y sí, soy consciente de que dificultan la conducción, Luk me lo ha hecho saber en repetidas ocasiones. —Me sonríe mientras suena una lista de reproducción de K-pop—. ¿Te encuentras mal?

—No. Acabo de hacer la prueba de acceso a la Facultad de Medicina.

—¿Cuál es la…? ¿Es ese examen que dura siete horas?

—Sip.

—Dios mío. Lukas lo hizo el año pasado. —Sale del aparcamiento—. Se quedó frito después.

—Empiezo a sospechar que forma parte de una conspiración de la industria farmacéutica para obligarnos a ir al psiquiatra. —Me vuelvo a apoyar en el reposacabezas y, aunque no tengo motivos para preguntar, lo hago igualmente—: ¿Le fue bien a Lukas?

—Creo que sí. —Mira las indicaciones del mapa en el móvil—. Dijo que estaba «satisfecho», lo cual es algo inaudito. Creo que sacó un 525 de nota.

Casi me ahogo con mi propia saliva. Me cago en Lukas Blomqvist y en su 525. La nota máxima que se puede sacar es un 528. ¿Es mucho pedir que un medallista de oro olímpico, que además es bilingüe, no saque una de las mejores notas que se pueden sacar en el examen que a mí me acaba de salir fatal?

—En realidad, estoy segura de que sacó eso, porque lo celebramos y… hubo sirope de chocolate de por medio. Idea mía, por supuesto.

Me mira de reojo, orgullosa, y yo no puedo evitar soltar una carcajada, aunque mi interior se retuerce por algo que no sé identificar: una mezcla primitiva y turbia de celos académicos, cierto morbo y nostalgia al recordar que yo antes también tenía a alguien con quien compartir las victorias.

—Oye, ¿puedo decirte algo? —Si pretende detallar el trío entre ella, Lukas y un ingrediente más propio de los helados, quizá tenga que pedirle que pare el coche—. ¿De compañera de sincro a compañera de sincro? —añade.

Ah, es verdad. Ahora tengo un nuevo punto que añadir a mi lista titulada «Cosas en las que es probable que fracase». Asiento a pesar de sentirme como una impostora.

—Tengo una cita. —Da golpecitos de emoción en el volante—. Mañana.

—¿Con...?

—Un tío que conozco de la clase de Microeconomía Avanzada. Es un NO-DEPO.

El acrónimo tarda un segundo en hacer clic: persona no deportista.

—¿Primera cita?

Aprieta los labios.

—Llevamos un tiempo viéndonos, en realidad. Más que nada como amigos. Y siempre fuera del campus. Intento ser... prudente, ya sabes.

—¿Para evitar a tus amigos y a los de Lukas?

—Mmm... Sí, eso también. —Se pone a jugar con un mechón de pelo.

—¿Está en el último curso?

Su silencio se prolonga tanto que empiezo a creer que no me ha oído. Estoy a punto de repetir la pregunta cuando dice:

—En realidad, era mi profesor. —Y se apresura a añadir—: Bueno, el profesor adjunto, porque está sacándose el doctorado y solo tiene como tres años más que yo y ya terminé esa asignatura y es muy guapo y lleva el pelo largo y se lo ata siempre en un moño, lo cual es mi debilidad por alguna razón que ni siquiera comprendo, y... —Se detiene y me lanza una mirada suplicante, como si esperara que le dijera que no es para tanto.

Permanezco en silencio. Cojo su teléfono.

—¿Vandy? Por favor, di algo.

No digo nada. En lugar de eso, abro su aplicación de Spotify y voy bajando.

—No considero que esté haciendo nada inmoral. —Su voz suena más aguda de lo normal—. Siempre me ha gustado. Fui yo quien se acercó a él. No me estoy aprovechando para que me ponga buenas notas ni nada de eso.

Dejo el teléfono justo cuando empiezan a sonar los tambores de *Hot for Teacher*, de Van Halen.

—Dios mío. —Se gira hacia mí exhalando una risa de indignación—. Vandy, te odio tanto.

Hago un mohín.

—¿Porque yo no puedo ponerte buena nota en los deberes de Macroeconomía?

—Es «micro» y... —Me da un manotazo en el brazo—. ¡Ay, por favor!

Suspiro con dramatismo y me doy golpecitos en la barbilla con el dedo.

—Quizá debería avisar a la señora Sima...

—¿De qué?

—De tu apetito insaciable cuando se trata de pedagogos con los que te llevas un par de siglos, por supuesto.

Estalla en una nueva carcajada y, para cuando llegamos a la fiesta, la canción ya ha sonado dos veces y a ambas se nos han saltado las lágrimas de la risa.

CAPÍTULO 20

Algunos atletas son capaces de tener una buena nota media, hacer deporte a diario, mantener relaciones sociales satisfactorias y asistir a eventos emocionantes que dan lugar a sólidas amistades para toda la vida.

Yo no soy una de ellos.

En el instituto, mi frase preferida era «lo siento, estoy ocupada», hasta tal punto que un montón de gente del grupo de amigos de Josh se quedó boquiabierta cuando acudí al baile de graduación con él. Aún recuerdo el nudo que se me hizo en el estómago cuando fui al baño y los escuché decir entre risas: «¿Es que esta noche no tenía otra cosa supermegaimportantísima que hacer?».

No me lo tomé como algo personal. Josh era extrovertido y amable y tenía muchos amigos a los que nunca me molesté en conocer. Probablemente pensaban que yo no era más que otra deportista con complejo de superioridad, y puede que estuviesen en lo cierto. En aquel momento, me sentía invencible, como si mi única obligación fuera cosechar los frutos de mi esfuerzo. Sentía que tenía el control, una armadura de wolframio, y que la gente que se burlaba de mi dedicación al deporte o a los estudios o a rendir al máximo nunca iba a traspasar mis defensas.

Pero esas defensas hace mucho que desaparecieron, arrasadas por el tiempo, las lesiones y la dolorosa constatación de que merecer y conseguir son dos cosas completamente distintas. Cuando sigo a Pen por el pasillo de casa de los Shapiro y veo que Kyle me mira asombrado, me siento un poco vulnerable.

—¿ScarVan? —grita por encima de la música pop—. ¿En una fiesta? —Suena como un bibliotecario especializado en la sección infantil que ve aparecer a Judy Blume sin previo aviso: feliz pero desconcertado.

—¿Así me llama la gente? —le pregunto a Pen al oído.

—¿La gente? No. ¿Kyle? Sí. Yo fui PenRo durante la mitad del segundo curso. Procura que no se dé cuenta de que no te gusta o te lo adjudicará para el resto de tu vida y saldrá hasta en tu esquela, porque sí, también se las apañará para hacer un discurso el día de tu entierro. Es así de bueno.

Me tomo ese consejo a pecho y esbozo mi mejor sonrisa.

—Hola, Kyle.

—Mírala. —Sus ojos recorren mi sudadera y mis pantalones cortos—. Hace años que no te veo de paisana.

—Estaba guardando el periodo de luto acorde con su religión —responde Pen con solemnidad.

Kyle se lleva una mano a la nuca. Eso le ha pillado por sorpresa.

—Hostia, lo siento. ¿Puedo preguntar quién ha… fallecido?

—No, no puedes —lo regaña Pen.

Él hace una mueca, le roba una lata de Budweiser sin abrir a uno de primero que pasa por allí y me la pone en la mano.

—Toma. Que te mejores, ScarVan.

—No te rías —me murmura Pen al oído mientras me pellizca la cadera—. Kyle, ¿has visto a Luk?

—Está con Hasan en el salón hablando de fútbol, no del americano, claro, sino del otro, del más aburrido. Se respira un aire tan europeo ahí dentro que he tenido que salir antes de que mi polla se convirtiera en un bidé.

—Hasta luego, KyJess. —Pen me coge de la mano y me arrastra al interior de la casa. Debe de haber unas treinta o cuarenta personas y, aunque probablemente solo me sepa el nombre de una quinta parte, la mayoría de las caras me resultan familiares—. Han venido todos los del equipo de natación —me dice con una sonrisa, como si fuera algo bueno.

Y supongo que lo es. Están muy unidos. Salen todos los fines de semana cuando estamos en pretemporada. Es bonito, lo que pasa…

—Ahí está Luk —añade tirando de mí a través de esa multitud de cuerpos que desprenden demasiado calor.

Está en el sofá con Rachel y más gente, con un botellín de cristal oscuro en la mano, totalmente concentrado en lo que dice Hasan. Se ríe y mueve la cabeza gesticulando mientras explica algo. El recuerdo de su mano sobre mí es tan visceral que el estómago me da un vuelco.

—Voy al baño —le digo a Pen—. Enseguida vuelvo.

No estoy de humor para esto. Y con «esto» me refiero a la forma en que Lukas me mira, como si pudiera ver el papelito arrugado que tengo escondido en un rincón de la cabeza, ese en el que escribo mis secretos; como si pudiera cogerlo y abrirlo para leer hasta la última palabra.

Me pone nerviosa. Y me pone a secas, pero prefiero no hablar de eso.

Entro en la cocina. Muchos chicos del equipo de natación sonríen y me saludan, pero me doy cuenta de que, o bien no acaban de ubicarme, o bien se sorprenden de verme. Doy un trago de cerveza intentando no montarme una película a partir de las microexpresiones de la gente que acabe por convencerme de que todos me odian. Ojalá fuera posible buscar en Google a quién le caigo mal.

¿Cuándo fue la última vez que fui a una fiesta? Tal vez la semana de las jornadas de reclutamiento, cuando un estudiante del último curso me puso un cubata en la mano y me dejó allí aterrorizada, en parte por el miedo a que alguien les chivara a los entrenadores que me había visto bebiendo y, a su vez, preocupada por que... se chivaran también, pero de que había sido lo bastante tonta como para no beber.

Bree me encuentra un minuto después, le deseo feliz cumpleaños y le devuelvo el abrazo que me da.

—Me alegro mucho de que estés aquí —me dice—. Bella está devastada porque Victoria no va a venir.

—Yo también me alegro mucho de estar aquí.

No es cierto, pero pasar los siguientes veinte minutos charlando con ella ayuda. Durante el cuarto de hora que transcurre a continuación, me pongo a charlar con un nadador que el curso pasado vino de visita con el instituto y estuvo acompañándome en clase de Química, aunque está claro que va detrás de otro chico del equipo, y llega un momento en el que resulta obvio que me estoy interponiendo en su camino, así que uso la misma excusa que antes y digo que voy al baño. Arriba encuentro una pequeña terraza acristalada y me desplomo en una silla Poäng de IKEA, el mismo modelo exacto que la que montamos Maryam y yo el año pasado durante una macabra comedia repleta de errores que casi se convierte en un caso de asesinato doble. No me puedo creer que hayamos conseguido superarlo.

Echo un vistazo al móvil y ahí es cuando la cago. La vida social de Herr Karl-Heinz debe de ser tan activa como la mía, porque hace cuatro minutos ha publicado los resultados del último examen de Alemán. Sé que no es momento de mirarlo, pero lo hago igualmente y me arruino lo que queda de día.

Porque es un seis. Con un mensaje:

> Scarlett, ¿puedo llamarte Scharlach? Avísame si quieres que hablemos de cómo mejorar tu rendimiento. Me encantaría verte triunfar y no debemos tener miedo de pedir ayuda. *Viel Glück!*

Cruzo las piernas sobre la Poäng y hundo la cara entre las manos.

Hasta no hace mucho, no necesitaba que nadie me ayudara.

Era una saltadora competente.

Tenía novio y sacaba buenas notas.

Hasta no hace mucho, lo tenía todo bajo control. Y supongo que entonces escogí mover el libro que no tocaba de la torre del JengAno, porque todo se ha derrumbado y...

—¿Una mala noche?

No me hace falta levantar la vista para saber que es Lukas, pero lo hago de todos modos. Odio el rubor que se instala de inmediato en mis mejillas. Este hombre ocupa todo el marco de la puerta de una forma que me cuesta comprender: ominoso, a contraluz, con las líneas de su rostro exageradamente atractivo marcadas. Apoya los musculosos brazos en ambas jambas y veo que vuelve a ir descalzo, aunque no nos han pedido que nos quitáramos los zapatos al llegar.

—No, todo bien, es que...

Enarca una ceja, inquisitivo, y yo me callo.

—Pen te estaba buscando —me informa.

—Ah, ¿sí? ¿Te ha dicho...? ¿Es que ya nos vamos?

—Solo quería saber cómo estabas. —Sus labios se curvan un poco—. Se pone en modo protector contigo.

Últimamente ha sido un sol, la verdad. Me ha tendido la mano y se ha hecho cargo de mí. Me pregunto por qué ha sido Lukas quien ha venido a buscarme. Como siempre, me lee la mente.

—Yo solo me estoy escabullendo para evitar que me ofrezcan coca por tercera vez esta noche.

—A los agentes antidopaje les encantaría.

—Me he planteado hacerme una raya solo para darles algo de lo que hablar.

Me río por lo bajini. Parte de la tensión se disipa.

—Iba a volver abajo dentro de nada. Es que… estoy cansada, creo.

—Suele pasar cuando te presentas al examen de acceso a la Facultad de Medicina.

¿Cómo lo…?

—¿Te lo ha dicho Pen?

—No, me lo dijiste tú.

—¿Cuándo te he…? Ah. —El miércoles. Ese día. El día que me tocó—. Es una barbaridad.

—Sip.

—Siento que podría dormir cien horas seguidas.

—¿Hipérbole?

Resoplo.

—Esta vez no.

—Me lo imaginaba. ¿Crees que te ha salido bien?

—Creo que preferiría arrancarme el hígado como Prometeo antes que volver a presentarme, así que más me vale. Aunque lo dudo. Y luego he visto que he sacado un seis en el examen de Alemán —añado, aunque no debería porque no me lo ha preguntado.

Intento sonar desenfadada, como si no me importara demasiado mi reciente incapacidad para… funcionar.

Cómo no, Lukas se da cuenta.

—Muchas facultades no exigen idiomas extranjeros para estudiar Medicina, Scarlett.

Me resulta tan cautivador escuchar mi nombre en su boca, distorsionado por su acento.

—Pero queda bien en el currículum.

—También una nota media casi perfecta.

—No tengo...

—Sí, sí que la tienes.

Me muerdo el labio.

—¿Cómo sabes que...?

—No lo sé. Pero sí sé que no eres de las que pasan de esas cosas.

Asiento. Quiero que se vaya... o que termine de entrar, una de dos. La forma en que se mueve por la frontera entre esas dos opciones es desconcertante. Todo él es desconcertante.

—¿Por qué lo hiciste? Lo del miércoles.

La pregunta la hace más la Budweiser que yo. Pero después de que se quede flotando en el aire, me doy cuenta de lo mucho que necesito escuchar la respuesta. Como finja no saber de qué hablo, juro que voy a gritar. Un sonido salvaje y despiadado saldrá de mi garganta y hará que todas las personas que hay en esta casa vayan a por un cuchillo y suban en estampida. Será tan liberador...

Lukas, sin embargo, no me da el gusto.

—Porque me dio la sensación de que... tenías necesidad de contacto físico.

Parpadeo una vez. Quizá dos.

—Y de que estabas muy sola.

Se aparta del marco y por fin entra en la habitación. Mi cerebro zumba y luego se queda en blanco.

—Y un poco hambrienta, también. —No está hablando de comida.

—Tú... —Niego con la cabeza. ¿Dónde tiene el filtro? ¿Nació sin? ¿Cómo pudo Pen acostumbrarse a esto?—. Ni siquiera me conoces.

—Así es. Igual que el resto de la gente que hay aquí hoy, lo cual demuestra que estoy en lo cierto. —Se detiene a unos metros de mí y la habitación se reduce a la mitad de su tamaño original.

Me encuentro en una especie de bifurcación. Podría jugar la carta de la indignación y el desdén soltando un «pero ¿tú quién coño te crees que eres?», y estaría en todo mi derecho. Sin embargo, estoy tan cansada que solo quiero entenderle.

—Tu forma de comportarte conmigo, lo que hiciste el miércoles... ¿es algún tipo de juego? No logro entender si es que estás tirándome la caña o solo... ¿Todo esto viene porque no acepté la oferta que me mandaste por correo? ¿Estás tratando de convencerme de que cometí un error?

—No tengo ningún interés en eso. —Debo de parecer escéptica, porque añade—: Lo que quiero de ti requiere un consentimiento entusiasta, no «convencerte».

Me froto los ojos con el pulgar, intentando desenredar este embrollo.

—¿Quieres utilizarme para vengarte de Pen por haber roto contigo?

Mi pregunta le hace gracia.

—No sería una venganza muy eficaz, ya que ella fue la primera en sugerir que lo hiciéramos.

—¿Es una cuestión de ego, entonces? ¿Soy la primera persona que te rechaza? Sé que con tantas medallas y con lo atractivo que eres... Pero la cosa es que no todas las chicas se pueden sentir atraídas por ti y...

—Pero tú sí.

Esta vez se me escapa un grito ahogado.

—Venga ya. —No puede evitar esbozar una sonrisilla—. Siempre te sonrojas y te pones nerviosa cuando estoy cerca. A veces te empeñas en esquivarme la mirada y otras no puedes evitar quedarte mirándome.

—Solo soy una persona tímida y rara que...

—Sí que lo eres. Y también te incomodan los hombres. Esto, sin embargo, es diferente. No hace falta tener un ego estratosférico para percatarse, sobre todo cuando tu cara es... Digamos que no se te da bien ocultar lo que piensas, Scarlett. Cuando no sabías ni que existía, me daba cuenta, y cuando te empezaste a fijar en mí, también.

Noto un nudo en el estómago y tengo tantas ganas de negar esas acusaciones que me pica la garganta. En lugar de eso, escondo la cara detrás de las manos y finjo que todo esto, las dos últimas semanas, los dos últimos años no han ocurrido. Me voy a dormir aquí mismo, acunada por la dulzura de la Poäng, y despertaré en primero de carrera, el día de las finales de la NCAA.

Rebobinaré. Haré bien ese salto hacia dentro, no me cortaré el flequillo de esa forma imposible de domar y nunca sabré de la existencia de Lukas Blomqvist.

Quien en este momento me está agarrando las muñecas y tirando de mis manos hacia abajo.

Se arrodilla frente a mí, aunque sigue siendo imponente. No es que yo sea una criatura de huesos finos, frágil como un pajarito, pero sus manos ocupan todo mi antebrazo y una sensación cálida me sube por la espalda. La cosa empeora cuando me agarra ambas muñecas con su mano derecha y, con la otra, utiliza el nudillo del dedo índice para levantarme la barbilla y obligarme a mirarlo a los ojos.

Espero ver triunfo, tal vez algo de regodeo. No una cara de desconcierto seguida de:

—¿Por qué te avergüenzas?

Suelto un gruñido.

—¿Quizá porque no quiero alimentar la arrogancia de cierta persona?

—No es por eso.

Cierro los ojos con fuerza.

—Es que nunca me ha pasado.

—¿El qué?

Trago saliva. Toda esta conversación es muy… atrevida.

—Nunca me he sentido atraída por alguien por quien casi todo el universo se siente atraído.

—¿Crees que me importa si la gente se siente atraída por mí? —Parece casi ofendido por la idea, pero…

—¿Sí?

—¿Por qué iba a importarme?

—Pues… ¿porque sí?

—No, en serio. —Su acento suena ahora un poco más marcado—. ¿Por qué me debería importar que «todo el universo» se sienta atraído por mí? ¿Qué gano yo con eso?

—La certeza de que el saco de piel y carne con el que caminas por este nuestro mundo les resulta agradable a los demás y que quieren…, no sé, ¿acostarse contigo, por ejemplo?

Apoya la palma de la mano contra un lado de mi cara, de forma que el pulgar queda justo debajo de mi labio inferior.

—Vamos, Scarlett. —Esboza una sonrisa torcida—. Sabes perfectamente con quién quiero acostarme.

Su voz grave me enciende. No deja lugar a dudas sobre a quién se refiere.

—Mírate bien. —Su expresión se suaviza hasta volverse casi tierna—. ¿De verdad te cuesta creer que pensara que estabas falta de caricias?

No puedo respirar.

—¿Cómo lo supiste?

—No tengo ni idea, pero, cuando te miro, siento que te conozco, que te entiendo. Y cuanto más te observo, más veo lo duro que trabajas. Veo que te esforzabas tanto porque valía la pena, hasta que dejó de hacerlo. Veo lo poco que te gusta el caos. Veo que quieres tener el control en todos los aspectos de tu vida y, sin embargo, te desmoronas con facilidad. Y esto fue antes de saber que eras una pervertida de la hostia.

Me acaricia el labio inferior con la yema del pulgar y noto una descarga de calor por todo el organismo. Inhalo y el aroma a sándalo, cloro y cerveza me inunda los pulmones y el cerebro.

—¿Sabes lo que me trae de cabeza? —Debe de ser una pregunta retórica, porque continúa—: Que estás a gusto conmigo. Dudo que te hayas dado cuenta, pero tiendes a acercarte más a mí cuando hay gente cerca. A veces me buscas entre la multitud, quizá para tranquilizarte. Y ahora mismo que estamos solos, no hay señales de incomodidad. En algún momento elegiste confiar en mí. Entiendes por qué eso me pone tanto, ¿verdad? —Su voz es un lento redoble que empieza en su pecho, pasa por nuestras extremidades y acaba en el rojo de mis mejillas y la humedad que tengo entre las piernas.

Para la gente como yo, como él, como nosotros, la confianza es lo más importante.

Asiento, confusa.

—Joder, menos mal —exhala, y, sin querer, separo los labios contra su pulgar.

Eso le da una idea, o quizá ya lo tuviese planeado desde el principio. Me mete el dedo en la boca y lo engancha contra mis dientes, caliente, grande y salado sobre la superficie de mi lengua. Suelto un jadeo ahogado y lo siento dentro de mí como una corriente eléctrica. Ahora mismo, Lukas podría hacerme lo que quisiera y yo le dejaría. Empujar el pulgar más adentro, levantarse, desabrocharse el cinturón y los pantalones, agarrarme de la nuca y…

Se echa hacia atrás y es como la primera zambullida en los entrenamientos matutinos: el agua helada me azota la piel y me despeja. Se levanta y se aleja para volver a apoyarse en el marco de la puerta. Tiene los brazos cruzados sobre el pecho, despreocupado, impasible. Y yo estaba, quizá aún estoy, dispuesta a hacerle de todo. Con la puerta abierta. Con treinta o cuarenta personas en el piso de abajo. Solo le habría hecho falta pedírmelo.

La vergüenza sobrepasa la excitación.

Supongo que estoy así de desesperada. Supongo que tampoco es tan mala idea saltar delante de un camión en marcha.

—Vale. —La voz de Lukas me saca del bucle de autoflagelación. Se muestra autoritario. Como si estuviese tomando decisiones. Estableciendo plazos—. Hay que... Esto es lo que vamos a hacer. Tienes dos opciones. No digas nada y no volveré a sacar el tema. Tú y yo nos veremos en el Avery, trabajaremos juntos en el proyecto de Olive, lo que quieras, pero esta conversación y las anteriores nunca habrán ocurrido. Pen nunca se habrá emborrachado ni me habrá contado lo tuyo. Nunca me habré fijado en ti. Nunca te habré tocado.

«No volveré a sacar el tema», ha dicho. «El tema». Qué palabra tan vaga. Y, sin embargo, entiendo perfectamente a qué se refiere.

—¿Cuál es la alternativa? —pregunto, sorprendida de lo firme que suena mi voz.

—Pídemelo y... —Su mandíbula se tensa. Me maravilla el juego de luces que hay en sus pómulos—. Estableceremos una hora y un lugar para vernos. —Es un movimiento sutil, pero noto que aprieta el puño que tiene medio escondido debajo del codo. Veo que se le ponen los nudillos blancos. Es una señal, una promesa. Y a mí se me eriza la piel—. Y negociaremos.

Me da el tiempo necesario para responder, incluso un poco más. Se encorva en una posición perezosa, serena, y me sorprenden las ganas que tengo de decir algo, lo difícil que resulta. No puedo pensar con claridad por lo fuertes que suenan los latidos de mi corazón. Por la extraña mezcla entre miedo a cometer un error, miedo a no cometerlo y miedo en general, ese que siempre está ahí, justo debajo del esternón.

Me da el tiempo necesario y, al ver que me quedo mirándolo en un silencio cargado de impotencia, es fiel a su palabra. Hay un momento de crispación, pero se esfuma enseguida. Su sonrisa es amable.

—Nos vemos por ahí, Scarlett.

Y se va, caminando descalzo, tan confiado como cuando llegó.

Yo, no obstante, soy una cobarde.

Me martirizo por ello durante cinco minutos y tardo otros diez en serenarme lo suficiente para volver abajo. Las luces se han atenuado y la fiesta se ha concentrado en el salón, alrededor de una tarta decorada con demasiadas velas, todas ellas encendidas.

—¿... ha sido el proceso mental para llegar a esta conclusión? —pregunta alguien.

—No sé... Como Bree va a cumplir veintidós y Bella va a cumplir veintidós...

—¿Has puesto cuarenta y cuatro velas en el pastel?

—La cosa no va así, Devin.

Kyle le da una palmada en la espalda a Devin.

—Vamos, Dale, deja que el chico ponga en práctica sus conocimientos en matemáticas.

—¿Ya ha llegado la hora de cortar esa tarta tan increíble? —pregunta una chica a mi lado.

No hay bastantes sillas para todos, así que Pen está sentada en una de las piernas de Lukas, inclinada hacia delante mientras charla con Rachel. Lukas vuelve a estar hablando con Hasan. Es como si nunca se hubiera ido.

Tonta, me digo. *Tonta, tonta, tonta.*

—En realidad, hay una sorpresa que llevamos tiempo preparando. —Devin despeja el centro de la sala y mira a Kyle, cuyo teléfono está listo y esperando la señal.

—Tenemos una coreografía para ti —anuncia Dale.

La sala se llena de vítores, gritos, silbidos y aplausos. Bree se pone en pie y casi vuelca la tarta.

—¡Madre mía! ¿La canción es de BTS?

Más gritos de emoción.

—Me muero de ganas de que el entrenador me pregunte cómo se han lesionado el cuádriceps —comenta Lukas.

—Con que omitas la parte de BTS me conformo —contesta Hasan—. Prefiero que le digas que estábamos haciendo un baile erótico.

—Callaos, pringados —ordena Pen—. ¡Esto va a ser lo más!

—Gracias, Pen. —Dale le hace un saludo militar—. Por tu apoyo y por dedicar una infinidad de horas a ayudarnos a perfeccionar el baile. Eres una amiga de diez, no como tu novio y su novio.

—No hay de qué, chicos, ha sido un placer.

Lukas y Hasan intercambian un asentimiento de cabeza y...

Siempre estoy al margen de todo, siempre ajena a lo que ocurre a mi alrededor. Nunca me ha importado. Pero esta noche, viendo a Lukas reír con los demás, una sensación de avaricia se abre paso en mi estómago.

«Y un poco hambrienta, también», ha dicho antes. Pero creo que es más que «un poco».

Es posible que esté famélica.

Comienza la música y también algunos pasos cuestionables. Risas. Casi todo el mundo saca el móvil y yo hago lo mismo. Excepto que no es para grabar. Ni siquiera estoy prestando atención al baile. En lugar de eso, abro un correo electrónico que lleva días en mi bandeja de entrada, escribo tres palabras y respondo:

¿Cuándo y dónde?

Devin y Dale mueven las caderas. El móvil de Lukas se enciende en la mesita de centro. Veo que mira la pantalla una primera vez, distraído. Luego vuelve a mirar cuando se da cuenta de lo que está leyendo.

Ni siquiera tiene que buscarme entre la multitud. Su mirada se alza para encontrarse con la mía y, cuando veo que asiente, por fin consigo sonreír de verdad.

CAPÍTULO 21

Los lunes por la mañana en la piscina suelen ser tranquilos, solo hay atletas que se reponen lentamente tras el día de descanso. Este lunes por la mañana, sin embargo, el ambiente en el centro acuático es más denso que la niebla.

—Habrá recortes para el equipo de natación —me explica Bree con el rostro pálido y el ceño fruncido mientras se envuelve la muñeca con esparadrapo—. Están ultimando los detalles ahora.

—¿Ya?

—A mí también me pilla por sorpresa todos los años.

En los vestuarios, la alegría de los nadadores parece forzada, y me pregunto cómo se las arreglan. ¿Soy la única que llora en la ducha, que siempre siente que le falta el aire y que abre la nevera con la esperanza de descubrir un portal mágico que la lleve a un mundo parecido al de Narnia en el que los deportes de competición están prohibidos?

Y el alemán también.

De camino al comedor para ir a desayunar, oigo:

—Scarlett. ¿Tienes un momento?

Es Lukas, cómo no. Nadie más me llama por mi nombre. Me paro en el vestíbulo del Avery e intento no sonrojarme ni pensar en cuántas veces comprobé ayer las notificaciones del móvil, el correo electrónico y mi buzón físico, esperando a que se pusiera en contacto conmigo. Maryam me preguntó si había esnifado pegamento, lo cual dio lugar a una discusión de veinte minutos sobre si la Agencia Antidopaje de los Estados Unidos lo consideraría reprobable.

Podría fingir que, en algún momento de estas últimas veinticuatro horas en las que me ha estado ignorando, he cambiado de opinión, pero lo más probable es que acabase riéndose en mi cara.

—Claro. —Me acerco. Le observo el pelo, aún húmedo después del entrenamiento. Las pecas que se le esparcen por la nariz y los pómulos. La camiseta de compresión que lleva les sienta de maravilla a sus brazos, y más aún a su pecho—. ¿Todo bien?

—¿Conoces a Johan? —Señala al chico que está a su lado, al que conozco como «el Otro Sueco». Por su aspecto físico, podría perfectamente ser el primo de Lukas, solo que rubio.

—Hola, me llamo Scarlett, encantada de conocerte. —Sonrío y le tiendo la mano.

Él me la estrecha mientras responde:

—Yo también me alegro de verte, pero ya nos conocemos.

Mierda.

—Ah. Mmm, claro, por supuesto, yo…

—No te lo tomes como algo personal, Johan. Conmigo le pasó lo mismo, no se acordaba de que ya nos habíamos conocido. —La sonrisa de Lukas, entre burlona y tierna, me saca los colores.

Johan y él mantienen una breve conversación en sueco que termina con un gesto de asentimiento por parte de Johan. Luego me sonríe como si fuéramos conocidos que han interactuado más de una, no, de dos veces. Como si supiera ciertas cosas sobre mí.

Los miro torciendo el cuello. Podrían haber hablado de las economías bursátiles, de cuáles son sus pentámetros dactílicos preferidos o del tamaño de mis tetas; no tengo forma de saberlo. ¿Es posible que haya oído la palabra «trol»?

—¿Qué acaba de pasar? —le pregunto a Lukas después de que Johan se haya ido.

—Me ha preguntado si estábamos saliendo.

¿Sabe que Lukas y Pen lo han dejado?

—¿Y qué le has dicho?

—La verdad.

—¿Qué verdad?

Empiezo a sospechar que todas las conversaciones terminan cuando Lukas Blomqvist lo decide, porque no me da una respuesta. En lugar de eso, se mete la mano en el bolsillo y me tiende una hoja de papel doblada por la mitad y luego por la mitad de la mitad. La abro y…

Dios mío de mi vida.

Con las mejillas al rojo vivo, la aprieto contra el pecho. Justo encima de mi corazón, que se está acelerando por momentos.

—¿Sabes lo que es? —me pregunta como si estuviera hablando de calcular un orbital molecular y no de…

—¡Adiós, Luk! —Un grupito de nadadores pasa junto a nosotros.

—Hasta luego, Sueco —añade otro que va detrás de ellos.

—Buen trabajo hoy, chicos —contesta Lukas. Luego, sin dejar de mirar a sus compañeros, me dice en voz baja—: Respira, Scarlett.

Lo intento. De verdad que sí, pero no es fácil.

—Esto vamos a tener que trabajarlo —añade.

—¿El q-qué?

—Tu tendencia a dejar que los órganos vitales se te paren cada vez que ocurre algo inesperado. Tus neuronas no podrán soportar tantos episodios anóxicos.

Estamos en medio del vestíbulo de nuestro lugar de trabajo. La voz de Lukas es grave y cordial. Y en mi mano…

En mi mano hay una lista de las cosas más guarras que me pueda imaginar.

—¿Sabes lo que es? —repite paciente.

Asiento, obligándome a respirar hondo. *Toma, cerebro, un poquito de oxígeno, glucosa y… ¿porno?*

—Me suena, sí. —Lo que pasa es que me ha pillado por sorpresa. Y no es culpa mía si lo primero que he leído ha sido «beso blanco». Es un cambio radical lo de pasar de hablar de sexo en términos muy vagos a sostener un trozo de papel que proclama con orgullo que él quiere dominarme y yo ser su sumisa.

—¿Has compartido alguna vez un listado como este?

—Pues no, la verdad. —Lo cierto es que los he investigado. Y los he leído de cabo a rabo. Incluso me llegué a plantear si debía mostrárselos a Josh. Y entonces me di cuenta de que alguien que se resistía a la idea de usar pinzas para los pezones probablemente no disfrutaría leyendo una lista de BDSM que incluye cosas como el *fisting* anal, la doble penetración y los cinturones de castidad—. No.

—¿Te parece bien si lo hacemos así?

—Sí.

«Muy *Cincuenta sombras*», diría Pen con una sonrisa burlona.

Pen. Dios santo. ¿Su versión sobria también estará de acuerdo con todo esto?

—Mándame un mensaje cuando termines de rellenarlo. —Habla como si estuviésemos haciendo negocios.

—¿Y el tuyo?

—Yo ya he rellenado el mío.

—¿Puedo verlo?

Esboza una de esas sonrisas torcidas.

—¿Estás intentando copiarme los deberes?

—Bueno, me ayudaría.

—Y te ahorraría el calvario de tener que admitir cuáles son tus verdaderos gustos, ¿no?

Tiene toda la razón. Y me muero de vergüenza por haber preguntado.

—Vale. Mmm..., gracias por darme esto. Te avisaré cuando termine.

Hago ademán de irme, pero un dedo se mete por la trabilla de mis vaqueros y tira de mí hacia atrás. Ahora estamos más cerca.

—Eh —dice con suavidad—. Solo quiero saber qué necesitas, Scarlett. Y si voy a ser capaz de dártelo.

«Debería ser conmigo».

—¿Y qué pasa si...?

—Escúchame. —Me levanta la barbilla con el pulgar y el índice. Sus ojos son de un azul demasiado bonito para ser real—. Me he pasado los últimos años con una persona a la que esto no le interesaba nada de nada, así que estoy bastante curtido en lo de lidiar con alguien cuyos gustos sexuales son diferentes a los míos. Puedo soportar que no quieras las mismas cosas que yo y nunca te juzgaré por tus gustos. Joder, algunas de las cosas que me gustan a mí... —Suelta una risa irónica y se pasa la mano por el pelo, despeinándoselo un poco.

Se me ocurre que quizá a él también le cueste confesarlo. Que ambos hemos tenido malas experiencias a la hora de ser sinceros con lo que nos pone cachondos. Y lo que es más importante, que igual que yo quiero saberlo todo sobre sus deseos, es normal que él quiera lo mismo.

—De acuerdo. —Mi sonrisa es tímida pero sincera—. Lo haré lo antes posible.

—Tómate tu tiempo. Piénsalo bien.

Resoplo.

—Me siento como si esto fuera un trabajo en grupo y yo la que no sabe ni de qué va la clase, la última en terminar su parte.

—Mmm, bueno, no es del todo incorrecto.

Uso el dedo índice para hacerle cosquillas en el costado y, por un instante, no puedo procesar lo que estoy sintiendo. Sus sólidos oblicuos, la manera en que mi dedo no consigue hundirse lo más mínimo, la descarga de calor.

Porque sí, es posible que él me haya tocado a mí, pero yo nunca lo había tocado a él. Y Lukas también es consciente de ello, porque el silencio que sigue se alarga, espeso como la melaza.

—¿Cómo llevas Alemán? —pregunta en voz baja.

Agacho la cabeza. Escucho su risita suave y profunda.

—Tan mal como el resto de las asignaturas. No se me dan bien estas cosas.

—¿Qué cosas?

Hago un gesto vago.

—¿Pronunciar «Foucault»? ¿Sumergirme en el mercado de las ideas? ¿Distinguir las diferentes olas de feminismo? ¿Opinar? —Me encojo de hombros—. Hacer un análisis textual es mucho más difícil que entender la diferenciación logarítmica.

Se queda mirándome como si le pareciera..., madre mía, ¿como si le pareciera mona? No soy muy fan de esa mirada condescendiente. Al menos no debería. Estoy hecha un lío.

—¿Hay algo que pueda hacer para ayudarte? —ofrece.

—No lo sé. ¿Hablas alemán?

—A pesar de lo que los estadounidenses creéis, Europa no es un país donde todo el mundo habla...

Levanto poco a poco el dedo corazón para hacerle una peineta y se echa a reír como si le hubiera dado exactamente lo que quería. Luego hay otro silencio, más breve, más ligero, hasta que dice:

—Vale, quedamos así. Me escribirás cuando lo tengas. —No es una pregunta, pero asiento y noto que me invade una cálida y palpitante expectación que tiene tanto que ver con la lista como con... No estoy segura—. Venga, vete, Scarlett. Tienes que ir a desayunar.

Correcto. Sí. ¿Le he dicho en algún momento adónde me dirigía? Da igual. Siento el peso de su mirada durante todo el camino hasta el comedor, incluso después de que la distancia haga que sea físicamente imposible.

Mi primer entreno de salto sincronizado es esa misma tarde.

Intento aparentar que estoy tranquila, como si tampoco tuviera mucha importancia, pero el año pasado, mientras Pen y Victoria quedaban sextas en la Pac-12, la competición de las doce universidades del Pacífico, yo estaba... en casa, probablemente cortándome las uñas de los pies y viendo varios capítulos seguidos de *The Great British Bake off*. Hoy aquí soy la novata, y además me doy perfecta cuenta de ello cuando me planto entre Pen, el entrenador Sima y dos entrenadores voluntarios que desearía que no se hubieran quedado para no presenciar mis inevitables meteduras de pata.

Me juego lo que sea a que ellos piensan lo mismo, sobre todo treinta minutos y cincuenta saltos más tarde, después de que Pen y yo hayamos fracasado estrepitosamente hasta para tomar impulso al mismo tiempo. No ayuda que hayamos empezado en tierra y que no podamos mirar el cuarto trampolín sin ver a Victoria y sus ligamentos rotos.

Ya sé que nos ha pedido espacio, y entiendo que no quiera lidiar con un tsunami de condolencias mientras aún llora la pérdida de su amado deporte, pero no puedo evitar desear que estuviera aquí para hacer algún comentario sarcástico sobre lo inútiles que son las formas de vida basadas en el carbono.

—Pen —dice el entrenador Sima entre suspiros de desaprobación—, vas demasiado rápida. Te impulsas unos diez centímetros de más hacia arriba y haces que el salto quede feo. Vandy, vas demasiado…

—¿Lenta?

El entrenador se frota la sien.

—Ni siquiera sé qué es lo que falla en tu técnica. Digamos que todo y empecemos de cero, ¿de acuerdo? Haced un descanso de diez minutos. Tomad un poco de agua. Pensad en vuestros antepasados y preguntaos si estarían orgullosos de vuestro rendimiento de hoy.

El salto sincronizado es una temible bestia de tres cabezas. Las parejas no se puntúan solo por el éxito de los saltos de cada miembro, sino también por la armonía que tengan. Te pueden penalizar por muchos motivos, y Pen parece estar pensando en lo mismo. Estamos sentadas una al lado de la otra bajo el porche, con las cabezas inclinadas sobre nuestras botellas de agua. Quiero pedirle disculpas. Quiero decirle que soy un desastre y que es culpa mía. Que siento no ser Victoria, que me esforzaré más y que, por favor, no me odie.

Sin embargo, ni ella ni yo decimos nada. Intento no mirar mientras saca el móvil y empieza a darle golpecitos. Me pregunto si estará enfadada conmigo, si…

Las primeras notas de *Hot for Teacher* inundan el ambiente. Mi carcajada es tan repentina que me atraganto con el agua.

Todos se giran para mirarnos con curiosidad, pero los ojos de Pen están fijos en mí y, al cabo de un par de segundos, nos reímos como si se nos hubiera olvidado la bronca que nos acaban de echar.

Al entrenador no le hace mucha gracia, pero yo siento cómo se aligera un poco ese peso que tengo siempre en el pecho.

CAPÍTULO 22

Tardo dos días en rellenar la lista.

Me encantaría decir que es porque ando algo pez y he tenido que documentarme a fondo, pero lo cierto es que estoy familiarizada con casi todas las prácticas que aparecen. Puede que haya tenido que meterme en Google para averiguar qué es «la ternerita» (y siga sin tenerlo claro), pero llevo sabiendo lo que es una Sybian desde que aprendí a utilizar la pestaña de incógnito del navegador.

Viciosilla que es una.

La razón por la que he dedicado tanto tiempo a cada elemento de la lista es porque me exigen una cantidad absurda de introspección. Nunca he podido ser del todo sincera en cuanto a mis fantasías, por lo que todavía no sé cuáles son. Mi vida sexual con Josh era fantástica: no solo se aseguraba de darme todos los orgasmos que quisiera y hacerme sentir guapa y sexi, sino que además nos partíamos de risa. Como aquella vez que me dio vergüenza decirle a las claras que estaba con la regla y utilicé tantos eufemismos que pensó que tenía un cáncer terminal. O cuando compró sin querer condones de los Minions. O el chillido de dolor que pegó cuando fui a hacerle una paja justo después de usar desinfectante de manos. Ese tipo de cosas.

Sin embargo, cuando le pedí que fuera más brusco conmigo en la cama, me sugirió que hablara del tema en terapia y le preguntase a mi psicóloga si era «buena idea o un…, eh…, rollo edípico que va a dejarte traumada una década». Después de aquello, intenté fingir que no tenía ciertos deseos, y él me azotó un par de veces en el culo sin mucho entusiasmo.

Así que tardo cuarenta y ocho horas, pero el miércoles por la noche le mando un mensaje a Lukas:

SCARLETT: Ya está

Y, por fin, guardo su número en el móvil.

Quedamos en vernos esa noche. Después a la mañana siguiente. Luego la noche siguiente. Y todas las veces cancela los planes a última hora. Su única explicación:

LUKAS: Me ha surgido algo urgente

Lo veo durante los entrenamientos, lo que significa que no está enfermo ni lesionado ni lo han largado de Stanford por delitos de exhibicionismo y provocación sexual. Empiezo a sospechar que ha cambiado de opinión… y entonces se salta la reunión con Zach y la doctora Smith.

—No va a poder pasarse —me dice ella—. Ha comentado no sé qué de asuntos de… ¿capitán? Nada que ver con el capitán Garfio, por desgracia. Jolín, me encantaba esa peli, hace un montón que no la veo.

Se muerde el labio un momento, escribe «ver *Peter Pan*» en uno de sus pósit y, acto seguido, procede a ser un hacha en el campo de la biología del cáncer durante cuarenta y cinco minutos.

No sé nada de Lukas hasta el viernes por la noche, tras una sesión de entrenamiento desastrosa que me deja de morros. Pen y yo estamos solas en el vestuario, y llevo tanto rato intentando desenredarme el pelo que se me van a caer los brazos del dolor.

—¿Tienes planes para esta noche? —pregunta.

Niego con la cabeza. Y luego digo:

—Tengo que hacer unos... ejercicios que me ha mandado la psicóloga.

—Ah, ¿sí? —Su mirada se cruza con la mía en el espejo. Está maquillándose, cosa que no suele hacer después de entrenar—. ¿Por qué?

—Por culpa de los traidores de mis retoños. —Frunce el ceño confundida, así que suelto un suspiro—. Mis saltos hacia dentro.

Abre los ojos al comprender a lo que me refiero. No le he comentado mis problemas a nadie del equipo, pero Pen es mi compañera de sincro y debe de haberse dado cuenta de que no hemos practicado ni un solo salto hacia dentro.

No me importa. Sé que lo entiende: que a veces el cerebro se nos atasca.

—¿En qué consisten los ejercicios?

—Básicamente en visualizar. El objetivo es... reprogramar mi cerebro. Sustituir los sentimientos negativos que asocio de forma automática con ciertos saltos por otros más neutros. —Lo único que necesito es ejecutar el salto hacia dentro más básico y chapucero del mundo. El listón está tan bajo que se confunde con el suelo.

Pen deja la brocha. Alarga la mano para darme un apretón y yo le agradezco una barbaridad que no me suelte ninguna chorrada del tipo «tú puedes», «confía en ti misma», «va a estar chupado» o «piensa en positivo». Se limita a acompañarme en silencio, sus ojos verdes cargados de solidaridad y una compasión que no es lástima, y no me hace falta más.

Le devuelvo el apretón. Noto un nudo en la garganta, y tengo que tragármelo antes de preguntarle:

—¿Y tú qué? ¿Tienes planes?

—Pues la verdad es que sí. —Curva los labios—. He quedado con el Profe Buenorro. Me va a… hacer la cena. Vandy, haz el favor de controlar la mandíbula.

Lo intento. No es tarea fácil.

—¿Y qué tal el finde pasado?

—Bien. Genial. Charlamos. Nos contamos la vida. Nos enrollamos. Ya sabes, lo típico.

Suelto un ruidito a medio camino entre un jadeo y una risa.

—Os enrollasteis.

—Te has centrado en la parte picantona y has pasado del resto, ya te vale. —Pero está riéndose, a todas luces encantada. Las dos apoyamos el hombro en el espejo y nos situamos frente a frente—. Me encanta estar con él —me dice en voz baja y seria. Su sonrisa se atenúa un poco, pero no está triste—. Creo que cortar con Lukas fue lo mejor.

Ahora me toca a mí cogerle la mano.

—Me alegro mucho de que seas feliz.

El móvil le suena y ella se pone a recoger sus cosas a toda prisa. Me da un abrazo rápido y desaparece como un torbellino, algo tan propio de ella que sigo sonriendo incluso después de que se haya marchado.

Y otra vez he vuelto a no contarle lo mío con Lukas.

Lo intenté el lunes, con la lista quemándome en el bolsillo de los pantalones cortos. El miércoles, cuando nos entretuvimos frente a la entrada del Avery e intercambiamos anécdotas de salto de la época del instituto. Esta mañana durante el desayuno, después de ayudarla con los deberes de Química Orgánica mientras ella se leía mi redacción de Lengua Inglesa y Composición.

Cuéntaselo, me ordené.

¿Pero contarle el qué, que Lukas y yo hemos intercambiado un folio tamaño A4? ¿Con el objetivo de iniciar una posible relación sexual si somos compatibles, si esta no interfiere con nuestros horarios, si él no ha cambiado de opinión y si no ha encontrado a otra persona? Todo está tan en el aire que comentarlo a estas alturas me parece que es meterse en follones antes de tiempo.

Me dirijo a casa, preguntándome si Maryam hará la chorrada de siempre cuando me pilla en pleno ejercicio de visualización: cortar dos rodajas de pepino y plantármelas en los párpados mientras tengo los ojos cerrados. Recibo un mensaje que me hace frenar en seco en la acera.

Quedamos?

Es Lukas. El pulso se me acelera unos segundos. Ladeo la cabeza y escribo:

SCARLETT: En Suecia os cobran los mensajes por palabra?

LUKAS: Los emojis tienen recargo, pero voy a hacer una excepción por ti:

LUKAS: 🖕

Se me escapa una carcajada, una especie de ladrido que me hace mirar a mi alrededor para asegurarme de que nadie se ha dado cuenta.

LUKAS: ¿Te apetece quedar conmigo esta noche, Scarlett Vandermeer?

SCARLETT: Con alguien que escribe como Dios manda? Siempre

LUKAS: Nos vemos en la Green a las diez

¿Por qué quiere que nos veamos en la biblioteca? ¿Acaso es una quedada para seguir con el proyecto de la doctora Smith? ¿Estoy… malinterpretando la situación?

Al llegar, lo veo apoyado en la pared junto al ascensor; me fijo en sus ojos cerrados, en su musculoso cuello y en esas pecas que no tienen ningún sentido. Lleva un pantalón de chándal negro y una camiseta roja; de nuevo, un atuendo casi idéntico al mío, y parece… cansado. Algo a medio camino entre la curiosidad y la admiración me obliga a detenerme para observarlo: a él y a la energía que fluye a su alrededor.

—Ese es el tío que ganó las Olimpiadas, creo que es nadador —le susurra un chaval a un amigo. Tres chicas pasan por su lado lanzándole miraditas cada vez más descaradas.

Me encantaría ganar uno o dos títulos de la NCAA, y ya no digamos las Olimpiadas, pero no envidio para nada esta faceta del éxito de Lukas. Lo de llamar la atención. Que te reconozca gente que solo se acuerda de que la natación existe una vez cada cuatro años.

—Hola —saludo.

Abre los ojos lentamente, como si sus párpados estuvieran cobrando vida. Durante un momento parece tan extenuado que me dan ganas de gritarle: «Vete a casa y métete en la cama ya». Pero entonces, al verme, curva los labios y el vientre empieza a palpitarme.

—Vamos.

Lo sigo en silencio hasta una sala de estudio. No ofrece demasiada intimidad, ya que las paredes son de cristal. Todas las salas están diseñadas del mismo modo, supongo que porque los bibliotecarios son gente de provecho y tienen mejores cosas que hacer que encontrarse por sorpresa a adolescentes metiéndose mano. O recoger condones usados.

Me quedo plantada junto a una silla, sin tomar asiento todavía. Veo que Lukas se saca un papel doblado de la mochila, lo lanza sobre la mesa en mi dirección y permanece de pie al otro lado.

De pronto, tengo mucho calor. O mucho frío.

—¿Por qué has querido quedar en la biblioteca? —pregunto con la mirada fija en el folio.

—Podríamos ir a mi casa, pero he pensado que preferirías no tener a Kyle y a Hasan poniendo la oreja.

Asiento, intentando asimilar que tengo su lista justo delante. Podría alargar la mano, cogerla y salir de dudas.

—Scarlett. —Lukas se inclina con expresión divertida—. Ya hemos hablado de esto.

—¿De qué?

—Tienes que respirar.

Inhalo profundamente. Me lleno los pulmones.

—Cierto, sí. Estoy bien, es... ¿Qué debería...?

—Antes de empezar, me gustaría preguntarte algo.

Le echo otro vistazo furtivo a la hoja doblada.

—¿Sí?

—¿Qué pasó con tu padre?

Levanto la mirada hacia él. Siento como si me hubiera cogido por el cuello de sopetón.

—¿Qué importancia tiene eso? —Una idea horrible me asalta de pronto—. Por Dios, no me digas que estás buscando algún trauma infantil que explique por qué me gustan estas cosas.

Arquea las cejas.

—Creo que merezco un pelín más de confianza.

—¿Y entonces por qué me lo preguntas?

—No tienes que contármelo si no quieres. No es imprescindible. Pero está claro que hay ciertas cosas que te provocan una reacción emocional, y entender lo que te pasó podría ayudarme a no meter la pata.

Para eso no le hace falta conocer toda la historia. Pero ambos hemos sido ya tan sinceros el uno con el otro que no me importa contársela. Y, además, no tengo nada de lo que avergonzarme. Así que enderezo la espalda, lo miro a los ojos e intento presentarle los hechos de la forma más objetiva posible:

—Mi padre nos maltrataba a mi madrastra y a mí y, con el paso de los años, la cosa fue empeorando. Llegó a estar pendiente de todos nuestros movimientos, a vigilar con quién nos relacionábamos y a aislarnos del resto del mundo y entre nosotras. Nos insultaba. Nos criticaba. Se ponía a gritar sin motivo. Controlaba el dinero. No tengo claro cómo llegamos a tales extremos, solo sé que fue algo gradual. A Barb y a mí se nos daba genial fingir que todo era normal, que mi padre simplemente estaba teniendo una racha de días malos. Y, entonces, a los trece años, Barb me recogió del colegio un día y yo me puse a llorar y a pedirle que no me llevara a casa, y ella decidió ponerle punto final al asunto. Dejó a mi padre, consiguió hacerse con mi custodia y nos mandó a las dos a terapia. —Unos años terroríficos resumidos en unas pocas frases. Años en los que el salto fue mi único rincón feliz—. Por lo general, soy capaz de apañármelas bastante bien con mis detonantes emocionales. No me gusta que la gente levante la voz, pero no es algo que me resulte intolerable. Y lo cierto es que me encanta que me traten sin contemplaciones. El control. La disciplina. Siempre que ocurra dentro de ciertos contextos, claro. —Noto, por su mirada, que entiende lo que quiero decir. Tiene tanto sentido para él como para mí—. Lo único que hizo mi padre que... —Aparto la mirada—. Sé que a algunas personas les gusta que las insulten en la cama, y jamás se me ocurriría juzgarlas..., pero si quieres llamarme fea o asquerosa o inútil...

—Por Dios, Scarlett.

—… no creo que podamos…

—Oye. —Me levanta la barbilla—. Mírame.

«Ya te miro», quiero decirle. Pero he bajado los ojos hacia el suelo sin darme cuenta.

—No me interesa humillarte de ninguna manera, ¿vale? —Su mirada no refleja decepción, sino una promesa.

No me suelta hasta que asiento con la cabeza y, en cuanto estoy libre, trago saliva. Me saco el teléfono del bolsillo y le quito la funda con cuidado, con la esperanza de que no se dé cuenta de que me tiemblan las manos.

Al ver el trozo de papel alojado en el interior, esboza una pequeña sonrisa.

—Lo has guardado a buen recaudo, ¿eh?

Lo dejo caer en la mesa, junto al suyo. No sé cómo explicar la maravillosa, estremecedora y emocionante oleada de calor que me recorre cada vez que me acuerdo de que llevo la lista encima. Con todos mis secretos. Todas sus preguntas. Las posibilidades de esta improbable, intensa y vertiginosa aventura nunca se alejan demasiado de mi cuerpo.

—¿Cómo quieres que lo hagamos? —pregunto, demasiado sofocada como para parecer seria y formal—. ¿Quieres que las pongamos una al lado de la otra y comparemos o…?

Coge la mía y la desdobla antes de que yo haya acabado de formular la frase. Examina la página de arriba abajo. Sus movimientos no son bruscos ni apresurados, pero, al observarlo, me da la sensación de estar delante de un desastre natural, de un fenómeno imparable que puedo presenciar pero no interrumpir.

Me balanceo sobre los talones mientras él lee la lista; la estancia parece encogerse a nuestro alrededor. El aire se espesa, tan abrasador como la sangre que me enciende las mejillas.

Coge su lista y léela, me digo. *Que las condiciones sean las mismas para ambos.* Pero soy incapaz. Me invade la misma y aterradora parálisis que se apodera de mí cuando intento ejecutar un salto hacia dentro.

¿Y si… la cosa no cuaja?

¿Y si… vuelvo a cagarla?

¿Y si… desperdicio la oportunidad?

¿Y si no estoy a la altura?

—No he… —Me toqueteo el pelo—. Experimenté un poco con mi ex, pero no he probado demasiadas cosas de la lista. —Lo sabe. Hay una columna específica para eso y la rellené. He hecho lo que me pidió. Aun así, sigo hablando—: Hay un par que… dependería de cómo quieras enfocarlas. He puesto un asterisco al lado. —Baja el folio y se me queda mirando con expresión inescrutable. Da un poco de yuyu. Cambio el peso de un pie a otro—. Y no he entendido el…

No llego a terminar la frase. Porque Lukas Blomqvist se acerca a mí, me empotra contra la pared y me besa.

CAPÍTULO 23

Lo noto primero en los omóplatos, que chocan con demasiada fuerza contra la pared. La parte posterior de mi cabeza podría haber acabado de la misma manera, pero Lukas ha amortiguado el impacto con la mano; me ha envuelto la nuca con una palma y cogido la mandíbula con la otra.

Todo empieza de forma bastante sencilla: nuestros labios unidos; su pecho, lo más pegado posible al mío, dada la diferencia de altura. Me roza la lengua con la suya y siento una explosión en la base de la columna. Sutil, suave, vacilante.

Y un instante después, ya no.

De pronto es obsceno. Intenso. Brusco. Los labios de Lukas son abrasadores. Su lengua, abrasadora. Y sus dedos, con los que me envuelve el rostro, también.

Me arde todo el cuerpo.

Nota cómo se me corta la respiración y aprovecha para inclinarme más la cabeza, un ángulo imposible que le permite hacerse cargo del beso, lamerme el interior de la boca y no dejar ni un rincón sin explorar.

Me consume por completo. La mente se me queda en blanco. Le rodeo el cuello con los brazos, aturdida y mareada, y él encuentra la manera de acercarme aún más. Farfulla algo, aunque no en mi idioma, de modo que me concentro en la palma de su mano totalmente abierta, que desciende por mi columna, como si quisiera aprovechar toda su extensión para tocarme y no saltarse ni un centímetro de carne. Llega hasta el dobladillo de la camiseta, pegado a la parte baja de mi espalda, lo levanta con suavidad y nuestras pieles se tocan por fin.

Le clavo las uñas en el hombro.

Un gemido me trepa por la garganta. Un gruñido de necesidad escapa de la suya.

Respiramos agitadamente pegados a la boca del otro, y él desplaza la mano a mi cadera, brusca y exigente. Me mete los dedos bajo la cinturilla del pantalón… y entonces oímos un ruido que se filtra desde el exterior.

Un carro. Libros que caen al suelo. Disculpas en voz baja. Los dos nos quedamos paralizados el tiempo suficiente para recuperar el sentido común.

O, al menos, para que yo lo recupere. Aparto los brazos de sus hombros y me vuelvo a apoyar contra la pared para dejar espacio entre ambos. A Lukas parece costarle más alejarse. Incluso después de soltarme la cintura y la cara, sigue pegado a mí. Permanece en el mismo lugar, encajonándome, una jaula de huesos, músculos y ojos voraces, con los nudillos blancos apretados contra la pared a ambos lados de mi cabeza. Sus tatuajes se tensan y se relajan.

Intenta recuperar el control de sí mismo, pero no lo consigue del todo.

Le rozo las pecas que abarrotan el hueco bajo el pómulo, y él deja escapar una risa pausada, apenas un soplo de aire contra mi sien, trémulo y ardiente. Una sonrisa toma forma en mi interior a modo de respuesta y levanto la barbilla para besarlo de nuevo. Esta vez es un beso lento, pese a que noto sus latidos acelerados contra mi piel. Sus labios se deslizan sobre los míos, serenos, casi dulces, y yo me agarro a la tela de su camiseta, transmitiéndole un silencioso y reconfortante «estoy aquí, tranquilo».

Me recreo en el roce de su rostro, enterrado en mi cuello, en el cosquilleo que me provoca su barba de tres días, en el gemido áspero y gutural que profiere al inhalar mi piel. Noto su aroma, su calidez y su corpulencia, apretujándome. Es curioso que esto comenzase como un intercambio frenético y salvaje y se haya convertido en algo lánguido. Cómodo.

—Tenemos que parar —le digo en tono sereno, pasándole la mano por el pelo corto de la nuca. Cuando se aparta, su mirada refleja intensidad.

Saca una silla, y me fijo que tiene el pelo algo despeinado. Es una invitación para que nos sentemos y le dé algo de espacio.

—¿Estás bien? —pregunto cuando ambos nos hemos acomodado frente a la mesa.

Asiente con rapidez. Le sonrío y él me devuelve el gesto. Tenso, tal vez, pero sincero.

—¿Tengo que leerme tu lista? —digo echándole un vistazo al folio que sigue doblado—. ¿No podemos… saltarnos esa parte?

Frunce el ceño.

—No.

—¿No, no tengo que leerla o...?

—No, no te la puedes saltar.

—¿Quién lo dice?

—Las reglas.

Inclino la cabeza a un lado.

—¿Y quién dicta las reglas?

—Yo.

La inclino todavía más.

—No creo que te parezca mal, Scarlett.

Y más.

—Me cuesta creer que no quieras que lleve yo las riendas, teniendo en cuenta lo que acabo de leer. —Habla con calma, pero a mí me arden las mejillas. Tiene razón. En cierto modo, es posible que me conozca mejor que nadie.

Y no sé muy bien cómo gestionarlo.

—Sabes que no soy ninguna blandengue, ¿verdad? Esto es sexo y nada más. No pretendo que la dinámica de poder esté vigente las veinticuatro horas.

Endurece la mirada.

—Scarlett, tienes que leer mi lista porque el único modo de hacer esto de forma sana y sensata es que ambos sepamos qué esperar del otro. —Me mira fijamente—. ¿De qué tienes miedo? ¿De que haya algo que yo quiera hacer y tú no, y te pida que lo hagas de todas formas?

Aparto la vista.

—De lo contrario, entonces. —Tras suspirar, acerca los dedos y me roza los nudillos con los suyos. Con ternura. Una descarga eléctrica, líquida y abrasadora me recorre las terminaciones nerviosas. Estoy convencida de que va a cogerme la mano, pero la aparta casi al instante.

Una sabia decisión, todo sea dicho. Tal vez no debamos estar a solas.

Se apoya en el respaldo de la silla; la postura de sus hombros vuelve a ser inflexible.

—Scarlett, tienes...

Un móvil (el de Lukas) empieza a sonar. Tras comprobar la pantalla, echa la cabeza hacia atrás con gesto exhausto y farfulla una palabra. De nuevo, en otro idioma.

—¿Estás bien?

Pone la llamada en silencio.

—Me tengo que ir.

—Ah. —Una mezcla de decepción y alivio me oprime el estómago. Por un lado, sosiego. Por el otro... No tengo claro que no quiera estar con él ahora mismo—. ¿Puedo echarte una mano?

Niega con la cabeza, masajeándose el ojo izquierdo con la parte carnosa de la mano.

—Esta semana han echado a dieciocho personas del equipo.

—¿A dieciocho?

—Lo sé, es un puto desastre. Algunos de los chicos tenían el puesto garantizado pese a no contar con beca y están que trinan. Como la culpa es de los entrenadores, han estado tratando el asunto con nosotros para ver qué podemos hacer.

Todas sus cancelaciones a última hora. «Asuntos de capitán».

—Vaya, lo siento.

Asiente y se inclina hacia delante, con el codo apoyado en la mesa.

—Quédate mi lista. Tómate el tiempo que quieras, pero tendrás que leerla antes de que…

No termina la frase. Aun así, lo entiendo.

—Vale.

—No sé cuándo solucionaremos el jaleo que tenemos montado en natación, pero necesito que sepas dos cosas.

Me obligo a no estremecerme bajo su mirada.

—Si me pides que pare, paro.

Asiento con la cabeza. Es un detalle que me recuerde que…

—No, Scarlett. Iremos tanteando y viendo qué funciona y qué no, desde luego, pero necesito que entiendas que no importa cuándo ni cómo: si me pides que pare, yo pararé.

Tengo la boca seca.

—Repítelo —me ordena.

—Si te pido que pares, tú pararás.

Asiente, satisfecho.

—¿Quieres que acordemos una palabra de seguridad?

Me lo pienso y niego con la cabeza. Sé que las palabras de seguridad son, por lo general, especiales, y que tal vez esta no sea la mejor forma de proceder, pero estoy segura de que no pronunciaré la palabra «para» a no ser que lo desee de verdad.

—¿Qué otra cosa querías que supiera? —pregunto apoyándome las manos en el regazo para disimular el temblor.

Deja escapar una breve risa y se levanta agarrando con fuerza el asa de su mochila.

—Lo segundo que quiero que sepas es que he leído tu lista. Y no hay ni una sola cosa que tú quieras probar que a mí no me apetezca probar todavía más. —Se inclina para darme un beso casto y acaramelado al mismo tiempo. Cuando se aparta, yo estoy desorientada, aturdida por su calidez y su aroma—. Esto no hace falta que lo repitas.

Lo veo alejarse. Cuando cierra la mano alrededor del pomo de la puerta, caigo en la cuenta de algo.

—¿Lukas? —Se vuelve—. ¿Y Pen?

Me mira inexpresivo.

—¿Qué pasa con Pen?

—¿Le molestará?

—Hay que ver la mala memoria que tienes. —Arquea una ceja, divertido—. Pen y yo ya no estamos juntos.

—Ya lo sé, pero también es amiga mía. Tengo que asegurarme de que esto no le molesta. Necesito que sepa que no intento… Lo nuestro va a ser solo sexo. No pretendo empezar una relación seria con el ex de mi amiga.

Por un momento, me da la sensación de que va a replicar. Pero cuando está a punto de encogérseme el corazón, él me promete con expresión inescrutable:

—Ya hablo yo con ella.

No es hasta mucho mucho más tarde (después de que haya cenado, hecho mis ejercicios mentales y visto uno de esos *thrillers* políticos que solo parecen disfrutar los cincuentones de derechas y Maryam) que me permito volver a pensar en la lista de Lukas.

Estoy en la cama, saboreando la menta de la pasta de dientes, sumiéndome en un estado de sopor fruto del cansancio y... me alegro mucho de estar demasiado hecha polvo como para que el pánico se apodere de mí. Desdoblo el folio y leo la letra clara y limpia de Lukas. No es para tanto. De hecho, casi me hace gracia y todo.

Lukas se llevó mi lista, así que no puedo ponerlas una al lado de la otra y tirarme toda la noche comparándolas, aunque no va a hacer falta, ya que recuerdo hasta la última coma de lo que escribí. Y la lista de Lukas... es un reflejo exacto de la mía.

Quiere hacer todo lo que yo quiero que me hagan.

Vaya, pienso.

Vaya.

De pronto, el beso de la biblioteca cobra todo el sentido del mundo. Me pongo de lado, sonrío y me quedo dormida en esa posición.

CAPÍTULO 24

Lo mejor del entrenamiento del sábado por la mañana son los aplausos del entrenador Sima después de que ejecute un triple mortal y medio hacia atrás en posición encogida, uno de mis saltos más complicados.

—Puede que sea el mejor puñetero salto que he presenciado en mi carrera como entrenador —me dice mientras sigo dentro de la piscina secándome las gotas de los ojos.

Le dirijo una sonrisa. Una oleada del orgullo que no me he permitido sentir en meses me invade y contrarresta la gelidez del agua.

—Lo cual no está nada mal —prosigue—, ya que tendrás que compensar los ceros que vas a llevarte por los saltos hacia dentro.

—Madre mía. —Me impulso con los codos para salir del agua—. No me creo que haya picado.

—Ni yo, Vandy. Ni yo.

Hoy hay programadas evaluaciones individuales, por lo que las gemelas aparecen justo cuando yo me marcho.

Me pregunto si a Pen le tocará después que a ellas... y entonces recibo un mensaje suyo.

PENELOPE: Tenemos que hablar.

Ese punto al final de la frase no tiene pinta de amistoso. He debido de cagarla a lo grande, y solo puede haber un motivo: uno que mide casi dos metros y rima con Bukas Llomqvist. Contemplo la foto de Pitufa en el salvapantallas del móvil y me prohíbo perder los papeles.

Dame fuerzas, Pitu.

Pen está comiéndose una manzana sentada en la zona de césped frente al comedor. Me fijo en que la hierba sigue verde pese a las sequías. Las gafas de sol me impiden leer su expresión, pero el gesto de su boca es serio.

—Ey. —Intento sonreír y me siento a su lado, antes de inclinar la cara hacia el sol—. ¿Qué tal...?

—Vandy.

No me mira, pero aprieta la manzana con fuerza. Su tono... no es nada prometedor.

—No sé cómo decirte esto sin parecer una capulla integral.

Mierda.

—Sé que es injusto por mi parte, pero no podré seguir adelante hasta que te haya dicho lo que pienso. —Se vuelve hacia mí—. Y tienes que escucharme. Me lo debes. —Se baja las gafas de sol con expresión pétrea—. Porque...

Menea la cabeza y a mí se me parte el alma. La culpa con la que cargo es tan pesada que voy a acabar hundiéndome hasta llegar al centro de la tierra para, una vez allí, arder y con razón, porque Pen, a la que estoy empezando a considerar una amiga muy querida, está…

¿Sonriendo?

—Te lo dije. Te lo dije. Te lo dije… Te lo dije. ¿Quién te lo dijo? Yo. *Moi.* La putísima Penelope Diana Ross, señoras, señores y peña no binaria, ¡la misma que calza y viste! —Se pone a bailar la coreografía más descoordinada que he tenido la desgracia de presenciar.

La mato.

—No sabes lo mucho que te odio —murmuro enormemente aliviada.

—Y una porra, ¡me quieres hasta el infinitooo!

—¡Acabo de perder una década de vida!

—Pues mejor. El cambio climático arrasará la tierra y los zares de las máquinas nos someterán para cosecharnos los dedos de los pies. En fin, que no es por repetirme, pero: te lo dije.

Suelto un quejido y entierro la cara entre las manos.

—¿Te lo ha contado Lukas?

—Sí, me ha llamado a primera hora de la mañana. Me ha dicho: «Ya tienes lo que querías, Penelope, tus delirios de borracha se han hecho realidad». ¿Y sabes qué le he contestado yo?

—¿Le has repetido setenta y tres veces «te lo dije»?

—Ni más ni menos.

Dejo que una sonrisa cautelosa se extienda por mis labios.

—¿En serio no te molesta que tu ex vaya a acostarse con tu compañera de salto sincronizado?

—A ver, dicho así, suena un poco raro. —Suelta una risita—. ¿Puedo serte sincera? En plan, cien por cien, sin que pienses mal de mí.

Asiento. Una nueva sensación de desasosiego amenaza con extenderse por mi estómago, pero Pen sonríe con tranquilidad.

—Llevo preocupada por él desde que le dije de romper. Sé que no lo tiene fácil para salir por ahí con quien le dé la gana, pero no quiero que esté solo en casa pasándolo mal mientras yo me voy de picos pardos. Es un tío genial. Me apoyó cuando nadie quería saber nada de mí y mi carrera estaba a punto de irse a pique. Es leal y buena gente. Y sigue siendo mi mejor amigo. Aunque reconozco que no es precisamente... apasionado. A la gente tan fría como él le cuesta demostrar sus emociones. Aunque, según tengo entendido, solo estás interesada en él por el sexo, y el rollo que os gusta a vosotros... —Baja la voz—. Los azotes en el culo no son una práctica demasiado romántica que digamos, ¿no?

Pestañeo, pasmada. ¿Acaba de decir...?

—Me encanta que vayáis a hacer cochinadas juntos. Felicidades, amiga.

La verdad es que tiene razón. Lukas me cae genial y, aunque no lo considero frío para nada, no dispongo de la capacidad emocional para pillarme por él. Lo único que me despierta es un sentimiento de lujuria.

—En fin, ya que hemos sacado el tema de las cochinadas... Ya sabes que yo también me he echado un amante.

Hago una mueca.

—Qué horror de frase.

—Ya te digo. Como Luk es mi mejor amigo, eres la única persona a la que puedo contarle mis correrías sexuales.

Me recreo en el secreto placer que supone que alguien quiera contarme algo en confianza.

—¿Y cómo te va?

Pen se tumba en la hierba y yo hago lo mismo. Contemplamos el cielo en silencio durante unos momentos, hasta que ella se da la vuelta y se apoya sobre los codos. El sol me deslumbra, así que levanto la mano a modo de visera.

—Cuando Lukas y yo empezamos a acostarnos, éramos unos críos y estábamos muy verdes. Nos costó pillarle el tranquillo, ¿sabes? Pero con Theo…

—¡Theo el Profe Buenorro!

—Sip. Theo el Profe Buenorro. —Esboza una sonrisa—. Todo encajó a la perfección. Me encanta que sea un poco más… —Suspira—. Me gusta un montón. Luk puede llegar a abrumar, incluso cuando intenta por todos los medios no hacerlo. A veces se las apaña para acaparar toda la energía de la habitación aunque solo esté leyendo algo para clase, y yo… acabo dejándome llevar. Me olvido de mí misma. Me olvido de ser mi propio planeta y empiezo a orbitar a su alrededor. Y creo que a él le gusta ser esa especie de fuerza imponente, pero Theo es mucho más tierno y… —Se muerde el labio inferior—. Me llama «cielo».

—Ah, ¿te gusta que te llame así?

Se encoge de hombros, un poco avergonzada.

—Es supertípico, ya lo sé, pero Luk nunca me llama otra cosa que no sea Penelope —dice con un ligero acento sueco—. No es cariñoso por naturaleza. Theo el Profe Buenorro sí. Y encima dormí en su casa; me refiero a dormir de verdad.

—¿No dormías en casa de Lukas?

—No si podíamos evitarlo. Los dos nos movemos mucho y somos muy especialitos a la hora de dormir. Pero con Theo ha estado muy bien.

Asiento con la cabeza. Me alegro por ella. Me alegro de que haya encontrado lo que buscaba. Nos quedamos mirándonos un rato mientras Pen me roza el hombro con el codo. El sosiego que reina en el campus los sábados por la tarde resulta balsámico. A lo lejos se oyen risas, pájaros y el susurro de los árboles.

Y entonces caigo en la cuenta.

Me incorporo, a punto de atragantarme con la saliva.

—¿Te llamas Penelope *Diana* Ross?

CAPÍTULO 25

Es un buen sábado porque no tengo planes.

Después de comer con Pen, me voy a casa, me ducho hasta que convenzo a mi piel y a mi pelo de que no me paso la vida metida en un charco de cloro, y me pongo al día con la colada y los deberes de la uni. Herr Karl-Heinz me ha explicado un poco mejor cómo funciona la temible estructura de las oraciones en alemán. Le deseo que ambos lados de su almohada estén siempre fríos y que haya una nueva actualización de su *fanfic* preferido todas las noches. La semana pasada salí de su despacho sintiéndome... fatal pero menos sola.

Aquí estoy, reconociendo mis carencias y aceptando ayuda. Quién me ha visto y quién me ve.

—Es difícil incluso para los hablantes nativos —me dijo—. Te estás especializando en ciencias, ¿verdad? Intenta ver las reglas de escritura como leyes básicas de la biología. A veces lo único que podemos hacer es aceptarlas. Y yo puedo ayudarte.

Me las arreglé para no echarme a llorar ante las implicaciones existenciales de sus palabras, pero decidí tomar nota mentalmente por si en un futuro lo necesito. *Muy susceptible a las frases inspiradoras. No unirme NUNCA a una secta.*

Leo lo que nos ha mandado el doctor Carlsen. Termino una redacción para clase de Lengua Inglesa y Composición en la que expongo por qué opino que los profesores deberían cobrar más, pero no me limito a un «porque sí y punto», sino que empleo un argumento semicoherente de varios párrafos. Después me curro los ejercicios de análisis de datos. A última hora de la tarde, decido compensarme a mí misma permitiéndome trabajar un poco en el proyecto de biología.

Suena muy poco guay por mi parte, pero no hay nada que me apetezca más. Estaría bien que Lukas me mandara un mensajito, pero, obviamente, se ha pasado la semana ocupado apagando fuegos. De todos modos, en este último año y medio no he tenido una vida sexual muy activa, que digamos. Puedo esperar unos días más para... lo que quiera que venga ahora.

Zach cumplió lo prometido y ya puedo acceder al laboratorio de la doctora Smith con mi carné de estudiante. Está desierto. Me cae aún mejor ahora que veo que ninguno de sus alumnos de máster parece sentirse obligado a venir a pipetear como un loco un sábado por la tarde. Me muevo entre los taburetes, recordando la sensación de estar en un laboratorio. Es la parte que más me gusta de la química orgánica: trabajar con compuestos, la cromatografía, sintetizar aspirinas, seguir protocolos para los experimentos, investigar qué ha pasado. No veo la hora de convertirme en una doctora competente, cañera y capaz de cambiar vidas, como Barb, pero espero poder seguir haciendo un poco de investigación al mismo tiempo. Ver cómo explotan y cristalizan las cosas nunca dejará de parecerme divertido.

Al fondo del laboratorio encuentro el ordenador que Zach me dijo que podía usar. Antes de llegar a encenderlo, oigo un ruido detrás de mí. Me doy la vuelta.

Veo a Lukas sentado en un taburete al final de una de las mesas y, por una vez, no parece que venga de, vaya de camino a o esté ahora mismo en la piscina, entrenando. Tiene el pelo aclarado por el cloro, pero no lo lleva despeinado. Tampoco veo marcas de gafas alrededor de los ojos. Viste unos vaqueros y una camiseta panadera de color oscuro sin el logo de Stanford a la vista.

Resulta... perturbador. Es un atleta, por lo que la mayoría de nuestras interacciones han girado en torno a eso. Pero también es una persona con intereses, aficiones y una vida fuera de la piscina, y sé muy poco sobre ese Lukas.

A pesar de todo eso, se me escapa una sonrisa.

—¿Hola?

—Hola.

—¿Dónde...? ¿Has entrado detrás de mí?

Niega con la cabeza.

—Ah, bueno. He venido para... —Señalo el ordenador que tengo detrás.

—¿Hacer las fotos que luego servirán para los datos de entrada?

Asiento.

Levanta la mano izquierda para mostrarme un USB entre el pulgar y el índice.

—Ah. Genial. Tendremos que...

—Reorientar las imágenes.

—Y...

—Redimensionarlas.

Acaba mis frases con naturalidad, como si completar mis pensamientos fuera algo que le sale solo. Nos quedamos mirándonos en silencio. Parece una competición y, cuando noto que mis labios se curvan primero, me doy cuenta de que ha ganado él.

—Puede que Pen tenga razón —murmuro.

—Seguro que la tiene en muchas cosas, pero ¿a qué te refieres en esta ocasión?

—A que resultas un pelín abrumador.

Se ríe en voz baja, parece que le ha hecho gracia el comentario.

—¿Solo un pelín?

—Puede que lo maquillara un poco para que yo no saliera corriendo.

—Me parece una gran celestina, entonces.

—Será verdad. —*¿Por qué cree que eres una persona distante? ¿Por qué no puedo conciliar al Lukas del que ella habla con el que yo conozco?* No formulo ninguna de estas preguntas en voz alta. En lugar de eso, me acerco a él despacio, echando un vistazo al laboratorio. Es tan grande. Y estamos tan solos—. ¿Qué ibas a hacer con el USB?

—Mira el móvil.

Lo saco del bolsillo y encuentro un mensaje suyo enviado hace unos minutos.

LUKAS: Quedamos?

Sonrío.

—¿Ya has terminado? Con las labores de apoyo emocional, me refiero.

—Eso espero. Kyle y Nate se han encargado de asistir a un par de reuniones hoy. —Cierto. Sus cocapitanes. Me acerco, pero me detengo al ver una foto colgada del borde de una de las estanterías metálicas que hay sobre la mesa. Está sujeta con un imán—. ¿Eres tú?

Sigue la dirección de mi mirada hasta el chico con el pelo revuelto por el viento. Hay otros tres hombres en la foto, todos altos y en forma, agarrándose de los hombros los unos a los otros con sus largos brazos.

—Sí.

—¿Y los otros?

—Mis hermanos.

Sonrío y me pongo de puntillas para estudiar mejor la imagen. Los hermanos de Lukas son muy parecidos a él en cuanto a altura, tamaño y estructura ósea, pero con alguna que otra excepción. El pelo oscuro y largo. La barba rubia. La cara más redonda y el labio superior más grueso. Las líneas de expresión más marcadas.

Él es, sin duda, el más guapo.

Y yo soy, sin duda, poco objetiva.

—¿Tienes tres?

—Sí.

—¿Todos mayores?

—Sí, bastante.

—¿Cuánto os lleváis?

—El segundo más joven es Jan, nacido once años antes que yo. Fui un bebé sorpresa.

—¿Te llevas bien con ellos? ¿Los echas de menos?

No sé por qué quiero engullir migajas de información relacionada con este hombre, pero él parece más que dispuesto a dármelas.

—Son buena gente. Y unos tocacojones, aunque en diferente medida. Jan y yo tenemos una relación muy estrecha: él fue quien me descubrió el mundo de la natación. Viajamos juntos a menudo. Oskar, el mayor, cree que sigo siendo un adolescente. Me pone toque de queda cuando voy a dormir a su casa. No obstante, sus hijos son muy monos, así que se lo perdono. Y Leif... Leif una vez me convenció de que tenía la enfermedad holandesa del olmo. —Niega con la cabeza mientras yo me río—. Los echo de menos, pero, cuando estoy con ellos, a veces se despierta mi instinto asesino.

—En eso consiste tener hermanos, ¿no? —Aunque qué voy a saber yo—. ¿Cómo es que tienes tu propia mesa si solo eres estudiante?

—Llevo ya un tiempo trabajando con Olive. Además, hace poco que ha puesto en marcha su laboratorio, así que no tiene muchos alumnos de máster a su cargo.

—¿Piensas seguir trabajando con ella después de graduarte? —Entonces caigo en una cosa—. ¿Has solicitado la plaza para estudiar Medicina en Stanford?

Asiente.

—Espero que me acepten.

—¿Ya has hecho la entrevista?

Vuelve a asentir, aunque, al ser un medallista olímpico con buena nota en la prueba de acceso y experiencia en biología computacional, seguro que le dicen que sí. Gracias a Dios que no sé cuál es exactamente su nota media o tendría que tragarme una botella de mercurio.

—¿Cuándo?

—En agosto.

—¿Te pusiste traje?

—Y una puta corbata. —Me río y él parece disfrutarlo—. Tardé más en decidir qué ponerme que en embutirme en un traje de baño de cuerpo completo.

—Ay, pobrecito. ¿También tuviste que pedirle ayuda al entrenador?

Se resiste a sonreír.

—Te ríes mucho para ser alguien que va a tener que pasar por lo mismo. Y en tacones.

—En primer lugar, no me estoy riendo mucho. Más bien voy soltando suaves y melódicas risitas. Segundo..., ¿qué tal te fue?

—No lo sé. —Ve mi mirada escéptica y se encoge de hombros—. Preocuparse no sirve de nada. O bien me darán plaza, o bien me tendré que ir a otro sitio.

Ojalá me pudiera tomar así... todo.

—Y, si te quedas, ¿querrás seguir trabajando con la doctora Smith?

—Si a ella le parece bien, sí. Me gusta su estilo. Se involucra mucho, pero interviene lo justo. Confía en nosotros a la hora de hacer las cosas.

—Y seguro que tú odias tener a alguien controlándote cada movimiento.

—No te haces una idea. —Ladea la cabeza y estudia mi expresión—. Seguro que tú también lo odiarías. En el laboratorio.

Entre líneas se lee: «aunque en otros sitios no tanto», y eso nos conduce a una agradable pausa silenciosa. Y después…

No estoy segura de cómo sucede. No sé si es él quien tira de mí para que me quede entre sus muslos o si soy yo la que se acerca. Lo único que sé es que de repente estoy entre sus brazos, con la cara hundida en su pecho y su mano apoyada en la parte baja de la espalda, acariciándome por encima de la camiseta.

Inhala buscando algo con lo que ya está familiarizado, visitando un camino conocido. Su piel está hecha de sándalo. De sol. De hierba. Y un leve rastro de cloro. *¿Dónde has estado hoy? ¿Qué has hecho?*

—¿Has leído la lista? —me pregunta contra la oreja.

Asiento pegada a su pecho. Desliza la mano hacia arriba, hacia la parte superior de mi columna, y es como notar una losa candente en contacto con mi piel. Se detiene al llegar a la base del cuello y lo recorre de un lado a otro con el pulgar.

—Buena chica.

Cierro los ojos. Me dejo llevar por la satisfacción de saber que he hecho algo bien. Por el placer de complacer.

Es posible que esté mal de la cabeza. Que sea víctima de las estructuras de poder sexistas que la sociedad me ha impuesto. Si ser elogiada por un tío al que apenas conozco me pone tanto, debo de haber interiorizado la misma mierda patriarcal que desprecio en mi día a día. O tal vez simplemente soy así y no debería castigarme por ello.

—¿Quieres comentar algo al respecto?

Me paro a pensarlo, pero es como dijo Lukas: no hay ni una sola cosa que él quiera probar que a mí no me apetezca probar más aún.

—¿Puedes…? —Libero los brazos y se los paso alrededor de la cintura. Es posible que sea el abrazo más íntimo que he dado nunca.

—¿Si puedo qué?

Trago saliva.

—Solo quiero que me digan lo que tengo que hacer. Por una vez.

Hunde los dedos en mi pelo a la altura de la sien. Tira de él para echarme la cabeza hacia atrás. Me mira a los ojos.

—¿Vas a hacer todo lo que te pida?

Asiento con impaciencia, sintiendo cómo cambia la energía del laboratorio y un calor me invade por dentro. Esto resignifica nuestra relación. Es diferente a lo que somos cuando me habla de sus solicitudes para entrar en la Facultad de Medicina, cuando hablamos de *deep learning*, cuando nos saludamos desde una punta a otra de la piscina. Somos él y yo, sí, pero en una variante distinta.

Fuera nos unen muy pocas cosas, pero aquí dentro no podríamos ser más perfectos el uno para el otro.

—¿Puedo confiar en que me dirás que pare si quieres que pare? —me pregunta.

Vuelvo a asentir.

—Scarlett.

Sé exactamente lo que me está pidiendo.

—Puedes confiar en que te diré que pares si quiero que pares. —Trago saliva. Mi cuerpo es una bruma de excitación, anhelo y ansia—. Pero mientras no lo diga…

Le salen unas pocas arrugas alrededor de los ojos al sonreír.

—Eres adorable. —Me da un beso dulce y suave en la boca—. En ese caso, quiero que te arrodilles y me la chupes.

Hay una vocecita en mi mente que dice que Lukas podría estar poniéndome a prueba. *¿Lo dice en serio? ¿Hasta dónde estará dispuesta a llegar?* Pero es fugaz y se apaga de inmediato, porque en este momento solo importa una cosa.

Me ha pedido que haga algo. Y no me imagino nada mejor que seguir sus órdenes.

Así que me agacho entre sus piernas, apoyando las rodillas desnudas en la base del taburete hasta alcanzar la altura perfecta. Me acerco y empiezo a desabrocharle el botón de los pantalones, pero me detiene agarrándome con una mano las dos muñecas. Me quedo paralizada. Ya he metido la pata... Pero entonces me levanta la barbilla y me echa el pelo hacia atrás para estudiarme la cara a su antojo, y al cabo de unos segundos murmura:

—Eres preciosa, Scarlett.

No parece que lo diga por decir. Más bien me lo dice porque quiere que lo tenga claro. Sonrío y, cuando me suelta las manos, continúo con mi labor, desabrochando un botón tras otro, dejando que los chasquidos y el sonido de la tela al meter la mano por dentro de los calzoncillos invadan el silencioso laboratorio.

No podría estar menos sorprendida por su tamaño. Ya está completamente empalmado, huele a jabón, a recién duchado y a piel, y estoy más excitada de lo que recuerdo haber estado nunca. La costura de los pantalones cortos que llevo se me clava en el clítoris y me da cierto gustito (mucho, en realidad), pero no importa.

Esto es lo único en mi vida que no tiene que ver conmigo.

Lukas me acaricia la cara y me toca la comisura de los labios con el pulgar.

—¿Aún quieres seguir adelante con esto?

Vuelvo a asentir con efusividad. La verdad es que no quiero que se preocupe por mí. Quiero liberarme. Quiero...

—Lo único que quieres es que te digan lo que tienes que hacer, ¿no? —dice en voz baja y con una leve sonrisa. Él lo entiende—. Ahora mismo solo quieres ser una boca, ¿a que sí?

Me trago el nudo de la garganta.

—Creo que sí.

Desliza su gran pulgar entre mis labios, desafiante. Se inclina para darme un beso que es solo lengua. La suya se encuentra con la mía justo en el punto donde su dedo me mantiene la boca abierta. Es un beso sucio y de los que te dejan sin aliento.

—Pues que así sea, Scarlett. —Se endereza de nuevo. Cuando me mira desde arriba, pienso en deidades nórdicas y mandatos de los cielos—. Abre la boca.

Lukas quiere tener el control y yo estoy a su merced. Se coge la polla por la base, apoya la parte de abajo contra mi boca y me acaricia los labios con el glande. Gruñe al empezar a meterla, primero un centímetro, después otro, después...

—Uf, joder. —Me coge de la mandíbula, controlando cada movimiento. Lo único que puedo hacer es mantener la boca abierta y húmeda para él—. Déjame un momento para... —La saca. Otro gruñido. Trago aire. Me acaricia la mejilla con delicadeza y dulzura, como si su polla no estuviera ahora mismo goteando líquido preseminal contra la comisura de mi boca—. Voy a enseñarte cómo me gusta. Quieres aprender, ¿verdad?

Es mi propósito en la vida. No lo será de aquí a una hora y ni siquiera me importaba hace veinte minutos, pero ahora mismo no hay nada en este mundo que me apetezca más. A la mierda el deporte, a la mierda la carrera de Medicina, a la mierda ser un miembro productivo de esta sociedad.

—Por favor.

Masculla una especie de palabrota. Estoy dispuesta a hacer lo que me pida, pero veo que vacila. Se toma un momento para apartar los mechones que me caen sobre la mejilla y lo hace con amabilidad, con unos movimientos casi reverenciales.

—Joder, eres tan...

—¿Qué? —pregunto, y al hacerlo le rozo el prepucio con los labios.

Exhala.

—Ni siquiera lo sé. —Sus ojos muestran placer, pero su voz es ronca y sedienta.

Entonces me agarra del pelo y un segundo después estoy con la boca llena. Succiono al ritmo, la velocidad y la profundidad que él quiere, y me dejo guiar. Me hace falta un instante para acostumbrarme a su tamaño, a la forma en que sus manos me dan las instrucciones, a lo fácil que sería ahogarme con su polla en la boca.

—Mírame, Scarlett.

Mi mente es un espacio flotante y mullido. Mis bragas están tan empapadas que creo que tendré que tirarlas. Esto es lo que quería. Quizá no lo haya pedido en voz alta, pero dudo que pueda llegar a explicar con palabras cuánto disfruto descubriendo lo que le gusta a Lukas.

Él me entiende. Alterna la mirada entre mis labios y mis ojos, y entiende todo lo que está pasando.

—Lo estás haciendo muy bien —Su acento es ahora más marcado, tan presente como su polla sobre mi lengua—. No sabes la de veces que te he imaginado así. En mi mente ya era una locura, pero es que esto está siendo... Joder. —Me recorre la mejilla con el dedo, acariciando el bulto que su pene crea en mi boca. Con la voz ronca, murmura algo en sueco, algo frenético y definitivamente obsceno, y lo hace con la suficiente desesperación como para aniquilar la barrera del idioma—. Te encanta, ¿verdad?

Afloja el agarre para que le pueda dar una respuesta verbal.

—Sí.

Sus muslos se tensan bajo mis manos, como si tuviera tantas ganas de oírlo como yo de decirlo.

Me duele un poco la mandíbula, pero apenas lo noto cuando me dice:

—Qué bien, porque estás preciosa con mi polla en la boca.

Me guía la cabeza de nuevo hacia abajo y pienso que quizá esta sea mi verdadera vocación. Ahora es más rudo, las embestidas son más profundas y menos comedidas. Es demasiado grande para que quepa entera, pero está dispuesto a intentarlo y a dejar que yo haga lo mismo. El glande choca contra el interior de mi mejilla, luego se adentra más. Un empujoncito, está a punto de abrirse camino hasta mi garganta.

—No te preocupes, vamos a... Joder... Practicaremos más. Lo estás haciendo muy bien. —Me tranquiliza para que no me autoexija demasiado, como si lo estuviese haciendo justo como él quiere.

Como si lo único que quisiera es verme a mí así, intentándolo.

Y lo intento. Muevo la cabeza hacia delante, solo un poco, como si mi mente creyera que puedo metérmela entera con solo desearlo, y eso debe de pillarlo desprevenido, porque suelta más palabras en sueco y la mano con la que me agarra de la nuca se afloja, inestable. Está a punto de correrse.

—Hostia puta, Scarlett...

Por un segundo, estoy convencida de que me sostendrá la mirada en todo momento, pero entonces, justo antes de que llegue el orgasmo, cierra los ojos e inclina la cabeza hacia atrás. Ver su expresión de desamparo me arranca un gemido mientras sigo moviendo la cabeza. Me agarra más fuerte de ambos lados de la cara y tengo la certeza de que existe un universo en el que podría correrme solo con esto: solo viendo lo mucho que disfruta, sabiendo que soy yo quien se lo provoca, estando presente en mi cuerpo y no en mi cabeza, despojándome así de toda carga.

Hago todo lo posible para tragarme hasta la última gota, pero hay demasiado y la posición no es la correcta, así que Lukas tiene que usar el pulgar para volver a meterme en la boca el semen que se ha derramado. Lo hace lento, paciente y minucioso, con los ojos vidriosos y las mejillas sonrojadas, y cada vez que le paso la lengua por el dedo suelta gruñidos y una palabra que no termino de identificar, algo así como «perfecta».

Estoy muy mojada. Flotando. Ardiente. Me levanta como si pesara menos que una pluma, me acomoda en el borde de la mesa. Casi, casi, soy consciente de lo que me rodea: los penetrantes olores químicos del laboratorio, los bíceps de acero de Lukas envolviéndome, el ritmo acelerado de su respiración...

Una vez aprendí que los nadadores más rápidos no respiran ni una sola vez en todo el tiempo que tardan en recorrer una piscina. Porque las rotaciones de cabeza no son eficientes y al oxígeno tampoco le da tiempo a llegar a los músculos o algo así. Funcionan de forma anaeróbica durante unos veinte segundos, lo que significa que su capacidad pulmonar debe de ser impresionante.

Y Lukas Blomqvist, la persona más rápida en recorrer cincuenta metros nadando, está jadeando contra mi cuello como si no hubiera suficiente aire en el universo para llenarse los pulmones. Tarda un rato en recuperarse antes de volver a posar la mano en mi nuca y meterme la lengua hasta una profundidad obscena.

Todavía noto su miembro empalmado contra el estómago. Mis brazos se han quedado atrapados entre su cuerpo y el mío, como si quisiera fusionarse conmigo.

—Lo has hecho muy bien, Scarlett. —Parece agitado, pero su voz es firme.

Poco a poco va recuperando el control. Desliza los dedos por mis costados hasta llegar a los muslos y... los pantalones que llevo son tan cortos que, nada más meter una mano por dentro de la pernera, se encuentra el elástico de mis braguitas de algodón.

Ahogo un jadeo.

Él sonríe.

—¿Y sabes qué premio se les da a las chicas que se portan bien?

Usa el pulgar, el mismo que me ha metido en la boca hace unos instantes, para darme suaves golpecitos en el clítoris por encima de la ropa interior, que está empapada. Me noto tan hinchada e hipersensible ahí abajo que mi gemido resuena por todo el laboratorio.

—Madre mía, Scarlett. ¿Cómo puedes estar tan mojada?

Escondo otro gemido en su cuello, pero él tira de mí hacia atrás y me obliga a mirarlo. Sé que tengo la cara roja. Antes he notado que me caían las lágrimas mientras él se corría. Qué vergüenza. Pero eso no impide que esté temblando de deseo.

Y él lo sabe.

—Lo has hecho muy bien. Te mereces tener un orgasmo. Me encantaría dártelo. Pagaría una cantidad nada despreciable de dinero por pasarte la lengua entre las piernas ahora mismo. Aunque es probable que puedas correrte solo con esto. —Otra caricia lenta, esta vez al lado de la costura de mi ropa interior. Me inclino hacia él, gimo, clavo los dientes en los duros músculos de sus hombros y él ni se inmuta. Me acuna la cabeza con la palma de la mano y me envuelve en sus brazos—. El problema es que aún no tengo claro si lo deseas lo suficiente.

Cierro los ojos y a duras penas me aguanto las ganas de suplicar. No sé si ya me he ganado ese derecho.

—Venga, levántate.

Me baja de la mesa. Me recoloca los pantalones. Me endereza la camiseta de tirantes y se detiene para pasarme un dedo por el pezón, cuyo relieve asoma por debajo de la tela. Al ver que se me corta la respiración, me da un beso en la mejilla.

—Qué maravilla —murmura, y luego—: Venga, vamos.

—¿Adónde...? —Tengo que aclararme la garganta para poder seguir hablando—. ¿Adónde vamos?

Sonríe y se saca el USB del bolsillo.

—¿No te acuerdas? Tenemos un proyecto en el que trabajar.

CAPÍTULO 26

Mientras caminamos por el patio principal, me siento más débil que después de una semana de gripe. El aire fresco no ayuda a despejar la neblina mental ni a aliviar las punzadas que noto entre las piernas.

Levanto la barbilla, intentando que no se note que sigo procesando lo que acaba de ocurrir, que no ha sido una experiencia prácticamente religiosa de las que le dan sentido a la vida.

«Escena», así es como la gente llama a lo que acabamos de hacer. Periodos de tiempo en los que se intercambian las dinámicas de poder. Tienen un principio y un final. Pueden acabar con el uso de una palabra de seguridad. Se estructuran y formalizan a gusto de los participantes; en mi caso, no demasiado, al menos por ahora. Las palabras como «dominante» y «sumisa» me parecen un poco engorrosas. Difíciles de manejar. En la lista puse que en esta etapa prefería explorar más que restringir, y Lukas pareció... bastante complacido con la idea. Por ahora, solo somos dos viciosos que están descubriendo qué le gusta al otro y dónde están los límites.

Me pregunto si fue algo así lo que dio origen a la expresión «El que busca encuentra».

Respiro hondo y entrecierro los ojos ante el resplandor del sol de última hora de la tarde, hasta que noto unas gafas que me suben por el puente de la nariz. Lukas tiene un aspecto formidable contra el cielo repentinamente oscuro, pero sus ojos están ahora desprotegidos.

—No me…

—Por ahí —me indica dándome un golpecito en la nuca y girando a la derecha.

Tengo los labios tiernos e hinchados. Antes, en el ascensor, no ha parado de acariciármelos con el pulgar. Tenía una sonrisa de complacencia que se reflejaba también en sus ojos. Hemos salido del laboratorio, del pasillo y del edificio cogidos de la mano, hasta que yo me he soltado.

Es impresionante la cantidad de miradas que se posan sobre él en un paseo de cinco minutos por el campus. Y eso que Stanford es la *alma mater* de decenas de atletas olímpicos, muchos de los cuales acaban consiguiendo medallas. Lukas no es en absoluto el único. Pen le dijo que era una figura pública y quizá estaba en lo cierto.

—¿Te molesta? —le pregunto. Me estoy relajando poco a poco, pero aún sigo algo temblorosa.

—¿El qué?

—Bueno, la gente. La atención y tal.

Me lanza una mirada confusa.

—¿Qué atención y qué gente?

Se me escapa una carcajada y me imagino hablando del tema con Pen. «¡No se da cuenta! ¡Te lo dije, es estoico!».

—¿Todo bien? —me pregunta para asegurarse, y yo asiento con la cabeza.

Me siento usada, y es una sensación maravillosa. Pero no usada como se usa una cosa para luego desecharla. Me siento valiosa, alguien capaz de proporcionar placer, el producto de un entusiasmo y de unas instrucciones llevadas a cabo como es debido. Y ese es, en realidad, el quid de la cuestión. Cuando sigo órdenes, me quito de encima todo el peso con el que cargo normalmente. Seguro que hay muchas razones por las que a otros les gusta lo mismo que a mí, pero, para mí, es esto. La tranquilidad. La pausa. El saber que, por un breve instante, estoy en manos de otra persona. Sin responsabilidades, sin tener que tomar decisiones.

Sin embargo, cuando eso termina, la realidad se cuela de nuevo. Las clases. Los entrenamientos. Los proyectos.

—He estado trabajando en las capas de agrupación de la red neuronal —le digo a Lukas.

—Dijiste que emplearías la agrupación máxima, ¿verdad?

—No, lo dijo Zach.

—Ah. ¿Y a ti qué te parece?

Hago una pausa. Me muerdo el labio inferior.

—Zach se está sacando el máster. Yo aún no he terminado la carrera.

—Ajá, pero eso no significa que no puedas estar en desacuerdo con él.

—Sería mejor calcularlo usando la media —confieso. Lo miro de reojo—. ¿Tú qué opinas?

—Creo que esto se te da mejor que a mí y que a Zach.

No me hace falta que Lukas me diga que soy buena en algo, sobre todo porque ya lo sé, pero aun así es reconfortante. Me proporciona calma y me llena el corazoncito de alegría.

Ya no me tiemblan las rodillas, pero me siento vacía. Electrizada.

—Gracias por la confianza.

—Es una droga dura. —Intercambiamos una mirada cómplice—. Voy a preparar una secuencia de comandos para cuando haya que pasar los datos para el modelo.

—¿Podrás hacerlo?

Enarca una ceja.

—¿Dudas de mi capacidad para codificar?

—No, no. Aunque preferiría hacerlo yo.

—¿Por qué?

—Bueno, para empezar, porque no sé qué lenguajes de programación conoces.

—¿Y?

—Me preocupa que escojas, no sé, MATLAB.

Suelta un bufido.

—MATLAB...

—Que te indignes es un alivio. —Capto el movimiento de sus labios cuando me empuja ligeramente para que gire a la izquierda. Nos estamos dirigiendo hacia las afueras del campus... ¿Quizá quiere ir a otra biblioteca que no conozco?—. Tienes mi permiso para escribir la secuencia de comandos.

—Qué generoso por tu parte. ¿Cómo va el alemán, trol?

Miro de reojo su cara de suficiencia y satisfacción.

—Vale, primero: ¿trol? Y segundo: eso ha sido un golpe bajo.

—Te lo merecías. MATLAB...

—¿Qué será lo próximo, preguntarme cómo llevo los saltos hacia dentro?

—Mmm... ¿Cuáles son esos?

Me detengo en medio de la acera.

—¿Qué? —me pregunta.

—¿Acabas de...? ¿No sabes lo que es un salto hacia dentro?

Se encoge de hombros.

—Es que hay tantos...

—Pero... Pen. —Se queda mirándome como si no entendiera lo que quiero decir—. Tu ex es un prodigio en este deporte. —Sigue con cara de confusión—. Puedes distinguir los diferentes tipos de salto, ¿no?

—Bueno, sé que a veces saltáis de una tabla no muy larga que rebota y otras, de una más alta y rígida...

—¿Te refieres al trampolín y a la plataforma?

—¿Así se llaman?

Me tapo la boca con ambas manos para evitar que un grito endemoniado se cuele por mi tráquea y le reviente los tímpanos. Y entonces me doy cuenta de que me está tomando el pelo.

—Te odio.

Sonríe y estira la mano para ponerme un mechón detrás de la oreja. Luego tira de mí hasta que reanudo la marcha.

—Pero sí que confundo los tipos de salto. No creo que pueda distinguir cuál es el salto hacia dentro.

Inaceptable.

—De haber sabido distinguirlos, quizá ella no… —Me callo a media frase y busco una forma de terminarla que no implique meter el dedo en la llaga.

Pero Lukas ya está sonriendo.

—¿No me habría dejado?

—No quería… Lo siento.

—No te preocupes. Podría haber memorizado cada apartado del libro sobre los saltos por grado de dificultad y no habría cambiado nada.

—¿Estás seguro? Eso de no conocer lo básico sobre el deporte de tu pareja es de ser un poco mal novio. Quizá se siente ignorada.

Se ríe entre dientes.

—Si en algo no teníamos problemas era en lo mucho que nos apoyábamos mutuamente, Scarlett. —Luego continúa, más serio—: Pen y yo empezamos a salir en un momento en el que ambos necesitábamos algo, o más bien a alguien, ajeno a nuestras disciplinas. Saber poco del deporte del otro era parte del atractivo.

Supongo que tampoco es tan descabellado.

—Josh me dijo una vez que las inmersiones en las que se salpicaba más agua eran más bonitas porque le recordaban a las fuentes y que los jueces deberían darles mejor puntuación que a las otras.

—¿Josh?

—Mi ex.

Volvemos a girar por una esquina. El brazo de Lukas roza el mío a la altura del hombro.

—¿Con el que experimentaste?

—El único. —Suelto una carcajada—. Literalmente, el único.

—¿Vive aquí?

—¿En Stanford? No, estudia en la Universidad de Washington, en St. Louis.

—¿Tú eres de ahí?

—No, pero mi madrastra sí.

Asiente.

—¿Rompiste con él por la distancia?

Nunca me había hecho tantas preguntas como en estos últimos diez segundos. Quizá quiera averiguar si realmente soy un bicho raro.

—Al revés, en realidad. Fue él quien rompió conmigo. —Lukas frunce el ceño—. ¿A qué viene esa cara?

Sigue fruncido.

—Nada.

—No fue por... No tuvo nada que ver con el sexo —aclaro.

Lukas parece desconcertado.

—Eso ya lo daba por hecho.

No estoy del todo convencida.

—En todo caso, fue más bien por mi forma de ser.

—¿Tu forma de ser?

—Sí, mi personalidad. Demasiado exigente. Obsesiva con que las cosas salgan como yo quiero. Distante a veces. Básicamente, sé que parezco una frígida desde fuera, pero...

Se ríe. Lukas se está riendo. Un sonido retumbante y profundo que es más fuerte que cualquiera de las cosas que he oído salir de él. No sé qué hacer, excepto seguir caminando y mirarlo perpleja.

—¿Qué? —pregunto.

Niega con la cabeza.

—No eres una frígida, Scarlett. Eres… dulce.

—No soy dulce.

—Conmigo sí. —Sus ojos se encuentran con los míos. Una mirada oscura e inquebrantable que traspasa todas mis barreras—. Tal vez sea el efecto que tengo sobre ti.

El rubor me tiñe las mejillas y me fuerzo a desviar la mirada hacia el suelo. Sus piernas son mucho más largas que las mías, debe de estar ralentizando el paso para adaptarse a mí, porque, de no ser así, me habría quedado sin aliento hace rato.

—Josh conoció a alguien que le gustaba más. —Decirlo en voz alta ya no duele tanto como antes, cuando solo de oír su nombre me sentía sola e indeseable—. Pero él no era… como nosotros. No éramos compatibles en ese sentido.

Se detiene delante de una casa blanca de estilo colonial a las afueras del campus. Yo hago lo mismo, intentando no sentirme intimidada por la seriedad con la que me observa.

—¿Sigues enamorada de él? —inquiere en voz baja.

La pregunta me coge por sorpresa. También lo fácil que me resulta contestar.

—No. No me he quedado esperando que vuelva. Han pasado un millón de años y…

—Un millón.

Pongo los ojos en blanco. Sonrío.

—Un año y medio. —Es una respuesta más clara que la que me dio él cuando le pregunté si aún sentía algo por Pen. «¿Sientes algo por ella, Lukas?».

—¿Y no ha habido nadie más?

Niego con la cabeza.

—No porque siga pillada de Josh. Tiene más que ver con el hecho de querer estudiar Medicina y los horarios de entrenamiento. Además, con la suerte que tengo, seguro que, si me meto en una aplicación de citas, escogería sin querer a un antivacunas de los que asaltaron el Capitolio. Así que… sí. Solo Josh.

Y ahora tú es lo que sé que ambos pensamos, pero ninguno decimos.

Quiero retorcerme por el calor que antes ha dejado ardiendo en mi vientre, ese frustrante pero agradable recordatorio de que Lukas es como yo.

Me encojo de hombros y me muerdo el labio antes de atreverme a preguntar:

—¿Y tú?

—¿Yo qué?

Me mira expectante. Un dios nórdico concediendo audiencia a su súbdita. No le hace falta más para ponerme cachonda. Qué le vamos a hacer, estoy así de desquiciada.

—¿Has estado con alguien más aparte de Pen?

Vacila, luego inclina la cabeza, hace un gesto hacia la casa y dice:

—Es complicado. Podemos hablarlo dentro.

CAPÍTULO 27

Preguntarle a alguien si debo quitarme los zapatos antes de entrar en su casa me parece algo de lo más normal, así que no entiendo que Lukas se me quede mirando como si me hubiera ofrecido a untarle el baño con zurullos de tejón.

—¿Acaso no se los quita uno siempre? —pregunta, como si fuera de cajón, antes de menear la cabeza y murmurar algo entre dientes. «Estadounidenses», me parece oír.

No puedo evitar reírme mientras lo sigo por un pasillo limpio como los chorros del oro.

Por desgracia, mi perfeccionismo nunca ha llegado a extenderse al tema de la limpieza. Cada tres meses, Maryam y yo celebramos una infalible reunión doméstica en la que sucede lo siguiente: primero, nos echamos la culpa la una a la otra por el estado nauseabundo de nuestra casa; luego, procedemos a una limpieza por encima para mitigar temporalmente la sensación de vergüenza y estrés, y, al final, juramos por lo más sagrado (en mi caso, mi perra; en el suyo, un Funko Pop de Cthulhu) que compraremos posavasos y jamás volveremos a dejar que la entropía se apodere de nosotras.

Pitufa y Cthulhu están bien jodidos.

—Tu casa está mucho más ordenada que la mía —confieso, aunque odio el tono de asombro que desprende mi voz. Lukas me lanza una mirada crítica por encima del hombro.

—Ahí tienes el armario de la limpieza. —Señala una puerta de madera—. Coge prestado lo que quieras.

Resoplo.

—Vale, no pienso invitarte a mi casa ni por asomo.

—Por mí bien.

Me conduce hasta la cocina, que parece la típica estancia que un agente inmobiliario le enseñaría a sus clientes con la esperanza de que comprasen la casa a tocateja.

—Lukas, ¿de dónde sacas el tiempo para...?

—Tío, no sabía que Pen iba a... Anda. —Hasan aparece por la puerta y se detiene en seco al verme—. Hola, Vandy.

—Hasan —saludo.

Es un chico británico de voz grave y con una complexión alta y recia, y aunque jamás lo he visto ser un capullo con nadie, me acerco a Lukas de forma automática. Choco de costado con su cálido cuerpo y descubro que él ha hecho lo mismo.

—Perdona, he oído la voz de una chica y he dado por hecho que eras Pen.

Miro a Lukas, a la espera de que le explique a su compañero mi presencia en la casa, pero está ocupado escogiendo una manzana de un cuenco tan bien dispuesto que parece salido de un bodegón del siglo XIX. El peso de contar medias verdades recae sobre mí:

—Lukas y yo estamos trabajando juntos en un proyecto.

—Ah. —Su sonrisa desprende algo parecido al alivio y la expresión se le ilumina—. ¿Has acabado ya con la rehabilitación?

El año pasado coincidíamos bastante a menudo en el fisio.

—Sí. ¿Y qué tal tu rodilla?

—Bien. Era solo un esguince.

—Tu especialidad es el estilo braza, ¿verdad?

—Sip. —Intercambiamos una sonrisa. Ya me siento más cómoda... hasta que añade—: Fue una lesión muy grave. La tuya, quiero decir.

—Ah..., sí. Supongo.

—No fue solo un desgarro, ¿verdad? Hubo más cosas.

—Bueno, sí... Una conmoción cerebral. Una lesión en los pulmones. Un par de esguinces. —Me encojo de hombros con el cuerpo tenso, aunque no creo que Hasan se dé cuenta.

Lukas, por otro lado...

—¿Por qué me dijiste que no te preguntara por los saltos hacia dentro?

Su voz me pilla por sorpresa. Me vuelvo hacia él y contemplo, admirada, la despreocupación con la que pela la manzana; una espiral de piel continua y perfecta, como si fuera lo más fácil del mundo, mientras que yo he intentado hacer lo mismo un millón de veces y siempre he acabado cagándola. Luego, asimilo su pregunta.

—No dije eso.

—Casi.

—Qué va.

—Dijiste: «¿Qué será lo próximo, preguntarme cómo llevo los saltos hacia dentro?». —Termina de pelar la manzana sin dejar de mirarme.

Uf.

—Es que tienen su miga. Nada más.

—Ah. —Hasan asiente con complicidad—. ¿Como los ejercicios de mínimas brazadas con series de doble distancia?

—Exacto. —No tengo ni idea de a qué se refiere, pero asiento aliviada. Lukas me mira con más intensidad de la que me gustaría. Echo un vistazo alrededor de la cocina, desesperada por cambiar de tema—. Por cierto, me encanta lo impoluta que tenéis la casa. Imagino que la desinfectáis semanalmente.

Hasan hace una mueca.

—Tenemos establecido un régimen bastante estricto. —Se queda mirando a Lukas con toda la intención. El susodicho, por su parte, corta la manzana sin inmutarse y deja los trozos en un plato—. Una dictadura con todas las letras, que dirían algunos —añade.

Tamborileo los dedos sobre la limpísima encimera.

—Parece mentira que seas universitario, Lukas.

—Somos hombres adultos —se limita a decir, y desliza el plato hacia mí.

¿Me ha...? ¿Me ha preparado un tentempié? ¿Es para darme las gracias por...?

—Ser adulto no es incompatible con dejarse alguna que otra miga en el fregadero de vez en cuando —comenta Hasan.

—Y tu cabeza o la de Kyle tampoco son incompatibles con el retrete —replica Lukas de buen humor.

Tras casi atragantarme con la manzana, pregunto:

—¿Le has...? ¿Eso ha sido una amenaza?

—No sé. —Lukas mantiene la mirada, serena y desafiante, clavada en Hasan—. ¿Quieres ponerme a prueba?

«Régimen dictatorial», me dice Hasan moviendo los labios sin emitir ningún sonido.

—¿Será algo típico de los suecos? —pregunto en un susurro burlón antes de darle un mordisco a otro trozo de manzana. Dulce y crujiente. Perfecto.

—Oye, pues igual sí, porque, además, está obsesionado con la comida sana y hace la colada todos los findes a la misma hora. No me extrañaría que utilizara un transportador de ángulos para doblar los calzoncillos.

—Es típico de hombres hechos y derechos —replica Lukas. Aún no se ha comido ningún trozo de manzana. ¿Es solo para mí?

—¿Cuánto tiempo lleváis viviendo aquí?

—Desde segundo —explica Hasan—. Caleb se marchó el año pasado tras graduarse, y Kyle se quedó con su cuarto.

—¿Kyle comparte el mismo..., eh..., entusiasmo por la limpieza?

—Lukas le aterra tanto como a mí y, en consecuencia, demuestra la misma predisposición a someterse a su autoridad, sí.

—¿Está en casa? —pregunta Lukas con toda tranquilidad, como si no estuviésemos comentando su personalidad despótica.

—Arriba, creo.

Asiente y se vuelve hacia mí.

—¿Quieres más?

Debía de tener hambre, porque me he comido la manzana entera.

—No, gracias. ¿Nos ponemos con el proyecto?

Asiente.

—Tengo el ordenador arriba.

—Genial.

Me despido de Hasan con una sonrisa, suelto una risita en voz baja cuando él murmura un «tirano», y sigo a Lukas escaleras arriba. Su cuarto está en el rincón oriental de la casa; debe de ser agradable, sobre todo en verano, cuando amanece más o menos a la hora del entrenamiento. Aún no tengo claro por qué me ha traído aquí en lugar de irnos a la biblioteca, pero...

Una mano enérgica me empuja al interior de su habitación.

Y un instante después, cuando estoy a punto de tropezarme con mis propios pies, un brazo igual de poderoso me agarra por la cintura y me acerca a su pecho.

La puerta se cierra. Lukas hunde la cara en mi garganta e inhala con fuerza.

—Qué bien hueles siempre, joder —murmura pegado a mi cuello, y el corazón se me acelera.

La cama está alejada de la puerta, pero da igual. Lukas es dos veces más grande que yo, un millón de veces más fuerte y... supongo que su forma de cogerme, sin ninguna dificultad, como si fuera una muñeca o una mascota, me afecta una barbaridad. Cuando me deja sobre el colchón, me siento igual que al fallar un salto con varios tirabuzones.

Desorientada. Sin aliento. Perdida.

No me da ni un respiro. Mete los dedos en el elástico de mis pantalones cortos y me los baja junto con la ropa interior. No debo de oponer resistencia alguna, ya que al cabo de un momento se encuentra arrodillado junto a la cama, mirando fijamente lo que acaba de dejar al descubierto.

Mi coño.

No se anda con rodeos. Y tal vez no quiera hacerme sufrir más, porque me toca sin vacilar. Noto la firme y suave presión de su pulgar al separar los pliegues de mi húmeda hendidura. Empieza justo debajo del clítoris; desliza el dedo primero una vez y luego otra, y al pasar por tercera vez, lo hunde en mi interior.

Suelto un jadeo.

Él permanece callado.

Se queda mirando el lugar donde una pequeña parte de su cuerpo se encuentra alojada dentro de mí. Tengo la sensación de que no le afecta, de que controla la situación con una serenidad de la que yo jamás sería capaz, pero entonces dice:

—¿Te cuento un secreto? —Su voz no se parece a nada que haya oído. Es un murmullo suave. Afilado. Ajeno.

Asiento.

—Soñé que te follaba.

Trago saliva. Su pulgar vuelve a subir y esta vez…, esta vez deja que me roce el clítoris.

Me arqueo con un gemido y me muerdo el labio inferior.

—Varias veces. Seguramente demasiadas.

Siento que me contraigo alrededor de un vacío.

—La primera vez fue hace dos años.

El corazón me late con fuerza. Estoy al borde de... de algo, pero su pulgar ha desaparecido. Podría correrme con la intensidad de un maremoto. Solo tiene que tocarme. En cualquier parte, con cualquier cosa que elija. Pero no me toca, y no descarto la posibilidad de echarme a llorar.

—Scarlett.

—¿Sí? —No creí que fuera capaz de hablar, pero su voz es tremendamente autoritaria.

—Si quieres que pare, ¿qué tienes que hacer?

—Pedirte que pares. —Puedo decirlo. Sé que puedo, y él parará. Pero ahora mismo es lo último que quiero.

—Estás aún más mojada que en el laboratorio. ¿Es porque no he dejado que te corrieras? ¿Porque estoy al mando?

Parece preguntarlo de verdad, como si quisiera saberlo con certeza. Asiento, desesperada. Me agito, anhelante.

—Quieres acatar las órdenes de alguien en quien confíes, ¿verdad? Quieres que haya reglas, que te digan qué es lo que te conviene.

Es de lo más condescendiente y yo... asiento como si me fuera la vida en ello, medio avergonzada del fuerte gemido que se me escapa.

—Eh. Eh, cielo. —Alarga una mano y me rodea la mandíbula, rozándome los labios—. La habitación de Kyle está al final del pasillo. ¿Puedes bajar la voz?

Durante un instante soy incapaz de pensar con claridad. Incapaz de comprender la magnitud de... esto. Su forma de hablarme. De cogerme. La mezcla de violencia, dominio y ternura. Se parece tanto a lo que siempre he deseado y nunca he llegado a pedir que me cuesta creer que no sea una fantasía.

—Scarlett, ¿te vas a portar bien?

Asiento contra su mano mientras me sujeta las muñecas al vientre con la otra. Su sonrisa satisfecha me pone aún más.

—Si ves que no puedes, muérdeme la mano —dice con la palma pegada a mis labios, aprisionándome las mejillas con sus largos dedos.

Quiero decirle que no pasa nada, que me portaré bien si él me lo pide, que no tiene que preocuparse, pero resulta que no es verdad.

La primera vez, tarda menos de diez segundos en conseguir que me corra. Se limita a dejar la lengua sobre mi clítoris, plana e implacable, y cuando el orgasmo estalla en mi interior, Lukas gruñe como si estuviera sintiéndolo él.

Creía que podía permanecer callada. En su lugar, gimo contra la parte carnosa de su mano.

—Joder, qué bien te portas —me dice. No sé cómo, pero unos instantes después, vuelvo a correrme—. ¿Otra vez? Tenías que ser perfecta, ¿eh?

Sigue lamiendo, chupando y saboreándome el clítoris, comiéndomelo como si estuviera hecha de aire y agua. En un abrir y cerrar de ojos, el ansiado placer se transforma en una avalancha de la que quiero huir. Las lágrimas me resbalan por las comisuras de los ojos.

—Lukas, Lukas… Me… —Mi voz se transforma en un sollozo. Vuelvo a arquearme, con la cabeza inclinada hacia atrás, y me estremezco. Es demasiado; demasiado intenso, demasiado nuevo como para definirlo con una palabra tan simple como «bueno». Pero me despoja de todo pensamiento. Consigue apaciguar mi ansiedad y mi mente hiperactiva. Es como si Lukas supiera someterlas a su voluntad.

Intento apartarme de su boca, pero él sabe que no es lo que necesito.

—Shh, tranquila. Lo estás haciendo muy bien.

Hundo los talones en los músculos de la parte superior de su espalda. Me sujeta las muñecas con más fuerza, evita tocarme las partes del coño más sensibles y tiernas, y aun así consigue que vuelva a correrme.

—¿Más? —me pregunta cuando el placer del orgasmo se disipa, como si los últimos diez minutos no hubieran sido una memorable recopilación de más, como si no me estremeciera cada vez que noto su aliento en la piel.

Me noto pesada y ardiente. Compuesta de chispas. Lo veo observar mi prieta abertura, expuesta ante él.

—Pues… —Tengo la garganta en carne viva. Y él, mis dientes marcados en la palma—. No soy yo quien decide.
—Lo digo porque es lo que ambos pensamos.

—Esto es lo tuyo, ¿verdad, cariño? —Su mano abandona mi rostro y desciende para abrirme las piernas. Me inmoviliza la rodilla derecha contra la cama. Cuando me hunde los dientes en el interior del muslo, me estremezco entera. Me hace un poco de daño, o puede que mucho, pero tengo los cables cruzados, estoy confundida a nivel neuronal, y me es imposible separar el dolor y el placer—. Tienes toda la razón.

Me pregunto si me acostumbraré a su fuerza. Mi parte racional sabe que su físico es, simplemente, el resultado del entrenamiento, la disciplina y unas prioridades muy cuestionables. La otra parte, la que solo quiere unos momentos de descanso, adora la facilidad con la que me da la vuelta y me deja boca abajo en la cama, con la mejilla apoyada en una almohada que huele tanto a él que no puedo evitar aferrarme a ella.

Mío.

—Me muero por follarte —dice a mis espaldas.

Sigo temblando. No llevo más que una camiseta blanca de tirantes que se me ha subido hasta las costillas. Lukas está arrodillado y tiene mis muslos atrapados entre los suyos. Debe de estar mirándome el culo y, si fuera cualquier otra persona, me habría puesto nerviosa. ¿Soy lo bastante guapa? ¿Se ha llevado una decepción al ver mi cuerpo?

Sin embargo, quien lleva la voz cantante es él. Y si yo no le gustase, no seguiría adelante. Mis preocupaciones desaparecen y esbozo una sonrisa contra el edredón.

Podría quedarme aquí para siempre, en la tranquilidad de este momento.

—Me dejarías, ¿verdad?

Apoya la mano entre mis omóplatos y empuja hacia abajo. Tengo poco rango de movimiento, pero intento asentir.

—Qué mona eres. —Se inclina hacia delante y me besa lenta y pacientemente la primera vértebra de la columna—. Aunque, pensándolo bien, me muero por follarte sin condón.

Su voz atraviesa la espesa bruma que me inunda el cerebro. Me acuerdo de la lista. En los márgenes de la mía ponía: «Tomo pastillas anticonceptivas para evitar la regla».

«Si te parece bien, podríamos hacernos pruebas de ETS e intercambiar los resultados», escribió él.

Yo le envié los míos.

Él estuvo muy ocupado y no me envió los suyos.

—Tendremos que hacer otra cosa —dice.

Yo gimo pegada al colchón.

—Por favor.

Lame el rastro de lágrimas que me resbala por las mejillas. Noto en la oreja el maravilloso roce de su barba incipiente y lo oigo proferir una especie de risa tensa y compungida.

—Estás preciosa cuando suplicas. —Me da otro beso—. Siempre lo estás.

Dejo escapar otro gemido frustrado, pero él está desabrochándose los vaqueros. Se baja varias prendas y noto la inmensidad de su peso cuando se inclina sobre mi espalda, me junta las piernas con las rodillas y...

Madre mía.

Él gruñe. Yo jadeo. La primera vez que desliza la polla entre mis mulsos lo hace a lo bruto. Sin lubricante. Pero entonces se mueve hacia arriba, hacia la zona que ha dejado empapada hace unos momentos.

—Joder, estás... —Coge ritmo con las caderas y el resultado es perfecto.

Y ahí es cuando caigo en la cuenta de que está follándome. Tal vez no como quiero, es verdad, pero con cada una de sus embestidas me roza el clítoris con el glande. Noto su ardiente miembro contra mis pliegues y es lo bastante placentero como para ponerme a suplicar.

—Es como si te hubiera inventado, Scarlett.

Empiezo a balbucear de forma frenética e inapropiada, y él tiene que hacerme callar de nuevo. Suelta una carcajada algo áspera.

—Eres incapaz de estar callada, ¿verdad?

Esta vez me envuelve la parte inferior de la cara con la palma y no tengo la opción de morderlo.

No debería gemir tan fuerte. Debería ser capaz de reprimir estos sonidos. Pero no puedo y no pasa nada, porque por una vez la responsabilidad no es mía. Esta vez es Lukas quien decide; yo no tengo ni voz ni voto. Me cuesta respirar, sus dedos me abarcan toda la mandíbula y, durante unos momentos, olvido la carga de ser yo misma.

—La próxima vez —me promete al oído con voz ronca y urgente—, te voy a follar como Dios manda.

Asiento y muevo la espalda, intentando pegarme más a él. Es inútil. No tengo ningún control, y me oigo proferir un gemido tenue y agudo.

—¿Qué voy a hacer la próxima vez? Venga, Scarlett, dilo.

No es despiadado. En realidad es atento. Afloja la mano lo bastante como para dejarme hablar. El aire frío me llena los pulmones. Abro la boca y susurro con voz trémula:

—La próxima vez, vas a … —Ahogo un grito cuando la punta de su polla me roza donde toca. Jadeo, a punto de correrme. Solo tiene que hacerlo otra vez, solo una más. De hecho, no hace falta ni que se mueva.

Pero él lo sabe. Y se aparta antes de que alcance el orgasmo.

—No hasta que lo digas. Venga.

Estoy a punto de correrme. A punto.

—Vas a... follarme como Dios manda.

—Te lo prometo, Scarlett. —Reanuda las embestidas, y estoy tan mojada que el sonido resultante es indecente. Su cuerpo choca contra el mío con mayor rapidez y los gemidos que se me escapan... Me tapa la boca con la palma de la mano, un apretón que ansío que se prolongue para siempre. De pronto deja de moverse—. Y tú aguantarás como una puta campeona.

Me muerde la tierna carne del hombro con un gemido profundo y gutural y, al notar las gruesas salpicaduras de semen empapándome el coño, empiezo a estremecerme contra él. Durante unos instantes, no soy más que un cúmulo de sensaciones placenteras; no atiendo a nada más.

Cuando vuelvo a ser capaz de pensar y tomar aliento y ser yo misma, Lukas nos ha cambiado de posición y está abrazándome desde atrás, estrechándome contra su pecho con ambos brazos: un bulto valioso y, al mismo tiempo, susceptible de darse a la fuga.

—¿Estás bien? —me pregunta.

Le tiembla tanto la voz que igual eso debería preguntárselo yo. Me giro un poco y levanto la mano; le acaricio el costado de la cabeza, donde lleva el pelo más corto que en la parte superior. Se apoya en ella como si fuera un gatito mientras intenta recuperar el aliento.

—Sí, ¿y tú?

No dice que sí. Lo que dice es «joder», que no significa nada, pero, al mismo tiempo, significa muchas cosas.

Asiento en señal de conformidad, porque sí: joder.

Joder, lo hemos hecho de verdad.

Joder, tus compañeros están en casa y creo que en un momento dado he llegado a perder el conocimiento. Espero que llevasen auriculares puestos.

Joder, sabía que iba a gustarme y aun así he disfrutado mucho más de lo que debería.

—Dios, eres… —dice Lukas entre jadeos, aunque no llega a terminar la frase. Me da unos besitos húmedos y casi involuntarios en el cuello, la sien y la clavícula. Me limpia las lágrimas con la lengua. Sus manos son…, bueno, siguen siendo fuertes, pero ya no me coge como antes. Me acaricia como si estuviera hecha de cristal, traza el contorno de mi brazo, mis caderas y mi vientre con una pizca de desesperación, con una pizca de anhelo, con una pizca de incredulidad y satisfacción—. Ahora enseguida te limpio. Deja que… Solo quiero tocarte un poco, ¿vale?

Asiento con una sonrisa complacida.

Y unos segundos después me quedo dormida.

CAPÍTULO 28

Cuando me despierto, la habitación se encuentra a oscuras y Lukas está agarrándome con la misma fuerza que durante mi último instante consciente, que debe de haber sido hace varias horas.

Cuando consigo zafarme y recuperar los pantalones, veo en el móvil que son las 21:39. He recibido un mensaje de Maryam, que me pregunta si le he birlado el arroz jazmín (se lo cogí hace unos meses y olvidé reponerlo; va a estar recordándomelo hasta el fin de los tiempos).

Lukas duerme como un tronco. No se revuelve ni un poco, ni siquiera cuando le doy un codazo a la mesita de noche mientras me visto. Estoy bastante más limpia de lo que esperaba, lo que significa que debe de haber cumplido su promesa... y que yo tengo el sueño tan profundo como él.

Sonrío con cariño. Intento echarle un último vistazo mientras salgo del cuarto, pero las luces del pasillo también están apagadas. Aguzo el oído en busca del más mínimo ruido, ya que no quiero que sus compañeros me pillen, pero, al pasar por la cocina, solo capto el zumbido de la nevera. Hasan y Kyle deben de haber salido o estar dormidos. A los atletas universitarios les encanta descansar *y* salir de fiesta, así que ambas cosas son igual de probables.

El campus está bastante animado. Vuelvo a casa con el cuerpo hormigueándome todavía a causa del sueño y los orgasmos. Abro la puerta con una sonrisa en la cara. Mi propia cama me resulta pequeña y extrañamente blanda.

Ha estado bien.

Más que bien.

Lukas es justo… Cuando digo que quería… La lista no era más que un puñado de palabras, pero su forma de… Perfecto y…

Las mejillas me arden. Me lavo los dientes y me pongo el pijama, y entonces caigo en la cuenta de que debería avisarle de que no me ha secuestrado ningún OVNI.

SCARLETT: Perdona que me haya ido sin avisar, parecías cansado y no he querido despertarte.

Me quedo dormida pensando en la respuesta que me encontraré por la mañana.

Al final, resulta que no tendría que haberme molestado.

CAPÍTULO 29

Me ha dejado una marca.

Varias, en realidad.

La más grande, la que sospecho que me hizo adrede (aunque vete tú a saber), en la parte interna del muslo, cerca de la ingle. Me arde por debajo de la piel, una leve molestia que esconde recuerdos y promesas, por lo que acabo pasando medio domingo estudiando y el otro medio apretándomela, solo para convencerme de que sí, ocurrió de verdad.

No encuentro las otras marcas hasta el lunes después del entrenamiento. Al quitarme el bañador, me veo en el espejo unos moratones del tamaño de un pulgar a ambos lados de la cintura. Apuntan a mi columna y son totalmente simétricos. Como las alas de un ángel, pero en plan turbio. No recuerdo que me doliera. Aunque sí recuerdo a Lukas agarrándome por la cintura y sujetándome mientras…

¿Por qué no me ha mandado ningún mensaje?

—¿Estás bien? —pregunta Bree—. Te veo distraída.

—Ah, sí. Es que tengo un examen esta semana.

—¿De qué?

—Psicología.

—Ah, ya. Tranqui, luego te soplo las preguntas que salieron el año pasado.

Pen está enferma. Ha pillado no sé qué virus y lleva un par de días «echando hasta la primera papilla», lo que significa que solo estamos las gemelas y yo, lo que a su vez se traduce en sesiones individuales larguísimas con el entrenador Sima, correcciones y entrenamiento en seco.

—¿Qué tal van los ejercicios, Scarlett? —me pregunta Sam el miércoles.

—Creo que estoy mejorando, la verdad —digo. De verdad nada.

Porque, aunque haya estado reconfigurando mis conexiones neuronales, los saltos hacia dentro siguen sin salirme, y, si no lo consigo, me voy a comer una mierda.

—¿Crees que... podré ejecutar el salto durante nuestro primer amistoso?

Ladea la cabeza.

—¿Qué es un amistoso?

—Una competición entre dos universidades antes de que empiece la temporada. Es un evento informal, pero nos sirve para practicar.

—¿Y cuándo va a celebrarse?

—Dentro de dos fines de semana.

—Entiendo.

—Puede que la clave para superar el bloqueo sea verme en una encrucijada. —Trago saliva—. A lo mejor, si no me queda otra más que saltar, mi cerebro es capaz de dejar el miedo atrás…

Se me queda mirando; no de forma despectiva, sino evaluadora.

—¿El miedo a qué, Scarlett? Nunca llegaste a contestar a mi pregunta.

«¿De qué tienes miedo?».

Reprimo las ganas de poner los ojos en blanco. Todo este escrutinio psicoanalítico no me ayuda en nada. «Necesito poder ejecutar un salto hacia dentro en diez días», estoy a punto de gritar. «¿Qué tal si nos centramos en eso?»

Por otro lado, saco un señor 7 en mi siguiente trabajo de Alemán: *Ich bin so stolz auf dich, Scharlach!*, me escribe Herr Karl-Heinz. Me toca tirar del traductor de Google para entender lo que pone, pero, en cuanto descubro que está orgulloso de mí, se me salta una lagrimilla. Hago mis ejercicios de acondicionamiento físico. Llamo a Barb y le pido que me ponga a Pitufa al teléfono. Me paso por casa de Pen para llevarle un termo de sopa casera. Veo con ella unas cuantas comedias románticas de esas que te dejan el corazón calentito y, el viernes, cuando vuelve al entrenamiento, pálida pero de una pieza, le doy un abrazo. Vuelvo a ponerme con las cartas de presentación para la Facultad de Medicina. Discuto con Maryam, me meto un montón de proteínas desgrasadas en el cuerpo y, para cuando llega el fin de semana y los moratones que me dejó Lukas casi han desaparecido, me muerdo la lengua y me los aprieto con fuerza, con la esperanza de que me duren más.

Entreno siempre con bañador, más que nada por el miedo irracional a que se me caiga la parte de arriba del bikini. Podría conservar los moratones de por vida y nadie se enteraría. Ni siquiera Lukas, porque, para el viernes, ya es más que evidente que no le interesa seguir en contacto conmigo.

El fin de semana vuelvo a enviarle otro mensaje, breve y al grano.

SCARLETT: Avísame si quieres quedar este finde

Y la respuesta que recibo es:

LUKAS: Ya te diré

Nada más.

Descubro que me ha dejado colgados los datos de entrada (perfectamente recopilados) en el servidor de la doctora Smith porque Zach me manda un correo. Todas las señales indican un «vete a tomar por saco y déjame en paz, Scarlett».

Supongo que no he dado la talla en lo que al sexo se refiere. No es ninguna novedad (durante la primera mamada que le hice a Josh casi acabamos en urgencias). Por desgracia, esta vez la he cagado con el tipo de sexo que esperaba que se me diera bien.

Como tampoco estoy dando la talla con el salto ni con la uni ni con las cartas de presentación ni con las visitas a mi perra (dependiendo del área, mi fracaso es más o menos sangrante), ya debería estar acostumbrada, pero soy negada hasta para eso. Tras el entrenamiento del sábado, dejo escapar una risa medio depre bajo el chorro de la ducha. Dos nadadoras de primero me lanzan una mirada confundida y yo les devuelvo mi sonrisa de «todo va de perlas».

Antes, me valoraba en función de mi rendimiento. Y cuando sacaba una puntuación menor a nueve en salto o no era la primera de la clase, me machacaba a base de bien. Ahora, me conformaría con no irme a pique.

Tampoco ayuda el hecho de que me cruce a Lukas cada dos por tres: un doloroso recordatorio de que debería ser… distinta. Porque Lukas no está muerto ni secuestrado ni sepultado bajo una avalancha de trabajo. Lo veo pululando por el Avery. En el comedor con Johan y otras personas que no conozco. En la sala de musculación, mientras le pasa a Pen su botella de agua, enfrascado en una conversación en voz baja que acaba entre risas. Una parte de mí quiere sentir el cabreo típico de cuando a una la tratan como si fuera de usar y tirar, una conquista más que añadir al palmarés, pero me cuesta creer que ese haya sido el caso. Lukas no es el típico gilipollas que me dejaría en leído porque lo aburro.

Podría encararme con él y pedirle explicaciones. Pero no lo hago, y no solo por mi obsesión por evitar los conflictos. Cuando hablamos de prácticas como las que Lukas y yo llevamos a cabo el otro día, ambas partes tienen la capacidad de hacer daño a la otra persona. Los límites son importantes. Así que, cuando parece que vamos a coincidir, pongo tierra de por medio como quien no quiere la cosa. Da tan buen resultado que me pregunto si él está haciendo lo mismo.

Para cuando llega el domingo por la noche, estoy metida de lleno en la reconstrucción cognitiva de lo sucedido: un acontecimiento puntual que me ha servido para confirmar algo sobre mí misma. Llevaba tiempo preguntándome si a la hora de la verdad disfrutaría tanto como en mis fantasías, y resulta que... fue el mejor polvo de mi vida. Y, además, también tuvo el efecto que esperaba: me ayudó a centrarme. Me tranquilizó. Apaciguó mi mente durante unas horas.

Eso no quita que el rechazo de Lukas me haya dolido, pero al menos ha merecido la pena. *Seguro que sigue colado por Pen*, me digo. *No iba a ser nada serio de todas formas.* Hago lo posible por pasar del tema y vuelvo a descargarme mis antiguas aplicaciones de citas, así como un par más que están orientadas directamente al folleteo.

—¿Qué preferís primero: las buenas noticias o las malas? —nos pregunta el entrenador Sima a Pen y a mí durante el entrenamiento de salto sincronizado del lunes.

Respondo con un «las malas» mientras Pen opta por «las buenas». Las dos nos echamos a reír.

—Sí, muchas risitas, pero a ver si espabiláis con los saltos.

Pen reprime una sonrisa. Yo finjo buscar la toalla.

—El entrenamiento de hoy no ha ido tan mal como el de la semana pasada. —El entrenador agita un dedo en nuestra dirección—. Pero más vale que sea un fiasco en comparación con el de la semana que viene.

Pen le pone ojitos.

—Usted no se corte, entrenador, pónganos firmes.

—A callar. Tú —señala a Pen— has salpicado como si fueras la Fontana di Trevi, por no hablar de la posición de los brazos: más que un círculo, parecía que estabas trazando un paralelogramo. Y tú —se vuelve hacia mí— has acabado el carpado muy tarde. Y, por cierto, espero que hayas oído el tu-tum de los trampolines.

—No me diga que los jueces se fijan en eso.

—¿Estás de broma? Los jueces habitan este pedrusco recalentado que tenemos por planeta con un único objetivo: quitaros puntos por cualquier chorrada. Tú piensas: «Bueno, no hemos tomado impulso a la vez, pero nos hemos puesto a la par en el aire, seguro que no nos lo tienen en cuenta» —Pone voz de pito para imitarme. ¿En serio sueno así?—. Pues no. Sacan punta a todo, te lo aseguro.

—Madre mía, la paranoia de algunos —murmura Pen, lo que le granjea una mirada fulminante.

—¿Quieres que volvamos a probar el carpado hacia atrás? —le pregunto.

—Aquí el que manda soy yo —gruñe el entrenador—. Id a hacer el carpado hacia atrás otra vez.

Pen y yo intercambiamos una sonrisa. Lidiar juntas con la mala leche del entrenador es la mar de entretenido.

—Voy a intentar coger más altura durante el impulso —le digo mientras nos encaminamos hacia el trampolín.

—¿Podrás?

—Si modifico el punto de apoyo…

—Cambio de planes —exclama el entrenador desde atrás—. Sois un caso perdido, así que mejor que volváis aquí.

Al girarnos, el corazón me da un vuelco.

El entrenador está señalando a Victoria, que se encuentra plantada a su lado y mira a su alrededor con los ojos desorbitados, como si en su ausencia hubieran remodelado la piscina.

Veo que lleva el pie escayolado.

Mi primer impulso es correr hacia ella para darle un abrazo, pero me contengo porque estoy mojada… y porque ella y yo nunca nos hemos abrazado. ¿Qué me da derecho a hacerlo ahora?

Le echo un vistazo rápido a Pen. Sé que lleva en contacto con ella desde que se lesionó, pero parece sorprendida de verla.

—¡Vic!

Sonríe y me arrastra de vuelta. Se abalanza sobre Victoria y la agarra con una especie de llave grecorromana, intentando mojarla todo lo posible. Cuando se aparta, Victoria me mira con una sonrisita en los labios.

—Conque me has robado el sitio.

Se me cae el alma a los pies, pero señalo al entrenador.

—Si tienes alguna queja, habla con Recursos Humanos.

Me hace un gesto para que me acerque, como si de verdad quisiera que le diera un abrazo, y…

—Me alegro un montón de verte —le susurro al oído.

Ojalá pudiéramos retroceder a antes de que se lesionara. Las cosas eran más fáciles entonces.

—Yo también, Vandy. —Nos apartamos a la vez. Alterna la mirada entre Pen y yo, suelta un suspiro dramático y dice—: El salto sincronizado se os da de pena.

Hago una mueca.

—Oye, cómo te pasas —protesta Pen.

—A ver, la cosa está así: no voy a volver a competir nunca más, ni en salto individual ni en sincronizado. Y es una mierda como un castillo. Me he tirado estas dos últimas semanas llorando a moco tendido sobre el erizo de peluche que me mandó mi prima Cece para animarme. Pero... —Ladeo la cabeza—. Esto se os da como el putísimo culo y tengo la obligación de echaros un cable. Y como hay una vacante de voluntariado para un puesto de entrenador...

Asiento con ímpetu.

Pen parece estar a punto de llorar.

—Sálvanos, porfa.

—Pues no se hable más. O sea —se encoge de hombros—, tampoco ibais a poder decir que no después de que un hueco entre colchonetas de tres putos centímetros mandara al traste la ilusión de mi vida. —Victoria abre los brazos y Pen y yo nos agarramos a ella, y formamos lo que bien podría ser el primer abrazo triple de mi vida—. Y, oye —murmura contra mi pelo... o el de Pen—, si al final consigo crear una realidad en la que esto no se os dé como el putísimo culo, a lo mejor me dan un Premio Nobel o algo.

CAPÍTULO 30

Nuestro primer encuentro amistoso de la temporada se celebra en casa, contra la Universidad de Texas.

Y menos mal; viajar es divertido en teoría, pero agotador en la práctica, y muchas veces conlleva tener que faltar a clase. Soy «una empollona demasiado plasta y perfeccionista» (palabras de Maryam; probablemente ciertas) para fiarme de los apuntes de los demás, y «un bicho raro demasiado antisocial» (también palabras de Maryam; definitivamente ciertas) para haber hecho amigos que estudien lo mismo y en los que pueda confiar para estas cosas, lo que provoca que cada vez que me salto una clase sea un enorme fastidio.

Como se acercaba este encuentro, los entrenamientos se han intensificado. Estoy contenta de lo mucho que se ha recuperado mi cuerpo, ahora vuelve a ser capaz de ejecutar saltos limpios e inmersiones controladas. Aun así, me cuesta ser optimista cuando sé que tendré que hacer un salto hacia dentro y que mis fallos afectarán a Pen en sincro.

—¿Lo has hablado con ella? —me pregunta Barb cuando hacemos videollamada por FaceTime.

—Sí. Bueno, más o menos.

Pen ha sido un sol todo este tiempo y me siento aún más culpable por ser como un yunque gigante que va a hundirla.

«Solo es un encuentro amistoso, Vandy».

«Este tipo de competiciones no son tan importantes».

«Lo último que quiero es que pienses que me estás decepcionando».

—He tenido una idea —le digo a Barb—. ¿Sabes que a las personas que padecen insomnio se les dice que no se queden dando vueltas en la cama, sino que es mejor levantarse para evitar que asocien el intentar dormir con una experiencia negativa?

—No, no lo sabía.

—Eres médica.

—Debí de saltarme esa clase cuando me saqué el título como cirujana ortopédica.

—Bueno, vale, el caso es que he decidido dejar de forzar los saltos hacia dentro durante unos días. Así evito asociar la plataforma con algo negativo. Puede que me ayude, es como si hiciera un reinicio a valores de fábrica.

—¿Qué opina tu psicóloga sobre esto?

—No se ha mostrado en contra.

Porque no lo sabe. De hecho, me ha tocado cancelar la sesión de esta semana porque tenía que ir al laboratorio y no me he molestado en reprogramarla para otro día.

Le estoy haciendo a mi psicóloga lo que Lukas me está haciendo a mí. No tengo muy claro si lo mío con Sam va a alguna parte.

—Siempre he odiado este malestar antes de iniciar la temporada —dice Pen el martes por la noche en el comedor—. No me gustan los recordatorios constantes de que estamos a punto de empezar algo. Es como tener un grano que está maduro pero aún no se puede reventar.

—Qué comparación tan agradable. —Victoria deja caer el tenedor en el puré de patatas.

—Lo que digo es que estoy más que lista para sacar ese pus blanco y deshacerme de él. Me alegro de que venga la UT.

—Te lo ruego. Deja los ejemplos filosóficos con granos y concéntrate en saltar más alto, ¿vale?

No obstante, Pen tiene razón. El ambiente es de expectación y agotamiento. Todo el mundo entrena con más ganas y el Avery está lleno de gente que anda coja, deportistas que beben agua de coco después del entrenamiento y fisioterapeutas agotados. Yo no soy inmune: el hombro me aguanta, pero mi espalda parece la de una señora mayor. Bañarme con agua fría ayuda, aunque es un infierno, por contradictorio que parezca, y solo lo tolero si acto seguido me tomo un baño caliente. Bree y yo solemos hacerlo juntas, pero, cuanto más cansada salgo del entrenamiento, más me entretengo después en el baño.

—Estoy arrugada como una pasa —me dice el miércoles por la mañana al salir de la bañera con sal de Epsom—. ¿De verdad te vas a quedar más rato? ¿Seguro que no vas a… *delicuescerte*?

Me río.

—¿Qué tal llevas las clases de Química?

—Fatal. ¿He usado bien esa palabra?

—Casi.

Me saca la lengua y me quedo sola en la sala de recuperación. La bañera es una piscina rectangular de tamaño mediano. Me giro y apoyo los codos en el borde, dejando los dos tercios inferiores del cuerpo sumergidos en el agua. Me pongo los AirPods y paso unos diez minutos ojeando el PowerPoint de clase de Psicología. Cuando acabo, apago la música, me doy la vuelta y casi se me cae el móvil al agua del susto.

—¡Vandy! —La fuerte voz de Kyle me hiela la sangre—. Hacía tiempo que no te veía.

—Ah, vaya.

Echo un vistazo a la sala. El panorama ha cambiado. Bastante. Estamos Kyle, Hunter, yo y cuatro nadadores más, todos hombres. Uno de ellos, Jared, fue conmigo a Matemáticas en primero. Me saluda con la mano. Intento devolverle el saludo, pero estoy abrumada.

Son muchos hombres. Y yo.

—¿Qué tal va todo?

Respira. Respira.

—Bueno, bien.

—Hace rato que te llamamos —dice otro nadador. Estoy segura de que no he hablado con él en mi vida.

—No os he oído. —Señalo los auriculares.

—Tiene sentido. Pensábamos que estabas pasando de nosotros.

—Sí, estábamos en plan… ¿qué hemos hecho para cabrear a Vandy?

Sus risas resuenan contra las paredes. Son seis. Y ocupan mucho espacio. Y se interponen entre la escalera y yo. Y estoy...

Un pelín cagada de miedo.

—Lo siento. —Intento sonreír, pero mis mejillas no cooperan. *Cálmate*—. Mejor me voy...

—No, quédate —dice Kyle.

—Nos vendrá bien tener algo de compañía —añade Jared—. Estoy hasta los cojones de esta panda de pringados.

—Imbécil, ¿a quién llamas tú pringado?

—Cállate. Vandy, quédate en mi mojo dojo bañera Epsom.

Empiezo a temblar a pesar del calor del agua.

—Me encantaría, pero tengo clase.

—¿Qué clase?

Mierda. ¿Qué clase?

—Es... —No hay ninguna clase. *Piensa*—. Psicología.

—¿Cómo? —Uno de los chicos frunce el ceño—. ¿Hay clase de Psicología los miércoles por la tarde? Mi tutor me dijo que...

—Vamos —dice una voz grave detrás de mí.

Noto dos manos firmes debajo de las axilas. Agarro con fuerza el teléfono y por un segundo me quedo suspendida en el aire, como una niña pequeña con manguitos a la que están sacado de la piscina. Mis pies tocan el suelo, pero no me doy la vuelta para ver quién es mi salvador.

El tacto de esas manos no se me olvidaría ni aunque quisiera.

—Sueco. —Hunter frunce el ceño—. ¿Acabas de robárnosla?

—¿Estás bien? —me pregunta Lukas. Al ver que asiento, añade en un tono más alto—: Tenemos que irnos. Estamos trabajando en un proyecto.

—Ah, sí. —Kyle asiente sabiamente—. El proyecto ese de física.

—De bio —le corrige Lukas.

—Tanto monta, monta tanto.

Cuando me quiero dar cuenta, Lukas está ordenándoles a sus compañeros que se comporten mientras me va empujando hacia la salida. Noto su mano cálida apoyada contra la parte baja de la espalda, no muy lejos de donde los moratones han empezado a desaparecer pese a mis intentos de evitarlo (propios de una persona desequilibrada). En el pasillo, me agarra del hombro y me da la vuelta.

—¿Estás bien? —vuelve a preguntar.

Me siento muy pero que muy aliviada de no estar ya en la bañera. Tanto, que no me importa si es un poco incómodo verlo después de casi dos semanas. Solo lleva puestos unos pantalones de chándal y huele a jabón y a... él. Ahora mismo es una mezcla del Lukas Blomqvist, el ex de Pen, el mejor nadador del mundo, bla, bla, bla, y mi Lukas, el que imprimió una lista de guarrerías, me pela las manzanas y odia las figuras retóricas. Todo es tan... confuso.

Intento ignorar la extraña punzada en el pecho.

—Gracias. Me he agobiado un poco.

No es que Kyle y compañía me hayan hecho nada malo, pero mi instinto no siempre atiende a razones.

—Voy a hablarlo con Kyle —dice Lukas. Su boca es una línea recta y tiene cara de pocos amigos.

—¿Qué?

—No debería estar tan encima de ti.

—No hace falta que…

—No le diré por qué. No es mal tío, pero no tiene ni idea de la impresión que da. Él, Hunter y algunos más se mueven siempre en manada. Le vendrá bien que alguien se lo diga.

Quiero pedirle que no se moleste, pero… ¿por qué no? Para ellos será una conversación de diez segundos y a mí me ahorrará futuros disgustos.

—De acuerdo. Gracias. —Le dedico una última sonrisa y me doy la vuelta para marcharme.

Me detiene agarrándome de la muñeca.

—¿Adónde vas?

—Pues… —Esbozo una sonrisa y con esa se terminan las existencias por hoy, ya no me quedan más sonrisas falsas—. Agradezco tu ayuda, pero prefiero no forzar la situación y que acabe siendo incómodo para ambos.

Cierra los ojos, como si estuviese reuniendo la fuerza de un centenar de valquirias. Exhala despacio por la nariz y dice:

—Scarlett.

—No pasa nada. No estoy…

—Scarlett —repite. Es una orden directa y frustrada.

Me he perdido, no sé qué quiere de mí.

—Lukas, no tengo muy claro cuál es el protocolo. —Decido ser sincera porque no puedo (ni quiero) hacer otra cosa ahora mismo—. Follamos y no has dado señales desde entonces. He pillado la indirecta, creo que lo que quieres es fingir que nunca ha ocurrido. —Me encojo de hombros. Bueno, solo de uno: el que no conecta con el brazo que él sigue sujetando—. Es la primera vez que a la menda le hacen *ghosting*, voy a necesitar que me guíes un poco —añado con el objetivo de aligerar la tensión del ambiente.

Sin embargo, la tensión en la cara de Lukas no hace más que aumentar. Cuanto más hablo, más enfadado parece. «Siempre estoico», dijo Pen. Se equivocaba, aunque no sabría decir con exactitud qué le provoca tanta rabia.

A menos que haya habido algún malentendido...

Odio la pequeña chispa de esperanza que se prende en mi pecho.

—¿Consideras que esa interpretación de lo que ha pasado entre nosotros es errónea?

—No. —Me suelta finalmente—. No lo es. —Y, sin embargo, esa impaciencia sigue ahí. La postura de sus hombros, las arrugas de su frente.

—¿Hay alguna buena razón para no haberte puesto en contacto conmigo?

Mira hacia otro lado, apretando la mandíbula. Luego vuelve a mirarme a mí.

—No.

Estoy empezando a cabrearme.

—Entonces...

—¡Lukas! —exclama un hombre.

Camina hacia nosotros. Me resulta familiar y desconocido a la vez. Posa los ojos en mí, inquisitivos, y cuando me fijo en que son de ese azul tan peculiar, algo hace clic en mi cerebro.

—Jan, ¿verdad? —pregunto—. El hermano de Lukas.

Me arrepiento al instante. Es patético que lo haya reconocido habiéndolo visto solo en una foto. ¿Y si ahora Lukas cree que me he encerrado en mi habitación para trazar todo su árbol genealógico y hacer *collages* con bastoncillos de algodón usados que he robado de su papelera?

Me cuesta fustigarme por ello con Jan sonriéndome.

—Me siento halagado. —Pasa un brazo por los hombros de su hermano. Parece encantado.

Tiene el cuerpo de un deportista retirado: de complexión fuerte, pero atenuada por el tiempo y la vida. Puede que se lleven más de una década, pero la barba incipiente que se está dejando Lukas y la otra más larga de Jan los hace parecer gemelos.

—¿Habla de mí muy a menudo? ¿Tiene álbumes de recortes donde representa cómo sería nuestra vida si viviésemos más cerca?

—Solo he visto una foto de ti, pero estaba bien visible en su mesa de laboratorio.

—Lo sabía.

—No te creas que es una foto gigante de tu careto —replica Lukas. La tensión de lo que sea que estuviera pasando entre nosotros se ha disipado—. Esta es Scarlett, Jan. Por favor, no la marees mucho.

—¿Nadadora?

—Casi —respondo. No me siento intimidada por él, probablemente por su parecido con Lukas—. Saltadora.

—Vaya. A mí me dan miedo las cosas esas desde las que saltáis.

—A mí también. —Intento que mi risa suene lo menos amarga posible—. ¿Tú antes eras nadador?

—Casi. —Me guiña un ojo—. Vine a Estados Unidos con una beca para jugar a waterpolo. Creo que tú aún no habías nacido.

—Jan, tiene veintiún años.

—Ni siquiera habías sido concebida.

—Jan.

—Tus padres ni se habían planteado tenerte todavía.

Lukas suelta un profundo suspiro.

—Scarlett, no hace falta que lo escuches.

—Por supuesto que sí. Oye —Jan se vuelve hacia mí—, ¿te ha dicho ya que fui yo quien le enseñó todo lo que sabe de natación?

—Me enseñó a hacerme el muerto en la piscina para asustar al socorrista.

—Y fue divertidísimo. Scarlett, ¿haces senderismo?

Parpadeo ante el brusco cambio de tema.

—¿Sí?

—¿Has hecho alguna vez senderismo por esta zona?

—Ah, sí. Varias veces. Puedo recomendarte algunos sitios si…

—No, ya sabemos adónde vamos. Aunque me encantaría que vinieras con nosotros.

Ah. Ah.

—Gracias, es todo un detalle, pero… —¿Cree que soy la novia de Lukas?

—¿Pero?

Di que tienes clase. Una cita. Invéntate algo sobre que eres alérgica al sol. Pero, cuando echo un vistazo a Lukas y veo que está mirándome, lo único que siento es una sensación de fastidio por tener que ser yo y no él quien mienta a su amable hermano, y lo que sale de mi boca es:

—Dudo que Lukas quiera que vaya. —Es la verdad, al menos.

Por eso me sorprende la carcajada que suelta Jan.

—No sé leer la mente, pero conozco a mi hermano y, créeme, le apetece mucho que vengas. Y aunque no fuera así… —Su sonrisa es puro encanto—. Yo sí quiero que vengas. Eso es lo importante.

CAPÍTULO 31

El nombre de Lukas suena diferente en boca de su hermano.

Jan tiene más acento. Habla con una gramática un poco más rígida, como si hubiera empezado a aprender mi idioma cuando ya había pasado el plazo de tiempo idóneo. Escucho sus discusiones:

—Eres un conductor temerario.

—No lo soy, Jan.

—Scarlett, ¿verdad que es un conductor temerario? Doy gracias de que no se haya personalizado la matrícula con alguna frase rara.

Y no me molesto en ocultar la sonrisa. Cada cierto rato, cuando hablan de asuntos prácticos en los que yo ni pincho ni corto, se ponen a hablar en sueco.

Es maravilloso escucharlo. Sombrío, melódico. Una interesante combinación de cojines mullidos y bordes afilados. Sonidos que yo jamás podría reproducir ni aunque me pasara la vida tomando clases diarias para aprender a colocar la lengua donde toca. Picos y valles. Armonía y serenidad.

La diferencia entre el «Lukas» de Jan y el mío recae sobre todo en la u y en la ese, y eso me produce un deseo morboso de averiguar cómo pronuncia Lukas su propio nombre. ¿Se le hará raro escuchar cómo lo transformamos aquí? ¿Cómo es vivir en un segundo idioma? Quizá se lo pregunte, si alguna vez surge el tema. Si alguna vez volvemos a hablar.

Puede que sí, porque, a pesar de lo incómodo que es estar aquí, parece realmente contento de que haya venido. Es agradable salir del campus entre semana e ir a un lugar que nunca ha estado en contacto con el cloro. Los miércoles suelo ponerme al día con los deberes, pero a las colinas onduladas y al chaparral del departamento de parques naturales de Palo Alto les importa un comino que yo saque buena nota en el examen de acceso o que mis saltos hacia dentro salgan bien.

Me hacía falta desconectar. Tomarme un momento para recalibrar mi perspectiva. Cuando estaba en primero, venía aquí a menudo. ¿Cuándo dejé de hacerlo?

—Miradme un segundo —les ordeno desde el pie de una colina. Jan y Lukas, dos caras casi idénticas, bellas, sudorosas y pecosas, me miran, y yo les saco una foto con el móvil—. Os la mando, así se la reenviáis al resto de vuestra familia.

Lukas resopla.

—¿Crees que papá se pondrá a llorar, Jan?

Jan se ríe.

—Nos enviará un mensaje de cuatro párrafos con el autocorrector activado sobre lo orgulloso que está de nosotros. Porque hemos salido a pasear.

—Suena a que tenéis un buen padre —digo mientras acelero el ritmo para alcanzarlos.

De repente, doy un paso en falso y me tropiezo, pero la mano de Lukas aparece para agarrarme del brazo y evitar que me caiga. Y ahí se queda hasta un buen rato después de que haya recuperado el equilibrio.

—Papá es genial —concuerda Jan. Sus ojos se quedan clavados en la mano de Lukas y yo me libero al momento—. Pero...

—¿Pero?

—Tenemos la teoría de que ha leído demasiados libros sobre paternidad —explica Lukas. Me sigue, como si estuviera vigilándome para asegurarse de que no vuelvo a tropezar—. Sobre todo de los que insisten en la importancia de elogiar a los hijos hasta cuando se atan bien los cordones.

—Y de los que hablan de mostrar el mismo grado de cariño a todos por igual. Oskar es leñador y Leif abogado de derechos humanos. Papá celebra con el mismo entusiasmo una silla Adirondack terminada que un asilo concedido.

—Deberíamos tener una charla con él.

Jan suelta un bufido.

—Mejor después de que ganes otra medalla olímpica y él lo equipare a que yo haya publicado una nueva entrada en el blog.

Durante el trayecto me ha explicado que es un experto en la era victoriana. Ha venido a visitar a Lukas después de asistir a una conferencia en Los Ángeles y mañana regresa a París, donde vive con su pareja y sus cuatro gatos.

—¿Cuántos de vuestros hermanos viven en Suecia? —les pregunto.

—Solo Oskar.

—Lo cual entristece un poco a papá —añade Lukas.

—Un poco bastante. Aunque nunca lo admitirá.

Lukas asiente.

—Si amas algo, déjalo ir.

—Parece… el padre perfecto.

—Lo es —dice Jan. Nos detenemos en lo alto de la colina y nos damos la vuelta. La gigantesca antena de radio conocida como The Dish está ahí enfrente, lista para ser desenchufada—. Un hombre decente y cariñoso. Ninguno de nosotros estará nunca a la altura.

—No vale la pena intentarlo siquiera —añade Lukas secándose la frente con un lado de la camiseta. Cuando la deja caer, está mojada por el sudor y es casi transparente.

—Lamento que haga este calor de mil demonios justo ahora que estás de visita —le digo a Jan.

—Ah, no te preocupes. Somos suecos. Para nosotros no existe el concepto de mal tiempo…

—… solo el de no llevar la ropa adecuada —terminan a la vez él y Lukas.

Intercambian una sonrisa por encima de mi cabeza.

Al volver, Jan insiste en invitarnos a comer algo.

—Podemos cenar gratis en la uni —le digo, pero me hace un gesto como para que no le discuta y nos lleva a una pintoresca cafetería.

—Deja que pague —me dice Lukas—. Todavía me debe seis mil coronas de cuando me rompió la Xbox en un ataque de ira.

—Eso fue hace como ocho años.

—Buena observación. —Lukas aparta una silla y espera pacientemente a que me siente—. Calcularé los intereses acumulados mientras nos invitas a un café.

Lukas y yo nos quedamos a solas un momento. Saco el móvil del bolsillo y finjo consultar los mensajes mientras pienso en un tema de conversación que no sea un campo de minas. Jan vuelve con tres cafés y un surtido de pastas.

—¿Las saltadoras profesionales también necesitáis consumir decenas de miles de calorías al día? —me pregunta.

Me río.

—Juraría que no hay ningún deporte que requiera ese consumo.

—Este come lo mismo que toda la población de Luxemburgo junta. —Señala a Lukas con el pulgar—. En Suecia tenemos una tradición que consiste en sentarnos todas las tardes a tomar un café y comer algo. Así nos relajamos.

—Ah, sí. La *fika*, ¿verdad? —Me ruborizo nada más pronunciar las palabras. Por un lado, porque probablemente lo haya pronunciado fatal, y, por el otro, porque…

Jan se gira hacia su hermano.

—¿Se lo has enseñado tú?

—Diría que no. —Lukas se apoya en el respaldo de la silla y pasa su largo brazo por detrás de mi espalda como quien no quiere la cosa, pero se las arregla para ponerlo de una forma que no llega a tocarme. Se me queda mirando mientras toma un trago, como si me acabara de pillar con las manos en la masa—. Lo habrá aprendido ella solita.

Bajo la mirada intentando que no se me note en la cara que estoy muriéndome de vergüenza. Pero ¿por qué? ¿Por qué debería avergonzarme? Es posible que haya buscado un par de cosas en Google sobre las costumbres suecas, sí. Y es posible que me haya puesto un par de vídeos en YouTube con los subtítulos activados mientras me lavaba los dientes. Y es posible también que haya descubierto que los suecos tienen hoteles hechos de hielo y que su tarta de queso es completamente diferente a la nuestra.

Levanto la barbilla y me encuentro con los ojos de Lukas. *Es posible que haya pensado en ti después de lo que hicimos. Es posible que me parezcas interesante. Es posible que me gustes a pesar de que yo no te guste a ti. Y me niego a avergonzarme.*

—Cuando hablamos de *fika* solemos referirnos a cosas dulces —dice Jan, ajeno a la discusión a dos bandas que está teniendo lugar en mi cabeza—. Pero Lukas (qué escandinavo suena) se niega a comer dulces, así que… —Hace un gesto hacia un *pretzel*.

—No me niego a comerlos —replica Lukas arrancando un trozo—. Es que no me gustan.

Jan chasquea la lengua de una forma muy propia de un hermano mayor.

—Sí que le gustan. Lo que pasa es que se miente a sí mismo.

Lukas pone los ojos en blanco.

—Otra vez esta conversación no.

—Por favor, Jan. —Apoyo la barbilla sobre la palma de la mano—. Cuéntamelo todo sobre cómo se miente a sí mismo.

—Bueno, seguro que ya sabes lo bien que se le da negarse ciertos placeres. Cuanto más quiere algo, menos se permite tenerlo. —Debe de notar que mi curiosidad va en aumento, porque continúa—: Como cuando tenía doce años y se pasó tres meses durmiendo en el suelo de madera.

Miro a Lukas, que se bebe el café con aire de resignación.

—¿Por qué?

—Por ningún motivo. —Jan levanta una mano—. Le habían comprado una cama nueva y era muy cómoda, le gustaba dormir en ella, así que tuvo la necesidad de demostrarse a sí mismo que podía vivir sin ella. A los… ¿once años?, solo se duchaba con agua fría. Y estuvo así todo un año.

Lukas suspira.

—Jan, ¿qué tal si dejas el numerito de la abuela cebolleta? Dudo que a Scarlett le interese.

—Uy, a Scarlett le interesa, y mucho —replico yo.

—¿Ves? La tengo embelesada con mis historietas. Se pasó dos años enteros sin especiar su comida. No le ponía ni sal. Antes de eso, se despertaba una hora antes de lo necesario.

—Jan —advierte Lukas.

—Así es él. Necesita sentir que tiene el control. Pero a mí me parece una tontería. Somos humanos, no tenemos el control de nada. La capacidad de autodeterminación es un mito.

Noto que se me hace un nudo en el estómago. Giro la cabeza hacia Lukas.

—¿Todavía lo haces? —le pregunto.

—Bueno —interviene Jan—, a estas alturas ya ha demostrado con éxito que es capaz de despojarse de toooodas aquellas cosas mundanas por las que siente apego…

Lukas suelta algo en sueco. No suena melódico ni sereno, y hace que Jan se quede callado y luego responda en el mismo idioma.

Se produce un breve vaivén, pero los ojos de Jan permanecen tranquilos y mira a Lukas con algo que solo puede ser afecto.

Cuando Jan vuelve a mirarme a mí, su voz es amable y veo que se ha dado el tema por zanjado.

—Venga, come —me dice.

Pero no soy capaz de dar ni un solo bocado.

CAPÍTULO 32

Más tarde.

Después de que Jan me abrace, me dé su correo electrónico y me haga prometer que seguiremos en contacto.

Después de que Lukas le deje en su hotel.

Después de que acordemos, sin mediar palabra, que él mismo me lleva a casa.

Después de que le diga cuál es mi dirección y le pregunte: «¿Quieres que la ponga en el GPS?».

Después de que él niegue con la cabeza y permanezca en silencio durante varios minutos.

Después de que apague el motor delante de mi edificio, se desabroche el cinturón, me desabroche el mío y se siente medio girado de espaldas a la puerta para poder mirarme.

Después de que espere pacientemente a que yo diga algo durante un prolongado silencio que parece quemarme la garganta y expandirse dentro de mi cuerpo.

Pregunto:

—¿Cuánto tiempo?

Sabe a qué me refiero.

«¿Cuánto tiempo ibas a negártelo esta vez?».

«¿Cuánto tiempo tenías pensado dejar pasar antes de volver a acercarte a mí?».

—Quince días. —No hay rastro de vergüenza en su voz. Y tal vez no debería haberla. Al fin y al cabo, hasta ahora estaba cumpliendo con su cometido.

Asiento.

—Solo unos cuantos días más, entonces.

Tiene los brazos cruzados sobre el pecho. Ojalá pudiera leer su expresión, pero su rostro es un lienzo en blanco. Cuando por fin habla, un millón de instantes después, lo hace dirigiéndose a mí, pero no estoy segura de que yo sea la destinataria de las palabras.

—El primer día, el domingo, estuve a punto de llamarte un montón de veces. Fue... difícil. La semana pasada, Pen mencionó que ibais a comer juntas, así que fui al comedor para... ni siquiera lo sé. ¿Mirar? —Se encoge de hombros con indiferencia. Es como si estuviera informando de los resultados de un experimento. Un experimento sobre mí. Sobre sí mismo—. El séptimo día llegó Jan. Se le da bien lo de ocupar cada segundo libre de una persona sin importarle qué horario u obligaciones tenga.

—Qué considerado por su parte.

—Yo pensé lo mismo.

Me muerdo el interior de la mejilla.

—¿Te has parado a pensar que no soy una cama ni un condimento? Tampoco agua caliente. —Intento sonar tan desinteresada como él parece estarlo, pero dudo que lo consiga—. ¿Te has parado a pensar que a lo mejor soy rencorosa? ¿O una persona que se respeta a sí misma lo suficiente como para cogerte el teléfono al decimoquinto día y mandarte a la mierda?

Asiente, como si mis palabras fueran más que razonables. Que estemos manteniendo esta conversación de una forma tan civilizada e impersonal me parece… devastador, la verdad.

—Creo que una parte de mí esperaba que lo hicieras.

—¿Por qué?

Tarda un poco en contestar. Cuando lo hace, no me mira.

—Porque a veces me cuesta respirar cuando te tengo cerca.

—Bueno, pues… —Niego con la cabeza. Resoplo con amargura—. Perdón, supongo.

Se ríe en voz baja.

—No es una sensación desagradable. Solo abrumadora. —Él también menea la cabeza como para deshacerse de los malos pensamientos—. No tenía un marco de referencia con el que comparar lo mucho que…

Puedo rellenar el espacio en blanco. «Me ha gustado más de lo que esperaba, y eso me da miedo».

Se muerde el interior del labio.

—No sé si me gusta. Lo de no tener el control.

Bienvenido al club, Lukas.

—Bueno, si te consuela, dudo que tenga que ver conmigo. Simplemente soy la primera chica no vainilla con la que has estado.

Me dirige una mirada larga y fría. No responde.

—La cosa es, Lukas, que entiendo cómo te sientes. De verdad. Y no te culpo, pero…

Me quedo en silencio durante mucho tiempo, tratando de ordenar los pensamientos, sintiendo el peso de la situación sobre mis hombros. Lukas no me mete prisa y, al fin, encuentro las palabras.

—Aunque solo sea sexo, no me parece buena idea estar con alguien que se siente mal por desearme.

Durante un instante, un segundo fugaz, veo en sus ojos un destello de lo que realmente siente. Pero dura tan poco que no estoy segura de si me lo he imaginado. De si le importa. De si le alegra librarse de mí. De si ha escuchado lo que le he dicho.

Trago saliva para dejar de notarme el corazón en la garganta y extiendo la mano para apretarle la suya una última vez. Me doy cuenta de que las marcas de mis dientes siguen ahí. Como si él también hubiese querido impedir que desaparecieran.

—Adiós, Lukas.

No intenta detenerme y yo me voy sin mirar atrás.

CAPÍTULO 33

Como ya le expliqué a Barb una vez, los encuentros amistosos son oficiales y están regulados por la NCAA, pero tampoco mucho. «Lo que acabas de decir no tiene sentido», señaló en su momento, y tenía razón.

Las competiciones más importantes de natación y salto son en primavera. Es cuando se celebra el encuentro regional, la Pac-12, y también cuando tienen lugar las pruebas y la final de la NCAA. En un año como este, además, nos jugamos el puesto para ir a los Juegos Olímpicos. Los encuentros amistosos, en cambio, son mucho más reducidos y no se espera que ningún atleta esté aún en plena forma. Es poco probable que alguien bata un récord o marca personal, no se televisa y el ambiente es más distendido. Si ganamos, bien. Si perdemos, «nos vemos en marzo».

—No vais a hacer sincro hoy. Todavía no sois lo bastante buenas —nos dice el entrenador a Pen y a mí el viernes por la noche, dispuesto a rebatir nuestros argumentos.

Por el contrario, Pen y yo suspiramos aliviadas.

—Tiene razón —dice ella—. No hay necesidad de humillarnos públicamente.

Asiento.

—Desde luego, esta pobre gente no tiene la culpa de que seamos tan malas, no hay que obligarlos a presenciarlo.

—Alguien podría incluso grabarnos y colgarlo por ahí.

Arrugo la nariz, Pen finge tener un escalofrío y dejamos atrás a un perplejo entrenador Sima.

Básicamente, este encuentro no es gran cosa. Incluso lo tildaría de irrelevante si no fuera por dos razones.

Una: es la primera vez que compito desde que me lesioné. Como era de esperar, estoy con náuseas desde que me he despertado.

La dos es, por supuesto: el temido salto hacia dentro.

—Es normal estar nerviosa —dice Pen sosteniéndome la mirada en el espejo mientras me separo el pelo para hacerme una trenza de raíz.

Exhalo una media carcajada.

—¿Tan evidente es?

—Solo para mí. —Sonríe—. Porque te conozco.

Es cierto. Quizá nuestra relación empezó siendo circunstancial, pero estos últimos meses hemos pasado mucho tiempo juntas y sería complicado describir lo que tenemos sin considerarlo una amistad, incluso para alguien como yo, que intenta no sobrestimar su importancia en la vida de los demás.

—Solo tengo que superar el primer salto, creo. Luego me calmaré.

Apoya la cabeza en mi hombro.

—Si necesitas algo, ahí estaré, Vandy.

Salimos del vestuario con las chicas del equipo femenino de natación. Son tantas y están todas tan animadas que es difícil no contagiarse de su entusiasmo. Anoche, para preparar la llegada de la UT, colocaron un montón de carteles con fotos de todos los deportistas de nuestra uni. Están pegados en el pasillo que conduce a la piscina y, al pasar por allí, me cruzo con algunas caras conocidas. Kyle, Niko, Rachel, Cherry, Hasan. Lukas.

Es el único nadador que no sonríe. No falla.

Me quedo mirando su foto. No me sorprende notar que se me revuelve el estómago. Es una extraña mezcla entre nostalgia, rabia, tristeza y enfado hacia mí misma.

En los últimos días me ha llamado. Dos veces. Después me ha escrito. Una vez.

—Se me olvidaba que hoy Lukas también va a probar a hacer los doscientos metros libres —dice Bree dando golpecitos en su cartel.

Pen asiente.

—El seleccionador sueco le dijo que no tienen a nadie en el equipo olímpico lo bastante rápido en esta modalidad.

—¿Pero este hombre no quiere que nadie más se lleve una medalla o qué? —pregunta Bella.

—Ay, mierda. —Pen hace una mueca—. ¡Se me olvidaba que los doscientos metros libres también son la especialidad de Devin y Dale! Pero no te preocupes, en el campeonato de la NCAA Lukas no va a competir en esta modalidad.

—Ya. —Bree resopla—. Ni que ese fuera el único motivo que impide que Devin y Dale ganen la carrera.

—¡Oye!

—Solo intento ser realista sobre quiénes son y hasta dónde llegan nuestros novios, Bella. —Bree suspira—. ¿Ves cuál es la diferencia entre tú y yo? Por eso pienso que el sentido de la perspicacia no es genético.

—Entonces tener un mínimo de decencia tampoco debe de serlo.

—¿Perdón?

—Qué cague dan cuando se ponen a discutir... —le susurro a Pen mientras acelero el paso para salir de ahí cuanto antes.

—Llevan toda la vida juntas y son prácticamente la misma persona. Saben qué tecla tocar para hacer daño.

—Acabas de darme un excelente argumento para justificar la existencia en soledad.

Uno de los fichajes más recientes de la UT es Sunny, una chica con la que solía entrenar cuando vivía en St. Louis.

—¡No me creo que esté participando en una competición universitaria! —me dice mientras me abraza, se separa y me vuelve a abrazar—. ¡Y tú también estás aquí! Siempre has sido un ejemplo para mí.

¿Estás segura?, pienso, aunque no me permito decirlo. Sonrío y finjo que no me estoy muriendo por dentro. Después voy a sentarme al lado de Pen para iniciar el largo proceso de ponerme las muñequeras y vendarme las articulaciones. En la piscina de enfrente, los nadadores están calentando. Veo a Lukas hablando con su entrenador y con Rachel mientras estira. Recuerdo su mensaje.

—¿Pen?

—¿Sip?

—¿Puedo preguntarte algo sobre Lukas?

—¿Te refieres a mi ex, al que te estás tirando actualmente? Claro.

De hecho, actualmente no.

—El otro día conocí a su hermano y...

—¿Qué hermano? —Abre los ojos sorprendida.

—Jan.

—Espera, ¿cuál es Jan?

—El siguiente después de Lukas.

—¿El que tiene hijos? ¿El que es abogado?

—Esos son Oskar y Leif, los dos mayores.

—Ah, claro, claro. —Se encoge de hombros—. Bueno, ¿qué pasa con Luk?

—¿Sabes eso de que... intenta demostrarse a sí mismo que puede prescindir de todo aquello que desea?

Me mira desconcertada, como si acabara de anunciarle que me mudo a una granja de Vermont para cuidar cabras enanas.

—¿Lukas Blomqvist? ¿Estás segura de que...? Hostia. —Pen me da una palmada en el antebrazo y se queda mirando a las gradas.

—¿Qué pasa?

—Está aquí.

Fuerzo la vista, buscando a un individuo no especificado.

—¿Quién?

—Theo. El profesor. El profesor que me trae loca.

Abro la boca.

—¿Ha venido a verte?

—Pues... no lo sé, es posible.

—¿Lo has invitado?

—¡No! Bueno, mencioné de pasada que tenía una competición. Y ahora resulta que está aquí...

Pen esconde la sonrisa entre sus rodillas. Es evidente que está encantada de que haya venido y yo solo puedo morderme el labio para que no se me escape la risa.

Mi primer salto en una competición tras el parón (forzado) es una belleza, y los jueces están de acuerdo. Obtengo varios ochos y medios y un nueve, y, por un momento (un momento precioso, fantástico y grandioso), me permito albergar la esperanza de que he vuelto.

—Ha sido el salto inverso con dos mortales y medio más elegante que he visto en mi vida —me dice una de las entrenadoras de la UT mientras miro el marcador desde debajo de la ducha.

Los de Austin intentaron reclutarme y ella y yo nos conocimos cuando fui a visitar el campus.

—Gracias —digo sintiéndome... Guau, ¿en serio es posible que me sienta orgullosa de mí misma? Qué locura.

—Espero verte hacerlo muchas más veces.

Pen va después de mí, pero su entrada no es muy limpia, que digamos. Sunny es buena, pero el grado de dificultad del salto no es demasiado alto, lo que se refleja en la puntuación. Las gemelas no hacen salto de plataforma en esta competición, lo que significa que, sumando a las saltadoras de la UT, somos siete en total.

La segunda ronda (salto hacia delante con tres mortales y medio) me sale aún mejor, al igual que el salto con tirabuzón, el salto en equilibrio y el salto hacia atrás. Cuando termina la quinta ronda, voy segunda en la clasificación, solo dos puntos por detrás de Pen, pero quince por delante de Hailey, una estudiante de segundo de la UT.

—Y aquí es cuando todo se va a la mierda —murmuro tratando de mantener la musculatura del hombro caliente.

—No. Ni hablar. —Pen se pone delante de mí—. Esto es una competición de salto, Vandy. Si dejas fluir los pensamientos negativos sí que se va a ir todo a la mierda.

Respiro hondo. Me obligo a asentir.

—Tienes razón.

—Siempre tengo razón. Y escúchame —me agarra ambas manos—, tomarte un descanso de los saltos hacia dentro ha sido una gran estrategia. Pero ahora vas a subir ahí y vas a clavarlo porque eres así de increíble. Y, si no lo haces, voy a..., no sé, ¿darte una paliza? Así que más te vale.

Me río. Acepto su abrazo. Cuando el árbitro me hace un gesto para que empiece a subir a la torre, lo hago. Me espero a medio camino mientras las dos chicas que me preceden completan sus saltos. Cuando oigo el segundo chapoteo, me seco las gotas que me quedan en la piel, tiro la toalla y me dirijo hacia el final de la plataforma.

Siempre da impresión acercarse al borde. Tirarse hacia el abismo nunca es una decisión que pueda tomarse a la ligera, pero hoy los diez metros que me separan del agua me pueden cambiar la vida.

Lo visualizo. Esta vez no la zambullida, sino cómo me sentiré después de lograr un carpado hacia dentro. Levantarme mañana por la mañana y haber dejado atrás lo que me ha atormentado estos últimos meses. Ir a entrenar sin que me defina lo único que no puedo hacer. Sentirme de nuevo entre compañeras en lugar de una intrusa. Volver a St. Louis para las vacaciones y no tener que esconderme por miedo a encontrarme con alguno de mis antiguos compañeros de equipo o, peor aún, con el entrenador Kumar.

Sentirme completa de nuevo.

Visualizo todas las cosas buenas que me traerá recorrer estos diez metros de la forma correcta y no me paro a pensar en lo que pasará si no lo hago. Porque Pen tiene razón: en este deporte no hay cabida para una mentalidad pesimista.

Poso la mirada en el entrenador Sima, Pen, Victoria y las gemelas, todos animándome. A unos miles de kilómetros, Barb y Pitufa están haciendo lo mismo. En el otro extremo de la piscina, con un brazo apoyado en la pared, una figura imponente con gafas de sol y el cabello despeinado me observa.

—¡Un minuto! —grita el árbitro.

Una advertencia, pero no pasa nada. Estoy más que lista para enterrar los últimos dos putos años de mi vida.

Me doy la vuelta.

Cierro los ojos.

Doblo las rodillas. Levanto los brazos. Pongo la espalda de la forma que aprendí de pequeña.

Respiro hondo una vez más y voy.

Los saltadores están en el aire menos de un segundo, pero a veces el proceso de estirar los músculos y angular el cuerpo resulta tan arduo que parece durar años. Hoy no es el caso. Doblo la cintura y adopto una posición carpada que me sale con tanta naturalidad como la que tienen las plantas al hacer la fotosíntesis. Y el resto... funciona, ni más ni menos. No estoy segura de cómo ni por qué, pero funciona. Antes de que pueda llegar a preocuparme por si lo hago mal, ya estoy en el agua y, antes de emerger, me tomo un momento.

Cierro los ojos con fuerza.

Saboreo el alivio.

Entonces salgo a la superficie. A duras penas soy capaz de contener la sonrisa, me limpio el agua de los ojos y...

Ni siquiera me hace falta mirar el marcador. El ceño fruncido de Pen me dice todo lo que necesito saber.

Puede que haya hecho la posición carpada. Y puede que la haya hecho muy bien. Pero no he logrado ejecutar un salto hacia dentro.

CAPÍTULO 34

Llevo ya varios cubatas aguados encima (dos, tres o el número racional imaginario que sea) cuando caigo en la cuenta de que debería decirle al tío que ha estado los últimos veinte minutos intentando ligar conmigo que no pienso tirármelo ni enrollarme con él ni intercambiar contacto físico de ningún tipo.

Trevor (¿Travis?) es majo y no me resulta particularmente amenazador, teniendo en cuenta que se trata de un hombre, pero creo que eso es lo más positivo que puedo decir de él. Su rostro atractivo y cuadrado me deja indiferente, y sus turras sobre la medalla de plata que ganó en los Juegos Panamericanos matarían de aburrimiento al más pintado.

—Esta no es tu casa, ¿verdad? —pregunta.

Me duele la cabeza. Juraría que por culpa suya.

—Nop.

Lo cierto es que no tengo ni idea de dónde estamos. Imagino que en la sala de estar de uno de los nadadores. Tras un encuentro amistoso, siempre se celebra alguna fiesta para demostrarles a nuestros invitados lo animadas que son las juergas en Stanford.

Puede que sea verdad. No tengo forma de saberlo.

—Pues qué pena. No nos vendría mal tener tu cama a mano.

Quiero largarme. Quiero dejar de tener su hocico pegado al mío. Pero Pen se ha marchado hace un rato a casa del profe y no localizo a ningún conocido, así que, si me levanto del sofá y dejo tirado a Trevor, me quedaré sola. Y, si me quedo sola, me pondré a pensar en las cosas que me dijo todo el mundo después del salto, en las miradas de lástima que me lanzaron y en la densa sensación de desencanto que me inunda el estómago.

«Ya verás como a la próxima te sale» (Barb).

«Vandy, has quedado tercera de siete incluso habiendo fallado un salto. Eres la hostia» (Pen).

«Jo, qué putada. A mí también me pasó una vez. Me bloqueé y me equivoqué de salto. Es un lapsus cerebral» (Sunny).

«No pasa nada, hija» (la actitud inusitadamente comprensiva y amable del entrenador Sima me hizo sentir aún peor).

Un abrazo silencioso (Bree y Bella).

Lo que necesito es más alcohol. En cuanto vaya cocida, mis neuronas estarán demasiado empapadas en etanol como para asimilar mis rayadas mentales. El ciclo eterno de fracasos que caracteriza mi vida se desvanecerá en el olvido.

—¿Sabes qué? —dice Trevor—. Mi ex era saltadora.

—Ah, ¿sí? —Miro a mi alrededor con la esperanza de localizar una fuente primaria de ron con cola.

—Bueno, tampoco puede llamársela «ex». Yo le molaba más que ella a mí.

Pensándolo bien, prefiero estar sola comiéndome la cabeza que seguir aguantando a este tío. De hecho, preferiría estar en cualquier otro lado, y eso incluye la parte trasera de un camión de basura o una ciudad-estado sumeria en declive.

—Pobre chica —digo con tono seco.

—Sí, me supo muy mal. Soy muy empático y odio tener que decir que no.

—Seguro.

—Pero aun así nos lo pasamos bien. Lo digo porque sé de qué palo vais las saltadoras y… —No termina la frase, lo cual atribuyo a la violencia con la que estoy imaginándome que le clavo unos palillos en las cuencas de los ojos.

He desbloqueado un poder enterrado en lo más profundo de mi psique. Igual puedo añadirlo a la solicitud de admisión para la Facultad de Medicina.

Pero no. Incluso en la penumbra de la estancia, capto el brillo de la mirada de Trevor cuando levanta la cabeza.

—La madre que me parió, el puto Lukas Blomqvist. ¿Qué hay, tío?

Le tiende la mano. Lukas lo ignora y toma asiento frente a nosotros, en una mesita auxiliar de madera que ya no está para estos trotes. Fijo que se rompe. Debería grabarlo y mandarlo a *Vídeos de primera: versión Suecia.*

—¿Estás bien, Scarlett? —pregunta ignorando el entusiasmo de su *machofan*.

—Sip.

Me observa en silencio, evaluador, como si mis palabras no pudieran tomarse al pie de la letra y hubiera que hurgar bajo mi piel para descubrir el significado oculto.

Entretanto:

—Tío, no sabes lo mucho que me ha flipado participar en una carrera contigo —le hace la pelota Trevor, cosa que me lleva a descubrir que sí soy capaz de encontrarlo menos atractivo todavía. Vaya sorpresa.

Lukas lo señala con la cabeza.

—¿Quieres que se quede aquí contigo?

—Joder, pues claro que quiere. Nos lo estamos pasando de lujo, ¿a que sí?

—No te creas —digo. No hay nada como el alcohol para soltar la lengua. Trevor adopta una expresión compungida y… Mierda—. Pero no es por ti. —No del todo—. Es que hoy me han salido fatal los saltos.

—Oooh…

Está claro que mis patinazos deportivos le resultan adorables: como cuando ves a una capibara dándose un baño o a un crío diciendo «agüela» en lugar de «abuela». Se acerca a mí, apoya la mano en mi rodilla desnuda y… Puaj. La desagradable calidez de su piel me deja asqueada, hasta que Lukas se inclina hacia delante, le agarra la muñeca a Trevor y vuelve a dejársela en el regazo.

Trevor le lanza una mirada confundida.

—¿He metido la pata? ¿Estáis…?

—No. —Me aparto de él. No soportaría que volviera a tocarme.

—¿Y entonces qué más te da?

Está preguntándoselo a Lukas, que le responde:

—Es mi hermana.

Estoy a un tris de atragantarme con mi propia saliva.

—¿Qué? —Trevor me mira pasmado—. ¿En serio?

Debo de ser una persona horrible. Porque asiento.

—¿Pero tu apellido no es…?

—Es que somos hermanastros —improviso.

Lukas asiente.

—De padres distintos.

—¿Sí? No tenía ni idea. ¿Lo sabe mucha gente o…?

Me encojo de hombros

—No es que sea un secreto.

—Ya veo. Tendréis casi la misma edad.

—Pues sí. —Me miro las uñas—. No es por tacharla de guarra ni nada, pero nuestra madre tuvo sus líos.

Lukas intenta disimular la sonrisa, pero le sale mal y agacha la cabeza.

—La leche. —Trevor parece impresionado—. Mi madre también es un poco guarrilla. Se lio con un compañero de trabajo para vengarse de mi padre por haberse tirado a su prima. Ya hay que ser rencorosa.

Lukas y yo nos quedamos tiesos. Intercambiamos una mirada atónita.

—Gracias por contarnos esta… emotiva historia autobiográfica —le dice a Trevor, prestándole por fin algo de atención—. ¿Puedes traerle a mi hermana un vaso de agua?

—Ah. —Trevor se rasca la nuca—. Eh… Sí, claro.

—Gracias, tío. —Lukas centra su atención en mí.

Me apoyo en el respaldo del sofá, incómoda bajo el peso de su mirada, y, en cuanto Trevor se aleja, digo:

—No pienso tocar nada que me traiga ese tío.

Me tiende el vaso rojo de plástico que tiene en la mano. Lo cojo y me lo acerco a la nariz. Por un momento, me planteo la posibilidad de fingir que tampoco me fío de él, pero al final doy un sorbo. Es agua y, hasta que no me la termino, no me doy cuenta de lo sedienta que estaba.

—¿Estás borracha? —me pregunta cuando le devuelvo el vaso.

Suspiro.

—No tanto como me gustaría.

—No te vayas a ningún lado con McKee.

—¿Quién es Mc...? Ah, ¿cuál es su nombre de pila, por cierto?

—Trevor. —Frunce el ceño, pensativo—. ¿Travis? Ni puta idea.

Resoplo.

—Aunque tiene razón.

—Dudo que ese gilipollas haya tenido alguna vez razón en algo.

—La semana pasada aprendí un refrán alemán: «A veces, hasta una gallina ciega encuentra un grano de maíz». O algo así. —Me encojo de hombros—. Y Trevor te ha hecho una buena pregunta.

—¿Cuál?

—¿A ti qué más te da?

Lukas no responde, no tensa el cuerpo, no muestra ni un ápice de incomodidad. Típico.

—A ver, por eliminación... —Levanto el dedo índice—. No le has parado los pies porque tengas celos, ya que no es algo que seas capaz de sentir.

Me observa, inexpresivo.

—No ha sido porque quieras echar un polvo. O sea, puedes llevarte a la cama a quien te dé la gana. Hoy has ganado ¿cuántas, cuatro o cinco carreras? —Su silencio me dice que tal vez haya ganado más. Me la suda. Levanto el dedo corazón—. Has contribuido más a la victoria de Stanford que todo el equipo de salto. Creo que, para las competiciones, deberías contar como institución. Podrías registrar tu propio dominio .org, desgravarte impuestos...

—Scarlett —se limita a responder, como si quisiera que dejara de divagar. Pero no porque me encuentre pesada; creo que es porque quiere pedirme perdón.

Ladeo la cabeza. Vaya, qué novedad. En mi experiencia, los hombres rara vez se disculpan.

—Tú y yo —prosigue— aceptamos confiar el uno en el otro, hicimos una de las cosas más íntimas que dos personas como nosotros pueden...

—Tampoco es para tanto. Fue solo sexo...

—Scarlett. —Espera hasta que lo miro a los ojos—. Lo siento. En ese momento, no fui capaz de asimilar lo que pasó. Sentí que perdía el control y me acojoné. Me porté como un gilipollas. Antepuse mis miedos a tus sentimientos y es..., sin duda, la mayor cagada que he cometido nunca.

Mi plan era pasar de él. Y sigue siéndolo.

Pero el hecho de que esté reconociendo lo mal que gestionó el asunto me lo está jorobando un poco.

—Nada de esto es excusa —prosigue, encantadoramente sincero—, pero lo que dijo Jan era cierto. En el pasado, cuando sentía que no controlaba la situación, siempre era por... —Traga saliva. Noto que le cuesta hablar del tema; no porque le moleste asumir la culpa, sino porque está disgustado consigo mismo—. La razón nunca había sido otra persona.

Tengo la frase «¿y qué hay de Pen?» en la punta de la lengua, ansiosa por abandonar mis labios, pero me reprimo. No es asunto mío.

—No me debes nada —empiezo a decir, pero él niega con la cabeza.

—Te debo respeto, te debo tacto y te debo la verdad. Tú, en cambio, no me debes ningún tipo de perdón. Pero si alguna vez empiezas una relación de esta índole con otra persona... —Aprieta la mandíbula, tenso. No creo que la idea le haga mucha gracia—. Deberías exigir estas cosas.

Bajo la vista a mi regazo y asimilo su disculpa, mis sentimientos, el miedo y la impaciencia, todos revueltos en el fondo de mi estómago.

—No pasa nada —respondo por fin. Esta vez, es una decisión consciente, no una respuesta automática. Lo digo en serio—. A mí tampoco se me da bien... —Hago un gesto hipervago con la mano antes de dejarla caer sobre la rodilla.

—¿El qué?

—Gestionar las emociones. Las mías o las de los demás.

Suelta una risotada, como empatizando conmigo.

—Todo lo que he dicho de McKee es cierto. No merece ni respirar el mismo aire que tú.

—Me ofende bastante que creyeras que iba a liarme con él.

—Parecías estar planteándotelo.

—De eso nada. —Evalúo el estado de mi cuerpo y de mi cerebro. Ya casi se me han pasado los efectos del alcohol. Pienso con claridad. Estoy cansada, pero eso no es ninguna novedad—. He tenido un día de mierda y estaba haciéndome compañía.

—¿Un día de mierda?

No me había parado a pensar que, desde su punto de vista, me ha ido bastante bien. Al fin y al cabo, he ganado una medalla. No está al tanto de mis problemas y no pienso contárselos. Bastantes miradas de lástima he tenido que aguantar ya.

—No es que haya pasado nada en particular, pero me he puesto a hablar con él para dejar de darle vueltas a la cabeza.

—Seguro que encuentras algo mejor para distraerte.

—Me han hablado maravillas de los atascos de tráfico.

—Pasar la aspiradora también es una opción excelente.

Me echo a reír.

—Por desgracia, no tengo coche. Ni…, esto no te va a hacer ninguna gracia…, aspiradora.

Parece preocupado de verdad.

—¿En qué clase de condiciones vives?

—El caso es que no tengo ninguna alternativa mejor. —El corazón se me acelera. *Echa el freno*, le ordeno, intentando apaciguar los fuertes latidos—. A no ser que se te ocurra otra cosa.

Supongo que no esperaba que lo perdonase con tanta facilidad, porque tarda bastante en pillar la indirecta. Pero, en cuanto lo hace, no duda ni un instante. Asiente, tira el vaso de plástico a la papelera y, tras cogerme de la mano, me guía hasta la puerta.

CAPÍTULO 35

La habitación de Lukas sigue estando impoluta. Observo la pulcritud militar después de que encienda la lámpara de la mesita de noche, sin que la presencia del cabecero o la falta de sábanas oscuras me sorprendan. Se sienta a su escritorio y, durante un momento, me planteo la posibilidad de desordenarle los libros, alfabéticamente colocados, solo para ver cómo se le hincha la vena del cuello.

—Oye, ¿la cama la usas solo para follar o también duermes de vez en cuando?

Me sienta sobre su regazo, impertérrito, y me fijo en que ha encendido el ordenador.

—¿Vamos a ponernos con el proyecto de biología? —pregunto colocándome de costado.

Tuerce los labios, pero no responde. En vez de eso, me acaricia el muslo de arriba abajo, me da un besito en la garganta y, acto seguido, un mordisco bastante enérgico. Cuando me estremezco, aparta las manos y se pone a teclear.

Su seguro de salud es el mismo que el mío. Pincha en los resultados de los análisis y yo me acerco a la pantalla.

—¿Vale? —pregunta cuando acabo de revisarlos.

—Sí —respondo. Quiero que sea como la última vez: la mente en blanco y el cuerpo en llamas.

Lukas me coge la barbilla entre el índice y el pulgar.

—Cuando acabemos —dice—, no te marches sin más. —Frunzo el ceño—. Despiértame si hace falta. Pero no te vayas sin avisarme.

Podría poner muchas pegas. Pero ninguna parece importante.

—Vale —le digo antes de contener la respiración, dispuesta a que me recuerde hasta qué punto está al mando.

—Se te da genial hacer lo que te pido, ¿verdad?

Asiento con impaciencia, preparándome para lo que se avecina, pero Lukas se limita a besarme los labios con suavidad, de forma tan dulce y delicada que consigue deslizar la mano hasta el interior de mi muslo casi sin que me dé cuenta. Me separa las piernas y me acerca más a él. Me acaricia ligeramente, a un milímetro de la ropa interior.

Soy incapaz de reprimir un gemido. Su forma de mover los nudillos bajo la tela de mi falda es terriblemente indecente, y, en cuanto nota lo mojada que estoy, chasquea la lengua, como si hubiera cumplido todas sus expectativas y a la vez fuera…

—Increíble, joder —me susurra contra la garganta.

Empieza a frotarme con el dedo corazón y yo dejo escapar un suspiro agradecido. *Menos mal que no me va a hacer esperar,* me digo. Trece minutos después, sigo al límite y el reloj del monitor se mofa de mí.

Todo empieza cuando Lukas me baja el top con cierta brusquedad y me dice:

—¿Te han dicho alguna vez que tienes unas tetas espectaculares?

Una oleada de orgullo aflora en mi interior. Niego con la cabeza.

—¿Ni el imbécil de tu ex? —pregunta con expresión ceñuda.

«No era imbécil», quiero replicar, pero ahora no es el momento ni el lugar para defender a un tío que está enamorado de otra. Vuelvo a negar con la cabeza.

Lukas está perplejo. Enfadado.

—No me cabe en la cabeza, Scarlett —dice tocándome el pezón y el clítoris al mismo tiempo; en ambos casos, ese roce es una promesa de algo más—. Tenía un tesoro y lo... —Da la impresión de que quiere desquitarse con alguien, pero no se me ocurre quién puede ser ese *alguien* hasta que curva los labios—. Lo odio. Aunque debería estarle agradecido. Si no fuera un gilipollas integral, no podría hacer esto...

Me pellizca el pezón con tanta fuerza que se me olvida respirar. A continuación, traza círculos alrededor de mi clítoris para estimularme todo lo que necesito y...

—Te encanta, ¿verdad?

Me retuerce el pezón y me corro por primera vez. Me muerde el contorno de los pechos y... vuelvo a correrme. El tercer orgasmo me invade un poco después, cuando se pone a chuparme las doloridas e hinchadas areolas, metiéndome el dedo corazón hasta el fondo del coño. Después de eso... ya da igual, y no me exige gran cosa. Si me retuerzo en sus brazos o le rozo la erección con el culo, me inmoviliza con los dientes y una palabra severa, apretándome el vientre con la mano. Solo tengo que entregarme al placer. Hacer lo que me pide. Prestar atención a las órdenes que me susurra al oído, cosas como «uno más» y «tú puedes» y frases a medias que incluyen palabras como «perfecta» y «para mí» y «lágrimas preciosas».

Me besa las comisuras de los ojos, llevándose con la lengua el exquisito dolor que está infligiéndome. Nunca me había sentido tan vacía.

—Por favor —le suplico. Soy un cúmulo de espasmos y temblores, intentando acurrucarme contra él. Sus brazos y su voz son lo único que me sostienen.

—Aún no —dice con amabilidad y firmeza y todo lo que siempre he anhelado. No sabía que la voz de alguien podía ser tierna y cruel al mismo tiempo—. Mi chica obediente puede aguantar un poco más.

No se equivoca ni una sola vez y, tras un buen rato, estoy convencida de que conoce mi cuerpo mejor que yo, y que, lo que no sepa, lo aprenderá sin mi ayuda. Esta vez, cuando me tumba en la cama, me quita toda la ropa. Sin impacientarse en ningún momento pese a lo perezosa que me muestro, despatarrada e inerte como una marioneta, mirándolo con una sonrisa de asombro, demasiado exhausta para echarle una mano. Me dobla la falda, el top e incluso el sujetador, pero lanza las bragas al otro lado de la habitación, un gesto tan poco propio de él que se me escapa una risita.

—Eso es robar *y* ensuciar.

Se quita la camiseta. Los pantalones.

—En Suecia te meten en la cárcel y tiran la llave. —Se coloca sobre mí, un manto de carne y calor, y añade junto a la suave piel de detrás de mi oreja—: Por ensuciar, digo.

No esperaba reírme con él. Con Josh, el sexo era divertido y alegre, pero siempre lo consideré una consecuencia de estar enamorada. Sin embargo, aquí estoy, tronchándome contra la garganta de un hombre que, por lo que sé, todavía podría estar colgado de otra mujer.

Inhala mi aroma. Me dice lo mucho que le gusta tenerme debajo. Lo suave que soy. Lo guapa que le parezco: una palabra absurda que hace que me arquee aún más.

—Debería dilatarte con los dedos primero —dice, y noto la vibración de su pecho en el torso—. Como suelo hacer siempre. Es lo mínimo. Pero a ti voy a penetrarte sin más.

Me estremezco. Dejo que me separe las piernas y ahogo un grito de la impresión. La flexibilidad es fundamental a la hora de saltar, pero ahora mismo noto los músculos tensados al límite. Siento el ímpetu con el que me inmoviliza los muslos a los lados, con las palmas metidas debajo de mis rodillas. El esfuerzo que me supone tener que abrir tantísimo las caderas.

—Qué obediente —me dice satisfecho, y yo esbozo una sonrisa; el placer que me provocan sus elogios me calienta por dentro. Hunde los dedos en el pringue que tengo entre las piernas y deja escapar un suspiro y una extraña y melódica palabra. Usa mi flujo para lubricarse.

Me planteo la posibilidad de alargar la mano. De participar de forma más activa. Pero con Lukas no sirven las reglas bajo las que he estado rigiéndome hasta ahora.

Permanezco tumbada mientras él me observa. Noto el peso de su polla en el pubis cuando me la aprieta contra el abdomen y el coño. Me invade una sensación de ligereza. De impaciencia. Estoy lista, porque así lo ha decidido él. Soy maleable.

Y floto.

Una vez leí que el intercambio erótico de poder es una patraña. Una pantomima. Algo guionizado y preparado de antemano. Sin embargo, esta intensa e ingrávida sensación es para mí la definición misma de sinceridad. El hecho de saber que él está al mando me permite despojarme de todo disfraz y artificio. Ser yo misma, al natural, libre de toda culpa o crítica.

—Es que mírate… —Lukas me da un beso húmedo en el labio inferior y mete la mano entre nuestros cuerpos para ponerse en posición—. Eres preciosa, joder. —Mueve las caderas y, tras unos cuantos intentos, el glande de su polla se hunde en mi interior.

Suelta un jadeo y noto la calidez de su aliento cerca del pómulo.

Echo el cuello hacia atrás con la respiración agitada.

Solo la ha metido cuatro o cinco centímetros, pero no puede avanzar más.

—Relájate —me ordena. Asiento con la cabeza y aflojo los músculos. Vuelve a embestir y la mete un poco más. La dilatación me produce un ardor terrible. Es lo que siempre he querido—. Respira hondo, Scarlett.

Avanzamos un poco. Me cuesta no retorcerme. Lukas no aparta la mirada de mí en ningún momento, contempla absorto la hinchazón de mis labios, mi respiración entrecortada y las muecas de dolor que se me escapan.

—¿Demasiado? —pregunta.

Asiento, un tanto desesperada.

Se detiene y la saca un poco. El pánico me invade al instante. No he pronunciado la palabra «para». No le he pedido que pare. Acordamos que no…

—Qué pena —dice con un tono de voz tan cariñoso como cruel, como si albergara todas las facetas que anhelo—. Porque vas a aguantar todo lo que te eche. —Vuelve a embestir, despojándome de todo sentido de mí misma. Mi cuerpo se contrae en torno a él, en torno a sus palabras, y creo que estoy…—. Madre mía, cariño. ¿Ya? ¿Solo ha hecho falta esto?

Unos cuantos espasmos. Una risa grave. Se hunde en mi interior todavía más y, aunque no hay espacio, él consigue hacerse un hueco, crear algo que no existía.

—Lukas —digo con una exhalación.

—Ya lo sé, cielo —Su voz suena tensa, como si a él también le costara la vida tomárselo con calma, sobre todo teniendo en cuenta lo dura que la tiene. Se inclina para besarme y me mete la lengua hasta la campanilla—. ¿Qué te he dicho, Scarlett? Respira hondo.

Creo que aún no está toda dentro, pero se pone a embestir igualmente. No tengo claro qué es lo que más me gusta: los fuertes resuellos que deja escapar junto a mi oreja; el destello de dolor que acentúa todavía más el placer; su ritmo, pausado pero firme.

Quiero acariciarlo, clavarle las uñas en los hombros, pero está sujetándome las muñecas por encima de la cabeza y lo único que puedo hacer es sentirlo en mi interior mientras los pies me rebotan inertes con cada acometida. Le muerdo la mandíbula a ciegas cuando noto una oleada de calor en el vientre.

Las lentas contracciones que me atraviesan cuando me corro son tan placenteras que casi resultan dolorosas. Si él, si nosotros, si esto fuera normal, daría por hecho que la cosa acaba aquí. Unas embestidas frenéticas, un gruñido ahogado, un orgasmo por parte de Lukas y fin. Pero a él le gusta dictar cuándo empieza y termina todo. Me besa y luego me lame la lágrima que me resbala por la mejilla, me dice lo apretado que tengo el coño y lo mucho que le gusta. Pese a que noto las palpitaciones de su polla, no se corre todavía. En lugar de eso me susurra: «Un poco más. Tienes que aguantar un poco más, ¿vale?», y entonces se hunde hasta límites imposibles, y yo me arqueo y vuelvo a correrme con tanta fuerza que acabo oyendo voces. Música. Campanas.

Salvo que no provienen de mi cabeza.

—Joder, qué oportunos —protesta Lukas con un gemido antes de morderme la clavícula—. Aparecen justo cuando estoy echando el mejor polvo de mi vida.

Sus compañeros de piso. Ya han vuelto a casa.

¿Tenemos que parar? Por Dios, no. Me entran ganas de soltar un quejido. Y eso hago.

—¿Serás capaz de no hacer ruido?

Si le miento, no se lo va a creer, así que niego con la cabeza.

Esboza una sonrisa.

—Voy a tener que adiestrarte para que te corras sin tanto escándalo, Scarlett. Pero hasta entonces... —Me tapa la boca con la mano y el cerebro se me licua. Sí. Sí. ¿Está mal que esto me guste tanto? El hecho de saber que mi capacidad para respirar y gritar depende de él—. Ahora voy a follarte de verdad, ¿vale? Hasta el final.

Asiento con la mirada suplicante y entonces me doy cuenta de lo poco que le habría costado abrirse paso de golpe desde el principio. Deja escapar un suspiro de absoluto placer, tan profundo que las piernas me tiemblan. Me siento invadida más allá de lo imaginable. Ojalá pudiera contarle la verdad, que llevo queriendo hacer esto desde antes de que fuera capaz de expresar con palabras mis deseos.

—Sabía que podías —me gruñe al oído, y no necesito nada más para volver a correrme; sus elogios y sus dedos rodeándome las mejillas, el ruido de sus caderas al chocar contra las mías mientras me la mete hasta el fondo. Intento pronunciar su nombre, pero estoy mareada y no puedo pensar en otra cosa que no sea él, él, él.

Los músculos se le tensan tras una de las embestidas, como si estuviera reprimiendo el orgasmo, pero se queda paralizado. El rostro se le contrae. Al correrse, me suelta las muñecas y me rodea con los brazos, estrechándome aún más contra su cuerpo. No entiendo ninguna de las ásperas palabras que me susurra al oído, solo mi nombre.

El corazón tarda una barbaridad en apaciguárseme. Hasan y Kyle charlan mientras suben las escaleras. El ruido de unas puertas que se abren y se cierran, una llamada telefónica en voz baja y el chorro del agua marcan el paso del tiempo. Me acurruco debajo de Lukas, que no me suelta en ningún momento; mi aliento entrecortado y el sudor cada vez más frío de mi piel son un reflejo de los suyos. Su sangre late de forma acompasada contra la mía. Podría quedarme dormida. Podría permanecer aquí para siempre.

Cuando por fin se incorpora sobre las palmas de las manos, parece sentirse igual que yo: agotado y alterado. Algo abrumado. Nos miramos el uno al otro con la expresión sorprendida de dos personas que ya se han acostado antes y han disfrutado. Y aun así…

—¿Estás bien? —me pregunta con voz grave y ronca.

Debería responder con el chascarrillo «eso tendría que decirlo yo», ya que parece hecho polvo. Pero lo que me sale es alargar la mano y acunarle la mejilla hasta que gira la cabeza y deposita un beso ardiente en mi palma.

Noto cierto dolor cuando me la saca. Lukas advierte mi malestar al verme torcer el gesto, pero esta vez me consuela; me revisa las muñecas en busca de moraduras, las recorre con la boca.

—Tranquila. —Pliega el cuerpo y me besa el abdomen una sola vez, con suavidad. Apoya la palma contra la mía—. Respira hondo.

El dormitorio tiene un cuarto de baño adyacente. Permanezco tumbada en la cama mientras él va hacia ahí. Tras oír el grifo del agua, vuelve con un paño húmedo y me lo pasa por las mejillas. Las lágrimas me las han dejado pegajosas y el calor es como un bálsamo.

Me abre las piernas con delicadeza, aunque no puedo evitar estremecerme de dolor. Me reconforta con una palabra en voz baja, en un idioma que no conozco, pero lo que encuentra en mi entrepierna lo lleva a inspirar con fuerza y dejar el paño a un lado, prácticamente limpio.

Se me queda mirando un rato mientras intento imaginarme lo que estará viendo. Cuando ya se ha quedado satisfecho, me vuelve a cerrar las piernas, como para atesorarlo.

—¿Te quedas a dormir? —dice con voz ronca.

Esta vez se trata de una petición y no de una orden. Es algo de lo más natural: pasamos de comportarnos como animales a adoptar una postura civilizada. De una relación jerárquica a otra entre iguales.

—Sí, no estaría mal.

Casi se le escapa una sonrisa. Y a mí otra. No me cuesta nada meterme bajo el edredón, enterrar la cara en su cuello y deleitarme con su suspiro de alivio mientras me acomodo en sus brazos. Me envuelve, me acapara, me aprieta contra él, como si le hiciera tanta falta abrazarme como a mí que me abracen.

Debería ir a hacer pis. Tengo el baño al lado. Pero es que estoy muy calentita y apenas existen pruebas revisadas por pares que avalen la relación entre las infecciones del tracto urinario y el hábito de orinar después del sexo. Tendría que haber más estudios sobre el tema. Yo podría hacer uno.

Y unos minutos después, mientras estoy pensando en cómo llevarlo a cabo, me quedo dormida.

CAPÍTULO 36

Algo me despierta: no tengo claro el qué, pero no debe de ser un sueño porque, en cuanto abro los ojos, noto que Lukas se mueve detrás de mí; su cálido cuerpo se desliza lentamente contra el mío bajo las sábanas.

Me tiene cogida como si fuera una almohada o un peluche de la infancia, un remedio para ayudarlo a dormir mejor. Tiene el pecho pegado a mi espalda y una pierna cruzada sobre las mías, aplastándome la mitad derecha del cuerpo contra el colchón. Incluso dormido, me rodea la cintura con el brazo, impidiéndome tomar aire como es debido. No recuerdo haber estado nunca tan cerca de nadie. Si analizo la situación desde un punto de vista objetivo, estoy incómoda, acalorada y apretujada hasta los topes.

Y me encanta.

Me gusta tanto que mi primer pensamiento coherente va dedicado a Pen: ¿cuándo, cómo y por qué narices le pareció buena idea renunciar a Lukas?

El susodicho está despertándose poco a poco. Me besa la curva del cuello, raspándome la delicada piel. *Me la ha irritado con la barba*, pienso. Tendré que disimular el enrojecimiento antes de que alguien me vea con el bañador puesto, aunque para eso todavía faltan veinticuatro horas.

—Siempre hueles de maravilla. —La vibración de su murmullo me cala hasta los huesos. Inhala profundamente y no afloja su abrazo.

Más bien lo contrario.

—Huelo a ti. —Estoy sin fuerzas. Floja, como si acabara de despertar tras varios siglos de hibernación—. Y a las cosas que hemos hecho.

—Pues por eso lo digo. —Vuelve a rozarme con la nariz. Tiene los brazos cruzados sobre mi pecho; los tensa para atraerme hacia él, pese que ya no queda ningún hueco que llenar—. ¿Siempre tienes el sueño tan movido?

—¿Me muevo mucho?

Noto su gesto de asentimiento contra mi nuca, seguido de un besito, seguido de un suave mordisco, seguido de un «tuve que sujetarte».

—No tenía ni idea. —Josh nunca me dijo nada—. Aunque eso explica el estado de mi cama por las mañanas.

Intento girarme. Lukas no me lo permite, pero noto su erección pegada al culo. No parece impaciente por ocuparse de ella: nada en su forma de abrazarme me indica que pretenda ir más allá, pero... ¿vamos a follar otra vez? ¿Quiero volver a follar con...?

Sí.

Mil veces sí.

Aunque antes debería ir a asearme.

—¿Me dejas ir al baño, profe? —pregunto de broma.

Finge pensárselo.

—Si no hay más remedio… —susurra con voz sufrida, lo que me provoca una carcajada. Él vuelve a besarme la mejilla y, tras un instante que se prolonga de más, me suelta. Me siento en el borde de la cama, de espaldas a él y…

Ay.

Estoy tan dolorida que me aferro a las sábanas. Noto una intensa molestia en las ingles y detrás del ombligo. He hecho trabajar demasiado a mis músculos.

Disimulo el dolor de camino al baño y cierro la puerta tras de mí con las mejillas encendidas. El caso es que no me haría ninguna gracia que Lukas decidiera contenerse la próxima vez. Quiero que siga dándome caña y que no vacile en ningún momento. Sin embargo, al contemplar mi cuerpo desnudo frente al espejo, me quedo estupefacta. Me recorro la piel con el dedo, trazo el mapa de lo que hicimos anoche como si de una peregrinación se tratara: las ronchas que me ha dejado su barba, los moratones azulados en el extremo de mi pecho izquierdo, el circulito púrpura en el hueso de la cadera, los labios agrietados e hinchados.

Hecha polvo.

Estoy hecha un auténtico despojo. Parezco propiedad de Lukas, una posesión a la que ha manoseado con brutalidad, a la que ha usado justo como yo le pedí en aquella dichosa lista. Ni más ni menos. Llevada hasta el límite y ni un paso más.

Una cálida oleada de satisfacción me inunda el estómago. Esta es la sensación que andaba buscando. No solo los orgasmos y el placer, sino este mismo sentimiento de compatibilidad. Mis necesidades cubiertas por las de Lukas. *Encajamos a la perfección*, pienso. El alivio que me recorre al comprobar que mis deseos se complementan con los de otra persona resulta casi abrumador.

Cuando me recompongo lo suficiente como para volver a la habitación, me encuentro a Lukas justo al lado de la puerta, apoyado en la pared. Se ha puesto unos pantalones de chándal grises y tiene un vaso de agua en una mano y un comprimido en la otra.

He sufrido demasiados dolores musculares a lo largo de mi carrera deportiva como para no reconocerlo: ibuprofeno.

Está claro que no puedo ocultarle nada.

Me lo trago sin rechistar. Lukas contempla mi cuerpo desnudo, las marcas que me ha dejado, como si fuera una especie de medalla olímpica. Impaciente, voraz, orgulloso. Y otras cosas que la intensidad de su mirada me impide distinguir.

Levanta la mano y me roza el moratón del pecho.

—¿Ahora es cuando pones cara de pena y te disculpas? —pregunto con voz neutra. Lo cierto es que tengo miedo. ¿Y si se arrepiente? ¿Y si soy demasiado para él?

Guarda silencio. Me apoya el pulgar en la marca de la cintura: coinciden a la perfección. Llave y candado.

—¿Debería disculparme también por esta?

Suelto un resoplido burlón.

—No parece que lo sientas.

—Porque no lo siento. —Se encoge de hombros y la magnitud de su atractivo me sacude como un terremoto; no tiene nada que ver con sus músculos ni con su estructura ósea, no hablo de su aspecto en general, sino de lo atractivo que me parece a mí. Por ser quien es, por cómo soy yo—. Te encanta que te hagan daño, Scarlett. Lo suficiente para que ni siquiera te plantees no hacer lo que te pido. —Se inclina hacia mí. Noto la aspereza de su barba en la mejilla—. Me encanta satisfacerte, y seguiré haciéndolo mientras me dejes.

Me estremezco. Pero no de miedo.

—Bébetelo todo —me ordena, y después de que apure el vaso, me coge y me deposita en el borde de la cama.

—Debería marcharme antes de que se despierten tus compis.

Aprieta los labios, disgustado, pero asiente y recoge mi top del suelo.

—Manos arriba —me ordena, y yo obedezco, intentando recordar la última vez que otra persona me vistió. Sienta bien.

—¿Lukas?

Me mira.

—¿Estoy haciéndolo bien? Todo este… asunto.

Sabe perfectamente a lo que me refiero, pero no deja de sacudir mi falda. Se toma su tiempo para responder:

—No sé si estamos haciéndolo bien, pero esto es… —Vuelve a apretar los labios—. Eres exactamente lo que quería. —Se olvida de la falda y la deja caer—. Creo… —Verlo titubear es tan raro que me cuesta reconocer su confusión—. Me lo había imaginado muchas veces. Desde que empecé a saber lo que era el sexo, antes de poder darle un nombre. Y tenía la esperanza de que me gustara, pero esto… No sabía que pudiera hacerme sentir tan bien.

—Las cosas que escribí en la lista. —La lengua me pesa—. Puedes hacerlas todas. No hace falta que te reprimas.

Baja la vista a mi cuerpo con expresión divertida.

—¿Consideras que me he reprimido?

Me tumba en la cama con suavidad, pero sin perder ni un instante, apoyándome la palma en el esternón. Noto la calidez de su piel a través del fino tejido de mi camiseta.

—Es que no quiero que...

—Dime. —Me abre las piernas con los dedos y localiza unos moratones que a mí se me habían pasado por alto. Me los aprieta con fuerza. El placer que me produce el dolor me recorre la columna y me acelera la respiración—. ¿Estoy siendo demasiado blando, Scarlett? —Me roza la mandíbula con los dientes—. ¿Demasiado bueno? —Me muerde con más fuerza y... Ay, la hostia.

El Lukas titubeante de hace un momento ha desaparecido. Lo miro y lo único que me sale decir es:

—Por favor.

—Por favor, ¿qué? ¿Por favor, para?

Niego con la cabeza.

—¿Por favor, haz que me corra?

Me muerdo el labio con súbita vergüenza.

—¿Por favor, fóllame? ¿Con lo dolorido que tienes el coño?

Asiento con urgencia al instante. El gesto nos pilla por sorpresa a los dos.

Frunce el ceño.

—Venga ya, Scarlett. Te hace falta un descan...

—Por favor.

Una expresión indecisa le asoma al rostro durante una fracción de segundo, aunque se fía de mi criterio: sabe que si insisto es porque puedo aguantar. Se quita los pantalones y se sienta a horcajadas sobre mí. Me sube la camiseta y me chupa los irritados pezones hasta que me retuerzo debajo de él. Quiero que aumente la intensidad y, al mismo tiempo, que la reduzca. Me cierra las piernas con las rodillas, apretándome la parte exterior de los muslos, y yo suelto un quejido y empiezo a decirle que esto no es… Que lo que quiero es que… Por qué está…

Pero entonces me hace callar y lo noto. La gruesa punta de su polla rozándome el clítoris, su enérgica embestida, la ardiente e intensa dilatación de mis músculos, tensándome como la cuerda de un arco y… sí. Mis paredes vaginales se contraen en torno a él. El dolor le confiere al placer un matiz cruel y precioso.

—Joder, qué prieta estás. —Entierra la cara en mi cuello—. Parece mentira que me haya pasado la noche follándote.

Se mueve poco a poco, como vadeando el agua, arrancándome cortas bocanadas de aire. Me duele. Me encanta. No puedo soportarlo más. Si para, me moriré. No es suficiente.

—Más adentro —le suplico, porque sus embestidas son muy poco profundas.

Me la mete unos pocos centímetros y enseguida vuelve a sacarla. Intento inclinarme para conseguir lo que busco, moviéndome como puedo contra su polla, pero me inmoviliza las manos por encima de la cabeza, entrelazando sus dedos con los míos, y me aprieta los muslos entre los suyos, haciendo fuerza con las rodillas. Controla cada movimiento, cada mirada, cada vía de escape.

—Lukas —exclamo con un sollozo. Él hace caso omiso. Intento abrir las piernas, pero es más fuerte que yo. El despliegue de fuerza me pone aún más cachonda—. Métemela más —le suplico—. Hasta el fondo.

—Esta vez no. —Me muerde el lóbulo de la oreja; una amenaza, una pequeña advertencia. Suelto un gemido—. Silencio. Te conformarás con lo que te dé y me darás las gracias. ¿Verdad que sí, cielo?

Asiento. Estoy a nada de correrme: por las cosas que me dice, por su forma de moverse, por su férreo dominio sobre mí. Soy un revoltijo de lágrimas, humedad y tensión.

—Sabes que voy a follarte cuando y como me dé la gana —me dice al oído—. Sé paciente. Puedes esperar un poco, ¿verdad?

Asiento, desesperada.

—¿Vas a portarte bien? —Contraigo los músculos vaginales, aferrándome al extremo de su polla. Su respuesta es un ruido a medio camino entre una carcajada y un gemido. Se ve obligado a serenarse para no perder el control—. Vas a correrte ya mismo, ¿no?

Joder, espero que no. Espero poder prolongarlo. Quién sabe cuándo volveremos a hacerlo.

—Esa lista tuya, Scarlett… —Desliza su boca contra la mía sin ninguna coordinación. El aire que compartimos me resulta peligrosamente escaso—. Voy a hacerte todas y cada una de las cosas que escribiste. Y cuando acabe, volveré a hacértelas. Y si no me pides que pare, te las haré otra vez…

Me corro con un suave gorjeo, reflejado en el cavernoso gruñido que emite Lukas. El momento se prolonga unos minutos: el estremecimiento de mi cuerpo pegado al suyo, su respiración acelerada, los besos lentos y reverentes que me da por la cara y los hombros en cuanto la saca de mi interior y nos coloca en una posición más cómoda. El reloj de la mesilla marca las 08:37, la luz se filtra a través de las cortinas abiertas y él me envuelve en un cálido abrazo.

—Debería marcharme —me obligo a decir.

Espero a que Lukas me suelte. Lo único que hace es enterrar la cara en mi cuello e inhalarme como si fuera una especie de droga.

—Te acompaño. Y te llevo a desayunar.

Ah. Me parece…

—Vale. —Genial—. Pero antes debería darme una ducha.

Niega con la cabeza antes de que termine la frase y luego se aparta para mirarme a los ojos. Me agarra la nuca con la mano y me inmoviliza la cabeza.

—Scarlett, cuando quiera que te des una ducha después de que follemos, yo mismo me ocuparé de ello, ¿vale?

Me estremezco. Es un poco asqueroso, ¿no? No lo tengo claro. Si lo es, creo que me la trae al pairo.

—Vale.

La sonrisa que esboza no es muy amplia, pero consigue que el corazón me palpite de felicidad.

CAPÍTULO 37

Espero en el coche mientras él va a buscar el desayuno porque no sé si quiero que nos vean juntos, porque voy hecha un cuadro y porque me ha confiscado la puñetera ropa interior y la ha escondido en algún rincón de su cuarto, un lugar tan recóndito para mí que bien podría estar en Marte.

Cuando le pregunto: «¿Qué te debo?», me mira como si le hubiera pedido que exterminásemos juntos a toda la población de águilas arpía.

—Puedo hacerte un bizum —añado, pero aparta la mirada y finge que la corteza auditiva se le ha escurrido por las fosas nasales.

Pues vale.

Tras salir del campus, conducimos unos minutos hasta detenernos en un pequeño claro situado junto a la carretera. Comemos sentados sobre el capó del coche, escuchando el trino de los pájaros. Me fijo en lo kilométricas que tiene Lukas las piernas mientras el sol me calienta las mejillas. Al verlo quitarse los zapatos, hago lo mismo; muevo los dedos de los pies y dejo que la brisa los acaricie.

Me pongo a pensar en la competición de ayer, en mi más reciente (y seguramente no última) cagada, pero interrumpo mis divagaciones y me obligo a concentrarme en el aquí y ahora, a disfrutar del cómodo silencio que nos ha acompañado casi desde que hemos salido de su casa.

Le doy un mordisco al *bagel* de huevo y queso y gimo como si acabara de inyectármelo en vena. Llevaba sin probar bocado desde mucho antes del encuentro. Al acabar, no estaba segura de merecer la comida. Igual es lo que me hace falta: mano dura conmigo misma, castigar el cuerpo y la mente por no estar a la altura, eliminar la debilidad y el fracaso a base de…

No. Ahora no voy a pensar en eso.

Me concentro en cada bocado. En el rumor de los árboles. En la presencia de Lukas. Intercambiamos unas cuantas miradas: yo, risueña; él, inescrutable. Cuando me acabo el desayuno, coge su segundo *bagel* y me lo tiende.

—Ah, no, no…

—Scarlett —dice.

Una palabra nada más. No se trata de una orden. Aun así, está cargada de significado: «Sé que todavía tienes hambre. Prefiero que te lo comas tú. Dame el gusto. Sáciate». No tengo ni idea de cómo soy capaz de deducir todo eso, pero se pone tan contento cuando cojo el *bagel* que sé que tengo razón.

Me como dos tercios y le doy el resto. Escudriña mi rostro hasta que, finalmente, se da por satisfecho y se lo come de un bocado.

Me asombra lo tranquilo y estoico que puede llegar a ser Lukas cuando no está mangoneándome. Lo relajada que me siento con él, disfrutando del silencio. Parece mentira que hablemos más en la cama que cuando estamos comiendo. Ese último pensamiento me arranca una risita.

—¿Qué? —pregunta.

Niego con la cabeza.

—A ver, que me aclare…, ¿esto —hago un gesto señalándonos— podría considerarse *fika*?

—Esto es el desayuno.

—Pero estamos tomando café. Y un tentempié.

Frunce el ceño.

—Sigue siendo el desayuno. La *fika* es a media mañana.

—Bueno, son las nueve y media y de normal nos levantamos a las cinco.

—Pero la *fika* se come entre horas.

—Estamos comiendo entre horas: antes era una hora y después será otra. Si lo piensas bien, todas las comidas son entre horas…

—Esto no es *fika* —dice tajante, arbitrario.

Creo que está mosqueándose. Creo que me encanta.

—¿Pero por qué?

—Porque yo lo digo.

—Así que, solo por ser sueco, tienes la última palab…

—Exacto.

Escondo la sonrisa detrás de las rodillas.

—Nunca puedo usar la única palabra sueca que conozco. Solo porque tú lo digas.

Se ríe con un resoplido y murmura algo en voz baja; algo que se parece mucho a «trol».

—Oye, ¿por qué no dejas de llamarme...?

—Te enseñaré otra.

—¿Otra qué?

—Otra palabra sueca.

Le dirijo una mirada expectante.

—*Mysig.*

—*Mysig* —repito despacio, y él se ríe entre dientes—. ¿Qué?

—Los idiomas no son lo tuyo, ¿eh? —Lo fulmino con la mirada—. *Mi-sig* —repite. Su sonrisa me deja saber que mi segundo intento suena igual de mal—. Parece que estés pronunciando el nombre de un parásito intestinal.

—Oye —digo quedamente—, si no eres capaz de lidiar con mi xenoglosofobia, no te mereces disfrutar de mis innumerables virtudes. ¿Qué es *m...*, esa palabra?

Mueve la mano para señalar algo que nos abarca a nosotros, a los árboles, a este preciso momento.

—Esto es *mysig.*

—¿Pero qué significa?

—Si buscas en la página web donde descubriste el significado de *fika*, seguro que lo averiguas.

—Hay que ver lo malo que eres. —Le robo el zumo y doy un buen sorbo. Seguro que debe de haber una explicación científica para la relación entre un polvo de escándalo y el apetito voraz que le sigue—. ¿Jan llegó bien a casa?

Lukas asiente.

—Me pide que te mande saludos cada vez que me envía un mensaje... y envía un huevo.

—Ah. ¿Le has contado que estamos…?

—Se dio cuenta él solito.

—¿Cuándo?

Se encoge de hombros.

—Unos dos segundos después de ver cómo te miro, según él.

—Ah. —Noto una oleada de calor en las mejillas—. Siento haberme acoplado. No pretendía interrumpir vuestra reunión fraternal.

Se ríe.

—¿Reunión fraternal?

—¿No es así como lo llamáis los que tenéis hermanos?

—Los monjes, igual… —Intercambiamos una mirada larguísima e íntima—. Me alegro de que vinieras con nosotros —añade finalmente en voz baja.

El corazón… no es que se me acelere a tope, pero sí que coge un poco de carrerilla.

—¿Sí?

—Me gusta pasar tiempo contigo.

Ahora se me desboca por completo.

—Gracias —respondo en vez de decir lo que estoy pensando. *A lo mejor podríamos ser amigos. Más allá del sexo, me refiero. No tengo demasiados, y tú y yo… nos llevamos bien, ¿verdad?* Pero me rajo y acabo con un—: Nunca salgo a hacer senderismo, y eso que me gusta mucho.

—¿Por qué?

—No tengo a nadie que me acompañe. Debería animarme a ir sola, pero… —Me encojo de hombros—. Le preguntaré a Pen si quiere venirse algún día.

—No le va mucho.

—¿En serio?

—Es por los bichos. Ella prefiere los rocódromos.

Recuerdo que me lo comentó.

—Ah, bueno.

—Yo te acompañaré.

La oferta me deja patidifusa. Me quedo mirando sus ojos azul cielo. Su rostro serio.

—¿Acaso no tienes que… ganar medallas o algo?

—¿Y tú qué?

Suelto un gruñido.

—¿En serio tienes tiempo?

—Procuro sacar tiempo para hacer cosas que no tengan que ver con la natación o la uni para no acabar quemado. Igual a ti también te vendría bien.

—Tengo *hobbies* —replico no muy convencida.

A veces, cuando acabo los deberes a una hora decente, leo novelas guarras ambientadas en el mundo de la mafia hasta que me quedo frita. Como galletas en la cama. Me planteo llamar a emergencias solo para tener a alguien con quien hablar.

Vale, me hace falta algún pasatiempo que no me dé vergüenza comentar en público.

—Sí, venga —digo de forma impulsiva—. Vayamos a hacer senderismo.

—¿Ahora? —pregunta escéptico.

—A no ser que… —A lo mejor no lo decía en serio y lo he puesto en un compromiso—. Si has cambiado de opinión…

—Scarlett, apenas te tienes en pie. Anoche te di mucha caña.

Me pongo como un tomate. Y tiene razón. No estoy al cien por cien físicamente, pero ¿cuál es la alternativa? ¿Irme a casa, empezar a pensar en la posibilidad de pasarme la temporada dando unos saltos de pena y hundirme en la mierda?

—La verdad es que me encuentro mejor.

—¿Segura?

Asiento, y noto una punzada de emoción en el estómago.

—Vale. —Parece... no emocionado (estamos hablando de Lukas Blomqvist), pero sí satisfecho.

—Antes tengo que cambiarme. —*Y ducharme*, evito añadir, pero Lukas capta al vuelo mis intenciones.

—Te echo una mano con el aseo. —Me perfora con la mirada durante un momento y luego se palpa los bolsillos en busca de las llaves—. ¿Te parece bien que vayamos a tu casa?

—Sí. —Con suerte, Maryam estará fuera. Y si no... ajo y agua, yo tengo que aguantar los vídeos ASMR de vacas mugiendo.

Se baja del capó de un salto y luego me coge y me deja en el suelo, pese a que podría apañármelas yo sola. Estoy sentada en el asiento del copiloto, esperando a que Lukas arranque el coche, fantaseando con la idea de pasármelo bien en lugar de tirarme el día agobiada por culpa de la presión que me impongo a mí misma, cuando su móvil empieza a sonar.

Me extraña porque lleva en silencio las últimas doce horas. Sospecho que es un número guardado en favoritos que puede saltarse el modo «No molestar». Y más cuando Lukas coge la llamada y dice:

—¿Todo bien?

Oigo a Pen al otro lado de la línea, aunque no consigo distinguir lo que dice. Es la que lleva casi todo el peso de la conversación. Las preguntas de Lukas son breves y van al grano.

—¿Dónde? ¿Estás sola? ¿No puedes llamar a…? Vale, ahora voy.

Cuelga después de un momento. Cuando se vuelve hacia mí, me fijo en que tiene la mandíbula tensa.

—Tengo que ir a buscar a Pen —dice de forma escueta. Ya no parece contento—. Se le ha estropeado el coche en Menlo Park.

Se me encoge el estómago dos veces.

La primera vez, por el chasco que me llevo.

Y la segunda, al darme cuenta espantada de que lo primero que he sentido cuando mi amiga ha llamado pidiendo ayuda ha sido un planchazo; una amiga generosa y leal que siempre se asegura de que no se me quede ningún churretón de crema solar en la espalda, que me compra barritas de proteína del quiosco antes de que se acaben, que me cogió la mano después de cagarla durante el primer encuentro de la temporada y permaneció a mi lado en silencio, justo como necesitaba.

Me avergüenzo de mí misma. Tanto que soy incapaz de mirar a Lukas a los ojos.

—Claro, ve a por ella —digo con la vista fija en la ventanilla.

—Scarlett…

—No pasa nada, en serio. —Me vuelvo hacia él con una sonrisa forzada—. Podemos ir a hacer senderismo otro día. —O nunca. Sería lo mejor, la verdad. ¿Cómo cojones se me ocurre organizar una cursilada de excursión con Lukas Blomqvist?—. Como el campus nos pilla de camino, déjame allí y ya está. No hace falta que me acerques a casa. —Intento parecer magnánima, pero él no me devuelve la sonrisa—. Oye, ¿te cuento los avances que he hecho con el modelo de la doctora Smith? Estoy contentísima.

Tarda unos instantes en asentir y apenas pronuncia palabra hasta que aparcamos delante de mi edificio.

CAPÍTULO 38

El miércoles siguiente Sam cancela nuestra cita porque está enferma, lo cual es un gran alivio y una terrible tragedia.

Inevitablemente, sin Sam no hay progreso. Por otra parte, puede que la disciplina de la psicología ya haya hecho todo lo que podía hacer por mí, y me cuesta no incluir la terapia en la infinita lista de cosas que están saliéndome como el culo, sobre todo después de escuchar ciertos comentarios desde el otro lado de la puerta del despacho del entrenador Sima.

Iba a pasarme por su despacho para avisarlo de que llegaré tarde al entrenamiento de la tarde, cuando, de repente, me he percatado de que estaba hablando con alguien. Algo en su tono me ha llevado a quedarme quieta con los nudillos a escasos centímetros de la puerta.

—... un desperdicio —oigo que dice—. Pero no lo puede controlar.

—Qué pena. —Es el entrenador Urso—. Parece que está en bastante buena forma física. Si no fuera por eso... Todavía hay esperanzas si se presenta a competiciones de mayor nivel, ya que ahí solo se requieren cinco grupos de saltos.

—Pero no se clasificará para las nacionales —añade uno de los ayudantes.

Algunos murmullos más que no logro distinguir. Entonces:

—¿... que se le pasará? —Es Bradley, el preparador físico.

—Bueno —contesta el entrenador Sima—, los bloqueos mentales son algo común, pero cuando duran tanto... —más palabras ininteligibles. Debería irme. No es bueno que esté aquí— gran talento que se... Lo siento por ella... lesión seria, pero físicamente está totalmente recuperada. No hay excusas.

—¿Ha buscado ayuda psicológica?

—Va por la segunda psicóloga en seis meses. Cero progreso.

—... en tercero, ¿verdad?

—Sí.

—Tendremos que pensárnoslo bien y decidir si es justo que siga ocupando un puesto en el equipo...

Me alejo con las manos temblorosas y la garganta llena de algo que podrían ser lágrimas o bilis.

Odio esto. Odio esta puta mierda.

Y los odio a ellos, a estos hombres que hablan de mí como si fuera una máquina de gofres que se ha estropeado y que debería ser enviada al vertedero y utilizada para piezas. Pero, sobre todo, me odio a mí misma. Porque, ¿qué otra opción les he dejado después de mis constantes fracasos?

—Hola.

Casi me doy de bruces contra Pen. Debo de haber ido en piloto automático hacia los vestuarios.

—Ay, hola. —Escondo el batiburrillo de autodesprecio en un rincón—. ¿Qué tal? —Mi voz suena aguda y demasiado alegre. Está claro que estoy intentando sobrecompensar—. ¿Pudiste solucionar lo tuyo?

—¿Lo mío?

Parece confusa. Me doy cuenta de que, la última vez que nos vimos, ella estaba bajando de un podio tras una actuación de saltos estelar. Es probable que no tenga ni idea de que yo estaba con Lukas cuando lo llamó y que él lo dejó todo, incluida a mí, para ir a ayudarla. Simplemente le pidió ayuda a su ex, con el que mantiene una buena relación. Por lo que sé, los dos siguen…

—¿Vandy? ¿Estás bien?

—Sí. —Fuerzo una sonrisa—. ¿Lista para el entrenamiento de sincro?

—No. ¿Acaso importa?

Respiro hondo varias veces y me pongo el traje de baño. Puede que esté atravesando mi peor momento, pero soy perfectamente capaz de hacerme pasar por alguien que está de maravilla.

Durante los días siguientes me siento abatida y a la vez inquieta. Hecha un lío. Todo mal, como si hubiera perdido el norte y ya no supiera ni quién soy. La entropía personificada: una madeja enmarañada, imposible de salvar.

Intento no pensar demasiado en Lukas, pero parece que el universo conspira contra mí, porque una noche, después de pasar un buen rato consumiendo contenido en redes sociales de forma compulsiva, el algoritmo me regala un vídeo que me hace taparme la boca con la mano.

Es la mar de adorable. El que se ajusta las gafas es Lukas: esas cejas de aspecto tan serio, esos labios carnosos y reacios a sonreír, esos pómulos marcados... Pero en versión miniatura. Más delgado. Con un torso largo, unos brazos largos y unas piernas fuertes. Las proporciones son las mismas, y es probable que ahí ya fuera más alto de lo que yo lo soy ahora, pero se le ve tan... joven.

El vídeo está en sueco, así que busco otro. Cien metros. Estilo libre. Semifinal. Campeonato del mundo en Francia. No, Montreal, Canadá. Lukas es un poco más mayor. Debe de haber batido un récord de velocidad, porque, cuando toca el panel táctil con la mano, el público estalla desde las gradas. *Hasta al propio Lukas Blomqvist, de catorce años, parece impresionarle lo rápido que ha nadado*, informan los comentaristas. Lukas se quita las gafas y se queda mirando la pantalla, como para asegurarse de que realmente ha pasado. La cámara se desplaza a un grupo de personas en las gradas y... Anda, pero si es Jan. Está diferente y a la vez igualito. Sus otros hermanos también se encuentran presentes, aplaudiendo, dándose palmadas en la espalda. Un hombre clavado a ellos, pero en versión mediana edad, rodea con un brazo los hombros de...

La madre de Lukas.

No se parece demasiado a él, pero sé que es ella, simplemente lo sé. La imagen se acerca y muestra las lágrimas en sus ojos. Luego la mujer se inclina por encima de la valla de plástico y deja que dos hombros mojados la envuelvan en un fuerte abrazo.

Lukas con catorce años. Batiendo récords. Celebrándolo con su madre. Intento hacerme a la idea, hasta que empieza otro vídeo que me lleva por otros derroteros.

Es la prueba individual de estilo combinado de las últimas Olimpiadas, una carrera que sé que ganará porque me he leído todo lo que pone en su artículo de la Wikipedia. Lukas tendrá unos dieciocho años, el verano antes de matricularse en Stanford, pero el vídeo podría perfectamente haberse grabado durante el entrenamiento de esta mañana. La única diferencia que veo es la manga de tatuajes, que aún no está completa.

No le gustan la mayoría de los trucos previos a la competición que los demás nadadores sí llevan a cabo: ponerse unos auriculares grandotes, flexionar los tríceps, hacer respiraciones meditativas, escribirse palabras al azar en las palmas de las manos para mostrarlas a cámara... Solo se quita el albornoz y se sienta, concentrado y en silencio, sin inmutarse por el caos a su alrededor. Su carril es el cuatro y quienquiera que esté dirigiendo esta emisión intenta mostrar interés por los demás atletas, pero es tan evidente que Lukas es el favorito... La cámara regresa una y otra vez a él. Entonces cambia a las gradas y vuelvo a reconocer a alguien. Jan. Una mujer a su lado, luego otra con un niño sonriente en brazos, los dos hermanos mayores de Lukas, su padre y...

Ya está.

Salgo del vídeo preguntándome por qué me duele el corazón. No puedo dar por hecho estas cosas. No tengo ni idea de cuál es la historia. Ni es asunto mío. ¿Por qué estoy siquiera…?

—Idiota —me reprendo, y abro Google al recordar algo que hace días que quiero buscar.

La palabra que Lukas me enseñó.

¿Mi? ¿My? Pruebo una decena de grafías hasta que al final la encuentro.

Mysig.

«Adjetivo sueco. Acogedor. Cálido. Reconfortante. Cualidad de compartir un momento agradable con una persona cuya compañía se disfruta».

—*Mysig* —le susurro al teléfono, como si fuera la típica loca que habla sola con las farolas—. *Mysig* —repito con una sonrisilla.

Soy un desastre. Un fracaso. Un amasijo de ansiedad. Estoy patas arriba. Pero también soy «acogedora».

Al menos, hay una persona en este universo que lo piensa.

CAPÍTULO 39

Este fin de semana es la fiesta de bienvenida para los nuevos estudiantes. La reunión anual de antiguos alumnos está programada para el viernes a las cinco de la tarde.

Nunca me ha gustado. Me parece inútil competir contra los veteranos, la mayoría de los cuales compitieron por última vez antes de que yo naciera. Es más una exhibición de agilidad canina que una competición deportiva de verdad. Siempre tengo la duda de si debo respetar a mis mayores lo suficiente como para dejarlos ganar o presumir de mis habilidades en nombre del orgullo institucional. Por no hablar de la fiesta pseudoobligatoria que hay después.

Así que el viernes por la tarde no me dirijo al centro acuático con la esperanza de divertirme mucho. Aun así, mis expectativas no son lo bastante bajas, debería haberlas sumergido en el agua del váter.

El primer golpe es el correo electrónico que recibo sobre las cuatro, informándome de que mis resultados del examen de acceso a la Facultad de Medicina ya están disponibles. Me quedo mirándolo fijamente, con el pulgar sobre el enlace, tratando de asimilar la posibilidad de que las notas sean aún peores de lo que espero.

Arranca la tirita del tirón, me ordeno. *Abre el enlace.*

Pero no puedo. Ese simple movimiento me resulta tan imposible como todos los saltos hacia dentro del mundo, y quince minutos después, cuando Bella me pregunta si estoy «teniendo un momento especial con tu teléfono o algo», niego con la cabeza y lo meto en la bolsa. Es un problema para mi yo del futuro, a diferencia del otro, que está presente en carne y hueso.

El señor Kumar.

Mi entrenador del instituto.

Que está casado con Clara Katz.

Quien hace un par de décadas formó parte del equipo de salto de Stanford.

Ambos tuvieron un papel decisivo para que a mí me aceptaran, lo que significa que debería haber tenido en cuenta la posibilidad de que viniesen. Y sin embargo...

Tonta, tonta, tonta.

Todavía llevo puesto el albornoz cuando los veo entrar en la inusualmente abarrotada piscina de saltos. Se paran a estrechar algunas manos y luego vienen directos hacia mí.

Han pasado dos años desde la última vez que nos vimos en persona. El pelo del entrenador Kumar es más gris de lo que recordaba. El de la señora Katz, más rubio. Siempre creyeron en mí.

Y yo...

—¡Vandy!

Los abrazo, primero a uno y después al otro, intercambiando cumplidos, sin apenas darme cuenta de que mi boca y mis brazos se están moviendo. ¿Sabía que iban a venir? ¿El entrenador Sima me dijo algo al respecto? Qué alegría que haya sido una sorpresa. ¿Me gusta Stanford? ¿Estoy recuperada? ¿Me ha tratado bien la pretemporada? ¿Mi madrastra me dijo que me mandaban recuerdos? ¿Echo de menos Misuri? No pasa nada si no, todas nos convertimos en californianas cuando estamos en la universidad, ¿verdad?

—Me muero de ganas de verte saltar, Scarlett —dice la señora Katz cogiéndome de los hombros con ambas manos—. Me recuerdas tanto a mí.

—Me alegro muchísimo de que tu operación fuera un éxito —añade el entrenador Kumar—. No parábamos de decir que un talento como el tuyo habría sido una pérdida catastrófica.

—Ay —interrumpe la señora Katz mirando a alguien detrás de mí—, ¡yo a ti te conozco! Penelope Ross, ¿verdad? Hiciste unos saltos maravillosos en la NCAA el año pasado. Esa medalla de oro fue merecida.

—¡Ay, jo, muchas gracias!

Pen se acerca y me mira con curiosidad, esperando que le diga quién es su admiradora, pero estoy demasiado aturdida por la sorpresa, el pánico y algo que se parece demasiado a la vergüenza. La señora Katz toma el relevo y se presenta, y luego se unen Bree y Bella, y cuanta más gente hay a nuestro alrededor, más fácil me resulta hacerme pequeña.

Una gotita de agua perdida entre el cloro.

Y entonces es cuando murmuro un «disculpad» en voz baja, a pesar de que todos están demasiado ocupados riendo, haciendo bromas y compartiendo recuerdos, y me dirijo hacia la silla en la que está sentado el entrenador Sima con un par de ayudantes, cotejando datos sobre saltos y listas de nombres.

Es lo más cobarde que he hecho nunca; lo sé incluso antes de abrir la boca.

Pero no puedo, de verdad que no puedo con esto.

—¿Entrenador?

—¿Sí, Vandy?

—No..., no me encuentro bien —digo sin mirarlo a los ojos.

Debería haber pensado en una excusa. Inventarme algo que pudiera cuadrar con un dolor repentino y debilitante. No estoy preparada para responder a ningún tipo de pregunta, pero resulta que no necesito hacerlo.

Porque el entrenador Sima solo me dirige una breve mirada, una que me recuerda a cómo sonó su voz hace unos días, en su despacho. Lo único que me dice es:

—Entonces deberías irte a casa, muchacha.

Mi corazón rebosa agradecimiento, pero no soy capaz de soltar ni un solo «gracias» antes de marcharme.

CAPÍTULO 40

Me encantaría poder decir que estoy haciendo los deberes o incluso terminando un rompecabezas virtual con un ojo medio abierto y el otro medio cerrado, pero la triste realidad es que, cuando la voz de Maryam se cuela en mi habitación, estoy tumbada boca abajo en la cama, respirando sobre el algodón húmedo del edredón.

—Ha venido a verte un modelo de ropa interior masculina —anuncia.

Tomo la decisión de ignorarla.

Un minuto después, abre la puerta.

—Tía. ¿Voy a tener que limpiarte la cera de los oídos o qué?

Levanto la cabeza.

—¿Qué pasa?

—Hay un tío que quiere hablar contigo.

Me la quedo mirando y parpadeo.

—¿Quién?

—Alto. Lleva ropa de algún equipo deportivo de Stanford. Tiene cara de ser una buena fuente de proteínas.

Otro parpadeo.

—¿Quiere usted que haga pasar al caballero a sus aposentos? —añade con un acento de Jane Austen mal conseguido.

Asiento con la cabeza, confusa. Poco después, Lukas cierra la puerta de mi habitación y se apoya en ella.

Me pongo de rodillas y me siento sobre los talones. Me da vergüenza que me vea así, despeinada, con unas bragas de algodón y una camiseta con estampado infantil, como si fuera una parodia de un anuncio de Victoria's Secret de mediados de los 2000. Pero su atención se centra en mi cara.

Va descalzo, aunque un análisis microbiano probablemente revelaría que nuestro suelo es una zona de riesgo biológico digna del aliento atómico de Godzilla. Se cruza de brazos, clava la mirada en mí y, con esa brusquedad tan propia del norte de Europa que ahora mismo no soporto, me pregunta:

—¿Qué ha pasado?

¿No debería estar de botellón ahora mismo? Es imposible que la fiesta haya terminado. Los antiguos alumnos a estas horas justo acaban de empezar a lloriquear al lado del ponche.

—¿Esto va a convertirse en una costumbre a partir de ahora? —pregunto como respuesta—. ¿Vas a ofrecerte a follarme por lástima cada vez que pierda una competición?

—Claro. Soy así de buena persona. No obstante, ahora mismo me interesa más descifrarte.

Frunzo el ceño.

—No soy un plan presupuestario a cinco años.

—¿Qué ha pasado, Scarlett? —Sus ojos parecen un láser—. Has desaparecido.

—Estoy bien. Simplemente me dolía un poco la barriga. No entiendo por qué le das tanta importancia.

—Porque viniste, empezaste a calentar y luego te fuiste. Un poco raro tener un problema de salud tan repentino, ¿no?

—¿Cómo sabes siquiera que he ido? ¿Me estás siguiendo con un GPS o algo?

—Ay, cariño. —El corazón me da un vuelco al oír esa palabra. Su tono está a medio camino entre la empatía y la diversión—. Si de verdad no te has dado cuenta de que siempre, siempre, soy consciente de tu presencia, es que no tienes ni idea de lo que está pasando.

Me sube la sangre a las mejillas y no... puedo.

—Oye, Lukas, muchas gracias por... venir a ver si me encontraba bien, pero hoy no es mi día y no estoy de humor para que me azoten, así que...

—No he venido por eso y lo sabes. —Tiene tanta facilidad para ver la verdad que esconden mis palabras que ni siquiera parece ofendido—. Solo quiero hablar. Si me pides que me vaya, me iré, pero...

—Vete —espeto.

Asiente sin vacilar. Se aparta de la puerta, cruza mi minúscula habitación en un paso y medio y se inclina para murmurarme contra la sien:

—Si necesitas algo, lo que sea, tienes mi número. Úsalo. —Me da un beso en la frente. Se gira y su espalda ocupa todo el marco de la puerta, y yo...

—Espera. —¿Por qué lo trato así? Lo único que ha hecho ha sido preocuparse por mí—. No tienes que irte. Lo siento, la estoy pagando contigo porque... —Me río con sonido de mocos incluido. Qué bien, qué bonito—. Porque me odio a mí misma, supongo.

Se da la vuelta, para nada sorprendido por mis alegaciones, como si todo lo que tiene que ver conmigo fuera predecible. O, al menos, predecible para este hombre que no debería saber nada de mí.

No sé qué decir. Así que le pregunto:

—¿Quieres follar?

Su sonrisa es apacible.

—¿Contigo? Sí. Pero es que esa es mi configuración por defecto, así que tampoco le des demasiada importancia.

Bajo la barbilla.

—Tal vez deberíamos probar. Así quizá me distraiga.

—Te puedo asegurar que sí, te distraerías. Me encargaría de ello. La cosa es que no estoy convencido de que una distracción sea lo que tu mente necesita.

—¿Es mejor seguir así? ¿Dándole vueltas a mis fracasos?

Ladea la cabeza.

—¿Qué entiendes tú por fracaso, Scarlett?

—No lo sé, Lukas. —Aprieto los labios—. Suenas como mi psicóloga en vez de como el tío que me amenaza con ponerme una mordaza si soy demasiado bocazas.

—Eso ya lo hablamos y dijimos que a ninguno de los dos nos van las mordazas y que hay formas mejores de aprovechar tu boca.

Me ruborizo. Desvío la mirada.

—¿Qué te ha pasado hoy? —insiste.

—Solo... —Me froto el ojo con la palma de la mano—. Mi cerebro no quiere hacer ese puto salto. Y me ha llegado el correo electrónico con los resultados del examen de acceso, pero no puedo abrirlo. Y la... la mujer de mi entrenador del instituto es antigua alumna de la universidad, y por supuesto, los dos han decidido pasarse de visita justo este año. Y echo de menos a mi perra. —No estoy siendo muy coherente. Lukas, sin embargo, asiente como si lo que digo tuviera todo el sentido del mundo.

Entonces pregunta:

—¿Tienes un bloqueo mental?

Odio esa palabra. Odio lo precisa, contundente y abrumadora que suena.

—No es ninguna novedad.

—Nunca me has comentado nada.

—¿Debería haberlo incluido en la lista? ¿Un asterisco entre lo de hacer cubanas y la parte sobre las ETS? De todas formas, ¿por qué quieres saberlo? ¿Tienes la norma de no relacionarte con deportistas que no estén en el uno por ciento de excelencia en su disciplina? —Hago una mueca de dolor y me froto la cara con una mano—. Lo siento, Lukas. No sé qué me pasa. Lo cierto es que... —Levanto la vista con una sonrisa triste—. Puede que simplemente sea así de cabrona.

—¿Te pasa con todos los saltos? ¿O solo con el que mencionaste?

—No quiero hablar del tema.

—Una pena, porque yo sí que quiero.

Me trago un gruñido.

—Se lo puedes preguntar a Pen. Ella te lo explicará.

—¿Por qué querría que Pen me explicara algo que te pasa a ti? —Está desconcertado y yo no tengo respuesta—. ¿Te ocurre desde la lesión?

Asiento.

—¿El salto que estabas haciendo cuando te lesionaste era…?

Vuelvo a asentir.

—¿No has vuelto a hacerlo desde entonces?

Niego con la cabeza, y debe de quedarse satisfecho con la información que le he dado, porque exhala bruscamente y se apoya aún más contra la puerta, como si de repente notara un gran peso a las espaldas. Echa la cabeza hacia atrás y se queda mirando el techo un buen rato antes de volver a mirarme a mí.

Espero a que me diga lo que ya he oído un millón de veces. «Te recuperarás. No es culpa tuya. Hay cosas que te pueden ayudar. No te rindas. Sé de un amigo de un amigo que tenía un bloqueo y, de repente, puf, desapareció. Al menos físicamente hablando estás sana. Venga, venga, ya está».

Sin embargo, no dice nada de eso. Lo que el puto Lukas Blomqvist me dice, maldito sea, es:

—Lo siento, Scarlett.

Es inaudito. Me desestabiliza.

En este último año de autodesprecio, de entrenar, practicar, intentar, fracasar, visualizar, volver a intentarlo, hacer ejercicio, ser catastrofista, dejar de serlo, fingir que todo va bien, autoexigirme cosas, sentir resentimiento, tener miedo… En este último año, en ningún momento me he permitido lamentarme.

No se me ha ocurrido la posibilidad siquiera.

Pero ahora que me ponen delante esta nueva perspectiva, una en la que se puede sentir pena, simple y llana, soy incapaz de seguir negándomela.

Y así es como sucede: mi cara se arruga y las lágrimas empiezan a brotar antes de que pueda esconderme detrás de las manos. Mi garganta emite un lamento gutural e irrefrenable. Necesito que Lukas se vaya ahora mismo, antes de que vea lo imperfecta y poco atractiva que soy. Pero, no sé cómo, de repente me encuentro en su cálido regazo, con la coronilla debajo de su barbilla y una de sus palmas acariciándome el muslo mientras la otra me acaricia la parte baja de la espalda.

Es como otro «lo siento, Scarlett», pero mudo.

No estoy llorando. No se me están cayendo un par de lágrimas. Esto son sollozos. Berreos. Respiraciones agitadas y temblorosas. Me aferro a su camiseta como si fuera una doctrina religiosa. Lloro a lágrima viva, con mocos e hipos incluidos. Pero Lukas no me suelta, ni siquiera cuando veo que el móvil le vibra varias veces. Ni cuando al fin se me secan los ojos.

—Scarlett. —Su voz es un murmullo cargado de significado que me estremece el corazón.

Puede que sea lo más vergonzoso que me haya pasado nunca, y eso que llevo un año haciendo el ridículo en público cada vez que intento ejecutar un salto hacia dentro.

—Yo nunca lloro —digo mientras sorbo por la nariz.

—Mentirosa. —Me da un beso en la sien—. Te he hecho llorar muchas veces.

—Es diferente…

—¿Tú crees?

—… y a ti lo que te pasa es que tienes dacrifilia.

Noto su sonrisa contra la mejilla. Su barba incipiente me raspa la piel.

—Que conozcas esa palabra demuestra lo buena pareja que hacemos.

Suelto un bufido con sonido de mocos incluido. Por supuesto, los dos somos unos degenerados. Pero él ha ganado varias medallas olímpicas y yo no puedo saltar a una piscina sin ponerme histérica.

—No te lo vas a creer, pero hubo una época en la que era buena en mi deporte.

No siempre he estado tan en la mierda como ahora, Lukas. Hace unos años era alguien a quien valía la pena conocer.

—¿Por qué no iba a creérmelo?

Me encojo de hombros entre sus brazos. Me agarra con más fuerza, como si estuviera tan poco dispuesto a soltarme como yo a apartarme.

—A veces siento que mi vida está dividida en dos. La primera parte, en la que yo tenía el control y era capaz de obligarme a hacer lo que debía hacer, y luego… el ahora.

Me levanta la barbilla con la mano para que lo mire a los ojos.

—¿Qué día marcó ese cambio? ¿El que te lesionaste?

Asiento.

—No hay razón para que me esté costando tanto superarlo. Me operaron y… tuve muchísima suerte. Pero en vez de aprovecharlo, ni siquiera puedo… —Me libero de su mano y escondo la cara llena de lágrimas contra su cuello. Él empieza a acariciarme la nuca.

—¿Qué hacías antes?

—¿Mmm? —Su olor me resulta familiar y reconfortante, huele a sándalo. A Lukas. A seguridad.

—Cuando fallabas un salto, ¿qué hacías?

—No me pasaba. No solía fallar saltos. Era buena.

Se queda pensando un momento en lo que le acabo de decir.

—¿Qué hay de los bloqueos?

—¿Qué hay de qué?

—¿Es tu primera vez?

Asiento. Me gusta salir por la puerta grande, al parecer.

—Pero son frecuentes en este deporte.

—¿Qué quieres decir?

—Pen ha tenido varios desde que la conocí, no tan largos como el tuyo, pero creo que es bastante común. ¿Qué hay de las lesiones? ¿Tuviste alguna antes de la universidad?

—No.

—Entonces… —Me pone un mechón de pelo detrás de la oreja y me echa la cabeza hacia atrás para mirarme de nuevo—. En resumen, el día de tu primera final de la NCAA fallaste un salto por primera vez y sufriste tu primera lesión importante.

—Dios, fue horrible. —Me enderezo en su regazo, secándome las mejillas con el dorso de la mano, sintiendo la misma frustración que experimento siempre—. Fueron muchas cosas a la vez. La noche anterior, mi padre se saltó la orden de alejamiento al ponerse en contacto conmigo para decirme que había estado siguiendo la competición por internet y que estaba orgulloso de mí. Intenté llamar a Barb para que me dijera qué hacer, pero estaba ocupada con unos pacientes de urgencias. No pegué ojo en toda la noche y estaba que me subía por las paredes de los nervios. Y luego, esa mañana, Josh... A ver, me alegro de que optara por decírmelo en vez de ponerme los cuernos, pero ¿no podría haber esperado doce horas para contarme que había conocido a otra?

—Espera —interrumpe Lukas. Entorna la mirada y su voz suena grave, con un deje peligroso. Me doy cuenta de que he estado divagando.

—Lo siento, no tienes por qué escuchar mis...

—Me estás diciendo que tu novio... ¿Cuánto tiempo estuvisteis juntos?

—¿Tres años?

—¿Tu novio, con el que llevabas tres años, rompió contigo de la nada, justo antes de las finales de la NCAA?

Trago saliva. Lukas parece enfadado y sé, por puro instinto, que no está enfadado conmigo, pero su cabreo no deja de ser inquietante.

—Bueno... Creo que las cosas con esa chica que había conocido se estaban calentando y...

—Ya, claro. —Habla en un tono calmado, pero se nota mucho que es falso—. Lo que veo es que tenías un historial casi perfecto en lo que se refiere a los saltos. En veinticuatro horas te dejó tu novio y tu padre maltratador se puso en contacto contigo. Cuando llegó la final de la competición más importante de tu carrera universitaria, a pesar de tu estado de ánimo, seguiste adelante e intentaste concentrarte. En esas condiciones fallaste un salto por primera vez en tu carrera, ¿y fue entonces cuando te convertiste en una fracasada?

Dice la última palabra como si…, como si todo fueran imaginaciones mías. Como si la hubiera estado usando mal. Como si no supiera lo que significa. Así que me pongo a pensar, intentando encontrar lagunas en la historia que Lukas acaba de narrar, en su relato del peor día de mi vida. Desde luego, no es posible que sea un resumen fiel de lo que pasó.

¿Verdad?

—¿Por qué eres tan reacia a hablar de ese día? —pregunta.

—No lo soy.

—Y aun así he tenido que sonsacártelo. Me habías hablado de la lesión, de tu ex y de tu padre, pero nunca me dijiste: «El imbécil de mi novio, el desgraciado de mi padre y el don de ambos para soltar las cosas en el momento menos oportuno me alteraron tanto que sufrí una lesión grave y estuve semanas sin apenas poder moverme». Por cierto, ¿vino a verte?

—¿Mi padre?

—Josh. ¿Volviste a verlo después de la lesión?

—No hemos vuelto a hablar desde la ruptura. Está en Misuri y…

—Scarlett.

Me rindo y admito:

—No, no vino a verme. —Aunque las lágrimas que vuelven a recorrerme la cara habrían sido respuesta suficiente para Lukas, que me acuna ambas mejillas y apoya su frente contra la mía.

—Scarlett —dice de nuevo. Su voz es completamente diferente, amable y cariñosa, está cargada de todas las cosas, todas las oportunidades, todas las verdades que sé que me daría si estuviera en su mano—. Voy a contarte algo, ¿vale? Algo de lo que no suelo hablar. Y después de contártelo… no tenemos que volver a mencionar el tema. Pero necesito que lo entiendas. ¿De acuerdo?

Asiento. Froto la cabeza contra la suya; hueso bajo piel contra hueso bajo piel. Sus pecas se difuminan unas con otras y las que tiene en el puente de la nariz me parecen preciosas.

—Mi madre murió cuando yo tenía catorce años. Todos sabíamos que iba a pasar, pero creíamos que disponíamos de más tiempo. El médico dijo… En fin, da igual, el caso es que ocurrió mientras yo no estaba. Cuando llegó la llamada, yo me encontraba en Dinamarca, demasiado lejos para llegar a tiempo. Fue devastador por todas las razones que te puedes imaginar, pero, además, afectó a mi relación con la natación. En ese momento yo ya era bastante bueno y todos daban por hecho que iría a los Juegos Olímpicos, pero después de la muerte de mi madre… No es que quisiera ganar, es que tenía que ganar. Pasó de ser un sueño a una necesidad. Porque si había hecho algo tan atroz como no estar presente el último día de mi madre por algo tan trivial como una competición de natación, entonces la natación tenía que ser lo más importante de mi vida, ¿no? Era la única manera de darle sentido. La única manera de perdonarme a mí mismo.

Me sostiene la cara y la mirada, y la forma en que lo dice es tan… tan Lukas: serio y comedido a la vez, triste pero paciente, poniéndole cabeza y corazón al mismo tiempo. «Estoico», le llamó Pen, pero la verdad es otra: Lukas se esfuerza y mucho en ocultar lo que hay bajo la superficie; no reconocer ese esfuerzo me parece un desperdicio terrible.

—Tenía que ganar y, de repente, no pude. En pocas semanas, aumenté los tiempos en todas las carreras. No había ninguna razón física para ir más lento. Me dije a mí mismo que solo debía superar los primeros entrenamientos, las primeras competiciones. Pero no mejoraba. Metí la pata en las pruebas olímpicas. Y todos los miembros de mi familia tenían buenas intenciones, pero sus consejos eran del estilo: «No te rindas», «tú concéntrate en seguir la rutina», «sigue intentándolo, ya verás como al final lo consigues». Incluso mi padre, incluso Jan… fueron amables y pacientes, pero yo necesitaba tomarme una pausa y no lo entendían.

»La única persona que parecía comprenderlo era una chica estadounidense que había conocido en una competición unos meses antes. Nos habíamos liado y seguíamos en contacto. Quería ser mi novia, y a mí me gustaba, pero no sabía qué sentido tenía empezar una relación a distancia, sobre todo a nuestra edad. Sin embargo, allí estaba yo, queriendo tomarme una pausa de la piscina y la única persona que me apoyaba era Pen. Me llamaba y me enviaba mensajes, y era tan fácil hablar con ella que, cuando quise darme cuenta, me había proporcionado las herramientas para comunicarles a mi entrenador y a mi familia que me hacía falta dejar de nadar durante un tiempo. Que quizá nunca volvería. No tenía las palabras, pero ella me ayudó a encontrarlas.

»Así que me tomé una pausa. Se celebraron los Juegos Olímpicos y no los vi. Me fui de viaje. Pasé tiempo con mis amigos. Visité a Pen y decidí que, después de lo que había hecho por mí, sí quería que fuera mi novia. Por encima de todo, me permití llorar a mi madre y tomar conciencia de que no haber podido despedirme de ella por un capricho del destino había sido, efectivamente, una putada. Y cuando sentí que estaba preparado, volví a la piscina. Pero solo después de demostrarme a mí mismo que no necesitaba nadar para estar completo. —Me limpia las mejillas con los pulgares porque, de nuevo, se me caen las lágrimas—. No volví porque fuera lo que se esperaba de mí ni porque quisiera que alguien se sintiera orgulloso. Lo hice porque ya no tenía que ganar. Quería hacerlo.

—Entonces, ¿estás diciendo… —se me escapa un hipo que me hace morirme de la vergüenza— que no podré volver a ejecutar saltos hacia dentro hasta que… —otro— lo haga solo por mí?

—Uy, no, no, qué va —murmura de una forma que me hace reír entre sollozos—. No soy psicólogo. No tengo ni idea de cómo arreglar un bloqueo. En vuestro deporte hacéis cosas que yo a duras penas llego a comprender, y lo que para un atleta es mano de santo, para otro no sirve de nada. —Me besa justo por donde cae una lágrima—. Pero creo que permitirte estar triste sería un buen comienzo.

—Pero me…

—No hace falta que estés enfadada con tu ex o con tu padre. Ya estoy yo bastante cabreado por ti. Pero tienes que saber reconocer que lo que te ocurrió el año pasado fue terrible, que te causó dolor y que mereces tiempo para curarte, no solo físicamente.

—Pero ¿y si nunca...? ¿Y si no...? —Me sorbo los mocos, incapaz de ordenar los pensamientos—. ¿Qué soy yo sin este deporte?

Susurra una palabra en sueco, apenas audible, contra mi pelo. Me reacomoda en su regazo y nuestras pieles se juntan.

—Todo irá bien, cariño. Pase lo que pase, seguirás siendo tú. Pase lo que pase, estarás bien.

—Pero ¿qué hago mientras tanto?

—Mientras tanto... llora. —Suelta un gran suspiro y el movimiento de su pecho, su voz ronca y sus manos acariciándome el pelo son igual de reconfortantes que cualquier salto ejecutado a la perfección—. Me tienes aquí, ¿vale?

Espero que sea verdad. Porque no sé cuánto tiempo más me paso llorando en su hombro, pero sí sé que, cuando ya no puedo soportarlo más, me quedo dormida en sus brazos.

CAPÍTULO 41

Vuelvo en mí sin transiciones, paso de dormida a despierta, de aturdida a lúcida. Siento una necesidad muy concreta.

—Lukas —susurro nada más abrir los ojos.

No responde, sus pesados bíceps me aprisionan contra él. Una mano me acaricia la nuca. Noto la gruesa y áspera tela de sus vaqueros entre mis piernas desnudas.

—Lukas.

Tiene el sueño demasiado profundo. Me agito entre sus brazos, esperando que el alboroto surta efecto. Lo único que consigo es que frunza el ceño y me acerque más a él.

—¡Lukas!

Nada.

Pongo los ojos en blanco, contemplo lo lejos que estoy dispuesta a llegar para despertarlo y decido ir con todo. Inclino la cabeza, abro la boca y le muerdo el tríceps como si fuera una banderilla de salchicha de la Feria Estatal de Iowa.

Me espero un grito, pero, en lugar de eso, abre lentamente los párpados, entierra la cara en mi cuello para bostezar, me da un besito y pregunta:

—¿Ya es de día? —Tiene los ojos llorosos y está confundido. Es... adorable.

Da igual, ¿vale? Tengo derecho a pensar que el tío con el que comparto una dinámica sexual en la que hay un intercambio de poder es guapo. Me está más que permitido.

—Quiero ir al centro acuático.

Frunce el ceño. Me suelta el tiempo suficiente para sacar el móvil del bolsillo, que al iluminarse muestra más notificaciones pendientes de las que yo he tenido en todo el mes. Las ignora, despreocupado, y mira la hora.

—Es la una y veintitrés de la madrugada.

—Ah. —Pierdo fuelle, aunque lo recupero al recordar—: Pero tú tienes llaves, ¿verdad? —Su escéptico «sí» es más una pregunta que una respuesta—. ¿Me abres?

Se queda parpadeando.

—Scarlett...

—Nunca puedo... Tienes razón. Es por otras personas. Siempre es por los demás: el entrenador Sima, todos los entrenadores que he tenido desde que era pequeña, Pen. Me siento culpable por decepcionarlos cuando no me sale algún salto. Y es difícil no pensar en ellos porque siempre están cerca cuando practico. —Tienen que estarlo, lo dice el reglamento. Entrenar sin supervisión está prohibido. El riesgo de sufrir lesiones o ahogarse es demasiado alto—. Lo que has dicho sobre hacerlo por ti, sobre tener que demostrar algo...

—No pienso dejar que vayas a practicar saltos sola, Scarlett.

—Tú puedes acompañarme.

—Lo digo en serio. Si al llegar ahí te da por decir que prefieres estar sola, no pienso irme a ningún lado.

—No pasa nada. Puedes quedarte, tú no cuentas.

—Yo no cuento... —repite con el rostro pétreo.

—No, porque no te importa.

—No me importa... —Suena como si el término «disgustado» se hubiera inventado para él y no entiendo por qué. Hasta que me doy cuenta de cómo está interpretando mis palabras.

—No porque... ¡No en ese sentido! —Siento frustración y vergüenza—. Lo que quiero decir es que te importa más que yo esté bien a que sea buena en algo. Y cuando estás cerca no me siento tan nerviosa o analizada como con...

Me interrumpe con un beso potente, rápido, de algún modo envolvente. Cuando se aparta, adopta esa sonrisita que siempre me acelera el corazón. Y entonces ordena:

—Coge el abrigo. Aquí por la noche refresca.

Lukas me pasa un brazo por el hombro, pero, incluso con el abrigo puesto, me estoy congelando mientras caminamos por el campus. No me esperaba estas temperaturas después de un agradable día de otoño. Él, que va en camiseta de manga corta, niega con la cabeza para dejar claro que al sueco que lleva dentro esto le parece lamentable y dice:

—Los estadounidenses sois unos flojos —Y después tira de mí para que me acerque aún más.

El Avery está iluminado durante la noche (bien), pero cuando meto el pie en el agua noto que está tan fría que tirarse ahí parece propio de la lista BDSM de Lukas (mal). Se me ha olvidado coger el bañador, pero me basta con el sujetador deportivo. Me quito la ropa y me preparo con una ducha, poniendo la temperatura varios grados más alta de lo habitual para calentar los músculos. Enciendo los chorros de la piscina. Estiro un poco, pero no me entretengo ni trato de ganar tiempo antes de saltar. Estoy impaciente por subir los escalones de la torre e intento disimular la sorpresa cuando me doy cuenta de que Lukas se ha quitado los zapatos y sube conmigo. Su presencia me aporta calma.

—¿Trampolín o plataforma?

—Plataforma —respondo. Así empezó todo. Primer amor, primer corazón roto.

—¿No tienes que ponerte esa cosa en el cuerpo antes de saltar?

—¿El qué?

—Eso que siempre os ponéis en las piernas.

—¿Te refieres a la cera que usan las *strippers*?

Se queda callado y mirándome con los ojos muy abiertos.

—¿Os ponéis cera de *strippers* en las espinillas?

—Ayuda a no resbalar. Nosotras la usamos para poder agarrarnos bien las piernas, las *strippers* para agarrarse bien a los palos. ¿Has visto alguna vez a una en acción?

—Eso suena a pregunta trampa.

—Son deportistas de élite. Tienen que estar en muy buena forma para hacer lo que hacen. —Me pongo con los brazos en jarra—. ¿De verdad no sabías lo que era?

—Pen usa espray adhesivo.

—Cierto. Bueno, yo prefiero lo de las *strippers*.

—Prefieres lo de las *strippers*... —repite en tono neutro.

Arqueo una ceja.

—¿Te sorprende?

Suelta una breve carcajada y dice algo con un tono que suena más a admiración que a espanto (¿ha dicho «trol» otra vez?), pero yo estoy demasiado ocupada subiendo el culo a diez metros de altura para pararme a investigar.

Estoy un poco más mojada de lo que me gusta estar cuando salto, pero me he olvidado de traer toalla. Me sitúo en el borde, de espaldas, saboreando la familiar aspereza del suelo, dejando que mis talones se asomen al abismo.

—¿Unas últimas palabras? —le pregunto a Lukas.

Es bonito que los saltos hacia dentro empiecen mirando hacia la torre. Me gusta que su cara sea lo último que vaya a ver. Su ceño fruncido pero divertido. La forma en que cruza los brazos.

—¿Hay algo que no sepa sobre esta piscina?

—¿Qué quieres decir?

Se encoge de hombros.

—¿Tiene su propio monstruo del lago Ness? ¿Pirañas? ¿Ese pez del río Amazonas que se mete por la uretra y pone huevos en los genitales humanos?

—Pues... Espera, ¿esas cosas existen de verdad?

—Dos de ellas, sí.

—Espero que tengas pruebas científicas sobre la existencia del monstruo del lago Ness. —Suspiro—. Entonces, ¿no quieres decir unas últimas palabras?

—Scarlett, voy a volver a hablar contigo dentro de cinco segundos. ¿De qué «últimas palabras» me hablas?

Sonrío porque tiene razón. Voy a intentar un salto hacia dentro y, si sale, genial. Si no…, tampoco es tan importante, ¿no? En realidad, ningún salto es tan importante. Ni siquiera mi capacidad para saltar en general es tan importante.

Es verdad. Lo consiga o no, cuando salga de la piscina, seguiré siendo yo. Y Lukas… Lukas seguirá estando aquí. Y reconocerlo me provoca un alivio tan extraño que me empiezo a reír.

Y me río más.

Y un poco más.

No es una risa histérica. No estoy tan mal de la cabeza. Pero, por primera vez en lo que parece ser un siglo, con Lukas de pie frente a mí, con el agua a diez metros por debajo y el frío arañándome la piel, saltar vuelve a antojárseme divertido. Y levantar los brazos, doblar las rodillas, impulsarme lo bastante alto como para conseguir un carpado…

Me sale de forma natural.

Como si fuera un acto reflejo.

Como me salía antes.

Y estoy casi segura…

Cuesta adivinarlo, pero creo…

Quizá me equivoque, pero…

Salgo del amargo frío del agua y me topo con el amargo frío del aire nocturno. Muevo las piernas para mantenerme a flote.

—¿Lukas? —grito, o más bien farfullo mientras me aparto los mechones de pelo de la cara y me arreglo el sujetador, que se me ha subido y me ha dejado con media teta fuera. Levanto la cabeza y lo veo asomándose por el borde de la plataforma—. Cuando he entrado en el agua, ¿estaba de cara a la torre?

Aprieta los labios.

—Mmm...

—¿O al revés?

—Déjame pensar.

Ay, de verdad...

—¡Recuerda el momento en el que he entrado en el agua!

—Mmm...

—¿Mi cara estaba mirando hacia ti?

—¿Tu cara?

—Lukas, te juro por Dios que...

—Scarlett —dice en ese tono tajante que me hace sentir que me escucha, que está conmigo y que puedo contar con él. Ese tono que hace que me quede callada—. Aprendí lo que era un salto hacia dentro después de que me lo mencionaras la primera vez. Y reconozco uno cuando lo veo.

Parpadeo con las pestañas llenas de agua, cloro y algo más.

—Quieres decir...

—Quiero decir —sonríe ladeando la cabeza— que lo has conseguido.

CAPÍTULO 42

Por raro que parezca, me cuesta poquísimo convencer a Lukas para que se meta conmigo en la piscina. Deja caer los vaqueros y la camiseta desde la plataforma y dice:

—Es la primera vez que hago esto. ¿Alguna sugerencia?

Lo medito.

—Procura saltar al agua.

—Un consejo cojonudo.

Un momento después se tira con los pies por delante y consigue entrar al agua sin apenas salpicar, mostrando una elegancia sorprendente.

Será fantasma.

Me dispongo a echarle la bronca por ser bueno en todo, pero los segundos pasan y él no reaparece. La escasa iluminación me impide ver el fondo de la piscina y empiezo a ponerme nerviosa. Estoy a punto de sumergirme cuando noto que una mano me aferra el tobillo y tira de mí hacia abajo. Me retuerzo, pataleo con fuerza e incluso intento tirarle del pelo, pero Lukas no me deja salir a la superficie.

—Te odio —digo entre toses después, y le rodeo el cuello con los brazos. El agua sigue estando gélida, pero el cuerpo de Lukas es una estufa.

—No me cabe ninguna duda. —Se envuelve la cintura con mis piernas.

—Creía que estabas muerto. —Me seco la cara—. Ya estaba imaginándome al rey de Suecia cagándose en mí por teléfono.

—¿No hemos hablado ya del sistema de gobierno de Suecia?

—No me suena. —Pongo mi mejor acento sueco—: *Acaban de informarme de que nuestro tesoro nacional ha muerto en tu presencia,* ja? *Hemos perdido a nuestra gallina de los huevos de oro por tu culpa,* ja?

—Ese acento es una violación del reglamento de la NCAA y de la convención de Ginebra.

—Póngame las esposas, agente.

Sus ojos, negros y dorados en la penumbra, irradian calidez pese a la temperatura. Esboza una sonrisa de oreja a oreja, de las que no suele poner muy a menudo, en la que su alegría es plenamente visible y no hace falta escarbar para dar con ella.

—Lo he conseguido —susurro. Solo para oírlo. Para recordármelo.

—Lo has conseguido.

Levanta la barbilla y me planta un señor beso. Sus labios fríos saben a cloro, y mi pelo, una cortina empapada, se nos pega a ambos a las mejillas. Nos besamos durante mucho rato.

Demasiado.

—¿Lukas?

—¿Mmm?

—No me siento la cara.

Se ríe.

—Hay que ver lo flojos que sois los estadounidenses.

—No como los suecos, a los que os obligan a nadar de fiordo en fiordo desde bien chiquititos para honrar a vuestros antepasados vikingos.

Nos lleva hasta el borde de la piscina, abriéndose paso entre el agua sin ningún esfuerzo.

—En realidad, en Suecia solo tenemos un fiordo.

—Pero en lo demás he acertado, ¿verdad?

—Obvio.

—Deberíamos salir ya. Dudo mucho que la familia Avery tuviese este tipo de actividades en mente cuando financiaron el centro.

Noto la calidez de su risa en la oreja.

—Además, tenemos que comprobar las notas de tu examen.

—¿Qué...? ¿Cómo es que te acuerdas de eso?

—Porque presto atención a lo que dices. Venga, con lo valiente que has sido hoy, abrir un correo está chupado.

Gruño pegada a su hombro.

—Déjame disfrutar del momento.

—Podrás seguir disfrutándolo.

—Quedará empañado.

—Eso no lo sabes.

—Eh... Deberíamos irnos a dormir, ¿no? Tengo entrenamiento mañana por la mañana.

—Y yo. Supongamos que van a echarnos del equipo y aprovechemos la noche al máximo.

Nos reímos. Me besa. Lo beso. La cosa sube de intensidad y...

—La nota —me recuerda.

Siento el movimiento de sus músculos cuando me levanta para depositarme sobre el borde. El frío me eriza la piel y me hace castañetear los dientes.

—De verdad que te odio.

—Ya lo sé. —Se impulsa y sale de la piscina sin ningún esfuerzo—. Rezumas odio por los cuatro costados. Trol.

—Vale, ¿por qué sigues llamándome...?

Me da otro beso lento y apasionado y, un par de minutos después, estamos en el vestuario masculino.

Es una copia idéntica del nuestro, no está ni más desordenado ni huele peor. Lukas abre una taquilla, saca una toalla y me seca a conciencia antes de pasársela rápidamente por el cuerpo. Me pone una de sus sudaderas y yo me deleito con la suavidad con la que me cae sobre los muslos.

—Dame tu móvil —dice.

—Espera, ¿podemos ir a mi taquilla a por una goma del pelo?

Sabe perfectamente que estoy intentando distraerlo, pero me deja hacerme la remolona un par de minutos más. Al llegar al vestuario femenino, me observa con toda la paciencia del mundo mientras me desenredo el pelo y luego dice:

—El móvil.

—Igual deberíamos marcharnos; no tendrías que estar aquí. Como te descuides, el Departamento Deportivo de

Stanford te manda de vuelta a tu casa. La nieve y los arenques acabarán saliéndote por las orejas, ya verás.

—Scarlett.

Suelto un suspiro y ambos nos sentamos en el incómodo banco de madera. Tiro de un hililllo de sus desgastados vaqueros, planteándome la posibilidad de distraerlo con sexo, pero él me coge la mano y no me la suelta.

En lugar de eso, me tiende el móvil.

—¿Por qué tengo que hacerlo ahora? —protesto.

—Porque me marcho mañana por la noche.

Me echo hacia atrás con brusquedad.

—¿Te marchas?

Asiente.

—¿Qué...? ¿Cuántos días?

—Diez.

—Diez... —Ahogo un grito—. ¿Por qué?

—Por el Campeonato Nórdico de Natación.

—¿En Suecia?

—Estonia.

—¿Es... importante? No me suena de nada.

Se encoge de hombros.

—Relativamente. Pero asistirá casi todo el equipo olímpico sueco y, al acabar, haremos un viaje de entrenamiento.

¿Y al entrenador Urso le parece bien? ¿O a sus profesores? ¿A los rectores de Stanford?

—¿Lo has hablado con todo el mundo?

—Qué va. Prefiero pedir perdón que pedir permiso. —Debo de tener los ojos como platos, porque añade—: Sí, Scarlett. Avisé hace meses. Entienden que dé prioridad a nadar con el equipo nacional de mi país.

Supongo que tiene sentido.

—¿Te llevas bien con el resto del equipo?

Asiente.

—Somos casi como hermanos. Llevamos juntos desde hace décadas. En fin... —Señala mi móvil con la barbilla—. Prefiero estar aquí contigo por si recibes malas noticias.

Me cuesta un montón fingir que sus palabras no me provocan mariposas en el estómago.

—¿Para darme palmaditas en la espalda?

—Si es lo que quieres, sí.

Aparto la mirada de la suya y la poso en su brazo. He visto sus tatuajes muchas veces, los he tocado, les he clavado las uñas, me he agarrado a ellos cuando he necesitado aferrarme a algo, convencida de que, si no, acabaría desapareciendo. Pero nunca le he preguntado por ellos.

Por él, más bien. Hay muchas piezas interconectadas, pero juntas forman un único paisaje. Trazo, primero con la mirada y luego con los dedos, los abetos, los robles y los pinos, los mirlos y gorriones, los parches de nieve y las piedras.

—¿Qué es? —Niego con la cabeza y me corrijo—. ¿Qué lugar?

—La ciudad donde nací.

—Creía que eras de Estocolmo.

Arquea una ceja y me mira como diciendo «sé que tienes guardada mi página de Wikipedia en los marcadores de Chrome, de Safari y, si me apuras, hasta de Internet Explorer».

Pongo los ojos en blanco.

—Si yo tuviera el récord mundial de cien metros libres, tú también sabrías dónde nací.

—Naciste el 31 de agosto en Lincoln, Nebraska. Y sí, crecí en Estocolmo, pero mi madre era de Skellefteå.

Intento pronunciar el nombre, pero tiro la toalla al instante.

—Suena a…

—Como digas «un mueble de IKEA que ni siquiera el rey de Suecia sabría montar», te tiro a la piscina otra vez.

Sonrío y le doy un golpecito con el hombro.

—¿Cuándo te lo hiciste?

—A los dieciocho. Mis hermanos también se hicieron uno parecido. Según mi padre, tras la muerte de nuestra madre, cogimos la vía fácil y optamos por hacernos tatuajes en lugar de lidiar con el duelo.

—Esa es una acusación muy grave.

—¿Verdad? Pero, por otro lado —me tiende el teléfono—, si no te gusta la nota del examen, podrás ahogar las penas con un tatuaje.

—Ay, Dios… Bueno, vale. —Me río con suavidad, negando con la cabeza, y abro la aplicación de correo.

Antes de mirar nada le digo:

—No hace falta que te molestes, ¿sabes?

—¿Mmm?

—Es que… —Noto un nudo en la garganta—. Te agradezco que te preocupes. Que te apetezca ser mi amigo. Pero no quiero que pienses que tienes la obligación de darme apoyo emocional. Me he portado como un… pajarillo herido, robándote la sudadera, cuando en realidad debería ser una de esas seductoras sumisas que llevan arneses, encaje negro y…

—Scarlett. —Me mira como si estuviera pasándoselo bomba—. Creo que no lo pillas.

—Pues… igual no.

—Tú y yo tenemos un acuerdo, ¿verdad? Y el acuerdo estipula que hasta que me digas que pare, puedo hacer lo quiera contigo. Aunque acabes hecha pedazos. Aunque te haga llorar.

Asiento.

—Me encanta que te hayas abierto a mí —dice antes de darme un beso en la sien. Lo noto aspirar mi aroma, y algo dulce y espeso aflora en mi interior y me calienta el corazón—. Pero se trata de dos caras de la misma moneda. Puedo hacerte pedazos o partirte por la mitad, pero si alguien o algo te hace sentir mal, molesta o rota, también debo ser el que te recomponga. Hasta que me digas que pare. ¿Lo entiendes?

Ojalá pudiera verle los ojos. Ojalá mi mundo no se redujese a su barba rozándome la sien, al aroma de sándalo y cloro que se abre paso hasta mi cerebro.

—Sí. —De verdad que sí.

—Buena chica —murmura antes de besarme la mejilla. Y, acto seguido, añade—: Y ahora abre el puto correo.

Me río y sigo riéndome más y más mientras se carga la página con las notas y…

Parpadeo. Soy incapaz de asimilar lo que tengo delante.

—Madre mía, ¿es…?

Hay un cinco. Y un dos. Y un seis. Tres números que puestos juntos forman otro número, uno que debería ser capaz de entender, pero es muy alto, muchísimo más de lo que esperaba…

—Enhorabuena. —Una voz ronca y baja. Otro beso en el pelo. Un brazo fuerte que me rodea la cintura y me atrae hacia un cuerpo cálido.

Levanto la mirada hacia Lukas, mareada.

—Lo sabías —digo en un tono a medio camino entre la afirmación y la acusación.

Él permanece en silencio. Los labios se le contraen.

—¿Cómo? ¿Cómo sabías que iba a sacar buena nota? Ay, la hostia… ¿me has hackeado el correo? ¿Adivinaste mi contraseña porque tiene relación con los fetiches?

Me observa intrigado.

—Cuéntame más cosas de esa contraseña tuya.

—¿Cómo lo has sabido?

—No lo sabía.

—Anda que no.

Niega con la cabeza.

—Es que… te conozco. —Me pasa el pulgar por el ceño para que deje de fruncirlo—. He estado trabajando contigo en el proyecto de biología. Hemos pasado tiempo juntos. Hemos…

—¿Follado?

Sonríe y me aparta un mechón de pelo.

—Sé lo perfeccionista que eres. Sé que estudiaste hasta sabértelo todo al dedillo. Y que tienes ansiedad, lo que te ha llevado a subestimar tu rendimiento. Y, sobre todo, sé las ganas que tienes de entrar en la Facultad de Medicina; de hecho, empiezo a sospechar que tal vez seas imparable…

Lukas tiene más cosas que decirme, pero, en lugar de dejarlo terminar, me acerco y lo beso. El móvil golpea el suelo con un ruido sordo, pero me da igual: arqueo la columna para acercarme a él, y suelto un suspiro de alivio cuando me levanta y me sienta a horcajadas sobre sus muslos.

La cosa no suele empezar de esta manera. Normalmente, es él quien da el primer paso, y ambos preferimos que sea así. Pero por un momento, me gusta ser la que lleva la voz cantante. La que marca el ritmo. Me gusta notar lo duros que tiene los músculos, lo mucho que se contiene a medida que nos acercamos al punto en el que me hará gozar. Y yo a él.

Sin embargo, me detengo con un jadeo.

—Lo siento. Perdona, pero… ¿Pen y tú…?

Lukas parpadea. Tiene los labios hinchados y la mirada vidriosa.

—¿Estáis…? ¿Todavía os acostáis? —Trago saliva ante su silencio confundido—. Sé que no es asunto mío, y tú y yo…, pero, cuando te llamó la semana pasada, pensé… Y Pen está acostándose con más gente, y nosotros no usamos condón, así que…

—Scarlett, sí que es asunto tuyo. —Me apoya la mano en la mejilla. Como siempre que no quiere que aparte la mirada de la suya—. La semana pasada ayudé a Pen porque es mi amiga y se había quedado tirada. Y no sabía a quién más llamar. Pero no he vuelto a tocarla desde que cortamos. No me interesa acostarme con nadie que no seas tú. Desde hace ya… bastante.

Noto una oleada de alivio que opto por no analizar.

—Si cambias de opinión…

Me interrumpo al verlo negar despacio con la cabeza. Parece ser que tiene clarísimo que eso no va a pasar y a mí… se me corta la respiración. Me lanza una mirada resuelta y decidida como si estuviera haciéndome una promesa, y es tan intensa que me quedo sin aire. Pero da lo mismo, porque ahora es él quien me besa, y volvemos a adoptar la dinámica de siempre.

—No tengo claro que lo entiendas, Scarlett —me dice al oído, y todo sucede muy rápido: estaba a horcajadas sobre él y, de pronto, me encuentro arrodillada en el suelo, con su ropa sirviéndome de amortiguación. Tengo apoyados los codos en el banco y solo una persona controla mis movimientos.

Lukas. A mi espalda.

—Es más, sé que no lo entiendes.

—No…

—Empiezo a pensar que no tienes ni puta idea, Scarlett.

El tono helado de su voz desprende una furia apenas contenida. El miedo se apodera de mí y reacciono como si fuera un instrumento bien afinado. Estoy ya tan mojada que me da hasta vergüenza, y él lo sabe. Me baja las bragas, mete las manos por debajo de su sudadera y se aferra a mi cintura con una fuerza brutal. Noto el cálido contorno de su polla a través de sus vaqueros, pegados a mi piel.

—¿Te acuerdas de lo que me has preguntado antes?

—No… —empiezo a decir con voz ahogada antes de interrumpirme. Pero da igual, porque no quiere que le responda. Me tapa la boca con la mano y suelto un gemido. No puedo respirar. Me mareo. Quiero más.

—He entrado en tu habitación y tú me has mirado y has dicho…

Afloja la mano y tomo una profunda bocanada de aire.

—No lo sé. No me acuerdo.

—Me has preguntado si había ido a echarte un polvo por lástima —me susurra en el oído. Su enfado resulta aterrador—. Y lo he dejado pasar porque, aunque creas que soy un sádico… —me pellizca el pezón con el índice y el pulgar, lo que provoca que un chorro caliente me inunde el abdomen—, en realidad soy buena gente, Scarlett. Y tú estabas pasándolo mal. Pero dime… —Debe de haberse bajado la cremallera porque de pronto noto la hirviente longitud de su polla en la parte baja de la espalda, en la curva del culo—. ¿Esto te parece un polvo por lástima?

—No.

Noto cómo su mano me recorre la cadera y luego desciende, trazando con suavidad el contorno de mi coño.

—Joder, si es que estás empapada… Me encanta. —Me da un beso en la mandíbula, me roza con los dientes y luego…

Con la otra mano, me da una palmada en la nalga derecha que resuena por todo el vestuario.

Lukas deja escapar un gruñido bajo y gutural.

La mente se me queda completamente en blanco.

—¿Qué debes hacer si quieres que pare, cielo?

Estoy temblando. Tengo la nalga ardiendo; el dolor y el placer se propagan desde el punto donde me ha golpeado. Manosea la carne blanda, la grasa, el músculo, y yo… Creía saber lo que era estar cachonda, pero no tenía ni idea.

—Scarlett. —Me da otro azote, algo más flojo, para llamar mi atención—. ¿Qué debes hacer si quieres que pare?

—De-decir: «Para».

—Buena chica. ¿Quieres que pare?

Meneo la cabeza como si me fuera la vida en ello, preguntándome si alguna vez he deseado algo tanto como esto. Pero vuelve a azotarme y soy incapaz de pensar; lo único que puedo hacer es sentir, experimentar la increíble y maravillosa mezcla de ardor y placer, la perversa y satisfactoria sensación de saber que ahora mismo Lukas y yo somos el centro del universo del otro.

—No follo contigo porque me des lástima. ¿Por qué follo contigo, Scarlett?

Azote.

—Po-porque...

Me roza la mandíbula con los dientes.

Azote.

Me da un beso tierno y casto en la mejilla.

Azote.

—No lo sabes, ¿verdad?

Vuelve a acercarme la mano al coño y esta vez me separa los labios.

—Joder.

Noto la ardiente sacudida de su polla contra la cadera y soy incapaz de reprimirme.

—Por favor —suplico.

—Por favor, ¿qué? Podrías correrte solo con esto, ¿verdad? Solo con que te toquetee los pezones y el culo. Quieres que te trate sin remilgos, ¿a que sí?

Asiento, desesperada.

—Hmm. —Hunde el dedo en mi abertura y casi me da lo que ansío. Casi—. Todavía no, cariño. No hasta que te haya metido media polla como mínimo. ¿Por qué follo contigo, Scarlett?

No lo sé. Gimo con los ojos inundados de lágrimas.

—Voy a pegarte una vez más. Una más y luego te la meto, ¿vale?

—Vale.

Es la palmada más fuerte que me ha dado, y estoy llorando de lo placentera, de lo horrible y perfecta que es. Me coge las nalgas del culo con las manos y me las masajea lentamente, consolándome y, al mismo tiempo, haciéndome más daño. Mete el pulgar por en medio y me roza el ano; lo aprieta solo un segundo, pero debe de notar la súbita tensión que se apodera de mí, debe de oír el jadeo sobresaltado que se me escapa, porque me dice por encima del hombro:

—La próxima vez que estemos en la cama.

No es una pregunta. Está informándome. Me está diciendo lo que va a hacer con mi cuerpo y yo...

—Por favor.

—Por favor, ¿qué?

—Por favor, por favor, por favor...

—No hasta que me digas por qué follo contigo, Scarlett.

Tengo las mejillas cubiertas de lágrimas. Intento retorcerme, pero Lukas me aprisiona las caderas con las manos.

—No lo sé. No lo sé, pero... necesito que... —Solo digo cosas sin sentido. No me siento orgullosa, pero soy incapaz de reprimirme. Y Lukas... Lukas dice algo en sueco, con tono resignado y frustrado, antes de acercarme la punta de la polla a la entrada de la vagina. Lo noto apretarse contra mí, demasiado grande.

Suelto un suspiro de alivio.

La mete apenas un par de centímetros. Me agarro al borde del banco para evitar correrme.

—Follo contigo... —Se adentra un poco más—. Porque... —Un poco más—. Es lo único que me apetece... —Más—. Desde que me levanto.

Llega a cierto punto y... Espero que la haya metido ya hasta la mitad, de verdad que sí, porque estoy corriéndome, contrayéndome en torno a su enorme y duro miembro, sin poder evitar las sacudidas. Es tan intenso, tan estremecedor y placentero que casi no oigo el resto de lo que me susurra al oído.

—Follo contigo porque nadie me ha hecho sentir nunca como tú, Scarlett.

Lo último que veo antes de cerrar los ojos es la taquilla de Pen, su nombre escrito en blanco y verde sobre el metal escarlata.

CAPÍTULO 43

A la mañana siguiente, cuando intento poner en práctica otro salto hacia dentro, el cuerpo se me retuerce hacia atrás de forma rara y acabo ejecutando un esperpento digno de alguien a punto de mandar su carrera al traste.

Todos mis entrenamientos han incluido, sin falta, un episodio de «a ver qué pirula se saca de la manga el cuerpo de Scarlett en lugar de hacer el salto que le toca», pero no esperaba que esta vez fuera a salirme mal. De hecho, me da tanta rabia haberla fastidiado de nuevo que me trago casi un litro de cloro.

—¡Jodeeeeeeeeeer! —grito bajo el agua. Las burbujas ridículas, casi de dibujos animados, que asoman de mi boca no hacen sino cabrearme aún más.

Sin embargo, cuando salgo a la superficie, tosiendo, estornudando y, en general, cagándome en todo, descubro que nadie me presta atención. El entrenador Sima se encuentra entrenando en seco con Pen. Los ayudantes están centrados en los ejercicios de las gemelas. Nadie me dedica ni una sola mirada y, si soy sincera…, ¿por qué iban a molestarse? «¡Enhorabuena por tu enésima cagada, Vandy! Toma, te has ganado un bizcochito de acelgas y anchoas».

Supongo que ya no esperan gran cosa de mí. Al fin y al cabo, no le he contado al entrenador que anoche, a las dos de la mañana, conseguí ejecutar un salto hacia dentro. «¡Fenomenal, Scarlett! ¿Y dónde lo hiciste?», me preguntaría sí o sí. Y no me quedaría más remedio que dejar a Lukas con el culo al aire o fingir que soy usuaria de la piscina pública de Palo Alto.

Pero eso da igual, ¿no? Lo importante no es lo que piensen los demás, sino cómo me siento yo respecto a mis errores, y ahí es donde percibo un cambio.

Ya no me invade la misma humillación que antes. He adoptado una actitud… combativa. Resuelta. Estoy preparada para dejar atrás mi problema.

Anoche no me curé del bloqueo mental, pero me desprendí del sentimiento de impotencia que ha estado acompañándome todo este tiempo, y eso me parece un logro equivalente a haber ganado la lotería.

Pienso en mandarle un mensaje a Lukas para contarle mis progresos. El funcionamiento de mi cerebro ligeramente disfuncional parece fascinarle: quizá tenga pensado especializarse en Psiquiatría. Pero ahora mismo está en un avión, a doce mil metros por encima de la Torre Eiffel, con una red neuronal chustera dibujada en el dorso de la mano. Viendo, seguramente, reseñas de productos de limpieza.

¿Los vuelos a Tallin pasan por Francia? Podría buscarlo en Google y averiguarlo. O también podría ponerme a hacer los dichosos deberes de Alemán.

El domingo, en vez de pasarme el día adelantando trabajos de clase, hago algo insólito: celebrar la nota del examen de acceso a la Facultad de Medicina. Pen y yo nos ponemos hasta arriba de helado y paseamos por el campus, observando a los grupos de antiguos alumnos que están de visita, algo sorprendidas por su inquebrantable devoción y preguntándonos si tenemos atrofiada la parte del cerebro donde se encuentra ubicado el espíritu universitario.

—Cada tres meses o así te llega una carta del Departamento de Antiguos Alumnos —comenta Pen cogiéndome la mano mientras zigzagueamos entre la multitud.

—Ya.

—Y te ofrecen el privilegio de darles dinero.

—Ya.

—Bajo el pretexto de que ya les has dado dinero cuatro putos años.

—Ya ves.

—Están de la olla.

Es un domingo cualquiera. No ocurre nada fuera de lo normal. No bato ningún récord ni me voy a dormir convencida de haber alcanzado la perfección y, aun así, es un día fantástico.

El miércoles, Sam vuelve a la consulta. Se le nota en la voz que tiene la nariz taponada, como si un virus hubiera arrasado con ella.

—Hace unos días participaste en la primera competición importante de la temporada. ¿Quieres contarme lo que pasó?

—Claro. Ejecuté un salto en equilibrio desde la plataforma bastante decente. Saqué un ocho con cinco... —Me interrumpo.

¿Acaso importa la puntuación?

¿Y qué hay de la competición? ¿Importa?

Carraspeo.

—En realidad, me gustaría hablar de otra cosa.

Abre los ojos de par en par.

—Sí, desde luego. Podemos hablar de lo que tú quieras, Scarlett.

—Vale. Gracias. Quiero... comentar mi accidente, sobre todo. Cuando te conté lo de mi lesión, no es que mintiese como tal, pero sí omití algunos detalles. —Espera pacientemente a que prosiga, sin parecer enfadada ni traicionada. Resulta alentador—. En aquella época tenía novio. La mañana de la final de la NCAA, me llamó y cortó conmigo. Y el día anterior mi padre me envió un correo.

—¿Tu padre? Creía que era...

—Controlador. Nos maltrataba, sí.

No me grita que debería habérselo contado antes; se limita a estudiarme con calma, con la cabeza ladeada, sin juzgarme. Igual que Lukas. Como si no pasara nada por haberme equivocado. O por estar en constante proceso de desarrollo.

Scarlett, versión beta.

—Me convencí de que nada de eso tenía que ver con el salto y de que no te hacía falta saberlo. Pero ahora me doy cuenta de que está todo relacionado. Y cuanto más lo pienso... ¿Te acuerdas cuando me preguntaste de qué tenía miedo?

Asiente.

—Creo que ya lo he descubierto. Y no es de volver a lesionarme.

—¿Y, entonces, de qué tienes miedo?

Me agarro al suave extremo del reposabrazos.

—De lo imprevisible de la existencia. De no ser capaz de controlar el rumbo de mi vida. De que por mucho que planee las cosas, no podré evitar situaciones tristes o dolorosas. Pero sobre todo… —Tomo una profunda bocanada de aire y me río con suavidad, porque lo que estoy a punto de decir es absurdo, incluso si es verdad. Incluso si se trata de mí—. Sobre todo, tengo miedo de intentar hacer algo y que no me salga perfecto.

Sam asiente. Sonríe. Y yo me doy cuenta de que lo sabía desde el principio.

Esa tarde, durante el entrenamiento, consigo ejecutar dos saltos carpados la mar de chapuceros.

CAPÍTULO 44

Los primeros días de noviembre son una auténtica pesadilla, de esas que hielan la sangre.

—Noviembre siempre es igual —nos dice Victoria a Pen, las gemelas y a mí en el comedor deportivo…, a donde se supone que no debería tener acceso. Cada vez que alguno de los empleados pasa su tarjeta por el lector, contenemos la respiración como si estuviésemos presenciando la entrada de un róver nuevo en la órbita de Saturno—. Que si competiciones, que si viajes, luego Acción de Gracias y, justo después, el Campeonato Nacional de Invierno. Me da la sensación de que se me olvida algo… Joder, las clases. Qué peñazo. —Le han quitado la escayola y parece haber descubierto su auténtica vocación: echarnos broncas amorosas por cada error minúsculo que comentemos al saltar—. Lo vais a hacer genial —añade magnánima—. Ahora, cuando tomáis impulso, no parece que cada una venga de una galaxia distinta. Pen ha conseguido clavar el número de tirabuzones y Vandy es capaz de saltar hacia dentro. ¡Aleluya!

Tiene razón. Llevo unos días ejecutando sin problema saltos hacia dentro, aunque no me salen muy allá.

«La pega es que sigues con la ansiedad por las nubes y no enfocas los saltos con la mente despejada», me dijo el entrenador Sima. «Pero al menos te salen. Hace mucho que no estudio Mates, pero un cuatro con cinco sigue siendo mejor que un cero». Supongo que el alivio que lo recorre al verme hacer lo mínimo es demasiado intenso como para montar un cirio por los detalles.

Es algo que Sam y yo hemos estado trabajando.

«En algunas situaciones, es preferible que algo esté acabado a que esté perfecto. No siempre. Pero, cuando te subas a la plancha...», me dijo.

«¿Al trampolín?».

«Sí, perdona. Cuando te subas al trampolín, piensa en ello y toma tu decisión».

Nuestro primer encuentro fuera de casa es un triangular en Pullman contra Washington State y Utah. Para cuando acaba, estoy a cuadros, preguntándome si he retrocedido en el tiempo dos años.

—Espera, vamos a hacernos otra selfi, que en esa parece que me haya poseído el espíritu de un señorón de la regencia —dice Pen inclinando el móvil.

Más tarde, mientras se supone que estoy haciendo la maleta en la habitación del hotel, me quedo demasiado rato mirando la foto: salimos con una sonrisa de oreja a oreja al tiempo que hacemos chocar las medallas.

Hemos quedado terceras en salto sincronizado desde plataforma y segundas en trampolín de tres metros, por detrás de las gemelas. Pen ha ganado la final de plataforma individual y yo he quedado tercera.

Ha sido un encuentro modesto, con pocas competidoras. Los demás programas no eran tan sólidos como el nuestro. Salvo el de Fatima Abadi, de la Universidad de Utah, que fue campeona mundial juvenil, pero está de baja. A pesar de que me he asegurado de que mis saltos hacia dentro fueran lo más sencillos posibles, ejecutando solo un carpado y un encogido, no ha sido fácil. Eso no quita que…

Aunque hay un millón de razones por las que mis victorias en este encuentro carecen de importancia, constituyen un valioso recordatorio de cómo solía sentirme al saltar. Emocionada. Expectante. Motivada.

Me dejo caer sobre el colchón y contemplo el techo con una sonrisa; cuando ya no quepo en mí de la alegría, me pongo a patalear hasta quedarme sin aliento.

Y entonces recibo un mensaje de Lukas.

LUKAS: Enhorabuena

Toco la palabra. Deslizo el pulgar por encima como si estuviera hecha de carne y hueso. Han pasado casi diez días desde la última vez que hablé con él.

He sentido su ausencia más de lo que creía posible.

SCARLETT: Gracias!

SCARLETT: Me ayudaste mucho. Con esa cosa superilegal que hiciste

LUKAS: Colarte en la piscina?

SCARLETT: Intentaba hablar en clave por si acaso uno de los dos asesina a alguien y la poli nos revisa los mensajes

LUKAS: En ese caso, lo de la piscina será el menor de nuestros problemas

SCARLETT: Sí, bien visto

SCARLETT: Me voy al aeropuerto para volver a California. Te dejo!

LUKAS: Pórtate bien. Y echa el freno con los asesinatos

Me pregunto cuándo volverá de Europa y adónde se dirigirá después. A veces, las secciones femenina y masculina de natación y salto forman parte del mismo equipo solo sobre el papel. Hay universidades en las que el equipo femenino es bastante más sólido; en otras, el grupo de salto no es más que un cero a la izquierda. En cuanto a las competiciones, pocas veces viajamos juntos. Es probable que la agenda de los nadadores se encuentre colgada en la web de Stanford, pero, si Lukas quisiera que supiese dónde está, me lo habría dicho él.

Tampoco es que tenga tiempo para andar suspirando por un chico. El viajar de aquí para allá desata un efecto dominó de lo más agobiante: debo recuperar clases, sesiones de laboratorio y exámenes, por lo que cada competición acaba embutida entre días de no parar ni un segundo. El desplazamiento en equipo me exige un nivel de batería social que no conseguiría acumular ni aunque trasladaran la central nuclear de Gravelinas al interior de mi pecho. Y, por si fuera poco, siempre siempre siempre termino pillando la gripe.

—¿Has pensado en comprarte un sistema inmunológico nuevo? —me pregunta Maryam cuando me ve sorbiendo por la nariz en la cocina.

—Demasiado caro —murmuro mientras vierto agua caliente en el termo con la foto de Pitufa que Barb me regaló por mi cumpleaños.

—Creo que Aldi los vende rebajados. Hasta uno de segunda mano sería mejor que el que tienes ahora.

Le hago una peineta y salgo de casa. Hace viento y está nublado, y la idea de acudir al entrenamiento para preparar el próximo encuentro, que se celebrará en otra ciudad dentro de ocho putos días, me quita por completo las ganas de vivir.

Y creo que no solo a mí. Cuando llego al Avery, Pen y las gemelas parecen encantadas con el panorama que nos encontramos.

—¿Cómo han...? —Bella contempla las decenas de gaviotas que se han instalado en la piscina de salto—. ¿Sabéis qué? Me da igual. Entrenador, ¿qué ha pasado?

El entrenador Sima se acerca a nosotras sin prisas.

—Están desinfectándolo todo, pero, por lo visto, hay tantas cagadas que solo un desalmado os obligaría a saltar en semejantes condiciones.

Ladeo la cabeza.

—¿Ha preguntado si podía obligarnos a saltar?

—Sí, ¿y sabes lo que me han dicho? Que hoy nada de piscina.

—Qué pena —suelta Pen de forma socarrona.

El entrenador Sima la fulmina con la mirada.

—El entrenamiento de fuerza sigue en pie, listilla.

Levantamos la vista hacia la plataforma, que parece haberse convertido en la residencia de verano de una familia de gaviotas bien numerosa.

—No todos los héroes llevan capa —digo.

Pen menea la cabeza.

—No somos dignas.

Hacer pilates en interiores me parece unas vacaciones en comparación con tener que pelarme el culo al aire libre. Estoy plegándome como si fuera un sobre cuando oigo a Pen charlando con Monroe, uno de los nadadores.

—¿Dónde coño está Lukas? —pregunta—. Creía que ya estaría de vuelta. Le debo diez pavos.

Pen se echa a reír. Está claro que el resto del equipo todavía no sabe que han cortado.

—Volvió hace unos días, pero se fue enseguida a Seattle. Tenía una entrevista para la Facultad de Medicina de allí.

—No jodas.

—En teoría, vuelve mañana.

Me obligo a no preguntarme por qué ella está al tanto y yo no.

Es porque siguen siendo amigos. Mejores amigos. O porque Pen no lleva dos semanas rajándose a la hora de enviarle un mensaje por la noche, escribiendo, borrando y volviendo a escribir hasta quedarse dormida. El problema es que su lista incluía cosas como las orgías y el juego del caballito, pero no decía nada sobre la posibilidad de ponerme en contacto con él si lo echo de menos. No quiero extralimitarme y mandar a paseo nuestro acuerdo. Y en cuanto a Lukas…, no tengo ni idea de lo que él quiere. Lo único que sé es que tampoco me ha mandado ningún mensaje.

—Joder —dice Monroe—, ¿y luego se irá directo a la Universidad de California para el encuentro cuadrangular?

—Eso creo, sí.

—Vaya huevos. Me extraña que esté solicitando plaza para la Facultad de Medicina en año de Olimpiadas.

—La verdad es que no tiene mucho sentido. Incluso aunque la consiga, tendrá que posponer su ingreso. Podría haberse esperado, pero, bueno, a Lukas le encanta torturarse.

Sí que le gusta, sí. Y, sin embargo, más tarde, en el vestuario, acabo preguntándole:

—¿En serio va a posponerlo?

—¿Qué?

—Me refiero a Lukas.

No me ha comentado nada. Aunque, claro, ¿cuándo iba a comentármelo, mientras tomaba el papel de segundo psicólogo y me ayudaba a gestionar mis problemas de estrés postraumático? ¿O mientras mancillábamos el impoluto laboratorio de la doctora Smith?

¿Y qué tal mientras os lo montabais encima de mí?, me pregunta el banco que está frente a mi taquilla. Lleva dos semanas poniéndome de puta para arriba.

Sabes perfectamente lo que hiciste.

Me doy la vuelta.

Primero me humillas y ahora pasas de mí.

La Virgen.

—Sí —responde Pen—. Es imposible ir a la Facultad de Medicina y seguir compitiendo a nivel profesional.

Tiene razón. No sé por qué nunca se me ha ocurrido. Puede que porque yo he tenido siempre la intención de dejar el deporte después de cuarto, pero... él es un atleta mucho más notable.

—¿No echas de menos a Lukas? —le pregunta Bree a Pen—. Lleva bastante tiempo fuera. Yo sigo intentando hacerme a la idea de que Dale vaya a pasar Acción de Gracias en Iowa.

—Estoy acostumbrada. Estuvimos mucho tiempo viviendo en ciudades distintas. Y nos mandamos mensajes. —Pen se encoge de hombros—. ¿Y tú, Vandy? ¿Echas de menos a Lukas?

Me atraganto con el zumo de coco y Pen empieza a darme palmaditas en la espalda con una fuerza y alegría desmesuradas.

—¿Por qué iba Vandy a echarlo de menos? —pregunta Bella.

—Era una broma —responde Pen—. Por nada.

Veinte minutos después, mientras estamos en el comedor, la amenazo con sacarle el ojo con una cuchara.

—¿De qué vas?

—Venga. —Baja mi arma con su tenedor—. Ha sido para partirse.

—¿Tú crees?

—Al menos para mí. Deberías haber visto la carita de guarrindonga que has puesto. Se te veía culpable.

—De guarrindonga.

—Bueno, más bien parecías acojonada. Tranquila: cualquier día de estos, Lukas y yo cogeremos el toro por los cuernos y le contaremos al equipo que hemos cortado.

Cojo cuatro guisantes, negando con la cabeza.

—¿Sabes algo del Profe Buenorro?

—Pues mira, sí. —Se pone a juguetear con la etiqueta de la botella de agua—. Me ha pedido que pase Acción de Gracias con él.

Arqueo las cejas.

—¿Con su familia?

—No son muchos. Y la mía apenas se acuerda de que existo, así que ni siquiera se enterarán de que no vuelvo a Nueva Jersey. Theo me ha dicho que podemos alquilar un Airbnb y pasar juntos unos días, y… —Se encoge de hombros. Con mucha menos indiferencia de la que quiere aparentar.

—Diría que te lo estás planteando.

—A ver, me gusta estar con él.

—¿Es…? —Miro a mi alrededor, dándole forma a la pregunta—. ¿Crees que vuestra relación está volviéndose más seria?

—Pues… —Se queda mirando el plato—. Tenemos mucho en común, así que la dinámica es distinta, cosa que agradezco. Y el sexo es una pasada. No cuesta nada hablar con él y es cariñoso y está loquito por mí, ¿sabes? Luk era… O sea, es una cuestión de personalidad. Su abanico de emociones está algo limitado, conque…

¿Hablamos de la misma persona?

Aunque lo conoce desde hace siete años. Ella lo sabrá mejor que yo, ¿no?

—¿Theo y tú habláis del futuro?

—Un poco. A veces. Sabe que quiero dedicarme al salto de forma profesional. Él quiere ser profesor de universidad, aunque me apoya al cien por cien.

Se ruboriza un poco, pero irradia un entusiasmo que no le había visto antes. Y es posible que yo también esté algo emocionada, ya que, si al final Theo y ella se ponen a salir abiertamente, no le importará que mi relación con Lukas evolucione, tal vez, hacia...

Da igual.

En noviembre, Pen y yo pasamos casi todo nuestro tiempo libre juntas. Comemos, hacemos los deberes y acudimos a una noche de juegos en casa de Victoria. Cogemos el tren y vamos a San José a ver un concierto. La invito a mi piso y vuelve a toparse cara a cara con Maryam («Da un miedo que te cagas»). Nuestro siguiente encuentro amistoso se celebra en Minnesota, donde acabamos dándole una paliza al otro equipo.

—Oye, ese salto hacia dentro que has hecho... —me dice el entrenador después de mi último salto voluntario. El agua de la piscina está más fría de lo que estoy acostumbrada y tengo la piel de gallina.

—Ya lo sé, no me he elevado lo suficiente, pero...

—No, Vandy. Mira.

Me vuelvo hacia el marcador. Siete. Siete. Siete con cinco.

—La hostia —murmuro.

—Esa lengua —me regaña—. Pero sí, la hostia en vinagre.

No se nos puntúa de forma individual, pero la hoja de resultados está ahí delante, y mi nombre figura justo debajo del de Pen. En salto sincronizado, las gemelas nos sacan apenas tres puntos. Más que nada porque Bella anda algo fastidiada de la espalda, pero aun así...

Tengo el examen de recuperación de Alemán el mismo día que volvemos. Tras aprovechar los ratos muertos del encuentro para repasar, no me parece que la cosa pinte tan negra. A lo mejor me he venido un poco arriba, pero será lo que tenga que ser. Al acabar, cuando ya es de noche y tengo la cabeza embotada por la falta de sueño, me dirijo al despacho del doctor Carlsen.

—Esta parte de aquí, la del muestreo de Gibbs… —Le doy unos golpecitos con el dedo a mi trabajo, que está sobre su escritorio. Puede que me haya pasado de enérgica—. Me ha quitado dos puntos y me ha pedido que revise la tasa de convergencia, cosa que hice en su día. Tenía yo razón, así que…

Veo al doctor Carlsen escribir en uno de los márgenes: «Otis, antes de pedirle a alguien que revise un dato, comprueba dos veces que no te has equivocado tú».

—Gracias —digo satisfecha.

Suspira y se reclina en la silla.

—De nada. Por desgracia —añade con sequedad—, ya le he puesto la máxima nota y no puedo subírsela más.

—Es una cuestión de principios —le explico con solemnidad—. Seguro que lo entiende.

Parece estar pasándolo mal.

—Lo cierto es que sí, y ahora estoy replanteándome varias cosas de mí mismo.

—Lo animo a que siga fomentando su profundo respeto por la biología computacional.

Casi se le escapa una sonrisa: es lo más cerca que he estado de verlo mostrar una emoción que no sea fastidio o desdén. Da un miedo que te cagas.

—La doctora Smith me ha comentado que su participación en el proyecto ha sido valiosísima.

—¿En serio? Estoy tan ocupada con los entrenamientos y las competiciones que me da la sensación de que no he colaborado tanto como me gustaría.

—Ah, sí, me dijo que era atleta. —Le echa un vistazo a mi sudadera del equipo de natación y salto de Stanford—. ¿Natación?

—Salto.

—Tenía un cincuenta por ciento de probabilidades de acertar.

Adopto una expresión comprensiva.

—Y se ha equivocado.

—Intente no alegrarse demasiado.

—Eso hago. Con todas mis fuerzas.

Otro suspiro.

—Ol… La doctora Smith me comentó que ha solicitado plaza para entrar en Medicina.

—Sip. Bueno, aún no. Pero empezaré dentro de poco.

—Si le hace falta una carta de recomendación… —dice. Y no termina la frase, lo cual no es muy habitual en él y me desconcierta un poco.

Parpadeo como si fuera un búho, con la esperanza de que me dé más detalles, preguntándome cómo narices voy a leerle la mente, cuando de repente…

Ahogo un grito.

—Un momento. ¿En serio?

—Siempre que su rendimiento en clase se mantenga. Y que no haga apología de pseudociencias que ya han sido refutadas.

—¿Se refiere a la homeopatía?

—Naturalmente.

—La duda ofende —respondo circunspecta.

Asiente una vez.

—Excelente.

A pocos días de Acción de Gracias, el campus está ya semidesierto, y yo lo recorro preguntándome cuántas puertas logrará abrirme una carta de recomendación del putísimo Adam McArthur Carlsen aquí en Stanford. O en cualquier otra universidad del país. ¿Del mundo? Puede que en alguna de las lunas de Saturno haya Facultad de Medicina. Debería buscarlo.

Maryam está ya en Florida con su familia. Hay una nota en la mesa de la cocina donde pone: «Te he dejado comida en la nevera», pero lo único que veo al abrir el frigorífico es nuestro arsenal habitual de salsas y condimentos… y una medalla de oro con un pósit pegado: «Serás pardilla. Qué se siente al ser la compi de piso de la mejor luchadora del mundo mundial?».

Le mando un mensaje al instante.

SCARLETT: Dirás la mejor luchadora de UN encuentro amistoso. Y solo de tu categoría

SCARLETT: En cualquier caso, mi respuesta es: me sentiría mejor si me hubieras comprado comida

MARYAM: Señora, usted quién es?

Nuestro último entrenamiento está programado para el martes previo a Acción de Gracias, y yo reservo un vuelo a St. Louis para esa misma noche. El Campeonato Nacional de Invierno de los EE. UU. empieza la semana que viene y he estado planteándome en serio no volver a casa: quedarme en el campus, comerme un triste bocadillo de pavo con salsa de arándanos y pasarme las vacaciones entrenando. Sin embargo, la semana pasada Sam me preguntó: «¿De verdad crees que es lo mejor para ti?», y la respuesta me pareció muy obvia.

Echo de menos a Pitufa. Y a Barb (aunque no tanto).

—Es que... ¿Cómo sé que no estoy siendo demasiado indulgente conmigo misma?

—Madre mía, Scarlett. —Sam se echa a reír; un ruido que me resulta ajeno pese a todas las horas que hemos pasado juntas—. Todavía tenemos mucho trabajo por delante.

Lukas vuelve de una competición fuera de casa ese martes. Llevo sin verlo en persona casi un mes y...

Se me hace raro estar pendiente de él. Hasta hace no mucho, éramos dos desconocidos, pero ahora noto su presencia y su ausencia; lejano y, a la vez, omnipresente.

Lo localizo junto a la piscina, charlando con uno de sus entrenadores mientras Pen lo agarra por la cintura. Lo veo, pero no tengo ningún derecho a acercarme a él, ¿verdad? Nunca acordamos compartir nada más que nuestros fetiches. Lo único que puedo hacer es desprenderme del nudo que tengo alojado en el estómago y subir a la plataforma de salto. Mirar fijamente el lugar donde nos besamos, envueltos en el silencio de la noche, mientras los demás dormían. Elevarme sobre las puntas de los pies e intentar ejecutar mi mejor salto hacia dentro.

Más tarde, las gemelas y yo intercambiamos abrazos y despedidas en el vestuario, teniendo presente en todo momento que la próxima vez que nos veamos será en

Tennessee, para el Campeonato Nacional de Invierno, cosa que da un poco de vértigo. Salgo de las instalaciones a toda prisa, agobiada solo de pensar en el follón que voy a encontrarme en el aeropuerto.

—Scarlett.

Me doy la vuelta y me quedo impactada al verlo: Lukas y su pelo alborotado de después de entrenar; las pecas, cada vez más tenues; su forma de recostarse contra la pared sin perder ni un ápice de elegancia. Y un millón de detalles más, todos triviales y fascinantes.

—¿Estás esperando a...?

—A ti —dice.

Se me abre un agujero en el estómago del tamaño de un pozo.

—Ah, hola.

—Hola.

Permanezco inmóvil durante un momento, con el instinto impulsándome en direcciones opuestas. *Sal corriendo. Ve a por él.* Como siempre, es Lukas quien toma las riendas de la situación. Se acerca hasta que tengo que inclinar la cabeza para mirarlo a los ojos. Sonríe. Un gesto leve y sutil, pero no por ello menos sentido.

—El correo que nos mandó Olive —empieza— sobre lo de dar una charla en la conferencia aquella de biología...

—¡Ah, sí! Quería preguntarte si... deberíamos darla.

Ladea la cabeza.

—¿Preguntas o afirmas?

—Pues... —Profiero una leve risotada—. La verdad es que no lo sé. ¿Tú qué crees?

Se encoge de hombros.

—Hice algo parecido el año pasado.

—¿Y?

—Fue un rollo.

—Ah, entonces nada, ¿no?

—Pero contigo podría estar bien.

El corazón se me acelera.

—Quedaría bastante bien en la solicitud para la Facultad de Medicina, ¿verdad? —añado con rapidez, intentando poner distancia entre la alegría que me suscitan sus palabras y yo.

—Seguramente.

—Pues hagámoslo.

Sonrío. Él no. Un grupo de jugadores de waterpolo pasa junto a nosotros y ambos nos sumimos en un silencio que no es tan cómodo ni familiar como de costumbre.

Y entonces empezamos a hablar a la vez.

—¿Quieres...?

—Me voy a...

Los dos nos interrumpimos.

—Tú primero —dice él.

—Nada, que me voy al aeropuerto. Vuelvo a casa.

Asiente.

—Entonces supongo que ya no tengo que hacerte la pregunta.

«¿Quieres...?».

¿Qué ibas a preguntar, Lukas?

¿Que si quiero... qué?

Debería preguntárselo. En cambio:

—¿Tienes algún plan chulo para el jueves?

Frunce el ceño.

—¿El jueves?

—Acción de Gracias.

—Ah, sí. Siempre se me olvida que los estadounidenses celebráis eso.

—Sip. Comida normalucha y violencia colonial. Nuestra especialidad. —Me cambio la mochila de un hombro al otro—. ¿Qué tal las competiciones? ¿Te han nombrado ya oficialmente el rey del norte?

—Nunca había oído a nadie usar esa frase conmigo y ahora me pregunto por qué.

—Qué forma de desaprovechar una oportunidad. ¿Has batido algún récord?

—Nop. —Levanta la mano y me enseña la piel—. El dibujito de mi trol de la suerte se me borró antes de que empezaran las competiciones.

Frunzo el ceño.

—¿Qué es un trol de la suerte?

—Ya sabes, esas criaturillas que nos protegen y atraen la buena fortuna.

—Te aseguro que no sé de… —Me echo a reír—. Madre mía, ¿por eso me llamas «trol»?

No dice nada. Se limita a mirarme con cariño, y yo aparto la vista. Sin embargo, cuando vuelvo la cabeza, sigue observándome. Con una expresión un tanto diferente, más intensa e inquisitiva, lo que me envalentona.

—Qué pena que no coincidamos más tiempo.

Asiente.

—Sí, una lástima. —Lo noto algo impaciente, con los labios apretados y los dedos contraídos, como si quisiera coger algo, pero supiera que no puede—. Bueno, pues hasta después de las vacaciones. —Mira a su alrededor, y me pregunto si se le está pasando por la cabeza lo mismo que a mí.

¿Y si nos acercáramos más? ¿Y si nos besásemos solo un segundo? ¿Nos vería alguien? ¿Le importaría a alguien?

Al final, es Lukas quien levanta la mano y me coloca un mechón húmedo de pelo detrás de la oreja, rozándome la mejilla con el pulgar durante una fracción de segundo.

Vuelve a dejar caer la mano. Me falta el aliento.

—Buen viaje, Scarlett —dice con voz ronca—. Mándame algún mensaje. Si quieres.

Noto el pulso palpitándome en las mejillas. Extendiéndose por mi abdomen.

—Adiós, Lukas.

Echo a andar y no me doy la vuelta, ni siquiera cuando oigo la voz de Pen saludándolo, pero su rostro permanece en mi mente mucho después de que haya aterrizado en St. Louis.

CAPÍTULO 45

Hay un único motivo por el cual los que practicamos salto queremos ganar el Campeonato Nacional de Invierno de este país.

—Son las eliminatorias para el campeonato del mundo —le explico a Barb ante un plato de sobras recalentadas en el microondas.

Es una tradición anual a la que le tenemos mucho cariño: yo explicándole (por enésima vez) los fundamentos de mi deporte; ella tratando todo lo que digo como si fuera información novedosa y muy interesante.

—No es culpa mía —se queja—. ¿Tú sabes la cantidad de huesos que tiene el cuerpo humano?

—Doscientos seis.

—Exacto. Y tengo que sabérmelos todos, no hay espacio en mi minúsculo cerebro para retener más conocimientos. Además, ya sabes lo que pienso de los deportes.

—Que son un crimen contra los sofás.

—Ajá. Venga, cuéntame otra vez ese enrevesado galimatías por el que hay que pasar para lanzarse al abismo.

Suspiro, pero tengo a Pitufa en el regazo, emitiendo suaves ronquidos y mostrando su barriguita regordeta. Me resulta hormonalmente imposible sentir algo que no sea alegría.

—Dentro de tres días, voy a participar en la fase clasificatoria del Campeonato Nacional de Invierno, en Knoxville. Si me clasifico...

—Lo cual entiendo que es probable, ¿no?

—Soy optimista. Si me clasifico, podré competir en el campeonato en sí, que se celebrará dentro de cinco días, en la misma piscina de Knoxville.

—¿Y cuál es nuestro objetivo en el Campeonato Nacional de Invierno?

Me encanta ese plural mayestático, sobre todo teniendo en cuenta su postura sobre el deporte.

—Como te he mencionado, ahí es donde la gente se clasifica para el Campeonato Mundial de Deportes Acuáticos.

—Suena a algo importante. Espera, ¿has ido ya a uno de esos?

—Solo a la versión juvenil. En Montreal y Doha. Me acompañaste a ambos.

—Lo dicho, cerebro minúsculo.

—El mundial se celebra en febrero en Ámsterdam. Cada país puede inscribir a dos atletas en cada prueba, lo que significa que, si quedo primera o segunda, podré ir.

—¿Y qué probabilidades hay de que quedes primera o segunda?

—Intento no darle muchas vueltas porque, si no, me entrará el pánico y acabaré mudándome a una cueva con una simpática familia de murciélagos, peeeero... —tamborileo con los dedos sobre la barriguita de Pitufa— la prueba que mejor llevo es el salto desde plataforma y, básicamente, tengo todas las de ganar. Bueno, no de quedar primera; Pen es mejor, sin duda. Pero estoy segura de que quedaré segunda siempre y cuando se den un par de factores.

Barb abre los ojos como platos.

—¿Y qué factores son esos?

—Vale, primero —levanto el dedo índice—, Fatima Abadi, de Utah, tiene que retirarse de la competición por un asunto familiar urgente pero intrascendente. Luego —el dedo corazón—, Mathilde Ramirez debe lesionarse. Nada grave, un esguince que se cure en un par de semanas, por ejemplo. Con que sea algo que dure lo suficiente como para no poder participar en los nacionales, me sirve. Después de eso —el anular—, voy a necesitar que Akane Straisman, Emilee Newell y C. J. Melville abandonen la disciplina. Quizá podrían conocer al gran amor de su vida y fugarse para casarse a escondidas. O mudarse a una cabaña en medio del bosque y vivir una vida *cottage-core* de ensueño. Soy flexible en cuanto a...

—Ya, ya. —Barb pone los ojos en blanco, pero me tiende la mano. Entrelazo los dedos con los suyos—. Lo que quieres decir es que, a menos que esté dispuesta a romper mi juramento hipocrático y apuñalar a un grupito de jovencitas, no debería comprar billetes no reembolsables a Ámsterdam, ¿no?

—Más o menos. Pero no te preocupes —me apresuro a añadir—. No todo es blanco o negro. Ganar o perder.

Mientras lo haga lo mejor posible y salga de allí estando orgullosa de mi rendimiento, me vale.

—Guau. ¿Quién eres y qué has hecho con mi hijastra?

Me río.

—Hay una muñequita que vive dentro de mi cabeza. Se parece mucho a mi psicóloga y le encanta recordarme que, si no redefino mi concepto de «fracaso», moriré de taquicardia ventricular aguda antes de cumplir los veinticinco.

De hecho, la Sam en miniatura es mi principal acompañante durante los dos primeros días de las clasificatorias. Estoy sola en Knoxville porque Bree, Bella y Pen ya tienen sus plazas. Me encuentro a conocidos de cuando participé en los campeonatos juveniles, pero paso sola la mayor parte del tiempo, y no me importa. Me clasifico con facilidad en todas las pruebas, me familiarizo bien con la piscina de saltos y me tomo tiempo para descansar.

No hay dos piscinas iguales: el aspecto del agua desde arriba; los sonidos y la temperatura; dónde se sientan los jueces, siempre hostiles y despiadados. Cada trampolín tiene un punto de apoyo que hay que ajustar a tus necesidades. ¿Quieres que sea más rígido y fácil de controlar? Muévelo hacia delante. ¿Quieres que un cohete de energía elástica te impulse hacia el sol? Pues hacia atrás. Hay que acostumbrarse a todas estas cosas, y me alegro de tener la oportunidad de hacerlo.

La noche anterior al comienzo del Campeonato Nacional de Invierno, recibo una inesperada invitación a cenar.

—Vandy, estamos cansadas de la comida del hotel, ¿quieres venir a cenar chino con nosotras? Hay un sitio que está bien de precio a tres minutos de aquí.

Es Carissa Makris. La conozco de cuando fui a las jornadas de reclutamiento de la Universidad de Florida, equipo al que ella acabó uniéndose. Fuimos juntas en el autobús que nos trasladaba hasta allí y nos llevamos lo suficientemente bien como para seguir en contacto después, pero creo que fue simpática porque creía que terminaríamos siendo compañeras en la universidad, ya que después de decirle que me iba a Stanford no volvió a ponerse en contacto conmigo. Por aquel entonces se especializaba en salto de trampolín, pero ha progresado mucho con la plataforma. Y ahora, después de tres años de ignorar mi existencia, me invita a cenar.

—Ah. ¿En serio?

—Vamos. No volveremos muy tarde. —Se pasa una mano por los rizos oscuros y sonríe—. Mañana aquí habrá tanta gente que nos tocará comer sentados unos encima de otros.

La comida china es mi debilidad, así que me apunto y vamos con otras cinco chicas de Florida. Nos lo pasamos muy bien quejándonos de la Federación Internacional de Natación, de la NCAA, de la Agencia Antidopaje de los Estados Unidos, de nuestras respectivas instituciones y entrenadores, de los nadadores, de los dolores en las articulaciones y del trabajo académico que tendremos que recuperar cuando volvamos.

—Yo estaba el día que te lesionaste —me dice Carissa más tarde, mientras las demás se van a por un refresco y solo estamos ella, Natalie, que es su compañera de sincro, y yo—. Se me saltaron las lágrimas. No es broma.

—Es verdad —confirma Natalie.

—Tenía pinta de doler tanto... Y podría haberle pasado a cualquiera.

Doblo una servilleta en pequeños triángulos.

—Sí, fue una mierda.

—Me alegro de que hayas vuelto.

—Mi amiga la que estudia en Pullman dice que estás en tu mejor momento —añade Natalie.

Comparado con el año pasado, desde luego.

—A estas alturas, no darme un cabezazo contra el hormigón ya sería todo un éxito.

Se ríen entre dientes.

—Y he visto que ahora también haces sincro, ¿puede ser? —pregunta Carissa.

—Sip, con Penelope Ross.

—Ah, claro. —Natalie asiente, pero tengo la incómoda impresión de que ya lo sabía—. En la NCAA del año pasado se llevó la medalla de plata en el salto de trampolín de tres metros, ¿verdad?

—Y la de oro en plataforma.

—Cierto. Bueno. —Carissa levanta las manos y apoya los codos sobre la mesa.

Lo único en lo que puedo pensar es: *Ahí está. Ahora viene la verdadera razón por la que me han invitado a esta cena.*

—No soy de las que se andan con rodeos, Vandy. Me caes bien. Siempre has demostrado tener mucha deportividad. Te recuerdo de las pruebas olímpicas, hace cuatro años. No entraste en el equipo, pero pensé: «Esta chica tiene algo. Es buena».

—Gracias —digo en lugar de hacerle saber lo ligeramente condescendiente que ha sonado. Tenemos la misma edad. Carissa también participó en esas pruebas y quedó en peor posición que yo.

—Voy a ir al grano: ten cuidado con Pen Ross. No te fíes de ella.

No sé qué esperaba, pero desde luego que no era esto.

—¿A qué te refieres?

—A que es una zorra traicionera, ni más ni menos. Cuando vivía en Jersey estábamos en el mismo equipo de salto y a todo el mundo le caía como el culo. Pregúntale a quien quieras. Puede que sea la próxima estrella de este deporte y puede que haya logrado convencer a la gente de Stanford de que no es una sociópata, pero me la conozco. Y quería que tú también estuvieses enterada.

Intento digerir sus palabras, tratando de conciliar lo que acaba de decir con mi propia experiencia, pero mi cerebro lo rechaza al instante. En los últimos meses Pen y yo nos hemos unido mucho y...

—Esto no me gusta.

—¿Que te toque cargar con Pen Ross? —dice Natalie con un resoplido.

—Pen es mi amiga. No he detectado nada en su comportamiento que cuadre con lo que me estás contando.

—¿Cuántos años hace que la conoces?

—Unos tres.

—Pues yo más de seis.

—Aun así, si fuera una arpía como tú dices, creo que en algún momento a lo largo de estas tres temporadas se le habría notado algo. —Niego con la cabeza y me dispongo a levantarme de la silla para volver al hotel.

—Oye, solo intentamos hacerte un favor —dice Natalie—. No hay motivo para enfadarse, en todo caso deberías estar agradecida de que...

—Deja que se vaya. —Carissa la hace callar poniéndole una mano en el hombro mientras me sostiene la mirada—. Vandy..., tú procura ir con cuidado, ¿vale?

Cuando me presento a las preliminares de plataforma, descubro que C. J. Melville se ha retirado por una lesión. No puedo evitar ahogar un grito, pero queda oculto por las exclamaciones de sorpresa de las demás.

—¿Es grave? —pregunta Bree—. ¿Ha sido cosa del karma?

Durante los últimos seis o siete años, a C. J. se la ha considerado la mejor saltadora del equipo estadounidense, pero tiene cierta reputación. «Poco agradable», dicen algunos. «Más mala que pegarle a un padre», dicen otros.

Personalmente, ya he visto muchas veces cómo se suele tratar a las mujeres introvertidas que se resisten a ser complacientes, así que tampoco hago mucho caso a los rumores.

—Ni idea —dice el entrenador—, pero tenía casi garantizado un puesto en el campeonato del mundo para la mayoría de las pruebas, así que eso aumenta vuestras posibilidades en un... ¿cincuenta por ciento? Más o menos.

Frunzo el ceño.

—En realidad, ese cálculo no es...

—A nadie le caen bien las sabelotodo, Vandy. —Pen me da unas palmaditas en la rodilla.

SCARLETT: ¿Qué has hecho?

Le pregunto por mensaje a Barb. Me llega el aviso de que tiene las notificaciones silenciadas. Probablemente esté ocupada comprando machetes para liquidar al resto de la competencia. U operando a alguien. Quién sabe.

—Aunque, claro —continúa el entrenador—, C. J. no competía en sincro debido a su…

—¿Reticencia a compartir espacio con cualquier cosa que albergue un alma? —propone Bree.

—Claro, digámoslo así. Pero Madison Young, que estudió en la TAMU hasta el año pasado, también está descalificada. No sé por qué.

Todas nos quedamos calladas. Normalmente solo hay una razón para que descalifiquen a alguien, y no me imagino a Madison tomando estimulantes y fastidiando su carrera.

—Y Mathilde Ramirez viene de la lesión del mes pasado.

Pen y yo intercambiamos una mirada.

—Todo esto es muy…

—¿Conveniente? —dice para terminar mi frase.

—Me alegro de que no me lo hayas hecho decir a mí.

Se ríe.

—Por cierto, Luk me pidió que te diera algo.

Abro los ojos como platos.

—¿Luk?

—Una cosa que te dejaste en su casa, creo, o algo así. —Levanta las cejas varias veces mientras me mira con picardía.

Echo un vistazo a nuestro alrededor para asegurarme de que nadie nos está prestando atención.

—No recuerdo haberme dejado nada en su…

Dios mío. ¿Son mis bragas? ¿Le ha dado a Pen mis bragas sucias?

—Aquí tienes.

Me da un objeto suave y colorido y se gira para responder a una pregunta que le ha hecho Bella. Menos mal, porque creo que estoy temblando. Noto el pulso en la sien y el corazón desbocado.

Porque en mis manos hay una toalla de microfibra de colorines.

Todas pasamos a la final sin mayores contratiempos, aunque la espalda de Bella no mejora y no llega a calificarse. Parece que se lo toma bastante bien, pero Bree debe de notar algo que yo no veo, porque no deja de mirar a su hermana con cara de preocupación y ambas desaparecen durante un par de horas. Es una competición frenética, con pruebas simultáneas y combinadas y poco tiempo de descanso. Todas estamos agotadas al final del día.

Carissa también compite en salto. Las dos primeras veces que anuncian su nombre, miro de reojo a Pen en busca de signos de incomodidad, pero se muestra indiferente. *Un odio unilateral*, decido. *Probablemente le tenga celos*. Le quito importancia al asunto. No estoy hecha para los dramas, y menos si me incluye a mí o a gente que me importa.

Mis saltos son un poco popurrí: meto la pata en una inmersión y salpico como si fuera un puto delfín, pero las posiciones carpadas me salen de miedo. Eso me enorgullece, no porque haya hecho un buen salto, sino porque significa que he conseguido sacudirme el polvo y dejar atrás los errores. Aunque no sea perfecto, puede seguir siendo bueno. Qué cosas, ¿eh?

En el vestuario, me pongo la sudadera y me acerco a Pen.

—Necesito comer algo, pero ¿quieres que practiquemos sincro después?

—¿No está cerrada la piscina?

—Estaba pensando en practicar en seco. —Le aguanto la puerta mientras salimos—. Más que nada, la parte de correr hacia…

—Mira lo que ha traído el gato.

Nos detenemos. Carissa se interpone en nuestro camino y fulmina con la mirada a Pen. Natalie está a su lado con el ceño fruncido, haciendo el papel de secuaz del matón más temible del patio.

—Carissa. —Pen mantiene una expresión educada y agradable, pero… le noto algo diferente—. Tenemos que irnos. Lo siento por…

—¿Arruinarme la vida?

Se hace el silencio. La voz de Pen adopta un tono conciliador.

—Este no es ni el momento ni el lugar.

—Nunca hay un momento ni un lugar adecuados, ¿verdad? Tú conseguiste lo que querías y los demás tenemos que superarlo y punto. —Trata de encogerse de hombros, pero no le sale, como si tuviera un palo apoyado en los hombros que se lo impidiera.

—Carissa, yo…

—No me interesa. —Anoche pensé que estaba resentida y enfadada. Hoy sus palabras rezuman dolor—. Solo quería que supieras que no estás perdonada. —Se da media vuelta y se aleja. Natalie la agarra del hombro y la acerca como para consolarla.

Me vuelvo hacia Pen. No sé ni qué decir. Ella ya me está mirando.

—Scarlett —dice con voz temblorosa—. Necesito hablar con Lukas. Ahora mismo.

CAPÍTULO 46

Vamos a mi habitación y llamo a Lukas desde mi móvil.

Me pregunto si debería enviarle primero un mensaje para avisarlo. «Sé que va a sonar raro, pero por favor cógelo. Sí, soy consciente de que ninguno de los dos puso en la lista que le gustaba el sexo telefónico o los juegos de rol a distancia, pero es importante».

—No contesta —me dice Pen abatida—. Ay, acabo de caer. Está en un torneo. Ahora mismo debe de estar participando en la final de los doscientos metros libres.

—Ah. —Me limpio las palmas de las manos en los pantalones de chándal y me siento a su lado en el colchón. No sé muy bien qué hacer. Tardo casi un minuto entero en reunir el valor para cogerle la mano—. Siento lo de Carissa. Si puedo hacer algo para ayudar…

—Me cuesta creer que esta vez se haya atrevido a hablarme. Joder. —Pen se pasa una mano por la cara—. Vandy, necesito explicarte algunas cosas.

—Anoche me dijo que tuviera cuidado contigo —suelto. Y es probable que haya sido una mala idea, dada la cara de traición que pone Pen al instante, pero tengo que ser sincera con ella—. Soltó mucha bilis, pero no llegó a especificar por qué te tenía tanta manía. Solo dijo que eres…, bueno, una mala persona, básicamente.

—¿Por qué no me lo contaste?

Me encojo de hombros.

—Pues, para serte sincera, porque no me lo creí. Me pareció que no tenía sentido, así que pasé del tema. Ni siquiera se me ocurrió que quizá querrías saberlo, y siento haber…

Pen me abraza tan fuerte que me cuesta hasta respirar. Dudo, pero al final le devuelvo el abrazo. Un segundo después, noto sus lágrimas contra mi mejilla.

—Lo siento. Es que… —Se aparta con un resoplido y se limpia la cara con el dorso de la mano—. Ha conseguido poner a tanta gente en mi contra… Y oírte decir que ni siquiera dudaste…

Se me encoge el corazón.

—Me parece fatal que te haya acorralado de esa manera. Quizá podamos denunciarla a la comisión.

—No. —Niega con la cabeza—. Esto viene de lejos, Vandy.

Asiento.

—No tienes que explicarme nada que no quieras. Te apoyo sin importar…

—Pero es que sí que quiero. —Respira hondo—. Carissa y yo íbamos al mismo club de salto cuando vivía en Jersey, y no recuerdo del todo bien en qué momento dejamos de caernos bien, o de fingir que nos caíamos bien, o por qué cuando teníamos catorce años estábamos ya peleadas. ¿Quizá porque éramos jóvenes y competitivas? No estoy orgullosa de mi comportamiento de aquel entonces: me regodeaba cuando ganaba yo y me moría de rabia cuando ganaba ella. Lo típico que haces cuando eres inmadura y luego, con los años, te das cuenta de lo patético que era.

Asiento. Sé perfectamente a qué se refiere. Las adolescentes pueden ser muy cabronas. Las atletas también. Mezclar las dos cosas es una ecuación inestable.

—Su madre era la directora del club de salto. También era entrenadora y había sido saltadora en el pasado. Tenía un don para la enseñanza, pero con el tiempo pasó de ser apasionada y comprensiva a maltratarnos verbalmente. Nos gritaba cosas terribles, también a su hija. Y a las niñas más pequeñas… las aterrorizaba. Las obligaba a entrenar con mal tiempo, les decía que estaban demasiado gordas y un montón de cosas crueles. Y fui yo quien la denunció.

—Ah. —*Ostras.*

—Se abrió una investigación. La suspendieron. Fue lo mejor para todas, pero Carissa no dejó el club y decidió que yo había arruinado la carrera de su madre, incluso su vida entera. Y el resto de las compañeras… sabían que el informe era cierto, pero ella se las arregló para convencerlas de que yo había exagerado porque tenía celos y, o bien la creyeron, o bien fingieron que la creían. —Se limpia las lágrimas de los ojos—. Fue horrible. El acoso. Las cosas que decían a mis espaldas. Y las que me decían a la cara. Quería cambiar de club, pero no había ninguno que estuviera mínimamente cerca. A mis padres se la sudaba. Y Carissa y yo íbamos al mismo instituto, así que esparció rumores sobre mí y puso a mis amigos en mi contra. No todos la creían, pero era tan duro ir a una fiesta y no saber si la gente…

—¿Te lanzaría un plato de sopa encima?

Se ríe entre lágrimas.

—¿La gente se lanzaba platos de sopa muy a menudo en tu instituto?

—No sabría decirte; nunca me invitaban a las fiestas. Pero creo que es una muy buena forma de atacar.

Su risa aligera la tensión del ambiente.

—Los dos últimos años antes de ir a la universidad fueron un infierno. De no ser por Lukas, habría estado totalmente sola. Pero él me llamaba y me recordaba que no era un pedazo de mierda que no merecía ser amada. Y… —Suspira profundamente—. Luego está la parte que más odio. Carissa soñaba con estudiar en Stanford, pero cuando se puso en contacto con el entrenador Sima para expresarle su interés, él se dio cuenta de que ella y yo habíamos ido al mismo club, así que me preguntó qué tal nos llevábamos. Le dije la verdad y decidió no ficharla.

Me rasco un lado de la cabeza asimilando toda esta información.

—Sigo pensando que nada de esto es culpa tuya.

—Lo sé. Es que… —Echa la cabeza hacia atrás y mira al techo con los ojos otra vez llenos de lágrimas—. Lo odio. Saber que está aquí y que sigue resentida conmigo es… No tengo a Lukas y vuelvo a sentirme sola ante la situación y…

—Pero no lo estás. —Me mira y le aprieto la mano—. Estoy contigo. Puede que no sea Lukas, pero soy tu amiga. Y si Carissa da un solo paso en falso, pienso... fulminarla con la mirada y bufar.

—¿Bufar?

—Es un mecanismo de defensa muy eficaz en el reino animal. La cuestión es que estoy de tu parte. Odio el acoso y a la gente a la que le gusta intimidar a los demás. Siempre me han excluido en todos los equipos de los que he formado parte. Tú, en cambio, me hiciste sentir bienvenida nada más llegar. Confío en ti, y tú puedes confiar en mí.

Se le saltan las lágrimas.

—¿Estás segura?

Asiento justo en el mismo momento en el que el nombre de Lukas aparece en la pantalla de mi móvil. Es una videollamada. Contesto enseguida.

—¿Scarlett? —Debe de haberme llamado en cuanto ha salido de la piscina, porque todavía tiene el pelo y la cara goteando. Parece a la vez sorprendido, complacido y preocupado—. ¿Va todo bien?

Recuerdo lo que dijo de su madre: «Cuando llegó la llamada...».

—Sí, todo va bien. —Inclino la cámara para enfocar a Pen—. Solo que Carissa...

—Nada —dice Pen a mi lado. Sigue con la cara mojada, pero se vuelve para mirarme y yo hago lo mismo. Está sonriendo—. He tenido un... problema. Y quería hablar contigo, pero Vandy me ha ayudado a gestionarlo. Es una amiga increíble. No me la merezco.

El corazón se me llena de amor. Siento que por fin alguien… me elige. Que soy digna.

—Es un detalle por tu parte decir eso, porque vivo con miedo a que un día te des cuenta de que todas las payasadas que hago a diario son solo una tapadera y que en realidad soy tan sumamente aburrida que los dentistas quieren inyectarme en las encías para ver si así sus pacientes se duermen.

—¿Qué? No eres nada aburrida —contesta ella. Y se oye con eco porque Lukas ha dicho lo mismo a la vez.

Se lo ve confundido. Incluso creo que aún está jadeando por la carrera.

—¿Has ganado? —le pregunto.

Se encoge de hombros, porque claro que ha ganado. Y ni siquiera se pavonea.

—¿Entonces está todo bien? ¿Me necesitas?

Tengo la impresión de que la pregunta va dirigida a mí, pero es Pen quien niega con la cabeza y dice con solemnidad:

—Parece que tu presencia no será necesaria al final.

Levanta una ceja, extrañado pero complacido.

—Mmm, vale…

—Básicamente, soy una versión mejorada de ti —le digo con mi mejor sonrisa de satisfacción, lo cual hace que a él también se le curven las comisuras.

—Y yo que pensaba que eras un trol.

Pen parece confusa, así que vuelvo a apretarle la mano y cambiamos de tema.

CAPÍTULO 47

El Campeonato Nacional de Invierno dura otros cinco días, cada uno con sus altibajos.

En la final de trampolín, ni Pen ni yo nos clasificamos para el campeonato del mundo, pero tampoco Carissa, que parecía que iba a quedarse con el oro hasta que falla una inmersión de forma tan estrepitosa que creo que salpica hasta a los que están sentados en la última fila de las gradas. En realidad, yo he hecho saltos mucho peores a lo largo de mi vida, así que no suelo sentirme con potestad suficiente para juzgar las meteduras de pata de los demás, pero esta vez me permito regodearme un poquito.

—Deberíamos celebrarlo —le susurro a Pen durante la ceremonia de entrega de premios.

El entrenador Sima nos mira con cara de preocupación, como si creyera que se nos ha olvidado que no estar en el podio es algo malo. Pen apoya la frente en mi hombro y se pasa los siguientes cinco minutos meándose de risa.

Lukas me manda un mensaje más tarde:

LUKAS: Todo bien?
SCARLETT: Sí. Pen ya está mucho mejor. Estamos a punto de empezar las preliminares de sincro
LUKAS: Y?

¿Y?

SCARLETT: Quieres que te mande una foto de la hoja de saltos?
LUKAS: Cómo estás tú, Scarlett?

No hay razón para que una pregunta tan simple me haga sonrojar. Debe de ser el calor de la piscina. Ya no estoy acostumbrada a saltar en piscinas cubiertas.

SCARLETT: Bien?
LUKAS: Es una pregunta o una respuesta?
SCARLETT: No estoy segura
LUKAS: Piénsalo bien, entonces

El segundo día, me despierto con un correo electrónico de mi insomne alemán favorito, Herr Karl-Heinz.

Scharlach,
¡Mira qué bien vas!

Es un sobresaliente. En mi examen.

—¡Chúpate esa! —le grito a absolutamente nadie—. ¡Lo he conseguido! ¡Lo he conseguido!

Le envío una captura de pantalla a Barb. Luego a Maryam. Después (¿por qué no?) a Lukas, que responde:

LUKAS: Más te vale que el sueco sea el siguiente.

No sé por qué, pero eso me hace dar pataditas con los pies.

Al tercer día, tras una larga conversación entre susurros con su hermana, Bella decide retirarse.

—Tengo la espalda demasiado... —Niega con la cabeza.

El entrenador Sima suspira y le da unas palmaditas en el hombro.

—No es culpa tuya, niña. Ve a ver a la fisio, ¿vale?

Ver a las gemelas salir de la piscina me rompe el corazón. Por la lesión de Bella y por la tristeza en los ojos de Bree. Pen y yo acabamos quintas en sincro de trampolín. No está mal teniendo en cuenta el nivel de las demás, pero Carissa y Natalie se llevan el podio, lo que significa que irán a Ámsterdam. Nuestro gozo en un pozo.

No nos quedamos para la entrega de premios aunque denote una falta de deportividad terrible. En lugar de eso, nos vamos directas a los vestuarios y nos duchamos a toda prisa. Salimos antes de que lleguen las demás, pero, como el universo castiga a los atletas con falta de deportividad, de camino a la puerta nos cruzamos con las dos personas que queríamos evitar.

—Hola, Vandy —dice Carissa—. Te veré mañana en la final de sincro en plataforma. Y tú —fija la mirada en Pen—, espero que recuerdes lo que te dije, porque lo mantengo.

—Tienes que parar ya —le digo enderezando los hombros.

—¿Parar de qué?

—De tratar así a Pen.

Se pone aún más seria.

—Sabes que te estoy haciendo un favor, ¿verdad?

—En realidad, solo nos estás acosando.

—Ah, ¿sí? —Se acerca un paso—. Qué desagradecida. Espero que disfrutes las consecuencias de ser tan estúpida.

Sonrío con dulzura.

—Y yo espero que te salga diarrea explosiva en medio de un salto mortal. —Paso por su lado rozándole el hombro y Pen me sigue.

Probablemente es lo más atrevido que he hecho, dicho o pensado nunca, pero tengo a Pen al lado agarrándome del brazo y eso ayuda.

—Puede que eso sea lo más sexy que he visto en la vida.

Uy.

—Bueno, tampoco es que sea una heroína, pero... —Finjo que me quito el polvo de los hombros y ella se ríe.

—Ha sido incluso mejor que cuando nos vio a Lukas y a mí cogidos de la mano la primera vez. Te lo juro, se le quedó una cara... Está claro que Lukas y tú sois mis caballeros andantes. —Entramos al ascensor y me mira entornando los ojos—. De hecho, os parecéis bastante.

—¿Carissa y yo?

—Dios, no. Tú y Lukas.

Me río.

—Créeme que no.

—Los dos sois reservados, os preocupáis mucho por las personas que os importan, sabéis muy bien lo que queréis, sois fuertes y tenéis buena autoestima, ocultáis vuestro sentido del humor, pero sois divertidísimos, y, por supuesto, los dos sois…

—¿Unos pervertidos a los que les va el BDSM?

—Iba a decir de ciencias. Pero eso también.

Niego con la cabeza.

—Mi autoestima brilla por su ausencia. Hasta hace dos meses, apenas podía hacer un salto en condiciones.

—Tener autoestima no implica poder hacer esto o lo otro, Vandy. Tener autoestima es ser capaz de plantarse ahí e intentarlo, y no rendirse porque en el fondo sabes quién eres y que lo vas a lograr.

¿De verdad es así? No tenía ni idea.

Lo cierto es que sí quiero ser como Lukas, me digo más tarde, cuando ya estoy en la cama. Me reconforta esa idea. No me crea tanto conflicto como querer estar con Lukas.

Al día siguiente, durante la final de sincro en plataforma, Pen se equivoca al impulsarse y se tuerce el tobillo.

—No es grave. En una semana estarás como nueva —le dice el médico.

Los ojos se le iluminan de esperanza.

—¿O sea que puedo seguir compitiendo?

—¿Hoy y mañana? Ni hablar.

Es una pena, pero a ambas nos alivia que solo sea una lesión menor.

—Ni un primer puesto —nos dice el entrenador Sima a Bree, Pen y a mí el último día. Estoy esperando a que digan mi nombre para subir a la plataforma, ya que estamos en la final individual y ellas han venido a animarme—. No es lo ideal, desde luego. —Nos dedica una mirada reprobatoria durante más tiempo de lo socialmente aceptable—. La parte positiva es que todo el equipo se ha clasificado para las pruebas olímpicas. Aunque aún tienes que mejorar mucho los saltos de tres metros, Vandy.

—No da tiempo de nada con tan poca altura… —murmuro de mala gana contra mi sándwich de manteca de cacahuete y mermelada—. De todas formas, es lo que menos me gusta. Me siento como si estuviera saltando desde una rampa.

—¿Encima me replicas?

Bajo la mirada y me quedo callada, pero treinta minutos más tarde y cuatro saltos después, me pregunto si el entrenador se estará comiendo sus palabras. Porque, incomprensiblemente, mis puntuaciones en la final de plataforma se acercan mucho a darme el primer puesto.

—En realidad la cosa está entre vosotras cuatro —me susurra Pen mientras intento mantener la musculatura caliente entre salto y salto—. A ver, Akane Straisman os saca mucha ventaja y se va a llevar el oro. Y a menos que los huesos de Emilee Newell se vuelvan de mantequilla, la plata es para ella. Pero el bronce está entre tú y Natalie. —La secuaz de Carissa—. Lleváis todo el rato alternándoos el tercer y el cuarto puesto.

—No sé qué me motiva más, si conseguir una medalla o impedir que la consiga Natalie.

Pen me abraza por detrás y aprieta con todas sus fuerzas.

—Elige una, Vandy. Porque esta noche quiero invitarte a unas copas dignas de una medalla de bronce.

—¿Cuál va a ser tu último salto? —me pregunta Bree.

—Salto en equilibrio con doble tirabuzón y medio.

—¡Madre mía! —exclama Pen. Si sale bien, este salto es mi obra maestra, pero a la mínima que falle en algo, todo se va a la mierda. Y hay tantas cosas que pueden fastidiarlo... Pero estoy hablando con Pen, claro. Y ella es un sol, así que en vez de recordarme todo lo que puede ir mal, me da otro abrazo—. ¡Es el salto que más me gusta cómo te sale!

—¡El mío también! —Bree se pone a dar saltitos—. ¡Es una señal del destino!

Esa energía positiva se queda conmigo. Incluso después de que Natalie salte y yo haga los cálculos sobre la puntuación que necesito para conseguir el bronce, incluso mientras subo las escaleras, incluso cuando me estoy secando con mi toalla de colorines, tan parecida a la que perdí hace dos años, la que apenas recuerdo haberle mencionado a Lukas.

Pero él se acordaba igual.

La miro, sonrío y la tiro desde lo alto de la torre. Y cuando apoyo las manos y alzo las piernas, no pienso en lo que podría salir mal. No pienso en la perfección. En lugar de eso, me centro en la gente que disfruta viéndome ejecutar el salto. Cuando me impulso, cuando estoy en el aire, cuando entro en el agua y cuando salgo de ella, espero que se lo pasen bien. Y cuando nada más salir de la piscina ya están todas allí, rodeando con sus brazos mi cuerpo empapado...

—¡Lo has conseguido! ¡Lo has conseguido, lo has conseguido, lo has...!

—¡Tienes diez puntos más que Natalie!

—¡Es bronce! Es bronce seguro, porque solo queda Emilee, y ya va por delante de ti. Bella va a llorar un montón cuando... —Bree se corta a media frase—. Dios mío —dice con un tono de conmoción. Está mirando a algo por encima de mi hombro.

—¿Estás bien? —pregunto.

Abre la boca, pero no logra emitir sonido alguno, así que señala el marcador que hay detrás de mí.

Emilee ha saltado. La competición ha terminado. Y...

—Creo que los huesos de Emilee Newell se han convertido en mantequilla de verdad —susurra Pen.

Porque todas las puntuaciones que le dan son inesperadamente bajas, tan bajas que ha caído al tercer puesto.

Lo que significa...

El entrenador aparece de la nada con la toalla de colorines en la mano.

—Bueno, Vandy —dice con una sonrisa—, espero que tengas el pasaporte en regla.

Supongo que me voy a Ámsterdam.

CAPÍTULO 48

—Es una bendición y una maldición a la vez —me dice el entrenador Sima mientras espero a que me llamen para subir al podio—. Solo faltarán cinco meses para las Olimpiadas y tres para las pruebas previas: vas a estar agotada, Vandy. Y aún no sabemos quiénes serán los entrenadores seleccionados para acompañaros, así que podrías acabar con el señor Perro Rabioso, ese tío nuevo de la UCLA, y...

Apenas lo escucho. Tiene razón, pero ahora mismo lo que necesito no son advertencias, sino silencio. Silencio para poder procesar que empecé esta temporada con un bloqueo mental del tamaño de un manatí y ahora...

Representaré a mi país en el mundial.

Es tan fuerte que resulta abrumador.

—Emilee Newell es mejor que yo —murmuro ya en el avión—. Solo ha cometido un error. No merezco ocupar su puesto.

—¿Qué has dicho? —pregunta Pen sacándose un auricular de la oreja.

Niego con la cabeza, pero siento alivio al aterrizar, más aún cuando llego a casa y veo que Maryam ha salido y puedo estar sola.

Alguien quiere entrevistarme para el periódico estudiantil de Stanford. Hay un artículo con mi nombre en ESPN.com. El director deportivo de la uni me ha felicitado personalmente por correo. La organización que se encarga de preparar a los saltadores que van a representar a los Estados Unidos en alguna competición internacional me ha enviado una lista de novecientas tareas para completar antes del campeonato y ha incluido mi nombre en el equipo de alto rendimiento. Varias marcas me han ofrecido patrocinar mi equipamiento.

Es sábado por la noche y tenemos tres días de descanso antes de volver a los entrenamientos, así que mi plan es encerrarme en la habitación, relajarme y dejarme llevar por el pánico sin que nadie me moleste.

Pero entonces recibo un mensaje de Lukas.

LUKAS: Ya te ha entrado el pánico o aún no?

Suelto una carcajada.

SCARLETT: Llevo cagada desde antes de subir al podio

LUKAS: Me di cuenta mientras veía la retransmisión en directo

Vio la retransmisión en directo.

Pen me ha invitado a una superfiesta. Me he planteado ir, sobre todo para ver a Lukas, pero estoy demasiado cansada, así que me ducho, me pongo unos pantalones cortos de pijama y una camiseta de tirantes. Cuando oigo que llaman a la puerta, suelto un quejido. Seguramente sea el portero. Odio a ese hombre. Habla por los codos y…

Me alejo de la mirilla con un grito ahogado. Abro la puerta de un tirón.

—¿Lukas?

Había olvidado lo alto y ancho que es. O quizá sea cosa de ir descalza. No lo sé, porque cuesta concentrarse cuando me mira así, con una sonrisa asomando por las comisuras de la boca y las arruguitas alrededor de los ojos. Lleva dos mastodónticas bolsas de papel que aguanta con un solo brazo.

—He pensado que probablemente no tendrías comida en la nevera —se limita a decir.

Madre mía.

—Mmm… Gracias.

La encimera está junto a la puerta. Agarro las bolsas, las dejo allí y me doy la vuelta, esperando encontrarlo llevando a cabo su ritual favorito: quitarse los dichosos zapatos. Pero, en lugar de eso, ha cerrado la puerta y se ha quedado ahí plantado, mirándome como… como si en estos momentos contemplar la posibilidad de hacer cualquier otra cosa excediera sus capacidades.

Le sonrío.

—Huele muy bien. ¿Es comida china?

Asiente.

—Es mi preferida. ¿Te lo había dicho?

Vuelve a asentir.

He aterrizado hace menos de dos horas y ya ha venido a verme. Me ha traído leche, pan, café, alimentos frescos y mi cena favorita.

Noto cosquillitas en el pecho. Me acerco un paso más y me pongo de puntillas.

—Gracias por recor...

De repente, mis pies ya no tocan el suelo y estoy entre Lukas y la puerta, con los muslos alrededor de su torso.

—... darlo.

Me da un beso apasionado y con lengua, como si quisiera lamerme la palabra de la boca.

—Scarlett. —Su voz es un rumor ronco que le nace del corazón.

No sé si es por lo desesperado que suena o por qué, pero un segundo después estamos frotándonos contra el otro, sus caderas empujan contra las mías y sus manos frenéticas, impacientes, me acarician y me aprietan y...

Meto los dedos entre mi cuerpo y el suyo y empiezo a desabrocharle los pantalones. Me besa con un gruñido que me hace temblar de placer. Cuando deslizo la mano dentro de sus calzoncillos y se la agarro, gime como si le doliera y se inclina más hacia mí. Ya está completamente empalmado. Mojo el glande con el líquido que encuentro en la punta y voy trazando círculos: uno, dos, tres...

Me detiene agarrándome la muñeca con un gruñido. Me aparta la mano. Se saca la polla, me aparta los pantalones cortos del pijama a un lado y ve que voy sin bragas y ya estoy empapada.

—Joder —murmura.

Me mete un dedo mientras me toca el clítoris.

Lo hace tan bien que me cuesta creer que haya conseguido sobrevivir sin él durante más de un mes. Me retuerzo contra sus movimientos y vuelvo a meter la mano entre nosotros para cogerle la polla y hacerle lo mismo.

Lukas gruñe. Vuelve a agarrarme de la muñeca y esta vez me la sube junto a la cabeza y la deja ahí.

—Creo que has olvidado quién manda.

—No lo he olvidado. —Me sale como un gemido y él responde dándome un mordisco casi doloroso en la base de la mandíbula.

No puedo dejar de retorcerme contra su cuerpo y es humillante, pero tampoco tengo muy claro si él está siendo capaz de controlarse. De hecho, tengo la certeza de que no al notar que empieza a acercar el pene a mi entrada ahí mismo, contra la puerta, cuando existen las camas, los sofás y las mesas.

La cosa es que creo que no puede esperar ni un segundo más para penetrarme.

Los primeros centímetros entran de golpe. Cierro los ojos, suelto un leve gemido y me arqueo para que encaje bien.

—Lukas —gimo.

Todo va como la seda, hasta que se queda quieto. Me mira con ojos salvajes y amables a la vez.

—Eres preciosa. ¿Te lo había dicho ya?

Ni idea. Ni siquiera recuerdo cómo me llamo ahora mismo.

—Creo que sí…

—Estos últimos días te he visto competir. —Empieza a moverse y yo vuelvo a gemir contra su cuello. Con él siempre es así. Un poco doloroso. Increíblemente placentero. Aniquila cualquier otro pensamiento—. Y no paraba de pensar... —Un empujón más fuerte y se mete más profundo. Su boca exhala pegada a la mía. Un casi beso—. Te lo juro, Scarlett. No puedo parar de pensar en nuestros polvos. Los repito tantas veces mentalmente que me da miedo que se gasten.

Un centímetro más. La tiene tan grande que sé que esto nunca va a ser fácil. Me es imposible respirar cuando noto que va abriéndose paso dentro de mí. Me siento febril, demasiado cachonda, maleable. Su forma de llenarme es maravillosa. Me es imposible concentrarme en sus palabras.

—Pero ahora mismo no recuerdo si te he dicho alguna vez lo guapa que eres. Y eso me trae de cabeza.

Más profundo aún. Durante una fracción de segundo, es demasiado, y casi lo aparto. Luego se pasa y...

—Dios mío, Lukas.

Creo que podría... Es una locura, debo de estar perdiendo la cabeza, pero creo que podría correrme por el simple hecho de sentirlo dentro de mí. Muevo las caderas, intentando acercarme, pero la mano con la que me tiene cogida por el culo me lo impide. Mi otra muñeca sigue sujeta contra la puerta y suelto un gemido de impaciencia.

—Por favor.

—Cállate. —Me da un beso lento en la mejilla, como si su polla no estuviera palpitando dentro de mí ahora mismo—. ¿Sí o no?

—¿Q-qué?

—¿Te he dicho ya lo guapa que eres?

Me empiezo a mover y restregar aún más, a punto de llegar. Creo... Recuerdo... estoy a punto de...

—Sí. Sí, me lo has dicho.

Esboza una sonrisa de satisfacción.

—Bien —dice sacándola y luego metiéndola otra vez—. Porque eres una chica preciosa y muy lista. Y eres mía.

Me folla como si no hubiera pensado en otra cosa desde la última vez que nos tocamos. Los dos nos corremos en menos de un minuto.

—¿No hay una fiesta hoy?

Lukas me mira con cara de «¿qué más da eso?» y me pone en el plato una cantidad indecente de arroz frito.

—¿Más?

Niego con la cabeza. Debería avergonzarme por tener que apoyarme en la encimera, pero es que mis huesos ahora mismo son de plastilina, aún estoy chorreando, sonrojada y tengo el cerebro hecho papilla. Sin embargo, me es imposible, sobre todo cuando lo tengo moviéndose por mi cocina como si llevara meses cocinando aquí y echándome miraditas cada dos por tres.

Lleva los dos platos a la mesa y supongo que se da cuenta de que el orgasmo me ha dejado inútil perdida, porque vuelve y me recoge a mí. Me agarra por el culo con una mano firme y yo apoyo las piernas en su cintura. Es un medio de transporte maravilloso: seguro, puntual y cómodo. Quiero un abono anual.

—Iba a dejarte comer primero —dice mientras toma asiento a mi lado—, pero no he sido capaz de esperar. —Se encoge de hombros y empieza a devorar el arroz.

—¿Esto es una disculpa?

—Venga ya, Scarlett —me reprende—. Sabes perfectamente que no.

¡Mejor!, pienso.

—Ahora que lo veo con más detenimiento, no está tan mal como pensaba —añade.

—¿El qué?

—Tu piso. Esperaba huellas de zapatos embarrados y moho con vida propia. —Mira a su alrededor con ojo crítico, como si fuera el casero—. Esto es habitable.

—Un gran elogio.

—Un elogio moderado, en todo caso. Todavía es posible que cometa algún que otro allanamiento de morada mientras estás en el entrenamiento. —Su mirada se suaviza—. ¿Cómo te encuentras?

—¿No te pasa que cuando te ocurre algo bueno pero inesperado sientes que deberías alegrarte, y te alegras, pero también estás aterrorizado y la ansiedad opaca todo lo demás?

—Según mi profesor de Psicología, ganar la lotería es una de las cosas más estresantes que te pueden pasar.

Doy golpecitos en la mesa con el dedo índice.

—Eso es exactamente lo que siento. Como si me hubiera tocado la lotería. En general, Emilee es un millón de veces mejor que yo…

—Un millón.

—… pero, por haber cometido un error, ahora soy yo quien debe representar a mi país. Me parece absurdo.

Me cubre la mano con la suya y dejo de mover el dedo.

—¿Y crees que quien ideó el proceso de clasificación de la selección nacional durante décadas nunca consideró escenarios similares?

—Seguro que sí. Pero en mi caso…

—Si la situación fuera al revés —entrelaza los dedos con los míos—, ¿creerías que mereces ir tú más que ella a Ámsterdam?

—Pues… no, pero… —Lukas arquea una ceja y yo guardo silencio, lo que parece complacerle un poco demasiado—. Odio cuando pones esa cara de «jaque mate».

Sonríe como si le importara tres cominos.

—Desprendes belleza cuando saltas a la piscina.

Me ruborizo. Desvío la mirada.

—Sí, ya me lo has dicho antes.

—No me refiero a eso. Siempre he respetado a las saltadoras, pero verlas practicar su deporte nunca me había proporcionado placer visual como tal. —Sus ojos son oscuros en la tenue luz de la cocina—. Hasta que llegaste tú.

Lo que acaba de decir me incomoda, como si estuviese prohibido. La pregunta que flota en el aire es obvia: ¿qué hay de Pen?

O quizá no. Porque una parte de mí empieza a preguntarse si su relación era más bien la de dos jóvenes adolescentes que iban solos contra el mundo y se juraron protegerse mutuamente, que la de dos enamorados. Pero es un camino peligroso repleto de pensamientos ilusorios y una pregunta que no estoy preparada para hacerme.

¿Por qué me importa tanto?

—Ya sé que competir te da ansiedad —dice—, pero, siendo egoísta, me alegro de que tú también vayas a ir a Ámsterdam conmigo.

Mi corazón late más fuerte. Más rápido.

—Quizá podríamos… —Me quedo callada.

—¿Qué?

—Iba a decir que quizá podríamos visitar Ámsterdam juntos, pero van a estar tus amigos de la delegación sueca y el rey por ahí…

—Como ya te he explicado, Suecia es una democracia…

—Serás mentiroso. —Me inclino hacia delante con los codos sobre la mesa—. Lo busqué en Wikipedia. Tenéis un rey.

Su móvil empieza a vibrar y nos interrumpe. En la parte superior de la pantalla aparece el nombre de Penelope. Luego varios mensajes de texto:

PENELOPE: Luuk!

PENELOPE: Venga va, nos lo estamos pasando superbién!

PENELOPE: Dónde estás?

Pone el teléfono boca abajo y lo empuja hacia un lado. Un discreto y silencioso «lo importante aquí somos tú y yo».

—Nuestro rey, como estoy seguro de que tus fuentes mencionaron, no tiene poder político ni ningún tipo de relevancia. —Él también se acerca. Quiero liberar mi mano y trazar esa mandíbula tan perfecta—. ¿Qué más has averiguado sobre mi país durante tus incontables horas de investigación?

Mucho, en realidad. No puedo evitar buscar información sobre el tema antes de irme a dormir. Es como si estuviera planeando un viaje.

—Veamos. Que tenéis una palabra para cuando a una persona se le ha revuelto el pelo después de follar.

Esboza una media sonrisa.

—Cierto. *Knullrufs*.

—Y también un postre de color verde fosforito con pinta de estar riquísimo que daría lo que no está escrito por probar.

—*Dammsugare*.

—¿Está bueno?

—¿Los comas glicémicos están incluidos en tu lista de perversiones?

—Por supuestísimo.

—Entonces sí, deberías probarlo.

Me río.

—Aprendí la palabra… *¿lagom?* ¿Lo estoy diciendo bien? —Él asiente y yo continúo—. Que significa «la cantidad perfecta». Ni mucho ni poco. Tenéis el concepto de que la sociedad es como un equipo, que los recursos deben repartirse de forma equitativa y que la gente debe ser humilde.

Parece intrigado, como si hubiera dado en el hueso.

—Y eso conlleva algunas desventajas. ¿Como con la ley de J…?

—Ley de Jante.

—La ley de Jante, correcto —digo con altanería y él se ríe—. La gente no debe presumir de sus logros ni creerse especial, lo cual puede dificultar que se sientan cómodos a la hora de celebrar sus victorias. —Lukas vuelve a adoptar una expresión indescifrable—. ¿No te recuerda a alguien? —pregunto con una pizca de desafío en la voz, pensando en todo lo que es, en todo lo que hace, en todo lo que se guarda para sí.

Y quizá pilla la indirecta, porque lo veo pasarse la lengua por el interior de la mejilla, reflexionando, sopesando opciones, hasta que dice:

—Ya me han aceptado dos universidades.

Se me para el corazón. Todavía es muy pronto, ¿no? Y... está hablando de facultades de Medicina, ¿verdad? Dios mío. Esto es...

—¿Cuáles? —pregunto con cautela.

—Penn. Emory.

Asiento lentamente para no asustarlo.

—Emory me ha ofrecido una beca por excelencia académica —añade.

—¿Completa?

—Sí.

Es fantástico. Más aún. Es la mejor noticia de la historia y quiero saltar de la silla y gritar de lo emocionada que estoy, pero algo que percibo muy por debajo de la frecuencia de las palabras me dice que mantenga la calma.

—Todavía no se lo he dicho a nadie.

Ay, Lukas.

No sé qué se me permite decir y qué no, pero no puedo evitar tener esta sensación de felicidad, así que me pongo de pie, voy hacia él y me acomodo en su regazo. Le rodeo el cuello con los brazos. Cuando estoy segura de que no va a escaparse en cuanto abra la boca, le susurro al oído:

—Me alegro muchísimo por ti. —Pronuncio las palabras bajito, como si fueran sagradas, aunque no haya nadie más.

Solo estamos tú y yo. Estás a salvo conmigo.

Me agarra de la cintura y extiende las manos por los costados, a la altura de las costillas. Nos quedamos así un buen rato y entonces lo oigo murmurar:

—Me encantaría visitar Ámsterdam contigo.

CAPÍTULO 49

Termino el cuatrimestre de otoño con todo sobresalientes y no, no me molesta haber sacado solo un 9 en Lengua y otro en Alemán. El 10 que me ha puesto el doctor Carlsen en Biología Computacional compensa al menos uno de los dos. Puede que numéricamente no, pero sí en mi corazón.

—¿Te joderá la nota media? —pregunta Maryam.

Hay que reconocerle a Sam el trabajazo que ha hecho conmigo en terapia porque contesto con un tranquilísimo:

—Me la bajará una décima, y no pasa nada.

Maryam está tocándome las narices más de la cuenta; lleva en mi lista negra desde la noche que volví de Tennessee, cuando nos pilló a Lukas y a mí lavando los platos. Me amenazó (más borracha que una cuba) con llamar al casero si le llegaba el más mínimo ruido de folleteo y se largó a su habitación con mi plato de arroz tres delicias.

—Perdona el numerito —le dije a Lukas mientras me ponía el pijama y le pasaba el cepillo de dientes sin abrir que me dieron en el dentista la última vez que fui a hacerme una limpieza.

—Soy sueco. La gente categórica y directa no nos asusta.

Tenía pensado montar un escándalo digno de actriz porno solo para jorobarla, pero me quedé frita mientras Lukas se lavaba los dientes y me desperté a primera hora del día siguiente, justo cuando él se levantaba de la cama.

—Tengo entrenamiento —me dijo, y me pinchó la piel al darme un beso en la esquina de la garganta—. Duérmete otra vez, Scarlett.

Vuelvo a verlo cuando quedamos para poner a Zach al día de nuestros avances. Llego a la biblioteca con diez minutos de antelación, pero aparezco tarde en la sala de estudio porque Lukas me ve en el vestíbulo, me arrastra a un baño unisex y se pasa una cantidad de tiempo obscena con la cabeza metida entre mis piernas. Noto su lengua en el clítoris, mientras tengo su hombro encajado debajo del muslo y…

No deja que me corra.

—Por favor. —Respiro agitada—. Por favor.

Me da un último besito en la parte superior del coño. Contemplo, horrorizada, cómo se pone en pie y se lame los labios. Me sube con delicadeza los pantalones de chándal y me seca una lágrima solitaria que me resbala por la mejilla.

—Ve tú primero —me dice.

Me da una palmadita en el culo, como si fuera una mascota traviesilla a la que le hace falta una mano firme pero cariñosa que la meta en vereda. Es de lo más condescendiente. No debería ponerme cachonda.

—Pero quiero…

—No, Scarlett. —Su voz no suena particularmente autoritaria, puesto que no le hace falta impostar nada. Así de creído se lo tiene.

Trago saliva y pregunto enfurruñada:

—¿Por qué no vas tú primero?

Se señala la bragueta.

—Ah.

Lo que me deja alucinada es lo poco alterado que parece, por lo demás. Yo estoy a un tris de saltar por los aires o acabar hecha un charquito en el suelo, el jurado todavía no lo tiene claro.

—Podría meterme en el baño de al lado y correrme yo sola —lo amenazo resentida.

—Podrías —reconoce él—. Pero no lo harás.

—Me… No tienes ni idea de lo que voy a hacer.

Su sonrisa es… muy tierna, en realidad. Así como su forma de apartarme el pelo de la frente para darme un beso.

—Los dos sabemos que harás lo que yo te diga. O, al menos, yo lo tengo clarísimo. —Lo único que consigue mi ceño fruncido es persuadirlo para alisarme las arruguitas del entrecejo con la yema del pulgar—. Joder, Scarlett, eres adorable. —Me inclina el mentón hacia arriba y me da otro beso, esta vez en la punta de la nariz—. Me entran ganas de hacerte polvo.

La siguiente hora en la sala de estudio es un infierno. Intento no retorcerme, sobre todo mientras Zach me pregunta qué planes tengo para las vacaciones y si voy a quedarme en la ciudad. («Mándame un mensaje si quieres que vayamos a tomar un café»). Sus palabras me entran por un oído y me salen por el otro, desprovistas de significado. Les enseño mi red neuronal, todavía sin aliento y cachonda como una mona.

—Es un treinta por ciento más precisa que la mía —comenta Lukas, concentrado al cien por cien en los datos—. Scarlett, es una obra maestra. —Parece impresionado y muy contento de que mi modelo exista, y me pregunto si lo del baño ha pasado de verdad. A lo mejor ha sido todo una alucinación. No he estado a punto de tener un orgasmo. Y él no ha gruñido pegado a mi coño. Como me descuide, me ponen una camisa de fuerza.

Pero la reunión llega a su fin («Tienes mi número, ¿verdad, Scarlett?». «Sí, Zach, gracias por todo y felices fiestas») y Lukas se va derechito al baño. Lo sigo un paso por detrás. No espero a que la puerta se cierre para gruñirle:

—No puedo…

Me empotra contra ella con un empujón y noto la calidez de su cuerpo contra el mío.

—No sé por qué me pone tanto que seas más lista que yo, pero, cada vez que tenemos una reunión del proyecto, tengo que irme a casa y pelármela hasta dejarme la polla en carne viva.

—Tampoco soy tan lista…

—Cierra la puta boca, listilla brillante y preciosísima.

Me besa apasionadamente, primero en la boca y luego más abajo; debe de saber que estoy a punto, porque no pierde el tiempo. Me muerde. Me lame. Me chupa. En menos de veinte segundos, un orgasmo me recorre la columna y yo amortiguo mis gemidos tapándome la boca con la palma.

—Gracias —le digo entre jadeos cuando vuelvo a recuperar el habla. Me pincha con la barba al acurrucar la cara contra mi vientre, una sensación dulce y maravillosa—. Gracias, me...

Pero no ha terminado. Solo acaba de empezar. Hunde la boca en mi coño y me lo lame de arriba abajo, dejando escapar un ruidito satisfecho. Vuelve a empezar. Intento apartarlo apoyándole un dedo en el pelo, pero él sigue dale que te pego, y yo me corro una y otra vez hasta suplicarle que me dé un respiro. Lukas se limita a contestar:

—Puedes aguantar un minutito más. Uno más. Por mí.

Sí que puedo, y resulta exquisitamente doloroso. Cuando acaba, espero a que me dé la vuelta y me incline hacia delante, pero, en su lugar, permanece de rodillas, con la mejilla sin afeitar pegada a mi cadera. Inhala mi aroma y empieza a mover el brazo con movimientos rítmicos.

Tardo un momento en darme cuenta de lo que está haciendo.

—Eh... ¿Lukas? —Me besa el abdomen y levanta la mirada, de un azul infinito, hacia mí—. Puedo...

Sigue moviendo el brazo.

—¿Puedes...?

No es así cómo suelen ser las cosas entre nosotros. Yo ofreciéndome a hacer algo. Él preguntando. A mí me gusta que él tome la iniciativa y a él le gusta... ver cómo me retuerzo.

—¿Puedes qué, Scarlett?

Bajo la mirada, todavía sin aliento.

—Venga, cariño, dilo.

¿Por qué se me hace tan raro decirlo?

—Puedo... Quiero chupártela.

Se lo piensa. Una oferta interesante, pero no demasiado tentadora.

—Pero eso no es lo que yo quiero. —Sin embargo, se pone en pie y me empuja hacia abajo, hasta ponerme de rodillas. Yo abro la boca, dispuesta, impaciente y...

Él me la cierra colocándome el pulgar debajo de la barbilla.

—He dicho que no —me recuerda en un tono suave, casi aburrido, pero me inclina el rostro hacia arriba, como si le pareciera precioso y quisiera aprendérselo de memoria, mientras sigue acariciándose—. Me encanta —dice con voz áspera y atenta. Tiene las mejillas ligeramente ruborizadas y la lámpara del techo ilumina su oscuro cabello como si fuera un halo. Contemplo el movimiento de los músculos, las venas y la tinta de su poderoso antebrazo—. Es como cuando estoy en casa masturbándome y pensando en ti. —Me roza el pómulo con el pulgar—. Cosa que ocurre siempre.

Reduce la velocidad de la mano, como si quisiera dosificarse, pero vuelve a subir el ritmo cuando me humedezco los labios.

—¿Te parece bien que no haga más que pensar en las guarradas que quiero hacerte mientras me pajeo?

Al asentir, le rozo la parte inferior de la polla con la boca, y la respiración se le corta.

—Sabía que te parecería bien. Porque eres mi juguetito preferido. Mi chica. Eres mía y puedo usarte y follarte. Hacerte pedazos y recomponerte.

Vuelvo a asentir entusiasmada. Es lo único que quiero. Que me diga qué hacer, que se ocupe de mí.

—Joder, Scarlett, no me creo que seas real.

Me abre la boca deslizándome el pulgar por la comisura de los labios, y no ofrezco ninguna resistencia. Cuando mete dentro la punta de la polla y noto su peso en la lengua, él está ya corriéndose. Permanece con los ojos abiertos, incluso cuando los espasmos se apoderan de su cuerpo y un profundo gruñido le brota del pecho.

Me trago lo que puedo. Y lo que queda, se lo lamo de los dedos.

—Perfecta —repite una y otra vez, besándome la cara, los párpados, la boca. Sus elogios me gustan tanto como los orgasmos.

CAPÍTULO 50

A mediados de diciembre, el equipo de natación se va de viaje de entrenamiento a Hawái con todos los gastos pagados. El equipo de salto se queda en casa, y, en consecuencia, en el vestuario llegan a oírse expresiones de protesta tipo «ciudadanas de segunda» y «los últimos monos».

—En vez de ponerme verde a mí, id a quejaros al Departamento Deportivo —murmura el entrenador—. Y, por cierto, ¿Ross?

—¿Sí?

—A ti te encantan los monos.

Para cuando Lukas vuelve, yo estoy ya en St. Louis.

Espero que llegues bien a Estocolmo, escribo, y luego lo borro porque… yo qué sé. Sin embargo, al día siguiente, veo ondular tres puntitos al lado de su nombre y pienso que a lo mejor no soy la única que «no sabe».

—¿Estás llorando? —me pregunta Barb cuando me ve hacer la croqueta en el suelo del aeropuerto mientras Pitufa me lame la cara. Reencontrarme con mi perra consigue rehabilitarme el hombro chungo, tratar mi incapacidad congénita para comer espaguetis sin cuchara y curarme el acné quístico.

—Calla —le digo a Barb—. Es que…

—¿Qué?

Niego con la cabeza y entierro la nariz en el pelaje de Pitu. Le hace falta un baño con urgencia.

—Es tan bonita.

—No digo que no. Aunque me gustaría señalar que a mí no me has dado todavía ningún abrazo. Vamos, no te has molestado ni en saludarme con la mano.

Levanto la mirada y el pecho se me encoge un poquito más. Cómo me alegro de estar en casa.

—No sé, Barb, es que tú no eres tan mona.

—Justo lo que toda mujer quiere oírle decir a su hija. —Me tiende la correa y señala la salida—. Venga, Scar, tenemos que pasar por el súper antes de que se desate el horror cósmico y aparezcan las amebas carnívoras alienígenas.

—¿Las qué?

—Las aglomeraciones de última hora.

Pasamos unas Navidades la mar de tranquilas: comemos cosas ricas, hacemos el vago y vemos películas; las tres solas, tal como a mí me gusta. Por algún extraño milagro, Barb no está de guardia. Pitu ronca con suavidad y se tira unos cuescos apoteósicos. Yo estoy llena y contenta y puede que algo desatada, porque le saco una foto a la mesa con todos los platos y se la envío a Lukas con el comentario:

SCARLETT: Fika?

La respuesta es, como de costumbre, instantánea.

LUKAS: Eso es la comida
SCARLETT: Y tú cómo lo sabes?
LUKAS: No veo café

Coloco al lado una taza con el logo de la Pac-12.

SCARLETT: Contento?
LUKAS: Sigue siendo la comida. Con una taza vacía al lado
SCARLETT: Quién te crees que eres para sentar cátedra con el tema fika?
LUKAS: Yo, al contrario que tú, hablo sueco
SCARLETT: Menudo repartecarnés estás hecho. Me tienes harta

Dos minutos después, mi bandeja de entrada suena con la llegada de un correo. Alguien me ha regalado una suscripción anual premium a Duolingo. Lukas no debe de estar al tanto de mi segundo nombre, porque ha puesto «Scarlett Trol Vandermeer».

O lo más probable es que sepa perfectamente que es Ann.

SCARLETT: A qué viene esta actitud pasivo-agresiva?!!
LUKAS: De pasiva no tiene nada

Quiero preguntarle cómo va todo. Si está pelándose el culo de frío. Cuántas horas (minutos, milisegundos) de sol recibe al día. Pero mi valentía anterior desaparece y vuelve a invadirme otro arrebato de «yo qué sé», así que me descargo la puñetera aplicación y emprendo mi periplo con el sueco.

Sin embargo, durante los días siguientes, Lukas empieza a enviarme fotos.

De Jan haciendo esquí de fondo y dedicándole una sonrisa de oreja a oreja a la cámara.

De su sobrina y sobrinos horneando galletas con una mujer rubia guapísima.

De una rama de árbol congelada.

Del lago más bonito que he visto nunca rodeado de árboles cubiertos de nieve que me recuerdan al tatuaje de Lukas.

Respondo con fragmentos de mi día a día en casa: el Arco del centro de St. Louis, la piscina de saltos donde entrenaba, Pitu panza arriba y con la lengua fuera, la sonrisa pillina de Cynthia, una anciana vecina nuestra que vino de visita y nos echó un chorrito de *whisky* en el té...

Si se tratase de cualquier otra persona, me daría corte enseñarle lo intrascendente de mi vida por miedo a que me encontrara poco interesante. Pero mi relación sexual con Lukas está tan cimentada en la comunicación sincera de nuestros deseos y necesidades que la honestidad se refleja en todas nuestras interacciones. Pocas veces se me ocurre dudar de lo que valgo.

Si no disfrutara el sexo conmigo, modificaría la lista.

Si no le gustaran mis fotos, me dejaría en leído.

Así que seguimos mandándonos cosas. La cola de un gato asomando entre la nieve como si fuera la aleta de un tiburón. El despacho de Barb en el hospital, con su bata de laboratorio colgada del respaldo de una silla. Una pista de patinaje sobre hielo. Un cronut.

A veces, no decimos nada. Otras, nos hacemos preguntas (Eso es un lobo? Ha aparecido en la puerta de tu casa? Nos hemos ido a Gävleborg y le hemos seguido la pista. Oskar es un hacha). Y otras, me entra la risa floja. ¿No deberíamos estar intercambiando fotos en bolas y parrafadas masturbatorias llenas de exuberantes detalles? Debería darme caña a distancia. Ordenarme que le chupe la ciberpolla. Y, sin embargo, las únicas partes de nuestro cuerpo que cruzan el Atlántico son mi hoyuelo (un día que Pitu no dejaba de lamerme la mejilla) y su mano al enseñarme la caña que usa para pescar en el hielo.

Escribo borradores nuevos de mis cartas de presentación para la Facultad de Medicina y acompaño a Makayla, la compañera de Barb que mejor me cae, durante su turno.

—Deberías hacer prácticas aquí el año que viene —me sugiere—. ¿En primavera, tal vez? Te haría ganar muchos puntos de cara a presentar las solicitudes.

Lo inevitable ocurre en Costco, dos días antes de Nochevieja. Barb y yo estamos debatiendo sobre si sería inmoral dejar pasar un ofertón que abastecería de galletas Lotus a las cuatro próximas generaciones de la familia Vandermeer (o, más bien, a nosotras dos solas hasta la semana que viene) cuando alguien nos llama por nuestro nombre.

Tardo un momento en reconocer a la madre de Josh, y otro en darme cuenta de que él está plantado a su lado. Por desgracia, Barb y Juliet se han llevado siempre fenomenal, y, cuando se ponen a charlar, Josh se acerca a mí.

—Hola, Vandy.

—Hola. —Espero a que el corazón empiece a latirme desbocado, pero mi comprensivo sistema nervioso debe de haber hecho una pausa para la *fika*.

¿He usado bien la palabra, Lukas? Mi sonrisa se transforma en un gesto sincero.

Pasamos unos minutos poniéndonos al día. Sus clases. Las mías. «¿Sigues preparándote para entrar en Medicina? Yo he cambiado cuatro veces de carrera. Toco el bajo en un grupo. ¿Es verdad que vas a ir a las Olimpiadas? Ah, sí, perdona, al campeonato del mundo. Aun así es una pasada».

Y, luego, de sopetón:

—Echaba de menos esto.

Lo miro sorprendida, intentando no pensar en lo... insustancial que me parece, ahora que estoy acostumbrada a Lukas. No es una comparación justa.

—Ya.

—No sabía si estarías cabreada.

Podrías habérmelo preguntado, pienso.

—Deberíamos quedar algún día. A Aurora le parecerá bien y a mí... me importas mucho—añade.

Algo dentro de mí hace clic.

—Pues vaya forma de demostrarlo.

Me mira confundido.

—¿Qué quieres decir?

—No te portaste bien conmigo.

—Vandy. —Tiene la poca vergüenza de parecer herido—. Si crees que nuestra ruptura fue fácil para mí...

—Uno no elige de quién se enamora. Sin embargo, sí puedes tener la decencia de no cortar con tu novia el día que va a disputar la final de la NCAA.

Suspira.

—Lo siento mucho. Estaba hasta arriba de... No lo pensé. Ni siquiera me acordé de que era la final hasta que Jordan me contó que te habías lesionado.

Jordan. Una antigua compañera de clase. Josh se quedó con su custodia (y la de todos los demás) cuando cortamos.

—O sea, que sabías que me había lesionado y aun así no te pusiste en contacto conmigo. —Creo que no sabe qué decir, porque tiene los ojos abiertos de par en par y está más blanco que el papel. Joder, qué pérdida de tiempo—. Mira, llevamos año y medio sin hablar. Ya no sé quién eres. Y lo nuestro tampoco habría funcionado de todas formas. —De eso estoy ya segura—. Pero quiero que le des una vuelta a esto que voy a decirte: si no te has dado cuenta hasta ahora de que solo miraste por ti, a lo mejor no eres tan buen tío como crees.

Al rato, en el coche, Barb no menciona a Josh, pero sí me pregunta si salgo con alguien.

—Hay un chico... —Tamborileo con los dedos en la base de la ventanilla—. Es... —Genial. Perfecto. El ex de mi amiga. Me gusta. Y yo le gusto también a él. Lo tengo clarísimo. Y no solo por las cosas que hacemos. Creo que podría haber algo más. ¿Pero y si no es así? Debería preguntárselo. Solo de pensarlo me entran retortijones—. La cosa es complicada de narices.

—Parece la premisa de una comedia romántica.

Me encojo de hombros.

—No es nada serio. Lo pasamos bien y ya.

Arquea las cejas.

—Anda, calla.

Las arquea más.

—Eres lo peor —digo entre risas.

—Mientras todo sea consentido y lleves cuidado... Solo espero que estés pasándolo bien anticonceptivamente.

—Eres médico. Sabes que esa palabra no se usa así.

—Lo que sé es que sería la mejor abuelastra del mundo.

—Vaya que sí.

Al fin y al cabo, ha sido una madre excelente. Ha estado ocupada, sin duda. Y ha tenido la cabeza en mil sitios. Pero nada de eso ha importado. Después de lo ocurrido con papá, lo que necesitaba no era alguien que viniera a todas mis competiciones, se aprendiese de memoria los nombres de los saltos o me preparase almuerzos nutritivos. «A la madre de Vandy casi no se le ve el pelo, ¿no?», oí cuchichear una vez a unos padres que se aburrían en las gradas. Barb estuvo a mi lado cuando me hizo falta, sin necesidad de que yo tuviera que pedírselo. A la hora de la verdad, siempre antepuso mis necesidades a todo lo demás. Me enseñó que podía confiar en los adultos, que estos no tenían por qué ser aterradores ni impredecibles. Que eran capaces de protegerme, cuidarme y dejarme espacio.

«Bueno, no es su madre de verdad. Vandy la llama Barb».

Recuerdo lo que pasó cuando tenía ocho años y papá me echó la bronca por haberle dicho a un profesor que Barb era mi madre. Me mandó a la cama sin cenar. Yo me escabullí hasta el piso de abajo a por un vaso de agua y oí una conversación proveniente de la cocina.

—¡... no sé qué tiene de malo, Alex! Estoy entregada a ella al cien por cien. No pienso irme a ningún lado. Si quiere llamarme mamá...

Recuerdo la respuesta de papá, en un tono que me revolvió las tripas y me puso la piel de gallina. El hambre se me quitó de golpe. Volví arriba y bebí de un vasito de papel que Barb me había dejado en el baño para que me enjuagara los dientes.

Ella es, sin duda, lo mejor que me ha pasado en la vida. Me pregunté durante años por qué mantuvo su apellido de casada después del divorcio y, al cumplir los dieciocho, caí en la cuenta de que no tenía nada que ver con papá: lo mantuvo porque era mi apellido.

Me vuelvo hacia ella y digo:

—Sabes que puedes decir simplemente «abuela», ¿no?

—¿Mm?

—Si alguna vez tengo un hijo (y quiero que te quede claro que sería engendrado a partir de la mitosis de células procedentes de mis mejillas, ya que yo me comporto siempre muy anticonceptivamente), no te llamaría «abuelastra».

—Ya lo sé, cariño. —Suelta el volante y me coge la mano. Barb y yo no hacemos esto muy a menudo. Mostrarnos vulnerables. Ponernos ñoñas—. Tendría que llamarme doctora Vandermeer, claro está.

Resoplo y aparto la mano.

Esa noche, me pongo una peli en el ordenador y le mando a Lukas una foto de la pantalla. Recibo su respuesta cuando empiezan a salir los títulos de crédito; aquí son las once, y en Estocolmo, las seis de la mañana. Sip, a estas alturas, soy capaz de calcular la diferencia horaria sin despeinarme.

LUKAS: Sabía que pasaría tarde o temprano

Me echo a reír.

SCARLETT: El qué, que me pondría a ver Midsommar?

LUKAS: Tendría que haber tomado medidas de precaución

SCARLETT: Ya que hablamos del tema: en serio celebráis el Midsommar?

LUKAS: Sí

SCARLETT: Y os vais...?

LUKAS: Al campo para bailar alrededor de un poste, hacer carreras de sacos y comer arenques en escabeche? Sí

SCARLETT: Interesante

LUKAS: No te cortes, Scarlett, pregúntame por los rituales de sexo

SCARLETT: No quiero pecar de falta de sensibilidad cultural, pero necesito saber si se llevan a cabo

LUKAS: Te quedarías muy chafada si te dijera que no?

SCARLETT: No te haces una idea

LUKAS: El problema es que el Midsommar se celebra normalmente con la familia. Con nuestros hermanos. Padres. Abuelos.

SCARLETT: Eso es demasiado pervertido hasta para mí

LUKAS: Ya me lo imaginaba. Deberías venir de visita el verano que viene y así lo ves

SCARLETT: Intentas engatusarme con la promesa de rituales de sexo depravado cuando en realidad tienes pensada una depravación muy distinta: sacrificarme a los dioses

LUKAS: Es una invitación de verdad. Aunque es mejor que vengas cuando esté Jan

SCARLETT: Por qué?

LUKAS: Porque no para de decirle a todo el mundo lo maravillosa que eres. Le enseña vídeos de tus saltos a cada Blomqvist que pilla por banda

SCARLETT: Tienes que decirle que pare

LUKAS: Por qué? A mí me encanta verte

No es normal que el corazón esté latiéndome así de deprisa pese a estar acostada. Me cago en todo, soy una atleta en plena forma física.

SCARLETT: Fijo que piensa que estamos saliendo. Deberíamos dejarle las cosas claras

LUKAS: O a lo mejor deberíamos empezar a salir

Se me corta la respiración. Me he quedado tiesa. ¿En serio ha...?

LUKAS: Acabo de mirarlo. Midsommar coincide este año con las eliminatorias para los Juegos Olímpicos. Pese a las ganas que tengo de que vengas a Suecia, me apetece mucho más que me acompañes a Melbourne

Obligo a mi corazón a latir más despacio. A mi cabeza a dejar de dar vueltas.

SCARLETT: Demasiada fe tienes en mí

LUKAS: Te he visto saltar, Scarlett

LUKAS: Ven a Suecia después de las eliminatorias. Aquí podrás cargar las pilas. Te encantará lo tranquilo que es. Y las excursiones por la montaña

Me quedo dormida con el móvil en la mano y sueño con el sol de medianoche.

CAPÍTULO 51

A Lukas lo aceptan en enero en la Facultad de Medicina de Stanford.

Yo reacciono… de forma complicada, pero solo porque me lo cuenta mientras estamos follando.

Desde que empezamos lo nuestro, hemos pecado de imprudentes alguna que otra vez, pero esto se lleva la palma. Lo achaco a lo ocupados que hemos estado con los viajes y las competiciones, y al hecho de que todos nuestros encuentros de enero hayan consistido en cruzarnos por el pasillo más concurrido del Avery, el que está delante de la sala de fisioterapia.

Yo no lo saludo.

Y él no me sonríe.

Aunque sí me roza el dorso de la mano con los dedos, algo que me deja tan falta de aliento durante los siguientes veinte minutos que tengo la sensación de estar en la meseta tibetana.

Durante el transcurso de esas semanas, nuestra interacción más íntima se reduce a una bolsa de plástico que descubro junto a mi taquilla, llena de unos caramelos verdes que le mencioné antes de las vacaciones.

«Para una *fika* de verdad», dice la nota. Me los zampo de golpe, pensando en él con cada bocado.

A finales de mes, los equipos de la Universidad de Arizona y de la Universidad Estatal de Arizona vienen al Avery para una visita de cuatro días. La fiesta de despedida se celebra en casa de Kyle, que, casualidades de la vida, también es donde vive Lukas.

—Me habían llegado rumores, aunque me negaba a creérmelos —dice Victoria mientras se acerca por el camino de entrada—. Creía que había perdido la chaveta, pero no: Scarlett Vandermeer sí sale de fiesta. Me dejas de piedra, pero, oye, me alegro un montón.

—A Vandy le gusta salir de fiesta —le dice Pen—. Es solo que...

—Dormir me gusta más —termino la frase por ella.

—No voy a quedarme mucho rato —me susurra Pen al oído un par de minutos después—. Me escaparé en cuanto pueda a casa del Profe Buenorro.

No se han despegado el uno del otro en todo enero. Incluso me lo llegó a presentar. «Esta es una de mis mejores amigas, Theo», dijo Pen, cosa que me encantó. Comimos juntos y se pasaron el rato poniéndose ojitos y metiéndose mano. Mientras tanto, yo fui incapaz de quitarme a Lukas de la cabeza.

¿Y si empezásemos a salir de verdad?

¿Traicionaría el código entre amigas?

¿Te molestaría siquiera?

Casi todos los invitados, y son muchos, están en el jardín. Victoria se pone a tontear con un nadador montenegrino clavado al *David* de Miguel Ángel y no presta atención a nadie más. Pen es amiga de todo el mundo y va revoloteando de un grupo a otro sin problema. Yo deambulo de aquí para allá, me muestro cordial cuando un saltador de la Universidad de Arizona empieza a darme palique, aunque en realidad estoy buscando a...

Lukas me ve por la ventana e interrumpe al instante la conversación que está teniendo con Johan y una pareja con camisetas de la Universidad Estatal. Nos encontramos en la cocina y me entran tantas ganas de tocarlo que la sangre empieza a hacerme burbujitas como el champán.

Me mira como si fuera un depredador. Con ojos codiciosos y enfocado totalmente en mí.

El saltador de Arizona se disculpa y se marcha.

—Me extraña que hayas permitido la fiesta —digo—. ¿Quién va a limpiar el desastre?

—Yo no. —Apura la cerveza y la deja en la encimera—. Hay un contrato bien detallado de por medio que lo estipula.

—Eres el más muermo de la casa, ¿verdad?

—Soy el que pone las reglas. —Se planta frente a mí—. Vamos arriba.

Es lo más parecido a andar a escondidas que hemos hecho, salvo porque Lukas no es de los que acostumbra a agachar la cabeza. Cinco minutos después, estoy en su cuarto, y él, dentro de mí.

—Joder, cómo echaba de menos esto —me dice.

Estoy encima de él, pero tengo muy claro quién lleva la voz cantante. Me hace falta respirar hondo varias veces, ya que es una posición que no habíamos probado nunca. Me lleva la mano hasta el abdomen, la cubre con la suya y aprieta hacia abajo. Noto su tenue contorno a través de la carne, penetrándome.

—Esto. —Me besa el hombro y noto cómo se le sacude la polla, como si necesitara meterla más—. Un poco más —dice levantando las caderas y tirando de mí hacia abajo—. Solo un poquito. Sé buena chi... Joder, sí, justo así.

En cuanto me la mete toda, los muslos se me abren de par en par para hacerle hueco a sus caderas. Deja escapar un sonido gutural y satisfecho. Me coge la cintura con una mano y el culo con la otra, y entonces empieza a moverme: me sube más y más y luego vuelve a bajarme, alternando la mirada entre mis ojos y el bamboleo de mis tetas. Acto seguido, me suelta y dice:

—Para.

Me detengo de golpe. La tiene metida hasta el fondo y yo apenas puedo respirar.

—Ven aquí. —Me estrecha contra él. Me apoya la mano en la espalda y me acaricia con movimientos verticales, un gesto reconfortante que me sume en un estado de reposo y relajación. Juguetea con mis pezones, pellizcándomelos lo bastante fuerte como para que gima de dolor, lo justo para ponérsela a él más dura y acabar yo más cachonda. Intento mover las caderas, pero él no me deja—. Me parece a mí que no.

Entonces caigo en la cuenta de lo que pretende. La espera que tengo por delante. Suelto un gemido y él chasquea la lengua, apaciguador.

—Tranquila, Scarlett.

No me hace falta más autorización para enterrar la cara en su cuello y quejarme. Le beso la piel, llevándome la sal con la lengua, y suplico quejumbrosa; dejo caer un puñado de lágrimas de lo más patéticas y le muerdo el trapecio con ganas, aunque apenas reacciona. Él sigue consolándome, mi verdugo y mi salvador, y, en cuanto me quedo exhausta, me acuna en sus brazos.

La música vibra a través de las paredes y amortigua las risas y las conversaciones. Siento que soy un objeto creado para él. Por él. ¿Existía yo antes de que me follara por primera vez? No consigo recordarlo. ¿Existo cuando no estamos juntos? Solo soy un juguete. Su favorito. Irremplazable.

Y entonces me dice que lo han aceptado en Medicina en Stanford. Que se moría de ganas por contármelo. Me habla de lo oscura que está Suecia en esta época del año y de que cada vez que le mandaba un mensaje era como si un rayo de luz lo iluminara. De las cosas que me enseñará cuando vaya de visita en verano. Y de que no quiere volver a pasar una temporada tan larga separado de mí porque le parece «cruel, Scarlett, saber que existes, pero no poder tocarte ni follarte ni estar contigo. Lo entiendes, ¿verdad?». Y, tras un par de minutos (o siglos) de arrumacos, por fin se apiada de mí.

—Estás tan sensible que con solo moverme un poquito te vas a correr. ¿A que sí?

Desde luego. Asiento con la cabeza.

Solo me hace falta una embestida. A él puede que dos más. Ambos nos corremos en silencio. Nos aferramos el uno al otro mientras los temblores, las sacudidas y las contracciones parecen no terminar nunca, y cuando el sudor se nos enfría en la piel y vuelvo a ser capaz de respirar con normalidad, le digo:

—¿Lukas?

Asiente pegado a mi garganta, como si no se fiase de sus cuerdas vocales.

—A veces me da miedo que esto sea lo mejor que vaya a experimentar en la vida. Que jamás sienta nada igual.

Él suspira y murmura algo en sueco que Duolingo todavía no me ha enseñado.

Abajo, la fiesta continúa.

Me despierto sola en la cama de Lukas y oigo unos ruidos en la planta de abajo, como si alguien estuviera recogiendo la basura o lavando los platos.

Me cago en todo.

El día está encapotado, pero ya es media mañana. Si los compañeros de Lukas se han levantado ya, me va a costar un pelín salir de casa sin que me vean. Más bien, va a ser imposible, porque me niego a saltar por la ventana y aterrizar en un contenedor lleno de latas de cerveza.

Me aseo a toda prisa, me pongo los vaqueros y la camiseta y me dirijo a la planta de abajo procurando no hacer ruido. Me detengo en el pasillo que conduce a la cocina, atenta a las voces, y sopeso la idea de volver a la habitación de Lukas hasta que todo esté despejado.

—... estaba buscándote —está diciendo Hasan.

—Tiene mi número —responde Lukas despreocupado.

El ruido de las bolsas de plástico cesa. Alguien cierra el grifo del agua.

—Hace un par de meses me contaste que habíais cortado, pero anoche te vi subir a tu cuarto con Vandy. No sabía si podía decírselo a Pen o... —Hasan parece confundido.

—Sí que puedes. Pen ya lo sabe.

La puerta del jardín se abre. Kyle entra murmurando algo así como que llevaba una cogorza demasiado gorda encima para acordarse de quién lanzó los dardos a la valla, pero Hasan pasa de él.

—Vale, entonces si vuelve a preguntarme...

—¿De qué habláis? —interrumpe Kyle.

Hasan suspira.

—Del triángulo amoroso del sueco con Pen y Vandy.

Kyle silba.

—Tío, ¿te estás tirando a *Vandy*?

—Pen y yo no tenemos secretos —dice Lukas fingiendo, una vez más, que Kyle no existe—. Cuando te pregunte algo, puedes contarle la verdad.

—Vale —responde Hasan—. Joder, no veas cómo me alegro. Se me da de pena mentir.

—Macho —interviene Kyle con un gemido—. ¿Cómo has conseguido calzarte a Vandy?

Me tenso. Espero a que Lukas le responda, pero es Hasan quien dice:

—Kyle, ¿a qué coño viene esa pregunta?

—Otros lo han intentado en vano. Yo lo he intentado. Igual no debería haber tirado la toalla.

—Tío, ¿estás diciendo que deberías haber insistido cuando te dijo que no? —Hasan parece estar hasta los huevos.

—Lo único que digo es que siempre había creído que era algo así como terreno vedado...

—Y lo es —Lukas responde con la misma tranquilidad de siempre, aunque su tono desprende cierta tensión. Me pregunto si Kyle se da cuenta—. Para ti —añade, y me da la sensación de que, en cierta manera, está amenazándolo.

Sin embargo, Kyle sigue medio pedo.

—Menudo *crack* estás hecho. Vandy es una monada. El huequito ese que tiene entre las palas es monísmo. Y sus hoyuelos. Y sus t...

Oigo a alguien dejar un vaso sobre una superficie. Con fuerza.

—Piénsate bien cómo vas a acabar esa frase, Kyle.

Las mejillas me arden. Se produce una pausa, y sé que Kyle está viendo desfilar su vida ante sí.

—¿Sabes qué? Creo que voy a callarme. —Carraspea—. ¿Y qué hay de Pen? También es supermona. Siempre me ha caído bien. Y si tú no estás saliendo con ella...

—Toda tuya.

—Entendido. Luz verde para Pen, pero a Vandy ni tocarla. Al menos si no quiero acabar bajo tierra.

—Oye, Kyle —interviene Hasan—, no tienes que tirarle los trastos a cada chica que te presentan. Ahórrales el suplicio de tener que aguantar tus chorradas.

Me da que este es uno de esos momentos de ahora-o-nunca, así que entro en la cocina como quien no quiere la cosa.

—Hola.

—Ah. —Kyle tiene la decencia de sonrojarse un poco—. ¿Qué hay, Vandy?

Le dedico una sonrisa. Sin abrir la boca, ya que de repente me da corte enseñar los dientes, y me he tirado demasiados años con aparato para eso. Tengo un «el dentista me dijo que el hueco se me cerrará cuando me salgan las muelas del juicio» en la punta de la lengua.

Da igual. Mis dientes no tienen nada de malo. Hay quien diría que son monísimos.

—Hola, Vandy —saluda Hasan algo incómodo.

Lukas deja caer en la basura el vaso rojo de plástico que tiene en la mano y, acto seguido, se acerca a mí, me coge la cara y me besa.

Es un beso lento. Y profundo. Y sorprendentemente público. Casi puedo oír a Hasan y a Kyle apartar la mirada.

—Eh..., tengo que irme —digo al final.

—Te acompaño a casa.

—La verdad es que antes tengo que hacer un recado y prefiero ir sola.

Es mentira, pero estoy algo alterada. Oír una conversación sobre ti es como estar sujeta a una mesa de autopsias mientras unos estudiantes de Medicina toman notas sobre tus órganos.

—Aun así...

—Y el caso es que... —añado caminando hacia atrás— sé que no te toca limpiar a ti, pero imaginarte echándoles una mano porque eres incapaz de funcionar con normalidad a menos que la casa esté impoluta me pone a mil.

Hasan y Kyle se parten de risa. Yo me despido con la mano. Cuando abro la puerta de la entrada y me doy la vuelta, veo a Lukas mirándome con una sonrisa extraña.

CAPÍTULO 52

Desearle a Carissa que tuviera diarrea explosiva quizá no fue la mejor decisión del mundo. Cuando la delegación de Estados Unidos nos reunimos en Houston antes del campeonato mundial, las demás saltadoras me dan la espalda de forma tan descarada que casi espero que me acosen en el recreo.

En fin, delfín.

No he venido aquí a hacer amigas, supongo. Tampoco a hacer enemigas, pero me las apañaré.

Le escribo a Pen.

SCARLETT: Tu amiga sí que sabe guardar rencor

Ahora me da más pena que Kyle, o cualquier otro nadador de Stanford, no haya conseguido clasificarse.

PENELOPE: Uf, no te haces una idea

PENELOPE: Quieres que me haga una cuenta anónima y añada a su entrada de Wikipedia que tiene hongos en los pies?

SCARLETT: Le doy una vueltita y te confirmo

Puede que la entrenadora esté en el ajo. Mei Wang es legendaria, y me planteo suplicarle que me firme la toalla, pero me mira con demasiada intensidad y su apretón de manos me provoca una fractura metacarpiana.

Volamos con antelación para combatir el *jet lag* y entrenar unos días en las instalaciones donde competiremos. El equipo estadounidense es muy numeroso, somos más de dos decenas de atletas y la mayoría me ignoran. Sin embargo, la delegación sueca ya está en Ámsterdam, así que le envío un mensaje a Lukas en cuanto termino mi momento de pegar la nariz a la ventanilla del autobús y deleitarme con la hermosa arquitectura. Su respuesta es instantánea, como si lo único que hiciera este hombre fuera esperar con el móvil en la mano a que me pusiera en contacto con él.

LUKAS: En qué hotel os quedáis?
SCARLETT: Motel One. Y tú?
LUKAS: El mismo
SCARLETT: Con quién compartes habitación?
LUKAS: Con nadie

Venga ya.

SCARLETT: El rey de Suecia ha movido algunos hilos?

Me envía una foto de un apuesto hombre de mediana edad.

SCARLETT: Quién es?
LUKAS: El primer ministro sueco

SCARLETT: He oído por ahí que es solo una marioneta del rey. En cualquier caso, yo sí que comparto habitación, me ha tocado con Akane

LUKAS: 767

SCARLETT: 235843

LUKAS: ?

SCARLETT: Estamos enviando números al azar?

LUKAS: Es mi habitación. Ven a verme esta noche

Akane es callada y aterradora. Pequeña y enjuta, con el pelo largo y oscuro y los labios carnosos pero sin el menor atisbo de una sonrisa. Tiene veintimuchos, un poco mayor para lo que viene siendo habitual en este deporte, sobre todo si es alguien tan bueno como ella. Solo sé que se formó en California, que tiene un hijo y que no se suele meter en los asuntos de los demás. La razón por la que nos han emparejado es porque Emilee, su buena amiga y la persona con la que comparte habitación normalmente, no se ha clasificado. Porque yo me llevé el puesto en el momento más crítico.

Si un ángel de la muerte con sed de venganza tiene que apuñalarme y meter mi cadáver en una bolsa de plástico, que así sea. No obstante, mientras entro con la maleta a la habitación del hotel, no puedo evitar sentir cierta inquietud.

—No me mires así —me ordena.

—¿Así cómo?

—Como si tuvieras miedo de que te arranque la cabeza mientras duermes. No es culpa tuya que saltaras mejor que Emilee.

—Técnicamente, yo no…

—La calidad de tus saltos fue más consistente.

Nunca me he sentido menos inclinada a contradecir a alguien. Al final será verdad que respondo bien cuando me tratan con mano firme.

—¿Así que te ha tocado a ti ser la paria de este año?

—Eso parece. —Me aclaro la garganta—. ¿Siempre hay una?

—Somos pocas en este deporte. —Se encoge de hombros—. Todo el mundo se conoce y tiene una historia.

Suspiro.

—Más bien fui yo quien se presentó para el puesto de paria. No se me dan muy bien este tipo de juegos.

Akane me estudia con ojos serios y muy abiertos:

—Hay esperanza, entonces.

—¿Esperanza?

—De que nos llevemos bien.

La piscina está bien iluminada, aclimatada y limpia: el triplete. Practico durante la franja horaria asignada a los EE. UU. y me complace comprobar que puedo ver el agua sin problema y que no me siento rara al pisar la plataforma. Con algunas me pasa, por lo que lanzarme a treinta kilómetros por hora resulta aterrador.

La entrenadora Wang, que quiere que la llamen Mei, me detiene al salir de la piscina.

—Vandermeer, ven aquí. —Dios, qué cague da—. Tu salto hacia delante. —Levanta una tableta y me muestra el último salto que he hecho. No tenía ni idea de que me estaba grabando. Tenía la esperanza de que pasara de mí y se centrara en otros atletas más prometedores—. ¿Ves cómo has girado?

Asiento durante la repetición a cámara lenta. No es un salto desastroso, pero tampoco material digo del campeonato mundial.

—Te impulsas demasiado pronto, es por eso. Aquí. —Me muestra el error otras dos veces. Cada vez me molesta más verlo, hasta que me entran ganas de tirarme por la ventana para que las aves carroñeras se den un festín.

—Creo que puedo corregirlo —le digo.

Mañana me esforzaré y lo haré mejor.

Pero Mei se queda mirándome como si fuera una espinilla que le acaba de salir en la punta de la nariz.

—En ese caso, ¿se puede saber qué haces aquí plantada como una farola? Vuelve arriba. Arregla ese salto.

Muevo el culo al instante.

Vuelvo a subir.

Y arreglo el salto.

Repetimos el proceso tres veces más. Me dice qué partes me salen «más feas que pegarle a un padre», me indica qué cosas concretas debo corregir y me muestra cómo mejorar ajustando ciertos detallitos.

—¿Ves esta posición carpada? Aquí hay media docena de puntos.

Asiento un poco desconcertada.

—¿Sabes una cosa? —añade—. Yo ya te había dado por perdida.

—¿Que me…? ¿Disculpa?

—Te recuerdo de la nacional juvenil. Les dije a un par de ojeadores que te echaran un vistazo y todo, pero después te lesionaste y pensé que ahí se había acabado tu carrera. —Sus ojos me destripan. Soy un salmón y ella me está sacando la espina central—. Pero he visto que no se te da nada mal. Es más, se te da bien seguir instrucciones. ¿Dónde entrenas?

—En Stanford, con…

—Sima. —Asiente—. Es bueno. Sin embargo, hay cosas que incluso los buenos entrenadores pueden pasar por alto. Un segundo par de ojos siempre viene bien. —Asiento hasta que empieza a mirarme con mala cara otra vez—. ¿Es que piensas quedarte ahí todo el día? Se acabó el entrenamiento. Vete.

Me comprometo a aprender a distinguir en qué momentos me echa la bronca y en cuáles me está dando permiso para marcharme.

La mascota del evento es un caballito de mar feísimo con unos ojos azules que dan yuyu. Camino desesperada en busca de un puesto de comida, intentando evitar que su hocico demasiado largo se me meta en el ojo. Los atletas se mueven en manada, vistiendo los colores de su país, y me siento rara deambulando sola. Estoy a punto de coger un bus de vuelta al hotel cuando me encuentro con una sala del tamaño de una cancha de baloncesto dividida en diferentes zonas.

—Hay una para cada país —me informa un voluntario antes de echar un vistazo a la identificación que llevo colgada del cuello—. Estados Unidos está allí.

Echo un vistazo a nuestra mesa, donde Carissa y Natalie están comiendo yogur. No, gracias.

—¿Y Suecia?

Está en la esquina opuesta. Voy andando y escuchando los diferentes idiomas que suenan a mi alrededor hasta que la encuentro. No parece haber ninguna disputa entre los integrantes del equipo sueco. Están todos de pie alrededor de la mesa, jugando a tirarse algo que parece una barrita de proteínas.

Reconozco a Lukas al instante, aunque todos son tan altos como él. Tiene el pelo un poco más corto que cuando salí de su casa hace una semana, pero sigue siendo él. Sigue siendo guapo. Sigue siendo m…

—¿Scarlett?

Un segundo después está frente a mí. Alarga la mano para tocarme, pero retrocedo un poco a pesar del cosquilleo que noto en el pecho. No sé muy bien por qué. Tal vez porque me resulta demasiado abrumador tenerlo cerca después del enorme vacío de su ausencia.

Él capta el mensaje. Cómo no.

—Pensé que estarías descansando en el hotel. —La camiseta de compresión azul y amarilla complementa el color de sus ojos a la perfección.

—Nuestra entrenadora no cree en el concepto del descanso. Probablemente se pregunte por qué no estoy practicando ahora mismo.

Esboza una sonrisa más amplia y mucho más natural que de costumbre. Está tan feliz de verme que me quedo un poco asombrada.

—¿Qué tal por la piscina? —pregunto para distraernos a los dos.

—Solo he probado la de calentamiento, pero bien. ¿Y la torre de saltos?

—Fatal, la verdad.

—¿Y eso?

—No sé, llevo un rato buscando algo de lo que quejarme y que me pueda servir como excusa para cuando la cague con algún salto, pero no encuentro nada.

—Qué tragedia.

—Pues sí.

Se queda mirándome con una sonrisa. Yo hago lo mismo. Quizá nadie se daría cuenta si nos diéramos un breve abrazo. Un besito. Si le agarrara la mano...

—Hola. —Un hombre aparece al lado de Lukas. Lleva la misma camiseta y tienen una complexión parecida, pero este chico tiene la piel más oscura. Su sonrisa es afable—. ¿No eras pelirroja la última vez que nos vimos?

Se me para el corazón.

—Es otra persona, Ebbe.

—Ay, mierda.

—Se llama Scarlett Vandermeer. Scarlett, te presento a Ebbe Nilsson. —Ebbe me saluda con la cabeza—. Como ves, es un poco idiota.

—No te preocupes, Pen y yo nos parecemos bastante.

—Probablemente sea mentira, pero gracias. Estados Unidos, ¿verdad?

—Sí. Lukas y yo vamos a la misma uni y... —Lukas me mira, curioso por descubrir lo que voy a decir. Por la cara que pone, parece que no le importaría lo más mínimo que dijera «y practicamos BDSM de forma responsable»— colaboramos en un proyecto de biología —termino con un hilo de voz. Suena como si estuviésemos haciendo juntos un trabajito de ciencias para el insti—. Justo estaba buscando comida, ¿de dónde habéis sacado la barrita de proteínas?

—Ven conmigo. —Lukas me pasa la mano por la parte superior del brazo—. Te acompaño a una de las mesas.

Mientras nos alejamos, alguien le grita algo, lo que inicia un rápido intercambio de palabras en sueco que termina con risas y un *vi ses*. Me salió en la aplicación de idiomas, pero no recuerdo qué significaba.

—¿Qué ha sido eso? —pregunto. Sus compañeros me estudian.

—Querían saber si me uniría a ellos para la cena.

—¿Y? ¿Qué les has dicho?

Me guía hacia fuera con los dedos apoyados en la parte superior de mi espalda. Mi mundo se reduce a cinco puntos de contacto.

—Les he dicho que tenía cosas mejores que hacer.

Por la forma en que me toca, me doy cuenta de que cada vez le cuesta más gestionar que estemos tanto tiempo separados.

Es posible que a mí también, pero él es quien manda. Él es quien marca el ritmo. Él es quien me está follando de pie después de bajarme los pantalones y pegarme contra la pared nada más entrar en la habitación. No estoy muy lúcida, pero calculo que el polvo dura unos tres minutos. Los dos nos corremos, pero Lukas no se detiene. Cuando la saca, es como si me arrojaran a un lago helado. Luego me da la vuelta y me empuja sobre la cama, bocabajo.

—Necesito un momento para… —empiezo a decir.

—Nah. —Me penetra de una sola embestida. Estoy todo lo mojada que puedo estar, pero él sigue siendo Lukas, y no es fácil que quepa entera—. Aquí el que sabe lo que necesitas soy yo, así que cállate la puta boca.

Después de unos quince segundos dándome como cajón que no cierra, vuelvo a correrme. Me inunda una oleada de calor y mi coño se empieza a contraer. No puedo parar. No puedo controlarme.

—Estás hecha para esto, ¿eh? —Noto su mano en la nuca. Me agarra del pelo y le da varias vueltas para envolvérsela. Ahora, con cada tirón, siento el roce de sus nudillos contra mi cuero cabelludo—. Para ser una criatura perfecta, hecha para mí.

Asiento y noto cómo me tira la piel al mover la cabeza. Entonces empieza a follarme más profundo que antes, más profundo que nunca, y siento que el punto contra el que presiona es el origen de todos los placeres y dolores.

—Shhh. Tienes que estarte calladita. —Me doy cuenta de que llevo un rato haciendo ruiditos—. Lo sé, cariño, lo sé. No te preocupes, estoy aquí. Respira, hazlo por mí. —Escondo la cara en la almohada. Huele a algodón, a detergente y a Lukas—. Sé una buena chica y muerde la almohada.

Más tarde, cuando el sol ya se ha puesto y las sombras se han alargado, me aparto de sus brazos, que ahora tienen la forma de mi silueta, y le doy un beso en la sien, aún sudada. *Qué asco*, me digo con el sabor salado en los labios. Pero no es verdad. No soy capaz de percibir a Lukas ni a su cuerpo como algo que no sea bueno.

—¿Deberíamos dejar de acostarnos? —Me mira desconcertado. También ofendido—. Quiero decir, ¿no interferirá con nuestro rendimiento?

—¿Desde cuándo hay un rendimiento que mantener en tu deporte?

—Vale, pero aunque yo no sea un atleta que trabaje mucho la resistencia o la velocidad, tú sí.

Me acaricia el pelo con suavidad. Su tacto es siempre justo lo que necesito.

—Estamos aquí, no hay entrenamientos ni clases ni toda esa mierda que siempre te aleja de mí. Pienso aprovecharme. Y si eso me cuesta una carrera, que así sea.

Me río, pero noto cómo se me encoge el corazón.

—Lo pregunto en serio.

—Y yo te respondo muy en serio. Estoy tomando una decisión informada. Además, aquí todo el mundo folla. —Noto su palma caliente contra mi mejilla fría—. Tráete tus cosas.

—¿Qué?

—Quédate en esta habitación. Conmigo.

—Es que… la mía está a solo dos plantas.

—Demasiado lejos.

—¿Por qué?

—Scarlett. —Me arrastra hacia él. Me da un beso lento, como si en su idioma no existiera el concepto de hartarse de esto, de mí—. Ya sabes por qué.

—De verdad que no. —Me pongo roja, como siempre que intento mentir. Excepto que esta vez no estoy mintiendo. Es verdad que no sé por qué me lo está proponiendo.

Él asiente. Paciente. Amable. Serio.

—De acuerdo. Estamos en una competición importante. No te pediré que tengamos esta conversación ahora. —¿Qué conversación?—, pero, si estás preparada, puedo explicarte por qué quiero que te quedes conmigo.

El corazón me golpea las costillas desbocado. Desvío la mirada de forma automática, igual que la apartaría si un coche viniera hacia mí por la autopista con las largas puestas.

—Hagamos una cosa. —Lukas suspira, pero no de frustración. Me pasa el pulgar por debajo del pómulo—. Vamos a tomárnoslo poco a poco. Lo decidiremos cada día. Y siempre serás bienvenida aquí, conmigo.

Tira de mí para que me tienda sobre su cuerpo, con los dedos de los pies contra sus espinillas, la barbilla sobre sus pectorales. Piel con piel. Me parece inmensamente íntimo, más incluso que todas las guarradas que hemos hecho hasta ahora. Me cuesta tan poco confiar en él que podría considerarlo mi balsa salvavidas. Puede que ya lo sea.

—¿A qué hora te toca entrenar mañana?

—Temprano. ¿Por?

Me acaricia la parte baja de la espalda con los dedos.

—Porque tenemos planes.

CAPÍTULO 53

Ámsterdam es preciosa. La comida está riquísima. Los holandeses son amables a pesar de que no hablamos ni una palabra en su idioma. Estamos tan inmersos en nuestra conversación que divagamos y nos acabamos perdiendo por las calles de la ciudad. Al final del día, mientras subimos en el anticuado ascensor del hotel, no recuerdo de qué hemos hablado. De todo. De nada. De las dos cosas. Lo único que sé es que Lukas me ha cogido de la mano en algún momento después de comer y que, horas más tarde, sigo agarrada a su dedo índice. También que ha recibido una llamada de alguien de su equipo para preguntarle si quería unirse a ellos y les ha dicho que estaba ocupado. ¿Cuándo fue la última vez que pasé un día así, totalmente desconectada, sin preocuparme por las competiciones, las clases o por si Pitufa me guarda rencor por haberme ido de casa?

—Me va a hacer falta tu ayuda esta noche —me dice.

Sus dedos juegan con los míos, relajados, como si yo fuera una prolongación de su cuerpo.

Sonrío con cara de «conque así lo llamamos ahora, ¿eh, pillín?».

—No, en serio, tienes que…

El ascensor se detiene. Aparece una maleta gigante seguida de un hombre alto y moreno que se lanza a abrazar a Lukas nada más verlo.

—¡Tío, cuánto tiempo!

Lukas se ríe.

—Solo tú eres capaz de aparecer un día antes de las preliminares.

Puede que no sea una gran aficionada a la natación, pero sí que lo soy de Lukas, y reconozco a este hombre. Callum Vardy. Australiano. De los mejores en estilo mariposa. Él y Lukas parecen más que simples conocidos.

—¿Ha venido tu familia? —le pregunta Callum.

—No. Vendrán a los Juegos Olímpicos. Cito: «No podemos ir a ver todas tus carreritas».

—Jesús, suenan como la mía. Y tú… —Se gira hacia mí.

Sus ojos son, francamente, ridículos. De un verde tan intenso que no me extrañaría que fueran los responsables de la deforestación del este de Madagascar.

—No soy Pen Ross —me apresuro a decir.

—Lo sé, cielo. —Parece que la situación le hace gracia—. Pen y yo nos conocemos desde hace mucho. —Clava la mirada en Lukas y luego en su mano, que vuelve a estar agarrada a la mía—. Nos conocemos… muy bien.

Él y Pen han follado, eso es lo que quiere decir. Estoy segura. Miro a Lukas en busca de algún indicio de celos o molestia. Solo encuentro diversión.

—¿Entonces…? —empieza a decir Callum. Alterna la mirada entre Lukas y yo, formulando una pregunta que no logro interpretar.

Lukas enseguida niega con la cabeza.

—No.

—¿Seguro?

—Mucho.

—¿Qué puedo hacer para convencerte?

Sonríe.

—Absolutamente nada.

—Lástima. —El ascensor hace din y las puertas se abren—. Bueno, este es mi piso. Pues nos vemos después de la final para tomar algo, si queréis. Qué pena que seáis unos aburridos.

Desaparece por el pasillo y me paso el resto del trayecto intentando formular una pregunta apropiada, pero sigo sin haber dado con nada cuando Lukas me tiende un bote de espuma de afeitar y una maquinilla.

—¿Me afeitas la espalda?

—¡Había olvidado que os tocaba hacer eso!

—Solo antes de las grandes competiciones.

Al parecer, la ausencia de vello corporal y de células muertas en la piel permite recortar unas centésimas de segundo durante la carrera.

—¿Quién te afeita normalmente?

—Gösta me hace la espalda y el cuello, y luego yo se lo hago a él. —Lo miro con cara de haberme perdido—. ¿Gustafsson? Es uno de los de mi equipo de natación.

—¿Tengo que hacerlo de alguna forma en específico?

—Mientras no me arranques el brazo, no lo harás peor que él. O que yo.

—¿Cómo se te va a dar mal afeitarte?

—Con la cara no tengo problema, pero el resto... hay una burrada de pelo, Scarlett.

—Ay, pobrecito, el bebé de dos metros se agobia por cuatro pelos.

—No mido dos...

—Hipérbole. Métete en la ducha, yeti —le ordeno.

Levanta una ceja sorprendido, pero yo no reculo.

—En serio, te pienso dejar la piel más suave que las sábanas de satén de un burdel del siglo diecinueve.

—Muy gráfico.

—El rey me dará el título de dama del imperio sueco.

—Como ya te he explicado...

—Pero primero tienes que ducharte. Abrir esos poros.

Se acerca, amenazante, y me mete en la ducha con él. Veinte minutos y un poco de magreo después, Lukas está bocabajo en el suelo, encima de una toalla, y yo sentada a horcajadas sobre su culo. Comienzo el largo proceso de *desyetificarlo.* Es fascinante tenerlo a mi merced, inusualmente pasivo y relajado. Por una vez, soy yo la que cuida de él.

—Bueno, te informo de que tus muslos están ahora mismo más finos que el proceso electoral danés. Gösta jamás estaría a la altura.

—Estás que te sales con las figuras retóricas.

—Y con mi técnica de depilación también. —Trabajo en silencio, pensando.

Y entonces:

—¿Salieron juntos?

—¿Quiénes?

—Callum y Pen.

Se ríe.

—No.

—Date la vuelta, toca hacer la parte de delante de tus piernas. Gracias. Bueno, pero… ¿han tenido algo?

—Han follado, sí.

—Ah. —¿Pero cuándo? No me cuadran los tiempos—. ¿Vosotros dos tuvisteis una relación abierta en algún momento?

—Nop.

—¿Entonces cuándo…? —Dejo caer la maquinilla de afeitar—. ¿Hicisteis un…?

—Trío, sí.

—Ah… Guau.

Lukas se apoya en los codos. Es evidente que le hace gracia mi conmoción.

—Para ser alguien a quien le encantaría que la atara y la encerrara en un armario hasta que me cansara, te escandalizas muy fácilmente.

—Tienes razón. ¿Por qué estoy siendo una mojigata? —Me masajeo la sien—. Creo que solo me ha pillado con la guardia baja.

—¿Por qué?

—En la lista pusiste que… no te interesaban los tríos.

Se termina de incorporar. ¿Cómo puede alguien tener una piel tan tersa y unos abdominales tan perfectos?

—Es que no me interesan.

—¿A Pen sí?

Asiente.

—Fue hace un par de años. Cuando solo quedábamos una vez cada equis meses no nos dábamos cuenta, pero en cuanto empezamos a vivir en la misma ciudad, vimos que nuestra vida sexual no era para tirar cohetes. Así que probamos cosas.

—¿Con Callum?

—Entre otros.

Otros.

—¿Cuántos? —Mira hacia el techo, concentrado, como si estuviera contando—. ¿Tantos? —Se encoge de hombros—. Tengo muchas preguntas.

—Ya veo.

—Todas ellas inapropiadas. Ninguna de mi incumbencia.

Sonríe.

—Veamos cuáles son.

—¿Cómo elegíais…?

—Sobre todo era Pen quien…

—¿Lideraba el proyecto?

Se le escapa la risa.

—Cuando encontraba a alguien que le interesaba, me preguntaba si a mí me parecía bien. Y luego venía a buscarme cuando los planes ya estaban hechos. Un tío que iba con ella a clase. Tracy, uno que antes estaba en el equipo, el que nadaba de espalda. Callum. Y otros.

—¿Siempre chicos?

Niega con la cabeza.

—La cosa estaba bastante igualada.

—¿Tú…?

Asiente.

—¿Y?

—Estaba bien. Lo disfrutaba, incluso. Aunque los hombres no me atraen tanto como las mujeres.

—¿Trágicamente heterosexual?

Suelta una risita.

—Más o menos.

Levanto las piernas y apoyo la barbilla en las rodillas. ¿Cómo es posible que nunca me llegara ningún rumor sobre este tema? Aunque, por otra parte, ¿quién iba a contármelo?

—Voy a necesitar una lista de toda la gente de Stanford que participó en esos tríos o me lo preguntaré cada vez que hable con alguien. Las gemelas. Billy, el de mantenimiento. El entrenador Sima. La doctora Smith.

Se muerde el interior de la mejilla.

—Ninguno de ellos, Scarlett.

Suspiro.

—Me gustaría ser más como vosotros dos.

—¿En qué sentido?

—Sois tan… racionales. Nunca tenéis celos. Yo no creo que pudiera… compartir.

—No es tan simple, Scarlett. Para nada.

Me encojo de hombros, obligándome a pasar página para no meterme en algo que podría ponerme muy triste, muy rápido.

—Se acabó el descanso. Antes de que se cierren los poros, tenemos que…

Me agarra de la muñeca.

—Yo propuse tu nombre.

—¿Qué?

Durante unos instantes, se limita a apretar la mandíbula.

—Todas las personas con las que nos acostábamos eran idea suya, y me parecía bien, pero cuando te uniste al equipo, le pregunté si podía proponértelo a ti.

—Pero… —Tengo las mejillas al rojo vivo—. ¿Por qué? —Entonces recuerdo algo que lleva guardado en el fondo de mi memoria desde hace meses: las palabras de Pen en la barbacoa del entrenador Sima.

«Sé que crees que está buena. Tú mismo me lo dijiste».

—Porque eres guapa, pero esa no… Parecías muy tranquila e introvertida. Tenemos un dicho en sueco: «En las aguas más tranquilas…». No podía dejar de pensar que ocultabas algo. Que había un secreto ahí, algo que el resto del mundo pasaba por alto. Y… —Suelta una risa silenciosa—. No me equivocaba. Escondías algo. Igual que yo. —Mira hacia el sol, que ya se está poniendo—. Así que le propuse tu nombre a Pen. Era la primera vez que lo hacía.

—¿Y? —Me sorprende que mis cuerdas vocales aún funcionen.

—Tenías novio, así que ahí se quedó la cosa. Aunque ella nunca lo olvidó. Sabía que me parecías atractiva y se metía conmigo por eso, a su manera. Es lo que suele hacer con la gente que quiere.

Me siento un poco entumecida.

—¿Es por eso que me lanzó a tus brazos en casa del entrenador Sima?

—Tal vez. O tal vez solo estaba borracha.

Asiento y me doy cuenta de que no quiero seguir hablando del tema.

—Deberíamos terminar con la depilación. ¿Te parece? —Fuerzo una sonrisa—. Permíteme dejarte más suave que la seda.

Lukas murmura algo que suena a «esto no puede seguir así, Scarlett», pero, antes de echarse hacia atrás, tira de mí y me da un beso.

Se lo devuelvo, y es un beso diferente a cualquier otro que nos hayamos dado.

CAPÍTULO 54

No es un buen año para el equipo de salto de los Estados Unidos.

Hayden Bosko, nuestra única esperanza para la prueba de los tres metros, pierde toda posibilidad en torno al cuarto salto y se pasa el resto de la prueba cojeando hasta quedarse en un triste sexto puesto. Carissa y Natalie ni siquiera llegan a la final de sincro. Peter Bryant olvida el concepto de entrada limpia mientras está en el aire, y Akane, nuestra única medallista, consigue el bronce por los pelos. Y luego estoy yo.

BARB: Quizá no hayas conseguido subir al podio, pero eres oficialmente la novena mejor saltadora de plataforma del mundo. No te parece increíble?

No me siento muy «increíble» ahora mismo, sobre todo porque tengo a media docena de periodistas deportivos que preferirían estar informando sobre la NFL preguntándome:

—¿Qué ha pasado, Scarlett?

«¡Que la he cagado!», quiero gritar, pero, en lugar de eso, me aclaro la garganta y digo:

—Ha sido una acumulación de pequeños errores que se han ido sumando. —Es verdad. No hay terremotos, solo temblores secundarios. Sonrío y repito lo que nos enseñó el especialista en medios de comunicación—. Pero estoy muy contenta de estar aquí.

Aunque no es verdad.

—Menuda pérdida de tiempo —murmura Akane en la habitación del hotel.

—Odio esta sensación, joder.

—¿Quieres unirte a mi ritual de «me siento como el culo»?

—¿Qué es eso?

Nos pasamos una hora viendo vídeos de saltadores novatos cagándola y, cuando Akane se duerme, subo al piso de arriba. Hace nueve meses no estaba segura de si volvería a competir. No tengo motivos para estar tan frustrada conmigo misma.

—¿Por qué me da tanta rabia? —le pregunto a Lukas en cuanto abre la puerta.

—¿Qué te ha pasado en la espalda?

—¿Qué? Ah. —Supongo que mi camiseta de tirantes no esconde los moretones—. Nada. Mi eje central no ha querido cooperar mientras estaba practicando los saltos.

—¿Qué cojones, Scarlett? —Me da la vuelta para examinar las marcas púrpura de mi espalda.

—Tranquilo, ha sido durante el calentamiento, no pasa nada…

—Sí que pasa.

—Justo estaba en el trampolín y… —Me doy la vuelta, sorprendida por la preocupación en su mirada—. Debería estar contenta, ¿no? —Siento las mejillas húmedas porque mis malditos ojos no paran de segregar lágrimas. Me las limpio con las manos—. «Contenta de estar aquí», ese se supone que es mi lema.

Se cruza de brazos. Me contempla durante unos segundos, evaluándome.

—¿Dónde más te duele?

—Solo la espalda y la parte de atrás de los muslos, pero…

—Quítate la ropa y túmbate en la cama. Bocabajo.

—No hace…

—Scarlett.

Obedezco y cierro los ojos. Cuando empieza a untarme la piel con una pomada para los hematomas, se me saltan las lágrimas.

—No hacía falta, yo también tengo en mi habitación.

—Pero no te la has puesto. Porque sentías que no te lo merecías.

Giro la cabeza.

—¿Cómo lo…?

—Te conozco, Scarlett. Venga. Inspira, espira.

Tardo un rato en calmarme.

—Antes, cuando perdía, me ponía triste. No entiendo de dónde viene ahora toda esta… esta ira.

—Antes estabas en modo supervivencia. Solo querías volver a competir. —Sus manos son cálidas y suaves—. Ahora sabes de lo que eres capaz y estás enfadada por no haber rendido tan bien como esperabas. Es algo positivo, según cómo lo mires.

Entierro la cara en el algodón.

—¿Por qué parece que te alegres?

—Me gustas cuando estás así.

—¿Cuando me convierto en la muerte, la destructora de mundos?

—Sip. Te vuelves peleona. —Me da un beso en la nuca y se queda ahí un momento, frotándome el pelo con la nariz—. Es normal sentirse así, Scarlett. Toma esa ira y úsala como combustible.

Tiene razón. Como siempre. Además, ha conseguido medallas en todas sus carreras hasta ahora, pero le toca cuidar de mí, una perdedora. ¿Cómo es posible que tenga tanta paciencia conmigo?

«Él te pidió que lo hicieras», me recuerda una vocecita. Me pidió que acudiera a él cuando me desmoronara. Se le da muy bien recomponerme, remendar los agujeros como si fuera una camisa desgastada, cosiéndome para devolverme a mi forma original. A pesar de que es imposible que se pueda identificar conmigo cuando le vengo a contar mis dramas.

—¿No se te hace raro pensar en cómo debe de ser perder?

Se ríe.

—¿Crees que yo nunca pierdo?

—Sé que no. Tienes cuarenta y cinco medallas de oro a las espaldas. Has entrado en la carrera de Medicina. Hay vídeos tuyos hechos por fans circulando por internet.

Resopla.

—Intenté perfeccionar mi técnica de espalda y mejorar el estilo mariposa para distancias más largas y no llegué a clasificarme nunca en ninguna de las dos cosas. Tuve que venir a estudiar a los Estados Unidos porque el Instituto Karolinska no me aceptó. Intenté construir una red neuronal y mi grado de precisión fue irrisorio comparado con el tuyo. Y, como sabes, mi novia rompió conmigo después de siete años por lo aburrido que soy.

Intento darme la vuelta, pero no me deja.

—Yo no me aburro nunca contigo —protesto.

—Eso es porque tú eres un trol viciosillo. Lo cual, ahora que lo digo, me parece que va a ser tu nuevo nombre en mi agenda de contactos.

Me río.

—¡No! O sea, sí, pero también me lo paso bien contigo incluso cuando no estamos…

—¿Follando?

—Satisfaciendo nuestras inclinaciones parafílicas. Me gusta pasar el rato contigo. Quizá no signifique mucho viniendo de alguien que, según Dixon Ioannidis, quien iba un par de cursos más adelantado que yo en primaria, tiene menos personalidad que un fermento de masa madre, pero me caes muy bien. —De repente siento calor. He hablado de más—. Y siento que Pen te haya dejado.

—Pues yo no, Scarlett.

Más calor aún.

—Y no sabía lo de nadar de espaldas. Ni lo de esa universidad. Y tu modelo no estaba tan mal.

Se mueve hacia abajo, hacia la parte posterior de mis muslos.

—No mientas.

—Ya, perdón. Era una mierda.

Termina entre risas y va a lavarse las manos. Cuando vuelve, me estoy poniendo la camiseta.

—Quizá sea lo mejor —le digo.

—¿El qué?

—Lo del estilo mariposa. Esa brazada tiene pinta de requerir mucho más trabajo de lo necesario.

Me echa el pelo hacia atrás y me levanta. Respondo por instinto rodeándole la cintura con las piernas y agarrándome a su cuello. Nos lleva al balcón. El sol acaba de ponerse y el aire es fresco, pero él me envuelve en una manta mientras contemplamos el horizonte. Las vistas parecen sacadas de un cuento de hadas.

—¿No te dan ganas de mover las piernas cuando haces el estilo mariposa? —le pregunto divagando.

—Es ilegal.

—¿Te arrestarían?

—Me ejecutarían.

—Intenso. —Me acurruco contra él—. ¿Cuál es tu estilo preferido?

—El libre. —En el dorso de la mano aún quedan restos de los modelos que le he estado dibujando todas las mañanas entre besos y «trol» susurrados contra mi pelo antes de irnos a las piscinas. Me acaricia el brazo y yo le acaricio el cuello con la nariz—. Es imposible cagarla con el estilo libre. Puedes llegar al final de la carrera como quieras.

—¿De verdad? ¿Haciendo remadas también?

—Claro.

—¿Y la técnica limpiaparabrisas?

—Tardas un buen rato, pero sí.

—¿Y si de repente te pones a nadar de espaldas?

—No hay problema.

—¿Y si te limitas a esperar que la corriente te arrastre?

—También está bien.

—¿El estilo perrito?

—Ajá.

—¿Podría participar estando desnuda?

—Yo al menos lo agradecería.

Sonrío contra su cuello.

—¿Ves? Es así de fácil.

—¿Qué?

—Pasármelo bien. Contigo. —Sus brazos me aprietan un poco más fuerte durante un segundo—. ¿Puedo contarte un secreto?

—Claro. Tú ya sabes todos los míos.

—Es que... no quiero incomodarte. No me voy a convertir en una acosadora ni nada por el estilo, así que no te preocupes.

Su risa es relajada.

—Scarlett..., no tienes ni idea.

Su respuesta me resulta alentadora, por lo que me obligo a soltarlo:

—A veces pienso que estaría bien que tú y yo acabáramos estudiando Medicina juntos.

No dice nada. Solo se echa hacia atrás para mirarme a los ojos y, a la luz que se filtra por las puertas del balcón, parece que se ha tomado lo que acabo de decir con tanta... seriedad, tanta intensidad, que estoy a punto de retractarme.

En lugar de eso, continúo.

—Formaríamos un buen equipo. A la hora de hacer grupos de estudio y esas cosas. No me refiero al... —«Sexo» es la palabra, pero no me atrevo a decirla.

Aunque... ¿por qué no? Él y yo encajamos muy bien y de muchas maneras. ¿A Pen le importaría? Está con Theo. Le gusto a Lukas, quizá tanto como él a mí. Sí, acordamos que esto solo sería sexo, pero es obvio que las cosas han cambiado. Fue él quien dejó caer algo sobre que quizá deberíamos admitir que estamos saliendo. ¿Hay alguna razón para que no sigamos por este camino juntos? La perspectiva de que desaparezca de mi vida me desgarra con tal violencia que la única persona que podría remendarme es...

Lukas.

De quien, me temo, es posible que esté un poco enamorada.

Ese pensamiento me revuelve las tripas. Estoy a punto de entrar en pánico, pero Lukas me detiene con una sola palabra.

—¿Sí? —Su voz es vacilante, un poco áspera. Como si mis palabras le hubieran arañado las cuerdas vocales.

Miente, me ordeno. *Retráctate*. Pero no puedo. No quiero.

—Sí.

Y tal vez no pasa nada si no me retracto, porque me da un beso interminable y suave y tan pero tan dulce que siento que estoy flotando en el aire. O sobre el agua. Corriendo desde una plataforma con la certeza de que me espera una buena zambullida, lista para poner en funcionamiento todos mis músculos.

—Excepto —se echa hacia atrás, más sereno— que tú vas un curso por detrás. En ese escenario, yo voy un año más avanzado y tú probablemente solo quieras usarme para hacerte de tutor.

Le doy un beso en la comisura de los labios.

—En primer lugar, no necesito que alguien cuya red neuronal tiene una precisión tan baja como la tuya me haga de tutor.

—Directa a la yugular. —Noto su sonrisa contra mis labios.

—Y en segundo, Pen me dijo que vas a aplazar tu ingreso, lo que significa que…

Me detengo. Lukas está negando con la cabeza.

—No voy a aplazarlo.

—Ah…, ¿no?

Me pone un mechón de pelo detrás de la oreja.

—Empezaré Medicina este otoño.

—Ah. Quizá lo entendí mal.

—Estoy seguro de que te dijo eso, pero no tengo intención de posponerlo.

Asiento.

—Bueno, menos mal que dispones de una gran capacidad de organización. La carga de trabajo de un estudiante de primero de Medicina no es moco de pavo, y tendrás poco tiempo para observar caribúes y llevar a cabo el resto de los pasatiempos preferidos entre los suecos, pero si alguien puede seguir el ritmo de un programa de entrenamiento mientras aprende a diseccionar cadáveres…

—No será así.

—Lukas. —Le pongo la mano en la mejilla, no quiero romperle el corazón—. Trajinar con cadáveres es obligatorio en las carreras de Medicina de este país.

Se ríe.

—No me supone un problema «trajinar con cadáveres». Es la natación lo que se quedará fuera de la ecuación.

Dejo caer la mano sobre su regazo.

—¿Qué?

—Estas Olimpiadas son las últimas.

—Estás de broma, ¿no? —Pues no. Lo veo en sus ojos. Tiene la actitud confiada de quien está en paz con las elecciones que ha tomado—. Eres uno de los mejores nadadores del siglo. Todo el mundo lo piensa.

—Bueno, tampoco nos pasemos. El siglo acaba de empezar.

—Tienes varios récords que nadie ha conseguido arrebatarte aún. —Se encoge de hombros. Noto el movimiento en mis huesos y tendones—. Probablemente todavía te queda toda una década por delante.

—¿Una década de qué?

—De… ser el más rápido. De ganar.

—¿Y después? Dentro de tres, cinco, diez años, habrá mejores trajes de baño para competir, mejores planes nutricionales y mejores planes de entrenamiento. Aparecerá un grupo de chavales con talento que arrasarán con nosotros y… —Niega con la cabeza. No es por amargura, se trata más bien aceptación—. Por mucho que lo intento, no consigo que me importe una mierda, Scarlett. La idea de ser más rápido que el resto no me motiva lo suficiente para nadar los cien metros una y otra vez, o para seguir debatiéndome entre si hacer una estrategia u otra. Nunca hay una meta final.

—Pero… ¿qué hay de la gloria?

—¿Qué pasa con la gloria?

—No sé. Tienes fans. La gente te quiere. El rey te adora.

—El rey es un anciano y no tiene ni idea de quién soy, gracias a Dios. Y está muy bien que la gente me quiera, pero ese no es el tipo de amor que me interesa, Scarlett —dice mirándome a los ojos y tan serio que me da la sensación de que es una indirecta, aunque… no del todo—. Es maravilloso que te respeten como nadador, pero no quiero que mi identidad siga basándose en eso. Llevo años diciéndoselo a Pen. Ella piensa que echaré de menos recibir tanta atención y que acabaré volviendo, como hizo Tom Brady.

Yo no estoy tan segura. Lukas es un hombre tenaz y creo que me lo puedo imaginar aplicando esa determinación en otras facetas de su vida.

—No va a pasar —le digo.

—¿El qué?

—No cambiaras de opinión.

—Yo tampoco lo creo. Querer ganar una medalla de oro o batir un récord son dos grandes sueños. Sin embargo, ya no son los míos.

Inclino la cabeza.

—¿Cuál es tu sueño, entonces?

Esboza una sonrisa torcida.

—Durante un tiempo, pensaba que debía tener una meta extrema, algo comparable a los Juegos Olímpicos, pero… —Se detiene. Me pasa el pulgar por el labio inferior—. Quiero pasar cuatro años en la Facultad de Medicina aun sabiendo que será un infierno. Acceder a una beca y hacer la residencia en algún hospital. Trajinar con cadáveres, por supuesto. También quiero viajar a sitios sin tener que ver una puta piscina. Visitar a mi familia más de una vez al año. Dormir hasta tarde. Ir de excursión. Quedarme en casa los fines de semana y disfrutar de una cantidad de sexo moralmente cuestionable con la persona de quien estoy enamorado. Sexo extremo y vainilla; lo quiero todo. También quiero visitar una protectora y adoptar animales con ella. Y quiero cuidarla y verla pasar frío en Suecia. Maravillarme cada día de lo lista que es, mucho más que yo, y... Scarlett. —Me pasa el pulgar por debajo del ojo—. ¿Por qué lloras?

Es mentira. Quiero negarlo. Pero tengo las mejillas rojas y empapadas. Hay algo que hierve dentro de mí y que amenaza con explotar, y lo único que puedo hacer es esconder la cara en el cuello de Lukas.

—No lo sé.

Noto el peso de su mano sobre mi nuca.

—¿Estás segura?

No lo estoy, pero asiento. Y aunque su suspiro me indica que sabe que solo es una verdad a medias, sigue abrazándome como si nunca me fuera a soltar.

CAPÍTULO 55

Mei me lleva a un lado antes del vuelo a casa y me lanza una mirada muy seria. Me preparo para recibir un sermón sobre lo mucho que la he decepcionado, pero me llevo una sorpresa.

—Yo en tu lugar haría lo siguiente desde ahora hasta las eliminatorias de las Olimpiadas: dejar de perder el tiempo con el trampolín.

Me quedo a cuadros.

—Eh… ¿Qué?

—No te lo tomes a mal. Bueno, sí, tómatelo como una llamada de atención para que espabiles. —Se encoge de hombros—. A no ser que los Reyes Magos aparezcan de pronto y te traigan oro, incienso y una forma nueva de tomar impulso, no vas a ganar en la categoría de los tres metros. En cambio, en plataforma, cuando lo haces bien, eres fantástica. Pero cometes demasiados errores, y solo hay un modo de deshacerse de ellos. —Me da tanto miedo que vaya a mencionar el castigo físico que lo que dice a continuación casi resulta decepcionante—. Tienes que ser más lista a la hora de entrenar. Más selectiva. Y no te vendría mal bajar un par de puntos el nivel de dificultad.

Frunzo el ceño.

—Ya lo he bajado. Antes de la lesión ejecutaba saltos más difíciles.

—Escúchame bien: ahora tu cuerpo es diferente. Deja de vivir en el pasado. Eres menos flexible, pero controlas mejor los movimientos. Lo que te hace falta es consistencia.

Me revienta que no haya ninguna solución milagrosa salvo seguir entrenado a tope. Aun así, le doy las gracias a Mei por todo lo que ha hecho, que es mucho.

—Por cierto, Vandy —exclama a mi espalda.

Me doy la vuelta antes de salir.

—Si necesitas algún consejo, envíame tus vídeos. Me encanta decirle a la gente lo que hace mal.

Lukas gana tres medallas de oro, una de plata y dos bronces.

El aeropuerto de Ámsterdam parece un mercadillo en hora punta y él engancha los dedos en las trabillas de mis vaqueros para que no me separe mucho. Hay más fans de los deportes acuáticos que de costumbre y la gente lo reconoce cada diez pasos. Atletas, en su mayoría, pero también un par de familias y un grupo de chicas estadounidenses, que se lo quedan mirando como si de verdad fuera un modelo de ropa interior. No pierde la paciencia en ningún momento, aunque me doy cuenta de que detesta ser el centro de atención, así que, mientras está en el mostrador de los billetes, le compro un sombrero naranja de los Países Bajos y las gafas de sol más ridículas que encuentro.

Esbozo una sonrisita cuando frunce el ceño como diciendo «¿qué cojones me estás contando?». Suelto una carcajada histérica al verlo arquear la ceja mientras se pone las dos cosas y, luego, le hago una foto para fijarla como imagen de su contacto.

—¿Me tienes guardado en el móvil como «Lukas Penelope»?

—Ah, sí. No sé muy bien cómo se escribe tu apellido, con esas q y v raras que tiene entremedio.

Me lanza una mirada flemática y extiende la mano con gesto exigente, así que le paso el teléfono.

—Escribe tu apellido, pero no pongas ninguna chorrada. Maryam me marujea las notificaciones si me dejo el móvil por ahí tirado. Se enteró de que Barb había roto con su novio antes que yo.

—¿A qué te refieres con «chorrada»?

—Yo qué sé. Dios del sexo. Amo. Papi Cañero.

Se le crispan los labios.

—Verdades como puños, Scarlett.

—Te odio.

—Claro que sí.

Me da un beso cálido en la frente.

Mientras que mi billete es de los más baratos, Suecia ha pagado por unos asientos mucho más apañados, algo intermedio entre primera clase y la plebe. No sé cómo se las ha ingeniado Lukas, pero cuando subimos al avión me encuentro, por algún extraño milagro, sentada a su lado. Me apoyo en su hombro y veo *The Office* entre una cabezada y otra mientras él lee un libro en sueco. En ningún momento me aparta la mano del muslo.

—Te quedas conmigo esta noche —me pregunta cuando aterrizamos. Salvo que no es una pregunta. El desfase horario nos ha dejado hechos polvo y yo sigo algo dolorida de anoche, pero asiento. El corazón me da una voltereta al ver su sonrisa satisfecha.

Hemos pasado los últimos diez días juntos. ¿Por qué no alargarlo?

Cuando llegamos a su casa, todas las luces están apagadas.

—¿Y Hasan y Kyle?

Se encoge de hombros. Antes de que pueda meter la llave dentro la cerradura, la puerta se abre de golpe.

—¡Sorpresa!

Pen es la que más grita, pero todo el equipo de natación y saltos está presente. Yo sigo medio adormilada y me llevo un buen susto con todos los aplausos y los vítores. La música empieza a sonar a todo volumen y un globo azul y amarillo aterriza a mis pies. Las pancartas hechas a mano añaden un toque de lo más sofisticado al conjunto.

¡ENHORABUENA!

PUTO SUECO, TENÍAMOS QUE HABER GANADO NOSOTROS.

RÓMPETE LAS PIERNAS ANTES DE LAS OLIMPIADAS,

PORFA, TE QUEREMOS.

Y mi favorita:

TÍO, DÉJANOS ALGO AL RESTO.

VOSOTROS TENÉIS EL IKEA Y SALARIOS DIGNOS.

Lukas las lee con una expresión cada vez más ceñuda y, acto seguido, se cruza de brazos.

—¿En serio? —A juzgar por las sonoras carcajadas, su tono severo es la guinda del pastel.

Pen, risueña, le da un beso en la mejilla y yo aprieto el puño. Hay choques de manos, palmaditas en la espalda y un montón de «enhorabuena», «crack», «figura», «máquina». Alguien le pone una copa en la mano. Antes de que Hunter se lo lleve a no sé dónde, Lukas se vuelve hacia mí con expresión anhelante. No puedo evitar esbozar una sonrisa.

Si a alguien le parece raro que hayamos venido juntos, nadie comenta nada. A lo mejor se creen que estaba metida en el ajo. O igual es que soy invisible y ya está. Pen, las gemelas y Victoria me dan cada una un fuerte abrazo. Hemos estado mandándonos mensajes por el chat del equipo, pero no me había dado cuenta de lo mucho que las echaba de menos.

—¿Te ha molado Europa? —pregunta Bree—. ¿Había muchos castillos?

—Eh... No que yo sepa.

—¿Y artesanos zapateros? ¿Caballos? ¿Carruajes?

Victoria le da una palmadita en la espalda.

—Cari, no ha viajado en el tiempo dos siglos atrás.

Apenas soy capaz de mantener los ojos abiertos. Me escabullo en cuanto se me presenta la ocasión y me abro paso entre la gente, que anda poniéndose fina a cerveza. ¿A qué día de la semana estamos?

—¿Has visto a Lukas? —le pregunto a Hasan, que señala el techo.

—Está hablando por teléfono con su padre.

Lo encuentro sentado en el borde de la cama, justo cuando está colgando la llamada.

—Ey. —Estar con él me carga las pilas.

—Ey. —Tira de mi muñeca y me coloca entre sus piernas—. ¿Se te ocurre cómo librarte de ellos?

—Mmm. —Finjo pensar. Me acaricia la parte posterior del muslo con la mano—. ¿Tienes una carreta a mano?

—Nop.

—Entonces, no…

—Hola, chicos. —Nos volvemos y vemos a Pen en la puerta. El instinto me lleva a intentar separarme de Lukas, pero él me agarra con más fuerza.

—Hola —saluda él con toda tranquilidad, como si esto no fuera raro y no estuviéramos haciendo nada malo.

Y no lo estamos haciendo.

Aunque sí que es raro.

Pen baja la mirada hacia el lugar donde nuestros cuerpos entran en contacto, pero su sonrisa no deja traslucir nada.

—¿Necesitas que te acerque a casa? —me pregunta.

Me quedo paralizada. ¿A casa? Había supuesto que me quedaría aquí, pero…

—No hace falta, Pen.

—Fenomenal. Luk, ¿podemos hablar un momento?

—Claro, ¿qué pasa?

—A solas —añade.

Él entorna la mirada, pero yo retrocedo al instante.

—Hablamos mañana —le dice Lukas. No es una sugerencia—. Scarlett y yo…

—No pasa nada, tengo que ir al baño.

Sonrío y le doy otro abrazo a Pen al salir.

—Me alegro un montón de que hayas vuelto —susurra ella.

—Y yo.

La puerta se cierra a mi espalda y yo me digo que no hay ninguna razón para las náuseas que estoy sintiendo. Son amigos. Lukas ha dejado muy claro que ya no está interesado en ella de forma romántica.

Me abro camino entre la multitud, pero el alcohol corre a mares y nadie se fija en mí. Tengo muchísimo sueño. Me balanceo de un lado a otro. Cuando cierro los ojos, oigo un pitido en los oídos.

Marcharse de un sitio sin despedirse está fatal, pero llamo a un Uber de todas formas. Me dispongo a enviarle un mensaje rápido a Lukas desde el asiento trasero del coche y, en ese momento, me quedo de una pieza.

Ha renombrado su contacto como «Lukas Scarlett».

CAPÍTULO 56

Llevo en casa más o menos una hora, duchándome, deshaciendo las maletas y mirando ceñuda la lista de tareas pendientes que Maryam ha elaborado en mi ausencia y en la que mágicamente solo figura mi nombre, cuando oigo que llaman a la puerta.

Veo a Lukas plantado en el umbral, con las manos en los bolsillos y las ojeras cubriéndole las pecas. Serio, cansado y taciturno.

No sé qué decirle, así que me quedo callada.

No hay ningún motivo para que esté aquí.

Ni para que yo lo deje pasar.

Ni para que lo coja de la mano y lo lleve hasta mi cuarto.

No hay motivo para nada de eso, pero, aun así, me acurruco en la curva de su garganta y me quedo dormida tras unos segundos, con su aroma inundándome los pulmones.

CAPÍTULO 57

Este cuatrimestre he aligerado todo lo posible mi carga académica para compensar los entrenamientos y los viajes que me va a tocar hacer entre finales de febrero y mayo para participar en los campeonatos de la temporada.

La Pac-12.

El encuentro de la Zone E.

Y si me clasifico: la NCAA.

Debería sentirme abrumada, pero, durante el primer entrenamiento después de volver de Ámsterdam, me doy cuenta de que… no lo estoy.

—No gané ninguna medalla, lo cual me dio un poco de pena —le cuento a Sam en nuestra sesión de puesta al día. He superado el bloqueo y no hay ningún motivo para que continúe con la terapia, pero hablar con ella me ayuda a aclarar las ideas—. Pero no voy a dejar que ese hecho me defina. Tengo muchas ganas de seguir con la temporada. Estoy lista para darlo todo.

Sam sonríe, lo que nunca dejará de parecerme raro.

—Me alegro mucho por ti.

—Siento lo del sábado por la noche —me dice Pen más tarde en el vestuario—. Me supo fatal echarte. Es que tenía que hablar con Lukas.

—¿Todo bien? —pregunto, aunque no sé si quiero saberlo.

Nosotros tres, nuestras posiciones respectivas, la suma de nuestros ángulos... No quiero que parezca un triángulo amoroso. Y no quiero ser la que se quede fuera cuando se convierta en una línea.

—Sí, es que tenía que contarle... —Parece alterada, así que me siento a su lado—. Es por Theo. El Profe Buenorro.

—Ah.

—Ha cortado conmigo, Vandy. —La voz se le quiebra un poco al final. Me la quedo mirando sin asimilarlo del todo.

—Que... ¿Qué?

—Me dijo que... No sé, algo sobre que teníamos que tomar distancia porque no estaba seguro de que lo nuestro funcionase, y que a veces le daba la sensación de que era demasiado joven para él y... —Tiene los ojos llenos de lágrimas—. Pero estoy bien.

Se la ve de todo menos bien.

—Lo siento mucho, Pen.

—Me parece muy fuerte que haya decidido dejarme tirada sin más, como si fuera un trapo. Pasamos el día de Acción de Gracias juntos. Conocí a su hermana y a sus amigos, me regaló un collar y... he estado quedándome en su casa todos los findes, Vandy. Hicimos un montón de cosas y ahora... —Niega con la cabeza, sumida entre el dolor y la rabia—. En fin, da igual. Se acabó. Quería contárselo a Lukas porque... Bueno. Sigue siendo mi amigo más antiguo.

Noto el corazón palpitándome en el estómago.

—¿Y qué dijo él?

—Poca cosa. Que Theo se lo perdía. Me dio una palmadita en la espalda y comentó que no tardaría nada en encontrar a alguien nuevo. Fue amable pero distante. Había olvidado lo frío que puede llegar a ser. En serio, a veces me pregunto cómo es posible que empezásemos a salir.

Porque no es distante. Ni frío.

—¿Te has planteado alguna vez...? —empiezo.

—¿Qué?

Sopeso mis palabras.

—Me contó lo que hiciste por él cuando su madre falleció. Y que luego él te ayudó con lo de Carissa.

—¿Y?

—¿Crees que es posible que conectarais debido a vuestros respectivos traumas y, luego, en pleno subidón, empezaseis una relación romántica sin...?

Se me queda mirando durante tanto tiempo que empiezo a preguntarme si me he pasado de la raya. Y puede que haya sido así, porque suelta una risita entre lágrimas y pregunta:

—¿Estás diciendo que no me quería?

—No. Sé que te quería. Y todavía le importas mucho. Solo me pregunto si...

Si no te quería como tú deseabas que te quisiera.

Si eso te dolió tanto que decidiste contarte a ti misma que Lukas no es capaz de albergar sentimientos románticos profundos.

Si tal vez solo conoces una pequeña parte de él e ignoras por completo el resto.

Si sigues viéndolo como el chaval de quince años que te necesitó cuando su madre falleció y no te has dado cuenta de que se ha convertido en una persona distinta.

Si lo que había entre vosotros era más bien un sentimiento de protección mutua.

—¿Si…? —pregunta.

—Si, tal vez, la transición a amor romántico fue algo enrevesada para ambos.

—Pues… —Frunce los labios y se encoge de hombros—. Conozco a Lukas lo suficiente para saber que no fue así. Sé qué tipo de relación teníamos. Pero, en cualquier caso, creo que conectar debido a los traumas es una manera estupenda de enamorarse y construir un futuro juntos. Más válida, al menos, que compartir los mismos fetiches sexuales.

Su tono es amable, pero me sienta como una patada. Me la quedo mirando pasmada, intentando asimilar lo que ha dicho y comprender sus intenciones. Sin saber si debería sentirme ofendida.

—¿Qué…? ¿Perdona?

—Ay, madre. —Abre los ojos de par en par y me coge la mano—. No pretendía decir que… ¡Te juro que no ha sido una pulla! Solo digo que hay muchas formas válidas de enamorarse. Lo siento mucho.

Asiento, aliviada. A Pen acaban de darle puerta. Está sensible. Sé que no tenía intención de herirme.

Pero entonces añade:

—Es que no sé si cometí un error.

—¿Un error?

—Cuando corté con Lukas. O sea, él y yo hemos pasado por mucho juntos y me entiende y... —Inclina la cabeza. Me mira con una expresión casi suplicante—. Lo vuestro... es solo sexo, ¿no? No estáis saliendo oficialmente.

Decir que lo mío con Lukas es solo sexo sería, sin duda alguna, falso.

No obstante, por mucho que me duela reconocerlo:

—No estamos saliendo oficialmente.

Aunque eso da igual. No me hace falta un certificado sellado ante notario para saber que a Lukas le importo muchísimo y que lo que tenemos es real. El problema es que la expresión de alivio que adopta Pen al oír mis palabras es tan obvia que dudo que en estos momentos sea capaz de aceptarlo.

Está pasándolo mal. Es mi amiga. Puedo guardarme la verdad un poquito más. Anteponer sus necesidades durante un tiempo.

—Tiene razón, por cierto —le digo devolviéndole el apretón.

—¿Quién?

—Lukas. —Sonrío—. Theo se lo pierde.

Me apoya la cabeza en el hombro y hago lo posible por bromear y reír mientras nos dirigimos hacia la zona del entrenamiento en seco. En cuanto llegamos, me disculpo un momento y voy a buscar a los entrenadores.

Todo irá bien, me digo.

Pen se siente rechazada, puede que por primera vez en su vida. Es frágil y le hace falta el apoyo de sus amigos.

No está enamorada de Lukas. Y Lukas no está enamorado de ella. Su relación terminó.

Lo que pasa es que no es buen momento para señalárselo.

Y ahora mismo tengo cosas más importantes de las que preocuparme.

—¿Entrenador Sima?

No levanta la vista del papel que está leyendo.

—¿Sí?

—Me gustaría que comentásemos la posibilidad de hacerle algunos cambios a mi programa de entrenamiento.

CAPÍTULO 58

—¿Para sufrir el síndrome de Estocolmo tienes que estar secuestrada? —pregunto—. No hace falta, ¿no? Sobre todo si el chico del que te has enamorado en contra de tu voluntad es sueco.

A Sam no parece impresionarle demasiado mi dominio de la psicología.

—¿Estar enamorada de Lukas te hace infeliz?

—No. Pero me siento… culpable.

—¿Por Penelope?

Su nombre ha salido mucho durante las sesiones de terapia.

—Sí.

—¿Y el bienestar de Penelope es importante para ti?

—Claro. Es lo más parecido a una mejor amiga que he tenido en… Nunca.

—Pero el otro día te hizo daño.

—No era su intención. Fue… un descuido. Porque ella también está pasándolo mal.

Sam asiente.

—¿Por eso has estado evitando a Lukas?

—No he…

—¿Cuántas veces habéis quedado desde que volvisteis de Ámsterdam?

Bajo la mirada. Muy pocas, y la culpa es mía. De hecho, mis excusas han sido tan ridículas, que sé que Lukas no se las traga. «Tengo grupo de estudio». «Mañana entrego un trabajo». «Estoy hecha polvo».

LUKAS: Vente a pasar la noche. Duermo mejor contigo
SCARLETT: Por qué?
LUKAS: Porque sé que estás a salvo
LUKAS: Y hueles bien
LUKAS: Y eres suave

Debería modificar su nombre en mis contactos. No es solo que ahora ya sepa escribir su apellido, sino que, cada vez que veo lo que puso, me siento como si un gatito me clavara las garras en el pecho. Pero…

—Esta mañana me he encontrado a Pen llorando en el vestuario —digo sin más.

—Es una situación muy triste, pero, tal y como hemos comentado en otras ocasiones, es poco probable que Lukas y ella retomen su relación, mientras que tu relación con él…

—Ya lo sé. Pero es algo temporal. Se siente muy sola y la posibilidad de volver con Lukas… es una fantasía a la que está aferrándose. No puedo restregarle por la cara lo mío con él y hacer añicos sus ilusiones.

—¿Crees que un engaño de este calibre es preferible a la verdad?

Suspiro y me paso una mano por la cara. La cosa no se alargará demasiado. Pen se recuperará dentro de nada. Solo tengo que esperar. Hacerme una bola como una cochinilla. Centrarme en el entrenamiento de diez metros. Solo en el de diez metros.

Al entrenador no le hizo demasiada gracia, pero al final aceptó a regañadientes con la condición de que siga practicando el salto sincronizado de tres metros con Pen.

—No tiene que ser algo permanente —argumenté—, pero Mei me dijo que...

—¿Por qué me siento como si me hubieran puesto los cuernos?

Intento permanecer seria.

—¿Porque la señora Sima se ha liado con el jardinero?

—¡Porque mi saltadora ha vuelto a casa con el tufo de otra entrenadora!

—No es verdad.

—Mei es tu preferida. Tu *bestie*.

Hago una mueca.

—¿Esa palabra se la ha enseñado su hijo?

—No cambies de tema.

El entrenador sabe lo que era capaz de hacer antes de la lesión, pero Mei entiende mejor lo que soy capaz de hacer ahora. Y funciona: las repeticiones continuas, las innumerables correcciones, la optimización constante. Me convierto, si no en mejor saltadora, en una atleta con mucha más confianza en sí misma. Este nuevo enfoque me ayuda a apaciguar el estruendo de mi cabeza.

—Ha vuelto —oigo decir a Maryam desde mi cuarto el sábado por la noche.

Levanto la vista de mis deberes de Neurobiología.

—¿Quién?

—El aspirante a Míster Universo.

—¿Qué?

—El guaperas del acento.

Parpadeo.

—¿Lukas?

El grave «sip» que oigo a sus espaldas me encoge el estómago como una pasa.

—No sé si está piropeándome —dice él cerrando la puerta— o poniéndome verde.

—¿Maryam? Lo segundo. Siempre.

—Me presento cada vez que vengo. Podría llamarme por mi nombre.

—Nah, no es lo suyo.

Se planta frente a mí y me quedo sin aliento. La sensación es todavía más abrumadora cuando se inclina para besarme, con una mano apoyada en el respaldo de mi silla y la otra sobre el escritorio. Es un manto de calidez y consuelo. Me inclino hacia sus labios sin poder evitarlo y, a continuación, me aclaro la garganta.

—Me encantaría pasar el rato contigo, pero tengo que terminar el cuestionario.

Asiente, comprensivo, y dice:

—Potencial de acción, sodio, amígdala.

—¿Qué?

—Las respuestas de las tres preguntas que te quedan. —Cruza los brazos y se me queda mirando como si fuera alguien a quien jamás han conseguido colársela. Ni una sola vez—. ¿Qué pasa, Scarlett?

—Nada, ¿por?

—¿Por? —resopla, divertido—. Esto se te da tan mal como a mí.

—¿El qué?

—Los putos jueguecitos.

Tiene razón. Por eso nos gustan las cosas que nos gustan y nos sentimos atraídos por el otro. El orden. Los acuerdos y negociaciones. Lo previsible.

—Solo estoy poniéndome al día con los deberes. La Pac-12 está a la vuelta de la esquina y...

Me coge de la barbilla como si fuera una cría, y no me queda más remedio que mirarlo a los ojos. No sé si soy capaz de soportarlo. Vuelvo a sentir esa presión. Esas ganas de llorar.

—Cuando me marché hace dos semanas, estabas contenta, reventada de tanto polvo y medio ena... —Se interrumpe. La mandíbula se le tensa—. ¿Estás bien?

Asiento, pero soy incapaz de pronunciar palabra.

—Oye —me dice, y su voz adopta un tono de auténtica preocupación. Escudriña mi rostro, evaluador—. No tienes que fingir nada. Ni inventarte excusas chorras. Soy yo.

Es cierto. Es Lukas, y Lukas valora la verdad por encima de todo. Puedo soltarle cualquier cosa que se me pase por la cabeza y él lo aceptará sin rechistar. Pero eso lo empeora todo más, ¿no?

Siento como si estuvieran estrangulándome. No puedo respirar. Debo tranquilizarme.

—Pen... no lo está pasando bien.

—Ya. Pen y sus putos delirios. —Su tono me aterra: frío. Enfadado. Una herramienta peligrosísima con la que podría arrancarme el corazón de cuajo—. ¿Te ha pedido que dejes de verme?

—No.

—No. —La palabra abandona sus labios antes de que yo termine de responder y, aun así, la pronuncia con toda tranquilidad—. Ha sido idea tuya, entonces.

—Es amiga mía. —Me paso las palmas de las manos por los muslos desnudos—. No creo que pudiese lidiar con que tú y yo…

—¿Tú y yo…? —Su sonrisa es algo cruel—. Venga, Scarlett. ¿Qué es lo que estamos haciendo tú y yo? ¿Serás capaz de decirlo por fin?

Bajo la vista con la esperanza de que, si no lo miro a los ojos, las palabras broten de mí con más facilidad. Pero no.

—Creo que deberíamos echar un poco el freno hasta que se recupere. O centrarnos más en la… parte física de nuestra relación.

Lukas permanece en silencio durante un buen rato. Cuando por fin doy el brazo a torcer y levanto la cabeza hacia él, me fijo en que está evaluándome con la mirada.

—¿Ahora? —pregunta.

—¿Qué?

—¿Quieres que te folle ahora, Scarlett, mientras finjo que no eres la persona que más me importa del puto mundo? ¿U otro día?

No sé qué me duele más: sus palabras o la frialdad de su voz.

—Pues… Si quieres hacerlo ahora, podemos…

—Quiero. —Suena burlón, incluso un poco despectivo, pero me aparta de la silla con la suficiente delicadeza—.

¿Tengo permitido besarte? —Su sonrisa es amarga—. ¿O sería injusto para Pen?

Está enfadado, y el enfado y el intercambio de poder no casan bien. Debo decidir si me importa o no.

—Claro que puedes besarme.

Pero no me besa. Me tira sobre la cama, boca abajo, y su fuerza me hace vibrar entera. Y eso que todavía no hemos empezado.

O más bien… yo no he empezado. Lukas me ha bajado los pantalones cortos por debajo del culo. No me he molestado en ponerme ropa interior después de ducharme, y noto la calidez de su piel contra la mía. Hunde los dedos en mi pelo y me levanta la cabeza hasta taparme la boca con la otra mano.

—Chúpala.

—Eh… ¿Qué?

Me agarra más fuerte del pelo.

—¿Desde cuándo hacemos preguntas, Scarlett?

Ay, la hostia.

—Lo… Lo siento.

Me azota el culo con fuerza.

—Si te digo que hagas algo, lo haces y punto, joder. Lámela. —Su brusquedad me deja aturdida. Estoy tan cachonda que noto la humedad entre mis muslos. Abro los labios y le paso la lengua por el centro de la palma—. Otra vez.

Lo repito cuatro, cinco veces. Cuando considera que tiene la palma lo bastante mojada, se echa hacia atrás y entonces noto el grueso tejido de los vaqueros, los golpecitos rítmicos de sus nudillos contra mi culo, la pegajosa humedad de su piel sobre la parte baja de mi espalda. Está masturbándose. Usando mi cuerpo, aunque apenas.

Me encuentro a su disposición. Podría hacerme cualquier asquerosidad que se le ocurriera y yo se lo permitiría, pero no se aprovecha. Actúa con desapego, como si yo fuera un lienzo, una imagen que se ha encontrado por internet, una chica sin nombre y sin rostro por la que no siente ni sentirá nunca nada.

Conozco muy bien el gruñido que suelta cuando se corre, lo tengo grabado a fuego en el cerebro. Aprieto los muslos y cierro los ojos, hundiendo la cara en las sábanas de algodón.

Noto el movimiento del colchón, un descenso del peso. Se marcha. El corazón se me encoge por una infinidad de razones que nada tienen que ver con el hecho de que estoy cachonda y él no deja que me corra. A continuación, su camiseta aterriza en el suelo y una oleada de alivio me inunda. Me da un beso largo y pausado entre los omóplatos que contrasta con el modo en que me coge la cintura y me cambia de ángulo. Hunde los dedos en el semen que tengo en la base de la columna y pregunta:

—¿Sabes por qué me gusta follarte?

Niego con la cabeza.

—Me dejarías hacerte cualquier cosa, ¿verdad? Hasta ese punto confías en mí. Así de perfecta eres.

Es Lukas quien es perfecto. Quien sabe cómo poner a prueba mis límites sin cruzarlos en ningún momento. Hacerme el daño justo para que resulte placentero.

Tal vez estemos hechos el uno para el otro.

«Más válida que compartir los mismos fetiches…».

—Si quieres que pare, ¿qué tienes que decir? —pregunta, pero estoy distraída. Desliza la mano por mi espalda y entre mis nalgas, y me unta el ano con su semen.

Contengo el aliento y me retuerzo. Creía que iba a dejarme así, que iba a castigarme por mis mentiras, pero, en su lugar, noto un dedo dentro de mí, extraño y nuevo.

Me tenso. Jadeo de miedo y anhelo. Todo está revuelto, mezclado en mi corazón y mi vientre. La sensación de plenitud resulta dolorosa, un ardor húmedo y perfecto.

—Lukas, no… —No he hecho esto nunca. Lo sabe.

—Scarlett. —Está disgustado—. Qué. Tienes. Que. Decir.

—Para. —Me recompensa con un «buena chica» que hace que se me sacuda el coño.

Es delicado, pero no mucho. Se humedece el glande con su propio semen y tarda tanto en metérmela que acabo hecha un amasijo tembloroso, agarrándome a las sábanas y obligándome a respirar en torno a su envergadura.

—¿Todo bien?

Asiento, abrumada. Aún no me la ha metido del todo. No sé si lo conseguiría aunque usara lubricante de verdad. Me separa las nalgas, acaricia el punto donde mi piel se tensa por encima de su polla y deja escapar un gruñido ronco y sorprendido, como si no esperara disfrutarlo tanto.

—Quiero sacar una foto.

Muevo las caderas en busca de algo, aunque no sé de qué. Es demasiado. No me cabe más. Me estremezco. Me apoya una palma en un lado de la cabeza y yo me vuelvo hacia él; le rozo el tendón de la muñeca y le doy un besito en la piel, porque… podría hacerme mucho daño. Podría partirme en dos y desgarrarme. La idea me excita tanto como el hecho de saber que antes se cortaría un brazo.

Ahí radica mi amor por él. En el espacio situado entre las cosas que podría hacerme y lo que elige hacer en su lugar. Cuidados y brutalidad a partes iguales, hasta que todo queda entremezclado de forma exquisita.

—Pero no me hace falta ninguna foto, porque nunca se me va a olvidar. —Me la mete unos milímetros más. Se me corta la respiración—. Tranquila, estás bien —dice acariciándome la espalda para consolarme. No sé cómo, pero sus palabras se convierten en ciertas—. Un poco más. Estás hecha para que te folle. ¿Es demasiado?

Asiento.

—Mentirosa. —Noto su suave risa contra la piel—. Voy a metértela más. Ya que tantas ganas tienes. —Conoce mi cuerpo mejor que yo. Cuándo quedarse quieto. Cuánto tarda el ardor en desvanecerse. Todas mis señales.

Me conoce. Y yo lo conozco a él.

«Que compartir los mismos fetiches...»

Dejo escapar un sollozo lastimero. Un «lo siento» entrecortado que no tiene nada que ver con lo que sucede.

—Cielo. —Otro beso. En el pómulo—. Puedes llorar si quieres. Duele, ¿verdad? Todo duele muchísimo. —Parece como si estuviese desollándolo con un cuchillo oxidado, porque no tiene nada que ver con que esté metiéndome la polla en el culo.

Lo que duele es alejarlo de mí.

El balcón de Ámsterdam.

Su nombre en mi móvil.

La sensación de pertenencia.

—Lukas. —Me inunda una oleada de calor y desesperación.

—Cariño, estoy aquí para recogerte —susurra—. Para follarte y romperte en mil pedacitos y luego volverte a recomponer. No necesitas que lo haga, pero lo deseas, ¿verdad? Quieres que vuelva a unir los pedazos. —La certeza de sus palabras resulta horripilante. Y aún más cuando noto sus labios en la oreja, susurrándome—: ¿Quieres correrte, cielo?

Asiento. Estoy a punto y, al mismo tiempo, me falta una eternidad.

—Podría tenerte esperando. Podría obligarte a decirme todas las cosas que no te sale decir. —Desliza la mano entre mi cadera y el colchón—. Pero no lo haré. ¿Sabes por qué? —Me roza el clítoris. Traza círculos alrededor con el dedo índice y el corazón. Lo tengo hinchado y le da un golpecito que me hace estremecer—. Porque ya las sé.

Una explosión me inunda el cerebro. Me corro así sin más, atrapada entre su mano y su pecho, contrayéndome en torno a su polla, estrechándome hasta tal punto que casi se le sale. Su gemido me recorre de arriba abajo —«Así, muy bien, eres tan buena y preciosa»— y, cuando vuelvo a ablandarme, me ordena:

—Pórtate bien y estate calladita hasta que acabe, ¿de acuerdo?

No puede embestir del todo, pero aun así se mueve con parsimonia, como queriendo prolongar el momento eternamente. Yo permanezco tumbada, disfrutando de cada segundo: siendo suya, siendo usada, siendo deseada.

Es todo lo mismo, un zumbido de satisfacción que me recorre entera. El placer lo deja sin habla, apenas unos gruñidos mudos, un par de palabras extranjeras y mi nombre, mientras se aferra a mis pechos con las manos y a mi cuello con los dientes. Se estremece y se sacude, y luego yacemos inmóviles en la cama, recuperando el aliento.

Acto seguido, me levanta las caderas y me abre las rodillas. Siento su mirada sobre mí, estudiándome y memorizándome. Me dispongo a suplicarle que pare cuando noto su boca ahí abajo, los trazos anchos y perezosos de su lengua sobre mi clítoris, los dolorosos mordiscos en el punto donde el muslo se une a mi trasero. Los orgasmos se apoderan de mí y me pongo a llorar, ahogándome con mis propios sollozos. Me aprieta la cara contra las sábanas para recordarme que debo estar «calladita, Scarlett, tú muerde aquí, muy bien» y «me vas a matar, joder», y entonces vuelvo a correrme.

Noto como si hubiera abandonado mi cuerpo. Nunca había sentido nada tan placentero ni tan horrible. Estoy aturdida. Es perfecto. Perfecto.

Luego se mete en el baño, sin molestarse en encender la luz ni cerrar la puerta. Lo observo con las extremidades flojas, mientras el sudor me recorre la columna lentamente. Cuando vuelve para limpiarme, ve que se me han acumulado unas lagrimitas debajo de los ojos y me las seca con el pulgar. Me mete en la cama, pero no se une a mí.

En lugar de eso, se agacha junto a mi almohada, se lleva mi mano a los labios y me pregunta:

—¿De qué tienes miedo, Scarlett? —Su mirada refleja... tristeza, tal vez. No lo tengo claro. Un rastro de emoción le arruga las comisuras de los ojos.

—De todo.

Suelta un largo suspiro.

—A la hora de la verdad, eres una valiente. Intenta recordarlo, ¿vale?

No le prometo nada, sino que me quedo dormitando. Lukas permanece a mi lado, observándome durante lo que parece una eternidad. Luego me da un beso en la frente, apaga la luz y se marcha.

A la semana siguiente, da comienzo la Pac-12.

CAPÍTULO 59

El torneo de natación y el de salto de la Pac-12 son eventos separados y se celebran uno detrás del otro. Tanto Lukas como yo estamos fuera de la ciudad en momentos diferentes y no coincidimos: mientras él vuelve en avión de Seattle, yo estoy esperando a que uno de los ayudantes del entrenador me lleve al aeropuerto e intentando decidir qué esmalte meter en la maleta por si tengo tiempo de arreglarme las uñas.

Sin embargo…

—Creo que el avión de los chicos acaba de aterrizar —anuncia Pen mientras esperamos en el aeropuerto de San Francisco—. La puerta de embarque está a cinco minutos de aquí, ¿vamos a saludar?

—¡Sí! —contesta Bella.

—Claro —coincide Bree, aunque con menos entusiasmo.

En un giro de guion digno de una comedia romántica, Bree y Dale rompieron hace poco por un conflicto sobre el que aún no se han desvelado los detalles, mientras que

Bella y Devin siguen saliendo. Una vez más: muchas preguntas y ninguna forma de plantearlas con tacto.

Pen y yo intercambiamos una de esas miradas que dicen «no podemos debatir sobre este tema ahora, pero más tarde lo hablamos sí o sí».

—Venga, vamos.

—¿Deberíamos coger la maleta? —pregunta Bree.

—Buena pregunta. —Pen se gira hacia mí—. ¿Te importa quedarte vigilando?

Niego con la cabeza, fingiendo que no se me encoge el corazón por no poder ir a verlo. Cuando vuelven, no les pregunto con quién han hablado ni cómo les ha ido.

Tengo una sensación parecida a la que tenía durante mi primera competición.

Es raro, considerando que acabo de volver de un campeonato del mundo, pero mi mentalidad ha evolucionado más en las últimas semanas que en los tres años anteriores. Ahora tomo decisiones de forma más consciente y premeditada. He dejado atrás la mentalidad de «si no es perfecto, no me sirve». Mi cerebro por fin es capaz de permanecer en silencio.

Cuando empezó el curso, mi sueño era clasificarme para el torneo de la NCAA. *Si lo consigo, será una señal de que lo he hecho bien*, me dije. *Y si no, significará que lo he hecho mal.*

No sé si sigo pensando lo mismo. De hecho, tengo claro que no me hace falta clasificarme en ningún campeonato para considerar que este año ha sido un éxito.

—El verdadero premio de la NCAA ha sido la salud mental que hemos ganado por el camino.

—¿Qué has dicho, Vandy?

—Ah, nada. —Termino de calentar los cuádriceps y le sonrío a Pen—. ¿Lista?

Quedamos primeras en la prueba de sincro de diez metros.

—Es el mejor día de mi puta vida —susurra después de subir al podio.

No me cuesta oír lo que dice a pesar de los aplausos. Ella llora. Yo lloro. Nos hacemos un millón de selfis. Lloramos un poco más. Le damos un enorme abrazo al entrenador Sima. Lo celebramos con las gemelas, que han conseguido el bronce en la sincro de tres metros. Hago una videollamada por FaceTime con Victoria y le digo que todo es gracias a su entrenamiento. Nos tomamos un helado. Pasamos por delante de una tienda en la que pone: «Tatuajes temporales con henna».

—No —le digo.

—Tenemos que hacerlo.

—No.

—Sí, Vandy.

—No.

—Es una señal. Es el destino. Dios, nuestros antepasados y hasta Emily Dickinson quieren que lo hagamos.

—No podemos.

—No solo podemos, sino que debemos.

Nos acabamos decidiendo por dos saltadoras entrando al agua, una al lado de la otra, y las palabras «Reinas de la piscina» debajo. Yo en el hombro derecho y Pen en el izquierdo. El chico que nos los hace, un adolescente que preferiría estar jugando al Fortnite, nos mira como si fuéramos las personas menos guais que ha visto nunca. No se equivoca.

No es hasta más tarde, cuando nos estamos lavando los dientes una al lado de la otra, que noto algo raro.

—¿Pen?

—¿Sí?

—¿Cómo se deletrea «piscina»?

—P-I-S-C... No me jodas.

Al día siguiente, Pen gana el oro en plataforma y yo el bronce. Hacemos todas las entrevistas juntas con nuestros nuevos tatuajes de «Reinas de la picina» a la vista. Estoy tan contenta que necesito tomarme un momento a solas en el baño para recordar cómo se respira y apretujarme las mejillas en un intento de hacer desaparecer esta incontrolable y enorme sonrisa.

La semana siguiente, en la competición Zone E, ambas nos clasificamos para la NCAA.

CAPÍTULO 60

NÚMERO DESCONOCIDO: Veo que has seguido mis consejos

Me quedo mirando el mensaje, recordando el correo electrónico «Tened cuidado con los intentos de estafa y *phishing*» que Stanford envía cada cuatrimestre.

NÚMERO DESCONOCIDO: Soy Mei, por cierto

Me río. Guardo su contacto.

SCARLETT: Sí, muchísimas gracias

Me muerdo el labio inferior antes de añadir:

SCARLETT: Te importa si te mando un par de vídeos? No estoy muy contenta con mi salto en equilibrio

MEI: Por fin, pensaba que nunca me lo pedirías

⁂

El campeonato masculino de natación y saltos de trampolín de la NCAA va aparte del femenino porque... no tengo ni idea. Pero me alegro de que, dentro de dos semanas, los hombres vayan a volar a Atlanta y, dentro de tres, las mujeres... no.

Por primera vez, el torneo femenino se celebrará en el Avery.

—Todo un lujo —dice Pen entre suspiros—. Nada de piscinas nuevas. Nada de *jet lag*.

—Nada de tener que ponernos medias de compresión para el vuelo.

Me estudia con los ojos entrecerrados.

—¿Usas medias de compresión?

—¿Tú no?

—¿Cuántos años dices que tienes?

—Cállate.

Niega con la cabeza.

—Al menos ya sé qué regalarte para tu cumpleaños.

Los preparativos para la NCAA son otro rollo: se respira un ambiente eléctrico, todo el mundo está con ganas de soltar la energía acumulada durante la temporada. En mi deporte no solemos tomarnos descansos antes de las grandes competiciones y, aparte de reducir el entrenamiento de fuerza, nuestra rutina no cambia. Las gemelas, sin embargo, no pasaron el corte para ninguna de las pruebas de la NCAA, lo que significa que su temporada ha terminado y su presencia en los entrenamientos es opcional. Solo quedamos Pen y yo, y, aunque el número de veces que nos mojamos el cuerpo supera con creces los tres dígitos, nuestros tatuajes perseveran. Al menos dos periodistas han hecho algún comentario sobre ellos. En artículos escritos. Que cualquier persona puede leer. En internet.

Rezo en silencio para que las facultades de Medicina estén demasiado ocupadas para buscar en Google a los futuros estudiantes.

Hay tantas fiestas que pierdo la cuenta. Más de treinta nadadores se han clasificado para el campeonato de la NCAA, y todos están en fase de puesta a punto.

—Un nadador en fase de puesta a punto es peligroso —me dice Pen cuando viene a mi casa para que la ayude con la clase de programación.

Últimamente está mucho mejor gracias a las victorias que hemos cosechado y a que el tiempo todo lo cura. Esta mañana, cuando Theo le ha enviado un mensaje para felicitarla, ella ha puesto los ojos en blanco y lo ha bloqueado.

—¿Por?

—Porque de repente tienen demasiado tiempo y energía. Lukas se vuelve loco. Se va de paseo. Se queda mirando la piscina con nostalgia. Se lava mucho las manos. Se levanta cada vez más temprano. Ya sabes, lo típico que hace una persona cuando se le va la olla. —Se encoge de hombros—. En fin, tengo que irme. Hay una fiesta esta noche. Uno del equipo de remo que me gusta también va.

Después de que se haya ido, consigo aguantarme media hora. *Le voy a mandar un mensaje a Lukas solo para ver cómo está*, me digo a mí misma. Por lo que me ha contado Pen. Porque él siempre se ha preocupado de ver cómo estaba yo cuando lo he necesitado. Además, mi amiga parece haber superado la venada de volver con él.

Dicho de otra forma: ambos llevamos dos semanas compitiendo lejos de casa y lo echo de menos.

SCARLETT: Estás en modo puesta a punto?
LUKAS: Y lo odio

Su respuesta es instantánea. Me parece tan raro viniendo de alguien que apenas mira el móvil cuando estamos juntos. Tal vez esté aburrido. Arañando las paredes. Ansioso por encontrar una distracción.

Me cuesta imaginármelo. Paso el dedo por su foto. Países Bajos. Las gafas de sol sobre las pecas. Esa indulgente elevación en la comisura de sus labios.

SCARLETT: Perlas a los cerdos
LUKAS: Ni idea de qué significa eso, pero no me hace sentir halagado

Tengo la impresión de estar borracha. Es increíble la energía que desprenden dos mensajes después de tanto tiempo sin nada. Los *criptobros* deberían aprovecharla para abastecer sus servidores de criptomonedas.

SCARLETT: Te apetece tener compañía?
LUKAS: No especialmente
LUKAS: Pero si es la tuya, sí

La demanda energética de las plantas desalinizadoras del mundo entero queda oficialmente cubierta.

SCARLETT: Dónde?

LUKAS: Maples

Creía que el Maples era un estadio de baloncesto, pero se está celebrando un partido de voleibol. Los dos equipos son mixtos, tres hombres y tres mujeres, sin árbitro. Un puñado de espectadores se dispersa por las gradas. Lukas está sentado junto a Johan, hablando con una chica alta y rubia que lleva una camiseta del equipo de voleibol de Stanford.

Johan es el primero en verme y me saluda. Los demás también se giran: la chica, con expresión curiosa, y Lukas...

Lukas.

Me detengo a su lado, intentando no mirarlo como si fuera una obra de arte vanguardista.

—¿Un partido amistoso?

—Más que nada un partido para pasarlo bien —me explica la chica. Su acento es tan tenue como el de Lukas.

—Scarlett —dice él—, esta es Dora.

Nos damos la mano. Ella sonríe.

—Eres la saltadora, ¿verdad? ¿La que quiere entrar en Medicina?

—Sí.

—Me alegro de conocerte por fin. He oído hablar mucho de ti.

—Ah. —Meto las manos en los bolsillos traseros de los pantalones—. Lo mismo digo —contesto por educación.

Tanto ella como Johan se ríen.

—Muy amable por tu parte, pero dudo que Lukas hable tanto de mí.

—A lo mejor siempre ha estado enamorado de ti en secreto, Dora —le dice Johan, lo que hace que ella se ría aún más y que Lukas responda algo gracioso en sueco.

Cuando Dora vuelve a la zona del banquillo, me pregunto si me han convocado aquí para gastarme una broma que ni siquiera entiendo.

—Hola —dice Lukas agarrando su botella de agua para hacerme sitio.

—Hola. —Tomo asiento dejando unos centímetros entre nosotros. Sin embargo, él me pasa el brazo por la espalda, me agarra de la cintura y tira de mí hacia su cuerpo. Después me suelta.

—No me parece que estés… —me aclaro la garganta— tan inconsolable como me habían hecho creer.

—¿Inconsolable?

—Pen me ha dicho que la puesta a punto no es plato de buen gusto para ti.

Me mira extrañado.

—¿En qué sentido?

—Te lavas las manos de forma obsesiva. Muchos madrugones.

—Me lavo mucho las manos para no pillar ningún virus. Son las pautas habituales antes de un gran encuentro. Y me despierto temprano porque el campeonato será en la costa este.

—Ah. ¿Y qué hay de los rumores sobre que le haces ojitos a la piscina?

—No lo sé. ¿Estás tú metida dentro?

La sangre me sube a las mejillas. Bajo la mirada.

—Todavía no, ¿eh? —dice crípticamente—. Lástima.

—Enhorabuena por los resultados de la Pac-12 —me apresuro a decir. Un tema tan bueno como cualquier otro.

—Lo mismo digo.

Yo sonrío. Él también. Y luego me dice:

—Se te veía contenta. No tan ansiosa como otras veces. Durante la competición, me refiero.

—Gracias. En realidad, salí un poco demasiado pronto durante uno de los saltos voluntarios, y en otro momento eso me habría hecho perder el hilo, pero logré despistar a mi cerebro para que… —Desvío la mirada—. Perdona, no has pedido un informe detallado de mi estado mental.

—Scarlett. —Noto un gran peso sobre la rodilla. Su mano, cálida y áspera—. Sí que te lo he pedido. Y fue bonito verte ahí arriba.

Es como si escurrieran el contenido de mi caja torácica. Casi, casi pongo mi mano sobre la suya. Me veo obligada a refrenarme. Respiro hondo pero de forma discreta.

—Bueno, ¿y desde cuándo sois fans del voleibol?

—Desde que la fiesta en la que estábamos se ha vuelto muy aburrida —dice Johan desde el otro lado de Lukas, que está bebiendo de la botella de agua y después me la ofrece. Doy un sorbo, aunque no tengo sed.

Lo echaba de menos.

Mucho. Muchísimo.

—¿Ves a ese tipo de ahí? —Señala a un hombre alto de pelo oscuro en la cancha—. Es el que nos ha invitado.

—Y el partido tenía la ventaja de no celebrarse en una fraternidad, a diferencia de la fiesta —añade Johan.

En la espalda de la camiseta pone «Torvalds».

—¿Otro sueco?

Lukas asiente.

—Nos hemos infiltrado en todos los deportes y ramas del gobierno.

—Ajá. ¿Tú y Torvalds sois parientes? —pregunto de broma.

—Sí, es mi primo.

Abro los ojos sorprendida.

—¿De verdad?

—No.

Resoplo.

—Pero el mío sí —dice Johan.

—Espera. ¿En serio?

Ambos sueltan una carcajada ante mi inocencia estadounidense. Me lo merezco.

—¿Tenéis un club de suecos? ¿Ahí habláis en vuestro idioma secreto?

—¿Te refieres al sueco?

—Sip. ¿Os reunís a la hora de la *fika* todos los días? ¿Pasáis un PowerPoint con fotos de estadounidenses para elegir a los próximos humanos que sacrificaréis durante el Midsommar?

Se ríen.

—Vuelvo enseguida —dice Lukas.

Los jugadores están haciendo un descanso y él se dirige a un lado de la pista para hablar con el primo Torvalds.

—Lukas tenía razón sobre ti —me dice Johan.

Me vuelvo alarmada.

—No sé qué te habrá contado, pero es mentira.

—Solo me ha dicho que eres graciosa.

—Ah. Entonces puede que no sea mentira.

—También me ha dicho que él no está a tu altura.

Parpadeo ante el dulce Johan, que sigue teniendo cara de niño. Es… ¿qué, dos años más joven que yo como mucho? Pero sigue siendo un inocentón.

—¿Cuándo ha dicho eso?

—Cuando le pregunté si estabais juntos. Fue hace ya meses, saliendo del Avery.

¿Qué?

—¿Estás seguro de que…?

—Vámonos.

Levanto la vista. Lukas me tiende la mano.

—¿Adónde?

—A casa.

Le echo una mirada furtiva a Johan. ¿No está un poco feo dejarlo aquí, solo? ¿Y está bien que hablemos tan abiertamente de…? Bueno, los suecos no se asustan con facilidad.

—¿La mía o la tuya?

Se encoge de hombros. Le cojo la mano. Johan no parece sorprendido por este giro de los acontecimientos y nos dice adiós.

—¿No me odiará por haberte raptado?

—No. Su novio es uno de los que juegan.

—Ah.

Salimos de la pista aún cogidos de la mano. Esto es… más público de lo que habíamos acordado. Aunque si Pen está en una fiesta con no sé qué remero, quizá sea porque ya le parece bien que la gente sepa lo de la ruptura. Además, estamos los dos solos. No soy capaz de apartarme, ni siquiera cuando me apoya contra la pared y se inclina para besarme. Sabe a cerveza y a él. Huele menos a cloro y más a jabón. Sus hombros bajo mis manos, el roce de su mejilla contra la mía, todo me es tan familiar como la escalera de un trampolín.

—Quería estar enfadado contigo —dice contra mis labios—. Y con razón. Me dije que no volveríamos a quedar hasta que estuvieras lista para ser sincera. —No le pregunto sobre qué. Sería demasiado deshonesto por mi parte—. Pero, joder, me alegro tanto de verte, Scarlett. No puedo enfadarme contigo, porque cada vez que pienso en ti me acuerdo de que existes.

No creo que lo diga de broma, pero sonrío de todos modos.

—Me alegro de que no estés enfadado —digo tirando de él otra vez y dándole un beso más profundo hasta que me mete la lengua y yo me arqueo contra su cuerpo.

El calor, el confort y la alegría que me produce el mero hecho de estar cerca de él me desgarran y me queman por dentro. Intenta retroceder, pero no puedo dejarle, no después de tanto tiempo sin verlo.

—Joder, Scarlett —gime, como si mi incapacidad para soltarlo le resultara físicamente devastadora—. Aquí no.

—¿Por qué? —protesto.

Y tal vez no haya una buena razón, porque mira a nuestro alrededor y encuentra una puerta. Es una sala de reuniones que huele a limón y desinfectante. Hay sillas, una pizarra. Una de esas insípidas citas inspiradoras que a Stanford le encanta pegar por todas las instalaciones deportivas, algo sobre el dolor, la disciplina y el arrepentimiento. Leo la primera parte mientras Lukas coloca una silla bajo el pomo de la puerta, pero unos segundos después ya me está besando de nuevo, subiéndome al mueble más cercano: un podio.

Mis manos corren hacia la bragueta de sus vaqueros.

—No puedes… No puedo hacer esto, joder —dice.

Consigo desabrochar un botón, pero él me detiene con los dedos. Me veo obligada a levantar la vista. Sus ojos son de un azul oscuro, implacable, vagamente desesperado.

—Es mucho más que sexo —añade—. Lo fue la primera vez y lo sigue siendo ahora.

Le aguanto la mirada respirando con dificultad. Encuentro algo en su cara que es mitad súplica, mitad determinación.

—Necesito que lo admitas, Scarlett. —Su voz es un murmullo bajo y decidido—. Necesito que no me dejes enfrentarme a esto solo.

Voy a echarme a llorar. Noto el nudo en la garganta, las lágrimas en los globos oculares, y tengo que controlar el creciente sofoco antes de poder decir con voz temblorosa:

—Desde el principio, yo…

Para él es suficiente, aunque lo cambia todo. Sus besos apremiantes y frenéticos se transforman en lentos y reverenciales recorridos por mis hombros, mejillas, párpados y clavículas. Me acerca la mano al pecho y me roza el pezón. Dice mi nombre una y otra vez. Yo digo el suyo. Me baja con cuidado los pantalones y las braguitas, y ni siquiera tiene que comprobar si estoy preparada.

Funciona, sin más. Se hunde poco a poco pero de forma inexorable en mi interior. Es tan placentero, tan exquisito, que se me saltan las lágrimas. Él las lame y emite sonidos profundos y roncos contra mi piel. Entra y sale, llena y vacía, y es tan fácil... Llevamos ocho meses preparándonos para esto. Cada vez que nos veíamos, follábamos, hablábamos, nos tocábamos, nos mirábamos, nos mandábamos mensajes..., cada vez que pensaba en él, todo era en aras de un momento perfecto.

En una sala multimedia cutre del pabellón Maples.

Suelto una risa muda y acuosa. Él menea la cabeza y sigue moviéndose, despacio, bien, tan bien como siempre, quizá incluso mejor. Pero de otra forma.

—Joder, Scarlett, no puedo contigo —dice antes de besarme como si sí que pudiera conmigo.

—Lukas... —Exhalo contra el algodón de su camiseta.

Lo abrazo y él no me sujeta. Esto es vainilla. Ninguno de los dos tiene el control. Somos él y yo, iguales de repente.

—Más despacio —me pide en lugar de obligarme—. Solo un poco. O me correré y esto se acabará, y no quiero que se acabe.

Nos detenemos y nos damos un beso lento y con la boca abierta. Empezamos de nuevo y entonces soy yo la que está a punto de...

—Un momento. Solo un momento. Por favor.

Sus caderas chocan contra mí. Paramos. Nos reímos en la boca del otro. Nos separamos, sin aliento. Hacemos que dure lo máximo posible. Nos arqueamos el uno contra el otro, nos agarramos y nos manoseamos, pero nunca con demasiada fuerza. Él suspira. Yo lloro.

Es una buena sensación. Él y yo. Como algo totalmente distinto. Ni mejor ni peor, solo inexplorado, pero de repente accesible.

—Quiero hacer esto contigo todos los días durante el resto de mi vida.

Asiento, todavía con la cara llena de lágrimas. *Yo también*, pienso. Yo también.

—Déjame decirlo —me pide—. Quiero decirlo. Solo una vez.

Sé lo que quiere decir. No puedo soportarlo. Entierro mi cabeza en su cuello y la muevo para decir que no, porque no puedo.

—Scarlett —suplica—. Déjame decírtelo, por favor.

Pen, pienso. Está Pen. Y todo lo demás. El futuro. El pasado. ¿Y si lo dice y después lo pierdo? ¿Y si fracaso en esto también? ¿Cómo podré soportarlo?

Está tan dentro de mí que me tiembla todo el cuerpo.

—Por favor —le ruego—. No lo hagas.

—La cosa es… —Apoya su frente contra la mía—. No sé si podré aguantármelo.

—Es que… Me…

Gruñe de frustración, pero luego dice:

—Shhh, tranquila, cariño.

Se mueve un poco más deprisa, un poco más fuerte, me coge de la nuca y me apoya la cabeza justo en la base de su cuello. La deja ahí como si quisiera protegerme de algo y, un instante después, noto que empieza a temblar y mis gritos quedan amortiguados por su cuerpo. Me corro como si se rompiera una presa, y Lukas…

Lo dice.

Aunque en otro idioma. Frases lentas, musicales. Las mismas palabras repetidas una y otra vez. Me inundan mientras él se corre dentro de mí y sus anchos hombros se agitan bajo mis brazos. Y, aun así, me permito el lujo de fingir que no le entiendo.

Lo que no impide que llore. Después, me seca las lágrimas a besos y no se enfada ni se impacienta, solo veo gozo en sus ojos.

—Lo siento —le digo—. Es que… tengo que… Tengo que cuadrar un par de cosas. Asegurarme de que Pen está… Antes de que pueda…

Asiente.

—Lo sé. —La saca y jadeo al sentir la sensación. Me quita el aliento de la boca con un beso—. No te preocupes. Encontraremos la forma. Te quie… —Suelta una pequeña carcajada apenada y se contiene. Me acaricia la mejilla con la mano, me alisa la ropa y me da besitos por toda la cara—. Deja que te lleve a casa y…

Un zumbido me sobresalta. Lukas termina de subirme la cremallera de los pantalones y se palpa el bolsillo de los suyos, buscando el móvil.

—¿Pen? —pregunta con un deje de impaciencia en la voz. No ha sonado ningún tono de llamada, lo que significa que debe de haber quitado su número de los contactos de emergencia.

Se pone tenso. Los sollozos de Pen son tan fuertes que hasta yo los oigo. Él le dice cosas como «cálmate», «¿dónde estás?» y «más despacio».

—Vamos —me dice después de levantarse, cogiéndome la mano—. Tenemos que ir a buscarla.

CAPÍTULO 61

Es un poco raro. Estamos Pen y yo sentadas en el asiento trasero del coche mientras Lukas conduce. Haría una broma sobre su nuevo trabajo como conductor de Uber, pero ahora mismo sería tan buena idea como recoger a un asesino en serie que va haciendo autoestop.

—Os juro que no es verdad. —Sus sollozos son ahora más silenciosos—. Me creéis, ¿no?

Le aprieto la mano.

—Claro que sí. —Cuanto más lo pienso, más segura estoy. Pen no es tonta y, desde luego, no pondría en peligro su puesto en la NCAA tomando sustancias prohibidas.

—¿Cuándo te han notificado el RAA? —pregunta Lukas.

—¿El qué?

—El resultado analítico adverso —susurro.

—Ah, claro. Perdón, me he tomado un chupito con el estómago vacío. Me siento como si me hubieran dado una pedrada en la cabeza. —Se frota la cara—. Hace media hora. Estaba en la fiesta con Vic, pero no la encontraba, así que he sacado el móvil para llamarla y… el director deportivo nos había enviado un correo electrónico al entrenador Sima y a mí. Es de la muestra de la Pac-12. ¡Ni siquiera de una prueba aleatoria!

Lukas asiente.

—¿Cuándo fue la última vez que te hiciste una prueba antes de esta?

—Hace cinco o seis meses. Para el campeonato nacional de salto.

—¿Y tu dieta no ha cambiado? ¿No has empezado a tomar ningún medicamento nuevo? ¿No has consumido drogas, vitaminas o suplementos?

Pen ahoga un grito.

—Lukas, me conoces.

—A estas alturas sé muy poco de tu vida cotidiana —dice sin ninguna entonación negativa, pero a ella le molesta lo suficiente como para apartar su mano de la mía e inclinarse hacia delante, agarrando el reposacabezas del asiento del conductor.

—Lo creas o no, no me he vuelto imbécil en este último año. Sé lo fácil que es dar positivo en un control antidopaje. Jamás se me ocurriría tomar sustancias no reguladas sin antes pedir la aprobación del médico del equipo.

Él asiente, imperturbable ante la actitud defensiva de Pen.

—¿En qué has dado positivo?

—No he… —Se echa hacia atrás y nuestros brazos se rozan—. Esteroides anabólicos. ¿De dónde coño voy a sacar yo eso? ¿Creen que me dedico a cocinar metanfetamina en el garaje?

—¿Y esta era la muestra A?

—Sí. Madre mía. Ni siquiera... ¿Qué va a pasar ahora, Luk?

—Cuando te hicieron las pruebas, tomaron una muestra B, ¿verdad?

—Sí.

Es un proceso con el que todos los atletas de primera división están familiarizados. Tragar litros de agua para orinar delante de una señora que debe ver con sus propios ojos cómo llenas un vaso de plástico. Es una práctica que forma parte de mi vida desde hace años y apenas reparo en lo desagradable de la situación. Siempre nos piden que llenemos dos vasos. La muestra A se utiliza para las pruebas y la B se congela. Si la muestra A da positivo, la B se usa para repetir la prueba cuando el atleta impugna los resultados.

He oído hablar de algunas personas que han tenido que pasar por eso, pero siempre eran historias de terceros. Un estudiante de la otra punta del país. Una saltadora que se graduó antes de que yo entrara en el equipo. Amigos de amigos. Deportistas famosos en las noticias. Vivirlo de primera mano es... extraño.

—El primer paso es pedir que se repita la prueba —dice Lukas con calma—. Y quizá buscar un abogado...

—¿Un abogado?

—Preguntaré por ahí. ¿Qué te ha dicho el entrenador?

—No ha contestado. Aunque pidamos que se repita la prueba, el campeonato de la NCAA está a la vuelta de la esquina. ¿Llegará a tiempo? Si no, podrían descalificarme y... —Se queda a media frase y las lágrimas vuelven a caer.

La atraigo hacia mí para abrazarla.

—Dispones de un plazo de veinticuatro horas para pedir la repetición, ¿no? —le pregunta Lukas.

—Sí.

—¿Stanford se encarga de eso o tenemos que hacerlo nosotros?

—Se encargan ellos.

—De acuerdo. —Lukas asiente y la opresión que noto en el pecho empieza a disminuir. Es por la forma en que plantea las cosas: los planes, el calendario, la lista de tareas—. Por ahora, no te preocupes. No has tomado esteroides, pero algo ha ocurrido. Llegaremos al fondo de la cuestión. Tú concéntrate en que se te pase la borrachera. Duerme un poco y mañana será otro día.

—No podré dormir hasta que se aclare todo este lío. —Pen se limpia los ojos—. ¿Cómo voy a seguir con mi vida mientras espero? ¿Qué haré si no puedo competir?

—De momento te llevo a casa y... —Se detiene al captar mi mirada en el retrovisor.

Niego con la cabeza. Me imagino lo asustada que debe de estar. Los deportistas basamos toda nuestra identidad en torno a las competiciones, y sé de primera mano lo desestabilizador que puede ser que nos las arrebaten. Está claro que la situación ya está afectándola y no quiero que tenga que enfrentarse a ello por su cuenta.

—No creo que sea buena idea que te quedes sola —le digo—. ¿Por qué no te vienes a mi casa unos días?

Abre los ojos sorprendida.

—¿En serio?

—Claro. Veremos la tele. Pasaremos el rato.

—¿Pero tu cama no es individual?

—Te la cedo, yo dormiré en el sofá.

—Me sabe mal. Además, ¿no me dijiste que tu compañera de piso era un poco hija de puta?

Hago una mueca.

—A veces puede serlo, sí.

—En ese caso, no te preocupes. Luk, ¿puedo quedarme contigo? A Hasan y a Kyle no les importará.

Me quedo helada. Lukas también. Sus ojos vuelven a encontrarse con los míos y el miedo a lo que pueda pasar si Pen se queda sola es lo que me lleva a asentir.

—Claro —responde al fin. No creo que le entusiasme la idea, pero Pen no se da cuenta.

—Qué alivio. —Resopla entre lágrimas y mocos—. Luk, por casualidad tienes…

Él ya está tendiéndole una caja de pañuelos. Cinco minutos después, me dejan en casa.

—Ah, sí, las tres peores formas de torturar a alguien: arrancarle las uñas, ahogarle metiéndole la cabeza en agua y hacerle esperar a que un laboratorio acreditado por la AMA haga su trabajo —comenta Victoria.

El entrenador Sima la mira de reojo, pero hay algo de verdad en sus palabras. El procedimiento de volver a someterse a una de esas pruebas es larguísimo, incluso aunque se pida que lo aceleren para que Pen tenga la oportunidad de competir en la NCAA.

La moral está por los suelos. Los días pasan lentos, tensos. Los ayudantes de los entrenadores murmuran entre ellos y se callan cuando paso por al lado. Pillo a uno de los jugadores de waterpolo rebuscando en la taquilla de Pen, esperando encontrar un alijo de jeringuillas y viales de hormonas. El martes, después de meter la pata mientras me impulso para un salto y sufrir una contusión leve, el entrenador Sima me echa la bronca por ser irresponsable y luego se disculpa de mala gana cuando el médico me manda a casa con órdenes de que descanse.

—Pen es un ejemplo de valentía —le digo a Bree el jueves mientras la vemos hacer un salto inverso con dos mortales y medio y le sale perfecto. Ha mantenido la cabeza alta, está acudiendo a todos los entrenamientos y dando lo mejor de sí.

—Ya ves. Yo ya me habría ahogado en mis lágrimas.

Me pongo en su lugar y no puedo imaginarme llevándolo tan bien como ella.

Pasamos mucho tiempo juntas: entrenamos, comemos, estudiamos. El tiempo que le queda, lo pasa con Lukas. Él y yo nos hemos puesto de acuerdo en que Pen nos necesita y que no hay que dejarla sola.

Y, sin embargo…

Está feo tener celos de tu amiga, me recuerdo. Y tenerle envidia está más feo si cabe. Sobre todo si esa amiga está pasando por un momento delicado. Me siento orgullosa de Lukas por querer estar a su lado, por acompañarla al laboratorio de dopaje para presenciar la apertura de la muestra B o por sentarse a escuchar a un abogado «explorando opciones». Se asegura de que ella duerma, coma y siga en sus cabales. Si se negara a apoyar así de bien a una expareja, lo respetaría mucho menos.

Aun así, lo extraño.

Cuando nos mandamos mensajes, la mayoría son sobre ella. «Está bien? Necesita algo? Voy a dejarla en el Avery. Vale, yo ya estoy por aquí».

Cuando se marcha a Georgia para participar en el campeonato de la NCAA, Pen vuelve a su apartamento y yo me voy con ella. Compartimos su minúscula cama y nos reímos de las patadas que nos damos mientras dormimos. Evitamos comprobar el correo electrónico de forma compulsiva. Vemos a Lukas siendo tan odioso como siempre y ganar todas sus carreras.

—Otro día más en la oficina —murmuro mientras lo veo salir de la piscina y darse un apretón de manos y medio abrazo con el chico de la Universidad de California que ha quedado segundo. El agua le resbala por encima del tatuaje y del traje de baño de competición. Se inclina para escuchar al entrenador Urso enumerar las cosas que ha hecho mal, incluso después de haber ganado la carrera. Apenas sonríe. Cuando lo hace, no es de verdad. Sé distinguirlo—. Se le da tan bien y, a la vez, se la suda tanto.

Pen frunce el ceño.

—Hace que todo parezca fácil, pero cuando era más joven y tenía problemas… Tú no estabas, pero yo sí vi lo mucho que le afectaba. No se la suda.

Antes daba por hecho que Pen conocía a Lukas a fondo y que sabía cosas que yo no veía porque él no me las mostraba. Ahora me doy cuenta de que su percepción de Lukas está estancada. Para ella, es ese chico de dieciséis años en lugar del hombre en el que se ha convertido.

Esa misma noche, mi móvil vibra.

LUKAS: Todo bien?

Pen respira suavemente a mi lado.

SCARLETT: Sí. Está durmiendo
LUKAS: Y tú?
SCARLETT: Yo no estoy durmiendo
LUKAS: Pero estás bien?
SCARLETT: Sí

Observo las sombras de las ramas de los árboles en el techo.

SCARLETT: Lukas?
LUKAS: Sí?
SCARLETT: Enhorabuena por ganar tu última carrera en Estados Unidos
LUKAS: Gracias, Scarlett

CAPÍTULO 62

El campus se ha visto invadido por una horda de deportistas.

Durante un par de días, la piscina de saltos (mi piscina de saltos) está vedada para los lugareños, ya que los saltadores de otras universidades necesitan familiarizarse con ella. Eso me pasa por querer tenerlo todo. Envidiaba a los nadadores por disfrutar de un descanso durante la puesta a punto, pero ahora descubro que no me sienta muy bien estar sin hacer nada. Sigo yendo al Avery para practicar en seco y hacer algo de fisioterapia.

Es allí donde me entero de que Lukas ha vuelto. Lo veo en uno de los despachos, hablando con los peces gordos del deporte que solo aparecen cuando ganamos algo. El corazón me da un vuelco y después se convierte en el colibrí más inquieto y contento de la historia.

Más tarde. Mejor le mando un mensaje más tarde. Me obligo a marcharme, recordándome a mí misma que está ocupado, pero mientras me dirijo al comedor, oigo unos pasos detrás de mí. Una mano me agarra del brazo y allí está.

Voy a estallar de...

Tiene que ser amor. Se expande, lo consume todo, es pleno y alegre. Está hambriento. Es espeso. Pesado y la vez ligero. Está por todas partes. Somos él y yo y la miríada de hilillos que nos unen.

Sonrío, y mi sonrisa de felicidad parece desorientarlo. Levanta la mano, me acaricia la mejilla con el pulgar, dice mi nombre tan bajito que ni siquiera yo lo oigo. Luego se retira con el ceño algo fruncido.

—¿Cuándo has vuelto?

—Esta mañana. —Se acerca un paso, irguiéndose sobre mí—. Tenemos que hablar.

Ahora soy yo la que frunce el ceño.

—¿Le ha pasado algo? Creía que estaba con el entrenador Sima.

—¿Quién?

—Pen.

—No se trata de Pen. —Su mano sigue aferrada a mi brazo—. Sino de que sufriste una contusión y no me lo contaste.

—¿Cómo lo sabes? —Enarca una ceja—. No fue para tanto. Me dieron el alta al día siguiente. Y tú estabas chapoteando por la costa este. Ganando títulos. *Übermensching.*

—Tienes que contarme estas cosas.

—¿Qué cosas?

—Todo. Tienes que... —Inspira. Mira hacia otro lado, luego hacia mí—. Quiero saber estas cosas.

—¿Por qué?

—Porque eres tú.

Otro derrame de calor. Mi estómago rebosa mariposas.

—Estoy bien —lo tranquilizo.

Le agarro la mano, una disculpa silenciosa, una promesa de que me encuentro a salvo. Él suspira y me mira.

—Igualmente tenemos que hablar, Scarlett.

Pues sí. Es verdad.

—Ahora no es un buen momento. Ella nos necesita más que... —¿Más que qué? ¿Más de lo que yo le necesito a él? ¿Más de lo que él me necesita a mí? ¿Me corresponde a mí decidir algo así?

A juzgar por el movimiento de su mandíbula, no. Se inclina para besarme; un beso corto, intenso, como si quisiera dejar una huella. Lo que no sabe es que ya está ahí.

—En cuanto esto se resuelva —me advierte.

Respiro hondo.

—En cuanto esto se resuelva y termine la NCAA.

A la mañana siguiente, un día antes de que empiece la competición, Pen recibe un correo electrónico del director deportivo de Stanford.

Los resultados iniciales del laboratorio fueron un falso positivo.

El campeonato de la NCAA no tiene prueba de sincro.

—Lo cual es una mierda —me dice Pen—, ya que les daríamos una paliza.

—¿Verdad? —Aunque, en la intimidad de mi cabeza, me encanta la idea de competir solo en una prueba, la que se me da mejor, el último día—. Pero vendré a apoyarte el segundo día, para la prueba de trampolín.

—¿Me aguantarás la toalla?

—Y te enviaré buenas vibras.

El Avery es puro caos. Cada vez que empieza una carrera, se levanta un alboroto similar al de un estadio. Las entradas se agotan y el acceso a las gradas está prohibido a quienes no tienen la acreditación. Para apoyarnos, el equipo masculino recurre a ver las pruebas desde los banquillos y los túneles que llevan a las taquillas, agrupándose, haciendo apuestas y profiriendo gritos cada vez que se le adjudican puntos a Stanford, sean muchos o pocos.

—Es porque quedaron cuartos en su campeonato —me informa Shannon. Es una de las capitanas del equipo femenino. Recibo muchos correos electrónicos de su parte, pero no recuerdo si hemos llegado a hablar alguna vez en persona—. Lo que me extraña es que no quedaran primeros teniendo a Blomqvist en su equipo, pero bueno.

—¿Quién ganó? —le pregunto, aunque sé que debería estar enterada de estas cosas.

—Los de la Universidad de California. Pero para nosotras las principales rivales son las de Texas y Virginia. ¿Sabes saltar mejor que ellas?

—Eso espero.

Su ceño fruncido me recuerda por qué nunca hemos cuajado.

—No pasa nada. Mi apuesta es Penelope Ross.

Pues quizá no debería ser así, porque Pen no está teniendo un gran campeonato. Durante las preliminares de los tres metros, casi no se clasifica por equivocarse en un tirabuzón. Más tarde, en la final, a pesar de que no ha hecho mal ningún salto, la posición de su cuerpo no termina de…

—¡Qué maravilla de salto! —dice Rachel después de que Pen ejecute un carpado hacia atrás con dos mortales y medio que… no es para nada una maravilla.

Los saltos son, para quienes no se dedican a esto, lo que el vino es para mí: da igual que sea de garrafón o de la bodega de un barón francés cuya familia ha caído en desgracia, yo no noto la diferencia.

—No ha estado mal —dice Bree aplaudiendo.

Hasan la mira con el ceño fruncido.

—¿Pero?

—Le ha faltado un poco de altura —responde.

Y también ha hecho una salida en falso. Aparecen las puntuaciones en el marcador y hago una mueca. Termina en quinto lugar, lo que está por debajo de lo esperado teniendo en cuenta la medalla del año pasado.

—Es porque se me ha metido el miedo en el cuerpo por las pruebas de dopaje —nos dice más tarde, cuando nos reunimos en el despacho del entrenador Sima—. Me ha afectado. No encontraba el ritmo.

—No importa —le dice el entrenador—. Lo hecho, hecho está. No le des más vueltas. Mañana es la prueba de plataforma, y eres la favorita. Céntrate en eso.

—Sí. Lo haré. —Suspira y se vuelve hacia mí—. ¿Está Lukas por aquí? ¿Me ha visto saltar?

—No estoy segura. —No sé nada de él desde que ha empezado el torneo.

—Lo he visto en las pruebas de natación —dice Bella—. Creo que tiene que estar presente, ya que es uno de los capitanes.

Y, sin embargo…

A la mañana siguiente, Pen y yo superamos sin problemas las preliminares de plataforma. Cuando vuelvo para la final, a última hora de la tarde, Lukas está ahí. Voy distraída, mirando el móvil, y casi nos chocamos.

—¿Qué estás mirando?

—Barb me ha mandado un video de Pitufa deseándome buena suerte.

Se lo enseño. Hay que decir que parece bastante embelesado.

—Te gustan los perros, ¿no? —le pregunto.

—Si digo que no, no volveré a verte, ¿verdad?

—Pues no me había parado a pensarlo, pero… sí. Eso es exactamente lo que pasaría.

—Me encantan los perros. Solo que no estoy seguro de que Pitufa cumpla los requisitos necesarios.

Justo cuando estoy considerando la opción de dejar que Pitufa le arranque la cara en legítima defensa de su honor, me llega un mensaje de Maryam:

MARYAM: Estoy en las gradas. Búscame

Levanto la vista y miro hacia los asientos. No hay ni rastro de ella.

MARYAM: Es broma jeje

Me envía un minuto después. Pero sí que he visto una cara conocida.

—¿Lukas?

—¿Sí?

—¿Esa es…?

Sigue la dirección de mi mirada.

—Sí. Lo es.

—¿A la doctora Smith le gusta el salto de trampolín?

—Una vez me preguntó en qué se diferenciaba de la natación, así que lo dudo. Creo que solo ha venido para apoyarte.

—Eso es muy… —Me quedo a media frase. Por un momento, siento que me voy a desmayar—. ¿Lukas?

—Sigo aquí, sí.

—¿Sabes quién es el doctor Carlsen?

—¿El que da Biología Computacional?

—Sí.

—Fue mi profesor el año pasado. ¿Por qué?

Señalo la zona de las gradas donde se encuentra la doctora Smith con la cabeza apoyada en el hombro del doctor Carlsen. Él le rodea la cintura con la mano y no parece muy entusiasmado de estar aquí. Si bien es verdad que, en comparación con su estado natural de ira silenciosa, esto podría considerarse una mejoría.

—Mencionó que tenía marido —digo—. ¿Está… engañándolo a plena luz del día?

—¿Olive?

Asiento atónita. Sin embargo, Lukas no parece ni la mitad de estupefacto que yo. De hecho, veo que está aguantándose la risa.

—Scarlett, creo que el doctor Carlsen es su marido.

Me lo quedo mirando sin comprender.

—No.

—Sí.

—No.

Se muerde el interior de la mejilla.

—Si te soy sincero, lo veo.

—No.

—Se complementan a la perfección. Y tienen varias publicaciones juntos.

—No.

Se ríe.

—¿Estás bien, cariño?

—Nunca volveré a estar bien.

—¿De qué habláis?

Me doy la vuelta. Pen está detrás de nosotros, ya mojada y con el traje de baño puesto.

—De nada, es que la profesora con la que hacemos un proyecto...

—Tienes que ir a ducharte, Vandy. Vamos a empezar ya.

—Ah, sí. Gracias.

Me voy con una última y melancólica mirada a Lukas y siento sus ojos clavados en mí mientras me alejo.

La final comienza diez minutos después.

CAPÍTULO 63

Me doy cuenta, al tercer salto más o menos, que es la mejor competición de mi carrera… y que, por extraño que parezca, no tiene nada que ver con las puntuaciones.

Me muevo con ligereza en el aire. Mis extremidades responden a la perfección. Y, sobre todo, soy capaz de despejar la mente. Me encuentro a diez metros por encima del mundo y no existe nadie más. Solo estamos el agua y yo. Oigo la voz de Sam en mi cabeza, que me recuerda: «El cerebro no es un músculo, pero, a veces, puede usarse como tal. Entrénalo para competir igual que harías con cualquier otra parte del cuerpo».

Pen, que también está mucho más en forma que ayer, lleva a cabo sus ejercicios con toda la agilidad del mundo. Su primer salto voluntario cuenta con un grado de dificultad mayor que el que yo he logrado jamás en competición, y verla ejecutarlo sin apenas errores me deja sin aliento. El segundo es un salto hacia dentro: una auténtica obra de arte; me alegro tanto por ella que le doy un abrazo. Estoy tan contenta por lo bien que nos está saliendo todo que no acabo de comprender las implicaciones hasta el final de la cuarta ronda.

Voy en primer lugar. Pen me sigue a un par de puntos de distancia.

—Como alguna de las dos la cague durante el último salto —amenaza el entrenador Sima—, os juro que os venderé a un zoo.

—Sin presión —murmura Pen.

—Ya lo creo que sí. Toneladas y toneladas de presión.

Pero sus palabras no nos afectan. O al menos a mí. Mi último salto es un carpado hacia dentro con dos mortales y medio, el mismo que me jodió la vida hace dos años, y...

Me sale bien. No perfecto, pero doy la talla. Lo sé en cuanto mis manos tocan el agua. Lo sé sin necesidad de leer la puntuación. Es una certeza que procede de algún lugar de mi interior que no existía hace unos meses.

Pen salta después que yo y su desempeño es bueno. Las cámaras me siguen por el recinto. Las atletas ensayan sus saltos, reciben consejos de última hora por parte de sus entrenadores y dan brincos para entrar en calor. Me seco el bañador, vuelvo a ponerme el chándal y observo la lista de nombres del panel. La competición no ha acabado todavía.

El móvil me suena con la llegada de un mensaje:

Sonríe

Es Mei. Seguramente se ha equivocado de nú...

MEI: Estoy viendo el directo, y tienes que SONREÍR
SCARLETT: Qué?
MEI: Acabas de ganar la NCAA

Echo un vistazo a la clasificación y veo que tiene razón.

Voy a acabar la primera.

Necesito... un momento para asimilarlo.

Para comprender la magnitud de la situación.

Me meto dentro, dejando atrás al grupo de nadadores que están viendo la competición. Tienen el mentón inclinado hacia la plataforma y no me prestan ninguna atención. Me abro camino hacia las entrañas del Avery. Tuerzo una esquina a toda prisa y me desplomo contra la pared, cerrando los ojos con tanta fuerza que veo chiribitas.

No me entra en la cabeza. La persona que era hace dos años. Lo sola que me sentía. El miedo que me daba ser demasiado, no ser suficiente, ser imperfecta. Estaba rodeada de imposibles. Y ahora he saltado y...

—Scarlett.

Parpadeo. Veo a Lukas frente a mí con una sonrisa en la cara. Una sonrisa de verdad.

—Ya estamos llorando otra vez.

Ni siquiera me había dado cuenta.

—No...

—Ya lo sé. —Se acerca a mí y me apoya las palmas sobre los hombros. Me limpia las lágrimas con besos—. No pasa nada —murmura—. Te volveré a recomponer.

Me aferro a su camiseta.

—Es que... es mucho que asimilar.

—Lo sé. —Me besa los labios con suavidad—. Scarlett. Eres la mejor. Eres perfecta. Y te...

Una voz indignada y quejumbrosa se traga el resto de lo que iba a decir.

—¿Estáis de coña?

CAPÍTULO 64

Lukas no se da la vuelta. No se aparta de mí. No se marcha.

Sé que ha oído la pregunta de Victoria, pero no parece dispuesto a dejar que dicte sus movimientos. Se trata, tal vez, de una declaración de intenciones:

No estamos haciendo nada malo.

Estoy muy a gusto aquí.

Pírate.

Lo respeto, aunque no sé si es la mejor forma de proceder, de manera que le apoyo una mano en el pecho para apartarlo.

No sirve de nada. Lukas vuelve a besarme con toda la parsimonia del mundo, deja escapar un suspiro exasperado y retrocede un paso.

Cuando vuelvo por fin la vista hacia Victoria, me percato de que no está sola. Va acompañada de Bree, Bella y…

Pen, claro está. Cuatro pares de ojos desorbitados y bocas abiertas, todos con expresiones que oscilan entre la ofensa, la incredulidad y el dolor.

—¿Qué haces, Vandy? —pregunta Bree. Suena como si acabara de lanzar a su abuelo delante de un tractor.

Estoy planteándome cómo responder cuando Lukas dice:

—Cuéntaselo, Pen.

Pen, sin embargo, no le hace ni caso. Está temblando, plantada junto a Victoria, y tiene la cara pálida. Se me queda mirando con una expresión que soy incapaz de descifrar y me pregunta:

—Lo único que querías era ocupar mi lugar desde el principio, ¿verdad?

Traicionada: esa es la expresión. Y me mira como si la hubiera traicionado yo.

—Tu… ¿qué?

—Porque es lo que parece, Vandy. —Las lágrimas empiezan a correrle por las mejillas—. ¿Qué pasa, te has puesto en plan *Atracción fatal?*

—Basta —dice Lukas. Tiene la mano apoyada en mi hombro, cálida y reconfortante—. Pen, ellas también son compañeras de equipo de Scarlett. Si no les cuentas tú lo que pasa, lo haré yo.

—¿Lo que pasa? Se ha quedado con lo que hace un año era mío: mi novio y la medalla de oro. Eso pasa.

Lukas exhala impaciente. Me da miedo lo que pueda soltarle en estos momentos. Lo tocada que podría quedarse Pen.

—Sé que estás pasándolo mal, Pen —intervengo procurando serenar la voz—. Pero sigues siendo medallista de plata. Y Lukas…

—¿Qué pasa con Lukas? —pregunta Vic acercándose a Pen—. Porque a mí me parece que podría haber cortado con Pen antes de…

—Pen y yo no estamos juntos —la interrumpe Lukas—. Cortamos hace meses. —Se vuelve hacia Pen—. Hice lo que me pediste y mantuve la ruptura en secreto porque Scarlett estaba al tanto y eso era lo único que me importaba. Pero se acabó.

—Creo que deberíamos marcharnos, chicas —murmura Bella. Todas deben de estar de acuerdo, porque se van al instante. Vic le da un apretón en el brazo a Pen al pasar.

—Tú también deberías marcharte, Pen —tercia Lukas sin malos modos en cuanto las chicas ya no pueden oírnos—. Hablaremos del tema cuando se hayan calmado los…

—¿Te das cuenta de lo mucho que duele? —Tiembla y se rodea la cintura con los brazos. Solo lleva puesto el bañador, que sigue húmedo—. Verte así con mi mejor amiga.

—No tienes ningún derecho a liarla de esta manera. Hace meses que sabes lo mío con Scarlett. De hecho, fuiste tú quien nos animó a estar juntos.

—Pero era solo… Estabais de rollo, no era…

—Pen, cuando le diste carpetazo a lo nuestro, dejé muy claro que daba por terminada mi responsabilidad para contigo. Te dije que estaría a tu lado como amigo, pero sabías desde el principio que no pensaba tratar mi relación con Scarlett como un pasatiempo.

—¡Pero fui yo quien cortó contigo! Hace unos meses, tú y yo seguíamos enamorados y ahora… ¿Qué, estás enamorado de dos personas?

—No, de dos no.

Las palabras se precipitan entre los tres como un cuerpo al saltar al agua. Una entrada perfecta. Sin ruido ni salpicaduras, dejando a su paso únicamente un terrible y ensordecedor silencio. Y cuando calan del todo en el cerebro de Pen, ella se vuelve hacia mí.

—Me lo has… arrebatado todo. Gracias, Vandy.

Niego con la cabeza. Está siendo injusta e irracional, y sé que debería cabrearme con ella, pero se la ve tan desconsolada que no me sale el enfado.

—Sé que esto te va a doler, pero… no te he quitado nada. Porque ni Lukas ni el título eran tuyos —digo con suavidad.

—Tienes que dejarlo estar, Pen. —Lukas me coge el hombro con más fuerza—. Scarlett es amiga tuya y le estás haciendo tanto daño como a ti.

—Era amiga mía, y… —Señala a Lukas con un dedo tembloroso—. Te prohíbo que te enamores de ella.

—Pen, ya estoy enamorado de ella.

—Ah, ¿sí? —Suelta una carcajada amarga y algo cruel—. Pues Vandy no debe de haberse enterado, porque se ha quedado tiesa.

Lukas traga saliva sin mirarme.

—Aún no estaba preparada para oírlo. Y no es asunto tuyo.

—¿Cómo no va a ser asunto mío? ¡Sois mi novio y mi mejor amiga!

De pronto, la situación me desborda.

—Necesito que nos tomemos un descanso y… —Me seco las mejillas con ambas palmas, abrumada—. Pen, tú…, lo siento, pero no estás siendo justa. Y Lukas, no…

Me doy la vuelta y me dirijo hacia los vestuarios, hacia la salida más cercana. Al doblar la esquina, Lukas ya me ha dado alcance. Se detiene frente a mí, cortándome el paso, y me coge el rostro con las manos.

—Scarlett. No.

—No... —Estamos en el mismo lugar donde me crucé con él y con Pen a principios de curso, en septiembre. Es una broma de mal gusto—. No puedo ir a la entrega de premios.

—A la mierda la entrega. Estoy aquí. Quédate conmigo.

Niego con la cabeza. Mis lágrimas salen volando.

—Debería haberle contado a Pen lo nuestro. En cuanto las cosas empezaron a cambiar, debí...

—Scarlett, tú misma lo has dicho. Pen no está siendo razonable. Tiene que empezar a asumir las cosas de una puta vez.

—Pero no fui sincera. Sam dijo... Debería haberle contado la verdad. Pero no lo hice y ahora está sufriendo. Todo esto se lo he hecho yo... Y a ti también...

—¿A mí? —Sonríe, divertido—. Me has hecho más feliz de lo que nunca he sido, Scarlett, nada más. —Me inclina el rostro hacia arriba, hasta apoyar mi frente contra la suya—. Pen no tiene el corazón roto. Ni está enamorada de mí. Esto no es más que una muestra de posesividad. Ha montado un cirio porque ha perdido sus dos juguetes favoritos y no quiere ser la única que las pasa canutas. Y yo... llevo meses intentando decirte lo que siento por ti. Sé que te cuesta aceptarlo, que estas cosas te resultan difíciles, pero ya está dicho. Ya no tiene que darte miedo. Te quiero. Estoy enamorado de ti. Y tú estás enamorada de mí. Podemos decirlo en voz alta.

—Lukas.

—Llevo enamorado de ti mucho tiempo. Y así voy a seguir. Eso lo tengo claro.

—Lukas…

—Para mí no hay nadie más. —Me da un beso en la mejilla—. ¿Te acuerdas de lo que pasó en otoño? Cuando me porté como un gilipollas e intenté demostrarme a mí mismo que podía seguir adelante sin ti. Pues no puedo, Scarlett. No puedo vivir sin ti. Y por primera vez desde que tengo uso de razón, me da igual. No puedo parar de pensar en ti, y quiero hacer planes contigo, quiero que hablemos sobre el futuro, y me alegro una puta barbaridad…

—Para.

Es nuestra palabra. La que nunca he usado. Y Lukas la reconoce sin problema, porque se endereza al instante.

Tras unos segundos, incluso consigue soltarme.

—Me dijiste que, si te pedía que pararas, tú pararías. Y eso hago. Me… Esto es demasiado. Es mi mejor amiga. Son mi equipo. Y tú eres mi… —Las palabras brotan temblorosas y mueren en mi garganta. Ni siquiera puedo darles forma en mi cabeza—. Te pido que me des un tiempo para pensar qué hacer. ¿Vale?

Se me queda mirando durante un buen rato, su necesidad de respetar mis límites rivaliza con la necesidad que tiene de mí. La expresión resolutiva de su mirada no consigue enmascarar el dolor.

Puede que tenga el corazón tan roto como yo.

—Lo sabes, ¿verdad? —pregunta.

—¿El qué?

—Siempre has estado tú al mando. Me has tenido comiendo de la palma de tu mano desde el principio.

Creo que sí que lo sabía. Ahora no me queda ninguna duda, desde luego.

Esboza una sonrisa, pero esta no le alcanza los ojos.

—Mientras lo tengas claro, Scarlett…

Ni siquiera tengo que echar a correr, porque es él quien se marcha. Me besa la frente y se da la vuelta, y entonces lo veo alejarse hasta que las lágrimas me nublan la vista y su figura se desdibuja.

CAPÍTULO 65

No soy una cobarde.

O quizá sí.

¿Lo soy?

—No digo que lo seas. O que no lo seas —reflexiona Barb mientras mastica un bocado de macarrones con queso que he preparado desde cero. Será ingrata…—. Como bien nos enseñó Ludwig: hay preguntas que no necesitan ser resueltas, sino disueltas.

—No recuerdo haber conocido a nadie llamado Ludwig.

—Wittgenstein. El renombrado filósofo austriaco.

Suspiro.

—Sabía que no eran los huesos los que ocupaban espacio en tu cerebro.

—Quizá sean los aforismos. —Relame el tenedor—. La cuestión es que Ludwig no querría que siguieras preguntándote si hiciste lo correcto al marcharte de California. Deberías limitarte a disolver el problema y aceptar que hiciste lo necesario para estar tranquila.

—¿Estás segura de que eso es lo que Ludwig querría?

—Por supuesto. Me lo dijo el otro día. Siempre se preocupa mucho por tu bienestar.

—Ya veo, ya.

—Además, estás haciendo las prácticas con Makayla aquí en St. Louis.

Cierto, técnicamente. Lo que pasa es que no había planeado irme de California el día después de la NCAA.

En un vuelo carísimo.

Sin despedirme de nadie.

Dejándome comida en la nevera.

Llevo casi diez días en casa y he tardado la mitad en explicarle a Barb por qué me presenté en su puerta sin avisar.

El resto del tiempo lo he pasado intentando ordenar mis sentimientos.

—Siempre has sido lenta para esas cosas —dice Barb ahora, delante del cuenco de macarrones para el que he comprado pecorino del caro. Con su dinero—. Pero tómate tu tiempo. No es como si hubiera un sueco buenorro con una plaza para estudiar Medicina en Stanford esperándote.

—Mis sentimientos por Lukas son… Ese no es el problema.

—¿Y cuál es el problema?

Eso. ¿Cuál es el problema?

—¿Crees que…? ¿Crees que una relación que ha empezado con tanto drama y tantos contratiempos, y que además les ha hecho daño a otras personas, tiene futuro?

Barb sonríe.

—Creo que todas las relaciones son iguales.

—¿Qué quieres decir?

—Que no lo sabrás hasta que lo intentes.

Hace unos días, empecé a recibir los primeros mensajes de mis compañeras de equipo.

BELLA: Estás bien?

BREE: Si necesitas alguien con quien hablar, por favor, que sepas que estoy aquí

VICTORIA: Hola, lo que dije estuvo mal. No sabía todo el contexto, ni siquiera una parte, y aun así no supe morderme la lengua. Te pido perdón

Por no hablar de los constantes correos electrónicos del entrenador Sima.

Mi cardiólogo me ha aconsejado que no me meta en dramas, y sé que la temporada ha terminado y no tengo derecho a exigirte nada. No obstante, te envío una foto mía recibiendo tu medalla de oro. Por favor, ven a recogerla lo antes posible.

Estoy orgulloso de ti.

Las cosas de tu taquilla están ahora en una caja en mi despacho.

PD: Stanford quedó en segundo lugar.

Y:

Comprendo que es un momento delicado para ti, pero me siento en la obligación de insistir sobre lo importante que es que te inscribas para las pruebas olímpicas. Ya estás clasificada. Hay que tramitarlo lo antes posible.

Y:

Espero que te hayas tomado un (merecido) descanso, pero más te vale estar entrenando a estas alturas.

Está de suerte, porque sí que he empezado a entrenar, aunque tiene poco que ver con las pruebas olímpicas y mucho con que el salto es, una vez más, mi lugar seguro. Me paso los días haciendo prácticas en el hospital y luego voy al club de mi instituto, donde entreno casi siempre por mi cuenta. No hay objetivos, solo sensaciones.

—Es increíble lo mucho que has mejorado —me dice el entrenador Kumar—. Muy buen trabajo, Scarlett.

Y, sin embargo, a medida que transcurren los días y me doy tiempo para pensar, no estoy segura de que tenga razón. En el último año me he vuelto mejor saltadora, eso seguro, ¿pero qué hay del resto?

«La lesión que estuvo a punto de acabar con mi carrera», escribo en el millonésimo borrador de mi carta de presentación para la Facultad de Medicina, «desempeñó un papel crucial en mi decisión de convertirme en cirujana ortopédica, pero no más que mi madrastra. Ella es la figura que más ha influido en mi vida, la persona que me rescató de una situación de maltrato a pesar de que habría sido mucho más fácil rescatarse solo a sí misma. Gracias a ella sé lo que es el valor y...».

Vale. Habrá que darle un par de vueltas a esa última frase. Si tuviera valor, estaría con Lukas, ¿no? Si tuviera valor, volvería a California y me enfrentaría a Pen.

En un impulso, abro un nuevo documento de Word.

Querida Pen:

Debería haber sido más transparente sobre mis sentimientos por Lukas, te pido perdón por eso. Sin embargo, tú también la cagaste. Entiendo que estés dolida, pero quizá no hacía falta que montaras esa escenita y me arrebataras el momento de disfrutar de mi medalla de oro, sobre todo teniendo en cuenta lo que me pasó en la última final. Quizá el comentario sobre que a Lukas y a mí solo nos unía el sexo fue un poco de mal gusto. Quizá no deberías habernos tratado como juguetes. Quizá no tienes derecho a juntarnos y luego separarnos. Quizá no puedes ser siempre el centro del mundo. Quizá quiero que Lukas sea el centro del mío.

No la envío. Sin embargo, sigo dándole vueltas al día siguiente, hasta que, en medio de un salto en equilibrio, mis sentimientos se ordenan por fin.

Ira y decepción hacia Pen y su forma de actuar.

Y hacia Lukas…

Voy al vestuario y busco su número en la agenda para… No estoy segura. Llamarlo. Mandarle un mensaje. Enviarle un memoji de «la he cagado». Entonces veo la ubicación bajo su nombre.

—Mierda —digo.

Una idea me asalta de repente. Llamo a Barb.

—¿Sí?

—Primera pregunta: ¿pasa algo si me tomo un descanso de las prácticas?

—Mmm... ¿Supongo que no? Ya has hecho mucho más de lo que debías, así que no creo que Makayla se queje. Además, eres la hija de la directora, aprovéchate del nepotismo.

—Prefiero «descendiente que continúa con el legado de sus antepasados». Segunda pregunta: ¿me prestas algo de dinero?

—¿Prestar? ¿Quieres decir que luego me lo devolverás?

—Probablemente no.

—Mmm, quisiera decir que sí, pero creo que lo más sensato es preguntar primero: ¿cuánto?

—No estoy segura. Lo suficiente para volar a Suecia.

El ruido que hace es tan triunfal que tengo que apartarme el móvil de la oreja.

—¡Scarlett, cielo, por fin! Mi cuenta bancaria es toda tuya. Aunque tampoco te pases.

Salgo del club de natación buscando vuelos sin fijarme mucho en el precio (lo siento, Barb) e intentando calcular cuál es el primer avión que puedo pillar si quiero pasar por casa a coger el pasaporte y un par de bragas limpias. Justo en ese momento, alguien me detiene tocándome el brazo.

—¿Vandy?

Cuando alzo la mirada, veo a Penelope Ross delante.

CAPÍTULO 66

—Ya sé que no me debes nada —me dice en cuanto llegamos al parque que está situado enfrente del club. No hay bancos lo bastante desprovistos de caca de pájaro como para satisfacer nuestros elevados estándares, así que nos sentamos en los columpios y cruzamos los dedos para que aguante el peso de ambas. El momento me recuerda al verano pasado en el patio del entrenador Sima. Ahí empezó todo. Pen agacha la cabeza y estudia detenidamente el surco que su zapato hace en la arena—. Maryam me dijo que no estabas en California y recordé que aún podía ver tu ubicación, así que… —Se encoge de hombros—. Podría haber llamado, pero decidí que un comportamiento tan vergonzoso como el mío merecía un gran gesto.

Me considero una buena persona, pero, en esta ocasión, ni siquiera tengo la tentación de quitarle hierro al asunto.

—No tienes que aceptar mis disculpas. Solo quería mirarte a los ojos y decirte que… —Parece darse cuenta de que, en realidad, no me está mirando a los ojos, así que levanta la cabeza—. Lo siento, Vandy. Metí la pata a lo grande. Y no tengo excusa.

Estudio su rostro, que tanto cariño me despierta. Parece cansada. Angustiada. Bajo la luz grisácea de este día nublado, su encanto está más apagado que de costumbre.

—Nunca he intentado quitarte nada.

—Dios mío, lo sé. —Tuerce el gesto, como si el recuerdo de sus palabras le doliera—. Lo sé, Vandy. Te conozco. Y, aunque lo hubieras intentado, ni Luk ni el título de la NCAA me pertenecían. Las cosas que dije... Estaba fuera de mí. Podría explicarte todo el contexto, pero no querría que pensaras que son excusas para justificar mi comportamiento y...

—Explícamelo. Porque llevo todo este tiempo intentando entender qué es lo que hice para merecer que me trataras de esa manera.

—Nada. —Alarga la mano para agarrarme la mía, pero mi instinto me obliga a apartarla. Desvía la mirada—. Sabía que Luk y tú estabais quedando, pero... Durante años, siempre que quería que él compartiera algo de información personal conmigo, tenía que sacársela a la fuerza, y tú no eres de las que hace eso, así que me imaginé que vuestra relación sería meramente sexual y nunca iría a más. Y, si te soy sincera, mientras salía con Theo, apenas pensaba en vosotros, lo cual... no es el comportamiento propio de alguien que está enamorado. —Se frota la frente con la palma de la mano—. Además, tú y yo nos habíamos unido mucho, y no me creía la suerte que tenía. Cuando ganaste el Campeonato Nacional de Invierno me alegré muchísimo por ti, de verdad.

Pero entonces te fuiste a Ámsterdam y Carissa os hizo fotos a ti y a Luk y me las envió.

—¿Carissa?

—Se ve que aún tenía mi número guardado.

—Madre de Dios...

—Planeaba usarlo para hacerme daño en algún momento, estoy segurísima. Se pensó que había pillado a Luk engañándome con mi amiga y me envió una puta sesión de fotos de vosotros dos haciendo turismo. Él y yo... nos dimos cuenta hace años de que no teníamos casi nada en común. Seguía conmigo por gratitud, porque lo había ayudado a superar la pérdida de su madre. Y creo que yo nunca lo había reconocido hasta la semana pasada, pero si estaba con él era porque ser la novia de Lukas Blomqvist equivalía a gritarles un «chúpate esa» a todas las matonas que me habían atormentado en el instituto. —Niega con la cabeza, como si se avergonzara de sus acciones—. Así que, cuando Carissa me envió esas fotos, me dije a mí misma que no me importaba, pero su forma de mirarte... No creo que nunca haya deseado nada ni a nadie como te desea a ti. Y eso me dolió porque estuvimos juntos muchos años. Luego Theo decidió poner punto y final a lo nuestro y pasó lo del falso positivo. Me di cuenta de lo sola que estaba. Lukas y tú me apoyasteis un montón, pero cuando me quedé unos días en su casa, él dormía en el sofá todas las noches. Se notaba que lo único que quería era estar cerca de ti. Solo se interesaba por las conversaciones cuando te mencionaba. Me acompañaba a los entrenamientos para poder colarse y esconderse en algún lado desde donde verte saltar.

Nunca había sido así conmigo. Empecé a cuestionarme toda mi puta vida. Y luego, bueno, en la NCAA yo era la favorita, pero ganaste tú. Y ver a Lukas celebrándolo contigo con esa cara de enamorado...

»Estaba sufriendo y alguien tenía que pagar el pato. Sin embargo, después me calmé y aclaré las ideas. Como tú no estabas y no podía disculparme contigo, empecé con Lukas. Y él... puso las cartas sobre la mesa. Me contó todo lo que ya debería haber sabido sobre él, sobre mí, sobre nosotros. Me lo explicó para que viera con claridad que apenas teníamos nada en común. Estábamos muy unidos a los dieciséis años, pero no cuando se mudó a los Estados Unidos ni ahora como adultos. Solo cuando éramos niños. Ni siquiera le daba importancia a sus sueños. Habíamos sido amigos codependientes, pero nuestra relación romántica llevaba muerta desde hacía tiempo, por mucho que fingiéramos durante años ser los protas de *Este muerto está muy vivo.* Lukas era de fiar y sabía que siempre podía contar con él. Era... —Se ríe—. Era mi colchoneta para amortiguar los golpes. Y, cuando lo vi besarte, sentí como si me la estuvieras arrebatando de un tirón. Me dolió cinco veces más porque eras tú, y nunca había tenido una amiga como tú.

Resoplo.

—Pen, tienes muchas amigas. Todo el mundo te adora.

—Y son geniales, pero contigo... todo fue siempre muy fácil. Nunca me juzgabas ni me hacías sentir rechazada. Por eso, cuando me di cuenta de que iba a perderos a ti y a Luk, me puse hecha una furia. Actué como si Luk fuera un sándwich y me lo acabara de robar una gaviota, y...

—¿Se supone que yo soy la gaviota?

—Creo que sí, sí.

Reprimo una sonrisa.

—Vaya. Gracias.

—Mejor ser una gaviota que lo que soy yo.

—¿Qué eres?

—La puta villana de la película.

Suspiro. Esta vez soy yo la que le coge la mano. Está fría, áspera y demasiado fina en comparación con las mías.

—Creo que las cosas son siempre un poco más complejas. Lo único que a veces tomamos ciertas decisiones que vienen acompañadas de consecuencias. —Me encojo de hombros—. Yo también cometí errores. Podría haberte contado que me estaba enamorando de él.

—Y probablemente yo habría reaccionado como una imbécil de todas formas. —Se levanta con una sonrisa melancólica—. He venido a disculparme. Lo que dije fue cruel y no era verdad. Te robé la alegría de tu primera medalla de oro. Quiero compensártelo, pero no sé cómo. Si ya no quieres ser mi amiga, me parece justo. Y si quieres que me lo curre más, también me parece justo. Lo haré, créeme. Si lo que quieres es pensártelo un poco, tómate tu tiempo.

Asiento.

—Gracias. —Noto el estómago revuelto. Por primera vez en días, no me siento al borde del abismo—. Por contarme todo esto.

—Gracias a ti por escucharme, Vandy.

Veo cómo se aleja y, cuando está a unos metros de mí, se me ocurre algo.

—Espera. —Se da la vuelta—. ¿Vas a volver a California?

Asiente.

Dejo de reprimir la sonrisa.

—Yo también voy al aeropuerto. Por si necesitas que te lleve.

CAPÍTULO 67

Jan es mi cómplice y estoy orgullosa de mí misma por haberlo reclutado. Al principio, solo esperaba que me diera una dirección. Luego me enteré de que estaba de viaje en Estocolmo y quiso ayudarme a conspirar.

—He reservado una habitación de hotel —le digo cuando me recoge en el aeropuerto.

Me mira a la cara. Luego a la mochila. Luego a la cara otra vez.

—Viajas muy ligera.

—Puede que esté enfadado conmigo —le explico—. La cosa no acabó muy bien la última vez que nos vimos. No me quedaré si no quiere.

Se ríe y mete la mochila en el maletero, negando con la cabeza como si lo estuviera advirtiendo de los peligros de las estelas blancas que dejan los aviones y de la manipulación de masas.

Todo el mundo a mi alrededor habla de esa manera tan bella y melódica que ahora ya asocio con la lengua sueca. Los colores del paisaje parecen más vivos, aunque puede que solo sea porque sé que Lukas está cerca. Y porque, pasadas las diez de la noche, el sol sigue brillando.

—No se llega a poner —me explica Jan.

Estamos a principios de junio, como en *Midsommar*, y...

Espera un segundo.

—No va a haber sacrificios humanos, ¿no?

—¿De qué me...? Ah, ¿lo dices por esa película? —Suspira—. Ari Aster va a tener que rendir cuentas en algún momento. Se nota tanto la influencia de Ingmar Bergman... En fin, a lo que íbamos, ¿cómo quieres hacerlo?

—¿El qué?

—Dijiste que querías tener un gran detalle con él. ¿Cuál es el plan?

—Ah. Bueno, supongo que pensé que cruzar el océano y un buen cacho de tierra en el que los retretes son agujeros en el suelo y el agua se sirve sin hielo sería de por sí un detallazo.

Jan no se deja impresionar.

—¿Pero qué harás cuando veas a Lukas?

—Ah. —¿Me he llegado a plantear cómo será ese momento? No. Sí. O sea, sé que le diré que...

—¿Has traído flores?

—Pues... no creo que sea legal. Por lo de los ecosistemas frágiles y eso.

—¿Entonces el plan es pedirle matrimonio?

—¿Qué? Tengo veintiún años.

Jan se encoge de hombros.

—Cuando encuentras a la persona indicada, lo sabes. ¿Le vas a hacer un baile que has aprendido de TikTok?

—¿Crees de verdad que a Lukas le gustaría eso?

—¿A quién no?

—Está claro que no he pensado bien las cosas.

—Será mejor que te des prisa —me dice mientras aparca enfrente de una casa roja de dos plantas. El tejado está inclinado y el verde de los árboles que la rodean es tan vivo que parece de dibujos animados—. Porque ya hemos llegado.

—¿Tu padre está en casa?

—Sí. Le hace mucha ilusión que vengas, por cierto.

—Ay, Dios mío. ¿Se lo has dicho?

—Por supuesto.

Me cubro la cara. Ojalá la tapicería del asiento del coche me envolviese como una boa constrictor y me liberase de esta ignominia.

—Está muy contento. Le he dicho que eres inteligente y que te gusta la naturaleza. Se alegra de que seas la primera novia de Lukas.

—No soy su novia. Y salió con Pen siete años.

Jan se encoge de hombros.

—Papá nunca la conoció, así que cree que Lukas se la inventó.

Esto es un terrible error.

—Son casi las once. ¿Suele estar despierto a estas horas?

—No, normalmente no.

Mierda.

—Entonces quizá debería ir al hotel y volver mañana, ¿no?

—Bueno, no suele estar despierto, pero está claro que esta noche sí. —Saca las llaves del contacto para señalar la casa y, cuando alzo la vista…

Lukas está apoyado en el balaustre del porche con los brazos cruzados sobre el pecho. Va descalzo, como siempre, pero lleva vaqueros y camiseta, no pijama. No tiene el aspecto de alguien que acaba de levantarse de la cama. De hecho, la curvatura de sus labios no muestra ningún rastro de sorpresa.

Me está esperando.

—Te has chivado —lo acuso.

—De eso nada —me asegura Jan, plácido como de costumbre—. Créeme, yo no me enemistaría con mi futura cuñada tan pronto. —Sale del coche y, dado que no me veo capaz de robar el vehículo y volver al aeropuerto, no tengo más remedio que hacer lo mismo.

Un par de pasos después me quedo paralizada porque Lukas viene hacia nosotros. Aún tiene esa sonrisa medio tímida, medio complacida en su precioso rostro.

Le dice a Jan algo en sueco que empieza por *tack* (gracias) y contiene la palabra «trol». A pesar de mis religiosas sesiones de Duolingo, no logro captar nada más. Jan lo agarra del hombro al pasar y se da la vuelta antes de entrar en casa.

—Scarlett. *Lycka till!* —«Buena suerte».

—Gracias —le respondo demasiado bajito para que lo oiga—. La voy a necesitar.

—No, qué va —dice Lukas, claramente divertido—. ¿Qué te dije?

—Muchas cosas. —Por razones que solo Sam podría adivinar, ya estoy llorando. Un par de lágrimas grandes y solitarias—. ¿A cuál te refieres?

Niega con la cabeza. Alza los dedos para secarme las mejillas y mi corazón se acelera tanto y tan deprisa que siento que está a punto de levantar el vuelo.

—Comiendo de la palma de tu mano, Scarlett. Desde el principio.

Cierro los ojos ante el dolor agridulce de sus palabras. Tengo que calmarme. Hay cosas que decir. Paces que hacer.

—¿Cómo sabías que venía? ¿Te lo ha dicho Pen?

—Nunca dejaste de compartir tu ubicación conmigo.

—Ya lo sé, pero, aun así, tendrías que haber comprobado dónde estaba para…

Ah.

—No soy capaz de dormir si no sé dónde estás. —La forma en que se encoge de hombros es encantadora. No se está disculpando por ello ni piensa hacerlo—. Y durante el día… Me siento mejor si puedo vigilarte. Por todo el tema de tener el control, ya sabes. —Se inclina y me da un beso suave en el pelo antes de murmurar—: Te pediría perdón, pero creo que es mejor que te acostumbres a mi forma de ser.

Suelto una risa ahogada. Estoy sin aliento.

—Así que… ¿lo sabes todo?

—No todo. —Se echa hacia atrás. Incluso el azul de sus ojos es más vivo aquí—. Sé que has venido a verme, aunque por un momento me he preguntado si solo tenías ganas de probar *dammsugare*. El resto me lo puedo imaginar. Que tienes miedo, por ejemplo.

—Estoy cagada, más bien —susurro. Otra lágrima me cae hasta la barbilla—. Todo esto es muy caótico.

—¿Lo de enamorarse?

Asiento.

—Y además fue tan… —Rápido, profundo, desesperado. Es pura violencia.

—No hay mayor pérdida de control, ¿eh?

Respiro hondo.

—Pero ya hemos hecho esto antes —señala paciente, casi con indiferencia—. Me has cedido el control. Has confiado en mí.

—Y nunca te has aprovechado.

—Ni pienso hacerlo. ¿Qué más? —Tamborilea con los dedos sobre el bíceps—. Supongo que vendrás a decirme que quieres que estemos juntos.

Vuelvo a asentir.

—Eso requerirá que hablemos ciertas cosas. Tengo que hacer planes de futuro. Tú tienes que hacer los tuyos. Hagámoslo juntos, ¿de acuerdo? —Todo suena tan simple cuando lo dice él. El alfabeto. La aritmética más básica. Nosotros, estar enamorados.

—¿Qué hay de la Facultad de Medicina? —pregunto intentando que no se me caigan los mocos.

—Se me ocurren un par de maneras de gestionarlo. —Está claro que ya ha considerado la situación. Largo y tendido—. Podría preguntar si las universidades que me han aceptado están dispuestas a concederme un aplazamiento de un año. De esa manera, podríamos elegir un lugar en el que ambos estemos…

—Lukas, no. No puedes perder un año solo por…

—Scarlett. —Alza los dedos hasta mi barbilla y la agarra con suavidad, pero también con decisión—. El único tiempo perdido es el que pasamos separados.

El corazón está a punto de salírseme del pecho.

—También podría mantener mi compromiso con Stanford, si te interesa quedarte en California —prosigue despreocupado—. Estaríamos juntos el año que viene, mientras terminas cuarto. Y no me cabe duda de que entrarías al año siguiente.

—Es que... No puedo pedirte que tomes decisiones así de importantes basándote en mí.

—No te preocupes, aquí nadie le ha pedido nada a nadie. Esto lo hago por mí, Scarlett. Voy con todo.

—¿Pero y si empezamos a salir y no funciona?

La pregunta le hace gracia.

—Llevamos saliendo casi un año, quieras o no. Juntos funcionamos en todos los sentidos posibles. Excepto en lo de vivir en una casa que está hecha un caos, pero confío en poder quitarte esa costumbre a la larga. Con castigos, refuerzo positivo, lo que haga falta. —Me echa el pelo hacia atrás—. Respondes bien a ese tipo de estímulos.

—¿Pero y si...?

—Scarlett —me interrumpe, conteniéndose un poco menos—. Escúchame. He estado años haciendo todo lo posible para encajar y ser feliz con otra persona, y no lo he conseguido. —Me acaricia el brazo lentamente. Entrelaza sus largos dedos con los míos—. Y luego me he pasado los últimos meses intentando no enamorarme de ti, y he fracasado tan estrepitosamente que... —Niega con la cabeza—. Ya está. No voy a fingir lo contrario. No más mentiras.

Frunzo el ceño.

—¿Me has mentido?

—Por omisión.

—¿Qué es lo que no me has dicho?

—Lo rápido que me enamoré de ti. Lo poco que tardé en darme cuenta. Lo mucho que siento por ti.

Cierro los ojos, tan abrumada, tan llena de Lukas, que seguir mirándole podría ser demasiado.

—Pensaba que estarías enfadado conmigo. Por ser tan cobarde en la NCAA.

—Es difícil enfadarse con una persona cuando sus acciones le hacen tanto daño a ella como a mí.

Miro hacia otro lado. Me aclaro la garganta.

—Bueno, supongo que hemos cubierto muchas cuestiones, pero sigo queriendo decir lo que venía a decir. Que es..., en primer lugar, gracias. Por las últimas dos semanas. Por darme el espacio que necesitaba para entenderme a mí misma y poner las cosas en orden. Me pareció muy bonito que respetaras mis deseos y... —Mueve los hombros en silencio—. ¿Qué?

—No me des mucho las gracias. —Me atrae hacia él con sus enormes brazos. Apoya la mano en la parte baja de mi espalda. Acerca los labios a mi sien y su aroma me envuelve—. Tengo un billete de avión para St. Louis dentro de dos días. Tendremos que cancelarlo, supongo.

Hundo la cabeza en el calor de su cuello, que tan familiar me resulta. Noto su pulso, firme contra mis mejillas.

—Las pruebas olímpicas para los de Estados Unidos son la semana que viene —le digo.

Asiente.

—¿Quieres que vayamos? Tú decides.

Que vayamos.

—Creo que me gustaría, sí. —Le envuelvo los hombros con los brazos—. Estaría genial que pudiera clasificarme, así iría contigo a Melbourne.

—Deberías venir tanto si te clasificas como si no. —Baja la mano por mi espalda—. No creo que quiera volver a perderte de vista este verano.

No hay espacio entre él y yo. No hay aire entre el calor que noto en mi vientre y el movimiento de sus músculos bajo mis manos.

—No puedo ser como Pen.

—Nunca lo has sido.

—Lo que quiero decir es que no creo que sea capaz de vivir lejos de ti. Y soy... codiciosa. No creo que pueda llegar a compartirte con otras personas ni a tener una relación abierta ni a hacer pausas...

—Mejor. Porque ya sé que crees que soy incapaz de sentir celos, y quizá yo antes también lo creía, pero si me pidieras hacer alguna de esas cosas..., me destrozarías, Scarlett. Acabarías conmigo. Y, aun así, si hacerlo fuera un requisito indispensable para ti, si fuera esa la condición para estar contigo, no sé si sería capaz de decir que no.

Su barba me raspa la mejilla.

—Siento mucho no haber podido decirlo antes, pero...

—¿Pero?

Respiro hondo. Giro la cara hasta que mi boca está contra su oreja. Le doy un besito antes de decir:

—Te quiero. Tanto, tantísimo. Todas las cosas que me dijiste en Ámsterdam, en el balcón, yo también las quiero. Contigo. Durante los próximos tropecientos años.

—¿Tropecientos? ¿Hipérbole?

—Esta vez no.

Esboza una sonrisa amplia. No la veo, pero la noto contra mi piel.

—Guau.

Me echo hacia atrás, desconcertada.

—¿Guau? —Acabo de decirle que lo quiero y él…

—¿Sabes cómo llamamos a esto?

Niego con la cabeza. Me agarra de la cintura y me levanta. Ahora me toca a mí inclinarme para besarlo, pero antes de que nuestras bocas se junten, susurra contra mis labios:

—Un milagro de Midsommar.

EPÍLOGO

UNOS AÑOS MÁS TARDE
Lukas Blomqvist, doctorado en Medicina

Hace dos días que no la ve. Verla desde la otra punta de la cafetería del hospital no cuenta. Tampoco despertarse a medianoche y encontrarla en sus brazos, con los ojos cerrados y la respiración apaciguada, demasiado agotada para moverse mientras él se prepara para su turno.

A veces, cuando está profundamente dormida, se le frunce el ceño. Lukas no puede levantarse de la cama hasta que no le ha alisado esas arrugas con los labios.

Antes quería demostrarse a sí mismo que podía triunfar incluso sin ella.

Ha renunciado a eso. Ahora solo la quiere a ella.

SCARLETT: Odio los huesos
LUKAS: Yo también odio los huesos

SCARLETT: Por qué odias los huesos? No deberías odiar los cerebros?

LUKAS: Los huesos te alejan de mí, los cerebros me entretienen cuando no estás

Carlos XVI Gustavo empieza a frotarse las patitas nada más entrar en la cocina, así que Lukas echa un vistazo a la pizarra magnética de la nevera.

Katten åt, lee. «El gato ha comido».

Se cruza de brazos.

—Sé que ella ya te ha dado de comer.

—*Miau.*

—Me lo ha dicho. Lo veo escrito ahí mismo, en la pizarra.

—*Miau.*

—Yo no soy como ella. No pienso dejarme manipular.

—*Miaaaau.*

Suspira y abre el armario de las golosinas.

La encuentra en el trabajo, durante las rondas, mientras se palpa los bolsillos de la bata en busca de un bolígrafo.

La nota dice:

«Sea cuando sea que abras esto, probablemente esté pensando en ti».

De vez en cuando, alguien saca el tema de su vida de antes.

—¿De verdad no echas de menos nadar?

—Lo cierto es que no.

—Qué curioso. Pues el otro día me enteré de que hay una residente de ortopedia que hace unos años era atleta olímpica. En plan que estuvo en… ¿París era?

Melbourne, corrige Lukas en su cabeza.

—Hacía salto de trampolín, creo. Ese que es en parejas, ¿sabes? Ella y su compañera consiguieron la medalla de bronce.

De plata.

—¿La conoces?

Lukas sonríe.

—Me suena, sí.

Comparan sus horarios en cuanto los reciben. Algunos meses son mejores que otros.

SCARLETT: Cuántas veces crees que nos veremos el año que viene?

LUKAS: Al menos una

SCARLETT: Correcto, el día de la boda

LUKAS: Dos si ambos podemos ir a la cena de ensayo sin necesidad de mandar a un representante en nuestro lugar

SCARLETT: Tampoco te pases. Qué será lo siguiente? Creer en los cuentos de hadas?

LUKAS: Si los troles existen, cualquier cosa es posible

◆ ◆ ◆

—Este es Lukas, el prometido de mi mejor amiga —dice Pen.

Lukas no puede evitar esbozar una sonrisita.

—¿Qué pasa?

—Nada, me ha hecho gracia la forma en que me has presentado. —No como su ex. No como su amigo. Pen se da cuenta en ese momento también y abre los ojos como platos.

—Ay, mierda, lo siento mucho. Te prometo que te quiero igual y tal.

—Y tal.

—Venga ya. Sabes perfectamente que daría la vida por ti.

—Ni de coña.

—Bueno..., un par de años quizá sí.

—Eso igual te lo compro.

—Aunque por Scarlett sí que daría la vida.

En eso están ambos de acuerdo.

◆ ◆ ◆

Está escuchando una charla sobre ependimomas cuando le vibra el móvil.

SCARLETT: Premisa: me encanta ser médica

SCARLETT: Me encanta trajinar con cadáveres

SCARLETT: Sin embargo

SCARLETT: Me muero de ganas de que llegue el año que viene para que estemos un poco menos ocupados y podamos, ya sabes

SCARLETT: Vernos

«Ay, Scarlett», piensa. «No te haces una idea».

Se mete en la cama pasadas las tres de la madrugada. Suele esperar a entrar en calor para acercarse a ella, pero cuando es Scarlett la que se acurruca contra él, no hay nada que hacer.

—Dios mío —murmura ella contra su pecho—, existes de verdad. Pensé que me había imaginado que tenía un prometido sueco.

Sonríe contra su pelo con el corazón lleno de amor.

—Vuelve a dormirte.

—Nooo. No quiero.

—¿Por qué?

—Porque no.

—¿Porque no?

—Porque no estarás aquí cuando me despierte.

Ahora sonríe contra su sien.

—Cariño.

—¿Sí?

—¿Recuerdas que la semana pasada le cubrí el turno a Art?

—Ay, no. ¿Tienes que cubrirle otro?

—No. Art cubre el mío mañana.

—¿Qué? —Ella se echa hacia atrás. Abre sus ojos oscuros y cansados—. No puede ser.

—Sí que puede ser.

—Seguro que te toca guardia.

—Nop.

—Es imposible. Compruébalo otra vez.

Le da un beso en la frente.

—Duérmete. Estaré aquí cuando despiertes.

—Pero… ¿qué vamos a hacer tanto tiempo juntos?

—Mi plan era dormir hasta tarde. Luego follar como animales. ¿Quizá tomarnos un descanso rápido para ir a la piscina? Después volver a casa y follar otra vez como animales.

—Madre mía, Lukas. ¿Acaso somos una pareja?

—Tampoco nos vengamos arriba.

Un minuto después, se ha vuelto a dormir.

El universo entero está aquí, en sus brazos.

AGRADECIMIENTOS

Como siempre, ¡se necesita una metrópolis entera! Infinitas gracias a mi psicóloga, y con «psicóloga» me refiero a mi agente, Thao Le (tú ya sabes lo que haces); a mi editora, Sarah Blumenstock, y a las editoras que me hacen de niñeras, Liz Sellers y Cindy Hwang, quienes me dejaron escribir el libro que quería escribir (en lugar del que había, ejem, prometido escribir; gracias sobre todo a Sarah, que soportó años de acoso diario en relación con los bordes tintados; me duele decirlo, pero bloquear mi número de teléfono cuando te fuiste de año sabático fue una decisión acertada); a mi editora de producción, Jennifer Myers, a mi editora jefe, Christine Legon, y a mi correctora. Estoy segura de que todas ellas han tenido que leer muchas más escenas sexuales de las que se imaginaban que leerían cuando empezaron a trabajar en el sector editorial. Gracias a mi equipo de *marketing* y publicidad (Bridget O'Toole, Kim-Salina I, Tara O'Connor y Kristin Cipolla), que tiene que lidiar con una autora cada vez menos comercializable y más impublicable; a mi ilustradora de cubiertas, Lilithsaur, a mi diseñadora de sobrecubiertas, Vikki Chu, y a mi diseñador de interiores, Daniel Brount, por hacer que mi libro lleno de cochinadas sea infinitamente bonito.

Gracias a mis editores extranjeros, y en particular a Aufbau (Rollberto Rolando, Sara, Astrid, Andrea, Martina, Sophia, y al empleado de honor de Aufbau, Aleks; por favor, tened en cuenta que no le estoy dando las gracias a Stefanie por mentirme sobre la capacidad de cierta persona para hablar inglés) y a Sphere (Molly, Clara, Lucie, Briony, Lucy) por acogerme con tanto cariño, permitirme conectar con los lectores alemanes y británicos, y alimentarme a base de döner kebab y té.

Como siempre, gracias, Jen, por ser mi lectora beta. Tu labor es impagable. A mis amigos, a mi familia y a los demás autores que he tenido el privilegio de conocer: os quiero. A todos los libreros, bibliotecarios y lectores: no sé si os merezco, pero sabed que os estoy muy pero que muy agradecida.